Abstieg vom Zauberberg

Jens Walther

Abstieg vom Zauberberg

Roman

Eichborn.

© Eichborn Verlag GmbH & Co. KG, Frankfurt am Main,
Oktober 1997. Umschlaggestaltung Christina Hucke.
Druck und Bindung Wiener Verlag.
ISBN 3-8218-0554-4

Verlagsverzeichnis schickt gern: Eichborn Verlag,
Kaiserstraße 66, D-60329 Frankfurt,
http://www.eichborn.de

Der Roman ist ein Spiegel, der durchs Land getragen wird.

STENDHAL

DER DICHTER UND DER TOD

Klick, klick, klick machte es bei jedem seiner Schritte leise in der abgeschabten ledernen Aktentasche, die Karsten Tröger mit der rechten Hand fest an seine Brust preßte und zusätzlich mit der linken abstützte. *Klick, klick, klick* machten die drei Flaschen *Volnay*, die Tröger wie jeden Tag in Georges kleinem Lebensmittelladen gekauft hatte und jetzt zu dem alten, weißgekälkten Haus trug, in dem er seit zehn Jahren lebte. Hierhin, nach Alderney, war er vor einem Jahrzehnt geflüchtet vor dem Lärm der Städte und der Raserei all der Menschen, die den Zeitläuften atemlos hinterher hechelten und doch letztlich immer auf der Strecke blieben.

Noch blühten die Veilchen und Narzissen nicht, die wilden Hyazinthen und die rosa Taglichtnelken, die wieder die Touristen auf die Insel locken würden. Tröger genoß die Ruhe, eine von den Schreien der Wasservögel und dem Rauschen des Meeres untermalte Ruhe; Geräusche, die der stämmige, breitschultrige Mann längst nicht mehr bewußt wahrnahm.

Klick, klick, klick. Bei jedem seiner weit ausgreifenden Schritte stießen die Weinflaschen aneinander. Und als er von der Küstenstraße auf den schmalen Pfad abbog, der über sanft geschwungene Anhöhen, durch sattgrünes Gras und bräunliches Heidekraut hindurch zu seinem kleinen Haus führte, da löste das helle Geräusch der klirrenden Flaschen ein häßliches Echo aus, das nur er hören konnte.

Schulden, Schulden, Schulden hallte es dumpf durch seinen Kopf, den er jetzt senkte. Den die Schuldenlast niederdrückte und die Scham.

Geld, Geld, Geld. Viel Geld, dreitausend Mark, die ihm Helmut Rieger, sein Freund und Verleger, seit Jahren Monat für Monat auf sein Konto bei der Barclays Bank

St Anne überweist. Anfänglich als Abschlagszahlung, worauf, war ihm längst entfallen, dann aber, so war es zur stillschweigend geübten Praxis geworden, immer mehr als Vorschuß für künftige Manuskripte, die der Verleger erwartete und die der Autor nicht mehr zu liefern vermochte, weil ihm das Leben die Sprache verschlagen hatte.

Der Gedanke an die Schulden und das Klirren der Flaschen verwirrten seinen Kopf. Mehr als eine Viertelmillion Schulden. Schulden, höhnte sein Stolz. Was bedeutet schon Geld im Reich der Unsterblichkeit! Du bist ein Dichter und berühmt. Einer der berühmtesten in deinem Lande. Du hast die bedeutendsten Literaturpreise erhalten. Deine Werke werden in Seminaren an Universitäten und Hochschulen studiert. Dein letzter Roman gilt schon jetzt als Jahrhundertwerk. Denk' nicht ans Geld, im Reich des Geistes zählt andere Münze. Was Helmut jetzt in dein Werk investiert, bekommen er und später seine Erben doch tausendfach zurück.

Er hatte den Zaun erreicht, der das Haus und den kleinen Garten von dem schmalen Weg abgrenzte, der weiter führte zu einem Betonbunker, den Zwangsarbeiter seiner Landsleute als Teil des *Atlantikwalls* errichtet hatten. Der Bunkereingang war seit dem Abzug der Deutschen zugemauert, der Beton längst verwittert und überwuchert.

Tröger öffnete das schmale Gartentor und stellte seine Tasche vor die Haustür. Als er den Schlüssel aus einem der leeren Blumentöpfe auf der Fensterbank angelte, schoß pfeilschnell ein weißer Tölpel aus den tief dahinziehenden Wolken herab und ließ sich auf dem Rand der verrosteten Regentonne nahe der Haustür nieder.

Tröger breitete beide Arme aus und wedelte mit den Händen, um den möwengroßen Vogel zu verscheuchen, aber der Tölpel blieb unbeeindruckt. Er klapperte nur mit dem Schnabel und gab heiser-dumpfe Geräusche von sich.

Dann eben nicht, dachte Tröger. Er öffnete die Haustür, nahm seine Tasche und betrat das Haus. Die Tür schloß er sorgfältig hinter sich ab, obwohl er wußte, daß sich sogar in der Touristensaison kaum jemals ein Fremder in diesen abgelegenen Teil der Insel verirren würde. Sorgfalt und

Vorsicht auch in Alltagsdingen walten zu lassen, war ihm zur Gewohnheit geworden. Die gleiche Sorgfalt und Vorsicht verwandte er auch auf seine Prosa, als er noch schrieb. Eine verschließbare Tür nicht zu sichern, wäre ihm genauso nachlässig und unverzeihlich erschienen wie jener Druckfehler in der Neuausgabe seines ersten Romans. Dieses Fehlers wegen war es ihm vor sechs Jahren vier Monate lang unmöglich gewesen, auch nur eine einzige Zeile zu schreiben; dann hatte der Verleger endlich, notgedrungen und ohne Rücksicht auf die erheblichen Kosten, sämtliche Exemplare dieser Ausgabe aus den Buchhandlungen zurückrufen und einstampfen lassen.

Ein paar Stunden später hatte Tröger sein Abendbrot in der engen Küche des Hauses verzehrt, das aus drei Scheiben Brot mit köstlichem Cheddar und einer Flasche Wein bestanden hatte, der ersten des Abends. Mit einer für seinen schweren Körper überraschenden Leichtigkeit stand er auf. Er schlug den Käse in feuchte Tücher, legte ihn zurück in den alten Kühlschrank. Dann säuberte er Teller und Besteck unter dem Wasserhahn.

Seit ihn seine Frau vor vier Jahren verlassen hatte, kümmerte sich zwar eine alte Witwe um den Haushalt, aber er mochte ihr nicht mehr Umstände bereiten als unvermeidlich war. Es genügte ihm, wenn sie die Dielen scheuerte und seine Wäsche sauberhielt; für diese Dienste bezahlte er sie gut und ließ ihr dabei weitgehend freie Hand.

In seinem Arbeitszimmer allerdings durfte sie nicht nach eigenem Gutdünken schalten und walten, sondern nur unter seiner Aufsicht sauber machen. Als er jetzt, die zweite Flasche Wein und sein Glas in den Händen, diesen Raum betrat, fiel sein Blick auf die uralte *Remington*, die er nur noch zum Briefeschreiben benutzte. An der Wand neben dem Tisch das große, rechteckige Brett für Notizen. Fotos von James Joyce, Porträts von Marcel Proust und Hermann Hesse, mit Reißnägeln ans Holz geheftet, neben vergilbten Plänen und Notizen für seinen nächsten Roman. Der Brief Riegers, den er vor drei Wochen erhalten und noch immer nicht beantwortet hatte, lag auf dem kleinen Hocker neben dem Fernsehsessel.

Lieber Karsten,

wir müssen über Deine Ziffern reden, denn angesichts Deines Soll-Saldos von DM 267.395,27 kann ich weitere Zahlungen an Dich nicht mehr leisten.

Ich werde die monatlichen Überweisungen an Dich in drei Monaten einstellen. Ich bin mir jedoch sicher, daß sich eine andere Lösung für die ökonomische Basis Deiner Arbeit finden lassen wird, über die wir möglichst bald sprechen sollten.

Herzlichen Gruß

Dein Helmut

Schulden, dachte Tröger, mehr als eine Viertelmillion. Jeder dritte Studienrat in meinem Alter kann das als Vermögen vorweisen. Schon das kleinste Einfamilienhaus ist mehr wert. Ich bin am Leben gescheitert.

Er schaltete sein Fernsehgerät ein, wartete, bis er den Ton der Nachrichten des Senders *ITV* hörte. Als die ersten schwachen Bilder sichtbar wurden, holte er den Korkenzieher aus seiner verwaschenen Drillichjacke, setzte sich in seinen *Georgian Wing-Chair* vor dem Fernsehgerät und öffnete die Weinflasche. Als er den delikaten *Volnay* auf der Zunge spürte, war ihm, als ob mit dem roten Saft auch neue Lebenskraft in seinen massigen Körper floß.

Roter Saft, Lebenskraft, hallte es in seinem Kopf, und dann, als ihm das Joycefoto an seinem Brett in die Augen stach, *Sindbad, der Seefahrer.*

Sindbad, der Seefahrer, murmelte Tröger, Schinbad, der Schneefahrer. Adolf, der Alliterator, ruft ihm James Joyce spöttisch zu, und dann, Karsten glaubte die bissige Stimme seiner Frau zu hören, *Tröger, der Trinker.*

Was heißt schon Trinker, brummte Tröger, während er sein Glas wieder füllte, *große Hirne brauchen große Alkaloide.* Drei Monate, nur noch drei Monate Geld von Rieger, dann müssen andere Quellen fließen.

Andere Quellen, versuchte Tröger seine Furcht zu dämpfen. Es gab hinreichend andere Geldquellen. Gastvorlesungen an Universitäten. Lesereisen. Arbeitsstipendien, Akademien, denen ein Mann wie er als Präsident zur Zierde gereichen würde. Aber hier auf Alderney? Er würde nach Deutschland zurückkehren, in München leben müssen oder gar in Berlin, und schon der Gedanke an die Feuilletons und Fernsehprogramme des Landes ließ eine Welle von Unbehagen durch seinen schweren Körper schwappen, die er mit einem weiteren Glas Wein brechen mußte.

Er griff nach der Flasche, und in diesem Augenblick zersprang das Glas eines der kleinen Fenster in seinem Arbeitszimmer. Ein großes Bündel Federn flog ins Zimmer, flatterte quer durch den Raum und ließ sich auf der Zimmerantenne des Fernsehgeräts nieder. Tröger hörte das dumpfe Schnabelklappern des großen Vogels, der ihn schon vor der Haustür irritiert hatte.

– Du bist nutzlos geworden, klapperte der Tölpel. Deine Schaffenskraft ist erlahmt. Am besten für dich wäre ein schnelles, schmerzloses und würdiges Ende. Oder möchtest du etwa künftig um milde Gaben betteln müssen?

Tröger sprang erregt von seinem Sessel auf. Wieso milde Gaben? Honorarvorschüsse sind etwas völlig anderes. Ich kann dir das alles erklären.

– Versuch' es ruhig, nickte der weiße Vogel. Dein Fall ist nicht besonders dringend und bedarf keiner übertriebenen Eile.

– Ich habe Meisterwerke geschrieben, brummte Tröger. Ohne mein Werk wäre die Welt ärmer.

– Und dein Verleger reicher. Respekt vor deinem Schaffen, aber wen außer deinen Kollegen interessiert denn noch, was du geschrieben hast? Schon mal an Krimis gedacht?

– Geld, sagte der Dichter verächtlich. Geld hat mir nie etwas bedeutet. Ich habe der Welt etwas Bleibendes geschenkt. Etwas von Wert, etwas Bedeutsames.

– Nur zu, klapperte der Vogel. Ich schenke dir noch etwas Zeit. Rechtfertige deine Existenz, aber langweile mich nicht.

Das ließ Tröger sich nicht zweimal sagen. Nach einem kräftigen Schluck aus der Flasche sprudelten die Sätze über seine Lippen, als hätte er nie an jener Berufskrankheit gelitten, an der die Dichter sterben können, auch wenn sie auf keinem Totenschein steht: *writers block*.

Er beschwor die Magie der Literatur, die das Chaos zu

ordnen vermöge und überhaupt erst geistiges Leben schaffe. Die Sprache sei es doch, die den Menschen von den Tieren unterscheide. Sie allein sei imstande, aus den an sich belanglosen Vorkommnissen einer menschlichen Existenz Perlen zu formen und zu Perlenketten zusammenzufügen, dem Ganzen einen Sinn zuzusprechen, den es ohne die Poesie zweifelsfrei nicht habe.

– Das sind Gemeinplätze, bemerkte nachsichtig der Tölpel, *Am Anfang war das Wort.* Aber wenn es dir hilft – mach meinetwegen ruhig weiter.

Tröger nahm einen neuen Schluck aus der Flasche, wischte sich den Mund ab und tauchte ein in seine Geschichte, rief all die Geister in den Zeugenstand, die seine Welt bedeuteten. Die ihn formten und prägten, schon bevor er der Buchstaben mächtig war.

Glücklich sieht er sich im Bett seiner Kindheit liegen, von der Stimme seiner Mutter so berauscht wie von Aesops Bären und Ameisen. Denkt an die Studienräte, die ihn mit Homer und Aischylos bekannt machen, mit Goethe und Schiller. Reißt sich los von der Leine der Philologen und wandert weiter zu Knut Hamsun, Stefan Zweig und Thomas Mann. Sieht sich mit Goethes *Faust* im Tornister in den Krieg ziehen und liegt mit Jüngers *Stahlgewittern* in den Schützengräben. Kommt, ohne Faust und Jünger sowie ohne Tornister, aus dem Krieg zurück. Nährt sich an den Brüsten der Alma Mater, schlürft begierig Lyrik, Prosa und Dramatik, schreibt dann seinen ersten Roman. Will der Welt etwas geben, doch die Welt will es nicht haben. Der *Suhrkamp Verlag* schickt ihm das Manuskript zurück, und *S. Fischer* antwortet mit einem höflichen Ablehnungsbrief. *Rowohlt* vermißt die Kraft Henry Millers und die Raffinesse Nabokovs. *Ullstein* hält den Text für zu spröde und zu wenig unterhaltend.

Doch dann darf Tröger bei einer Tagung der *Gruppe 47* lesen. Wird von dem jungen Lektor Helmut Rieger in den Engsfeld Verlag geholt, der die Szene auf unvergleichliche Weise beherrscht und Oblaten in Hostien zu verwandeln vermag, allein durch seinen Segen.

– Schnee von gestern, gähnte der Tölpel. Die Zeiten sind vorbei.

Klapperte und kotete auf das veraltete Fernsehgerät aus dem Hause *Sony,* klapperte und krächzte heiser und spulte vor Tröger ganz andere Bilder ab, Bilder, die Tröger auch kannte und die er lange Zeit nicht wahrhaben wollte. Die er verdrängte. Gegen die er anschrieb und anschrieb, bis er nicht mehr konnte. Er sieht wieder Alfred Andersch. *Kirschen der Freiheit.* Sieht das ratlose Gesicht eines jungen Germanistikstudenten, der von dieser Sorte Kernfrüchte noch nie etwas vernommen hat. Der große Andersch am Telefon. Tröger hört ihn um einen Literaturpreis bitten, den er braucht, um eine Arztrechnung bezahlen zu können. Er sieht Hans Erich Nossak vor sich, wie er mit nuschelnder Stimme liest. *Spätestens im November.* Tröger beugt sich vor, versteht Nossak kaum, und dann deutet Hans Erich auf seinen Mund und zeigt auf seine Zähne, die Ruinen sind, weil Nossak, der berühmte Nossak, von seinen Honoraren nicht einmal ein Gebiß bezahlen kann.

Der Tölpel breitete seine Flügel aus, wirkte auf einmal wie der deutsche Reichsadler – nein, eher wie der von der Wiedervereinigung zerzauste Bundesadler, klapperte mit dem Schnabel und weckte Erinnerungen in Tröger, lange verschüttete Erinnerungen. Er schiebt Heinrich Böll den Nobelpreis in die Jacke. Läßt Tröger mit dem bitteren Paul Celan die *Todesfuge* singen, und kostet mit ihm noch einmal in Edgar Hilsenraths Berliner Elendsquartier eine magenschonende Schale Haferschleim. Greift sich Tröger mit den Krallen, fliegt ihn zu Wolfgang Hildesheimers Gebirgshütte und läßt ihn dort ein paar Takte Mozart hören. Läßt ihn in New York mit Uwe Johnson durch den Central Park spazieren und setzt ihn in London in ein Taxi, das Rolf Dieter Brinkmann überfährt.

Mit Wolfgang Koeppen teilt Tröger Suhrkamps Gnadenbrot und mit Marcel Reich-Ranicki verreißt er Martin Walser, Günter Grass und die Spätwerke von Anna Seghers gleich noch dazu.

– Gänseleberpastete, klapperte der Tölpel. Feine Gänseleberpastete. Schätze, du hättest besser Zahnmedizin oder Informatik studiert.

Die Literatur, lallte Tröger, *die Literatur darf nicht auf-hören.*

Vermutlich hat sie längst aufgehört, und wir wollen es nur nicht wahrhaben, hallte es durch seinen breiten norddeutschen Schädel, und dann hörte sein Herz auf zu schlagen. Sein massiger Körper fiel auf den Fußboden des Arbeitszimmers. Auf dem Bildschirm flimmerten Bilder der amerikanischen Zeichentrick-Serie *Beavis and Butt-head.*

DER HERR DER ZIFFERN

Dr. Helmut Rieger, ein groß gewachsener, schlanker Mann von Mitte sechzig Jahren, dem man sein Alter ebenso wenig ansah, wie seinem feinen Kammgarnanzug jene zwölfhundert Pfund Sterling, die er in Londons *Savile Road* gekostet hatte, saß in seiner Bibliothek im Lesesessel und las im *Münchener Courier*. Selbst in dem bequemen Ledersessel hielt er sich bewußt gerade, und es sah aus, als hätte er ein Lineal verschluckt. Mit minimalen Bewegungen folgte sein Kopf den Zeilen. Seine Hände, diese schmalen, gepflegten Hände, auf die eine Maniküre jeden Freitag zwei Stunden verwandte, zitterten nicht. Wenn man von seinen grau gewordenen Haaren absah, hätte man ihn für Mitte, vielleicht für Ende fünfzig halten können.

»Soll Herr Bach auf der Terrasse frühstücken, oder soll ich den Tisch im Wintergarten decken?«

Helga Derwald, eine zuverlässige Mittfünfzigerin, die Rieger kommen ließ, wenn er einen Gast in seinem Haus beherbergte, war in ihrer sauberen weißen Schürze in der Tür zur Bibliothek stehengeblieben, fast als fürchte sie sich vor der Unmenge von Büchern, die drei Wände des geräumigen Zimmers völlig bedeckten. Sie hatte nichts gegen Bücher. Ganz im Gegenteil. Sie las selbst gern, verschlang jeden Roman von Konsalik, den ihr die Nachbarin lieh. Und seit sie zwei Romane von Hera Lind gelesen hatte, versäumte sie keine Talkshow dieser wunderbaren Dichterin und wartete schon gespannt auf ihr nächstes Buch.

Wenn Rieger ihr ein neues Buch aus dem Verlag schenkte, bedankte sie sich überschwenglich. Aber diese Art Bücher war nichts für sie. So ein Buch trug sie in die Schellingstraße. Dort gab es Antiquariate, die ihr diese Sachen abkauften, wenn ein Dichter seinen Namen auf die erste Seite geschrieben hatte.

Seit sie das herausgefunden hatte, fragte sie jedesmal,

wenn sie in Riegers Haus gebeten wurde, wer denn diesmal sein Gast sein werde, und ließ sich dessen Bücher von Mechthild besorgen. Mechthild, ihre Schwester, war Riegers Sekretärin.

Helmut Rieger faltete sorgfältig seine Zeitung zusammen und legte sie in den Zeitungsständer neben seinem Lesesessel. Langsam stand er auf und blickte durch das große Fenster seiner Bibliothek in den Garten, betrachtete dann kurz den Himmel.

»Scheint ein schöner Tag zu werden heute. Für die Terrasse ist es trotzdem wohl noch etwas zu kühl. Richten Sie ihm das Frühstück in der Küche. Ich werde noch eine Tasse Tee mit ihm trinken.«

Helga Derwald nickte und zog sich zurück. Rieger ließ seine Blicke über die Rücken all der Bücher gleiten, die in den Glasschränken auf Regalbrettern geordnet, von den guten und den schlechten Zeiten des Engsfeld Verlags kündeten wie Jahresringe einer alten Eiche von langen, regnerischen Sommern, kalten Wintern und Zeiten der Dürre. Alles Erstausgaben, viele mit persönlichen Widmungen für ihn.

Er trat an einen der Schränke, öffnete die Glastür und griff nach einem in Leinen gebundenen Roman, Hans Kühlings *Im Getriebe*, dessen Lektorat ihm Engsfeld vor fünfunddreißig Jahren als erstes anvertraut hatte: »Es ist ein hervorragendes Manuskript. Machen Sie ein noch besseres Buch daraus. Aber vergessen Sie keinen Augenblick, daß wir Diener sind und Gehilfen. Selbst der Fähigste von uns kann sich glücklich schätzen, wenn er dem schöpferischen Geist zur Seite stehen darf.«

Diener und Gehilfe – Rieger nickte nachdenklich, als er das Buch behutsam in den Schrank zurückstellte. Wer das als Lektor oder Verleger vergißt, der ist verloren.

Er hatte die Bibliothek schon fast verlassen, als er sich noch einmal umdrehte und zu dem alten Schreibtisch eilte, an dem er, immer seltener, jene Manuskripte bearbeitete, die ihm zu wichtig erschienen, um sie einem Mitarbeiter anzuvertrauen. Er griff zum Telefon und rief seine Sekretärin an: »Ich werde Herrn Bach noch zur Universität bringen. Sagen Sie im Hause Bescheid, daß die Postkonferenz heute eine Stunde später beginnt.« Nach einem prüfenden Blick auf die Uhr ging er langsam hinüber zum Gästetrakt. In den zwei Zimmern mit der kleinen Teeküche beherbergte er regelmäßig Autoren des Verlags, wenn sie letzte Hand an ein Manuskript legten, mit einem Lektor des Verlags arbeiteten oder eine Reihe von Gastvorlesungen an der Universität hielten, was Rieger immer gern sah. Bewies es doch nicht nur die Bedeutung des Autors, sondern bestätigte auch den Rang des Verlages, dem er sein Werk anvertraut hatte. Mit dem ihn eine Art Ehe verband – wenn nicht sogar mehr als eine Ehe.

Daß sich Autoren von ihren Ehefrauen trennten, geschah immer wieder, und Rieger verstand das. Schließlich war auch er seit mehr als zwanzig Jahren geschieden von der Frau, die er nur noch die Mutter seines Sohnes nannte.

Trennte sich einer seiner Autoren jedoch vom Verlag, dann war das für Rieger ein Sakrileg, das er keinem verzieh.

Stefan Bach hatte sein Frühstück schon fast beendet, als Rieger eintrat und sofort wie um Entschuldigung bittend die Arme ausbreitete: »Ich hätte dich gern schon gestern abend begrüßt. Aber du warst bereits auf deinem Zimmer, und so spät mochte ich dich nicht mehr stören.«

Bach, zu dessen sechzigstem Geburtstag vor zwei Jahren der Verleger ein großes Fest ausgerichtet hatte, stand auf, drückte seinem Freund kurz die Hand und setzte sich wieder an den Tisch. »Du hättest mich ruhig stören können. Ich habe nur noch einige kleine Änderungen in meinen Text eingearbeitet.«

Er nahm seine angebissene Semmel vom Teller und sah Rieger fragend an: »Ich dachte, du frühstückst mit mir. Etwa Angst um die Figur? Die brauchen wir in unserem Alter wirklich nicht mehr zu haben.«

»Von wegen«, sagte Rieger. »Du hast gut reden. Du mußt ja nicht ein Arbeitsessen nach dem anderen absolvieren. Aber was tut man nicht alles für seine Autoren.«

Bach ging lächelnd auf den Ton Riegers ein. »Für die Autoren? Hör mir bloß damit auf! Ihr Verleger lebt doch wie die Made im Speck von dem, was wir in schlaflosen

Nächten durchleiden. Weißt du, was Ernst Rowohlt immer gesagt hat? Wir trinken unseren Sekt aus den Hirnschalen der Dichter…«

»Balzac«, korrigierte der Verleger. »Balzac. Balzac bezahlt alles, hat Rowohlt gesagt, wenn er mit seinen Autoren feierte. Aber diese Zeiten sind leider vorbei. Ich bin schon froh, wenn die Ziffern halbwegs stimmen.«

»Wieso halbwegs«, fragte Bach. »Die müssen doch glänzend aussehen bei euren Erfolgen! Die Rodriguez seit einem halben Jahr auf der Spiegel-Liste, den neuen Lenzow in sechs Länder verkauft und ich…«, Bachs Stimme stockte, als sei es ihm peinlich, über sich zu reden, »… nach den vielen Briefen, die Schüler mir schreiben, werde ich wohl auch noch zu deiner Zufriedenheit gelesen.«

»Und ob du das wirst«, versicherte Rieger. »Aber wenn du mich schon auf die Rodriguez ansprichst… daß ich stolz auf diesen Erfolg bin, würde ich nicht behaupten wollen. Die Buchhändlerinnen lieben sie, aber wenn du mich fragst… Für große Literatur halte ich das nicht. Eher für gehobene Unterhaltung. So etwas muß es selbstverständlich auch geben, aber nicht unbedingt bei uns.«

Bach sah seinen Freund erstaunt an. Es galt bisher als ungeschriebenes Gesetz, sich unter keinen Umständen abwertend über das Haus und seine Veröffentlichungen zu äußern, und jetzt setzte sich der Verleger offensichtlich selbst über dieses Gebot hinweg.

»Und weshalb hast du das Buch dann gekauft?« fragte Bach.

»Nicht ich hab die Rodriguez in den Verlag geholt, sondern Johannes«, sagte Rieger. »Er wollte sie unbedingt machen, und der Junge soll mal mein Nachfolger werden. Irgendwann muß er schließlich mal was entscheiden können. Hätte ich es ihm etwa verbieten sollen? Ich hab ihm wahrlich schon genug Dummheiten ausreden müssen. Oder hältst du so was etwa für Literatur?«

»Es verkauft sich immerhin gut«, sagte Bach vorsichtig. Dann sah er betont auffällig auf seine Armbanduhr und erhob sich hastig. »Mein Gott! In einer Viertelstunde beginnt mein Seminar!«

»Ich will nur noch schnell eine Tasse Tee trinken«, sagte der Verleger. »Dann fahr ich dich zur Universität«.

In diesem Moment stürzte die Zugehfrau mit drei Büchern unter dem Arm herein und legte sie auf den Tisch: »Herr Bach«, sagte sie mit schüchternem Lächeln, während sie das erste der Bücher aufschlug. »Ich hab eine ganz große Bitte. Könnten Sie mir diese Bücher signieren?«

Als Bach seinen Namen schwungvoll auf das Vorsatzblatt des zweiten Buches setzte, räusperte sich Rieger: »Nerven Sie nicht jedesmal unsere Gäste, Helga. Machen Sie mir lieber noch ganz schnell eine Tasse Tee. Und falls jemand aus dem Hause anrufen und nach mir fragen sollte ... – Ach was, Sie gehen am besten gar nicht erst ans Telefon.«

So sehr Rieger München schätzte, seine Bauwerke, das kulturelle Leben, die Konzerte, Kunstausstellungen und Bibliotheken – so sehr ließen ihn die Massen von Autos, die sich in den Straßen der Stadt stauten, immer wieder an Alternativen denken. Doch so verlockend auch die Vorstellung war, den Verlag in ein verschlafenes Nest in der Toskana zu verlegen, ins angenehme Tessin oder auf die Insel Mainau – die logistischen Anforderungen an ein Unternehmen mit siebzig Mitarbeitern und zwei großen Programmpräsentationen pro Jahr ließen es unvorstellbar erscheinen, solche Pläne auch nur in Erwägung zu ziehen.

»Ich hätte wohl doch besser die U-Bahn genommen«, sagte Bach. Um den Anschein zu vermeiden, der Verleger sei sein Chauffeur, war er vorne eingestiegen. Die Tasche mit seinem Vortragsmanuskript hielt er festumklammert auf dem Schoß vor sich. Mißmutig starrte er durch die Frontscheibe der großen Limousine, vor die sich, ohne zu blinken, plötzlich ein verrosteter kleiner Fiat zwängte. Rieger mußte scharf bremsen und hupte wütend. Er merkte, wie sein Blutdruck stieg, aber da hatte er sich auch schon wieder unter Kontrolle. So sei das nun einmal mit dem Wohlstand der Massen, sagte er. Sobald sie der ersehnten Güter teilhaftig würden, verlören diese augenblicklich ihre Qualität. Bach nickte zustimmend. Ja. Das sehe er auch so. Er frage sich allerdings in letzter Zeit immer häufiger, ob dieser Vorgang auch umkehrbar sei.

Er wandte sich Rieger zu, wartete gespannt auf dessen Antwort. Rieger wollte etwas sagen, aber da kam der Fiat vor ihm abrupt zum Stillstand. Rieger trat heftig auf die Bremse, Blech schepperte. Er löste seinen Sicherheitsgurt, und stieg aus dem Wagen.

Nicht der Rede wert, dachte er erleichtert, als er nur ein paar Kratzer an der Stoßstange seines *Mercedes* bemerkte, doch dann sah er, daß der Fahrer – nein, die Fahrerin des Fiat den Kopf auf das Lenkrad gelegt hatte. Er eilte nach vorn, rannte ohne Rücksicht auf seine maßgearbeiten Schuhe durch eine Pfütze und über Glassplitter, riß die Tür des Kleinwagens auf: »Bewegen Sie sich jetzt bitte nicht. Ich rufe über mein Autotelefon sofort die Polizei.«

Er lief zurück zu seinem Wagen, setzte sich wieder hinter das Lenkrad. Als er die Nummer des Notrufs ins Autotelefon tippte, sah ihn Bach unschlüssig an. Das werde wohl länger dauern, und er könne hier wohl kaum von Nutzen sein. Rieger nickte. »Laß deine Studenten nicht warten. Ich seh dich ja nächste Woche wieder.« Bach verließ den Wagen und ließ den Verleger in seiner Nobelkarrosse zurück, wo er, bedrängt von erbosten Autofahrern, die der Unfall am Weiterfahren hinderte, stoisch auf das Eintreffen der Polizei wartete.

Eine Stunde! Eine ganze Stunde Zeitverlust wegen eines lächerlichen Verkehrsunfalls.

Rieger stellte seine schwere Limousine auf dem Hof des Verlagsgebäudes ab, warf einen Blick auf die beschädigte Stoßstange und betrat das vierstöckige Gebäude durch den Hintereingang.

Er war sich nahezu sicher, daß die Bremslichter des Kleinwagens nicht aufgeleuchtet hatten, und hatte deshalb darauf bestanden, daß die Polizei dieses Auto sicherstellte. Um alles weitere würden sich seine Anwälte kümmern. Die verdienten schließlich genug am Verlag.

Schon als er an den Fotos der Dichter vorbeiging, die für jeden Besucher gut sichtbar in der Eingangshalle vom Rang und von der Bedeutung des Verlags kündeten, verblaßten seine Erinnerungen an den Zusammenstoß mit dem Fiat. Derlei war banal, trivial und bedauerlicherweise kaum zu vermeiden. Wirklich wichtig war ihm nur die Literatur, die zu schaffen er sich nicht berufen fühlte, aber der zu dienen sein Leben ausmachte.

Er betrat den Lift und ließ sich in die erste Etage heben. Als er über den weichen Velours zu seinem Chefbüro ging, kam ihm schon im Flur Mechthild Hager entgegen, seit mehr als zwanzig Jahren seine Sekretärin. »Wir machen uns schon alle Sorgen um Sie. Ich hab' bereits in ihrer Wohnung angerufen, aber da hat sich niemand gemeldet. Ich war schon drauf und dran, die Polizei anzurufen. Man liest heutzutage so viel ... Ich habe schon befürchtet, man hätte Sie entführt.«

»Ach was«, sagte Rieger. »Mich entführt keiner! – Sagen Sie im Hause Bescheid, daß die Postkonferenz in einer Viertelstunde beginnt. Ich möchte zuvor nur noch kurz mit Herrn Wehrmeyer sprechen. Rufen Sie in der Kanzlei an und stellen Sie ihn zu mir durch.«

Er ging mit schnellen Schritten in sein Zimmer, in dem das geschriebene Wort in Form von Manuskripten, Typoskripten, Büchern in allen Entwicklungsstadien, Korrekturfahnen und Fahnenumbrüchen, die über-, neben- und durcheinanderliegend Regale und Tische belagerten, seinen Versammlungsraum hatte.

Die Wände seines Büros bestanden aus Büchern und nur ein winziges Stückchen der Tapete, ein von Gold- und Silberfäden durchzogenes Paisley-Muster, war sichtbar zwischen den Regalwänden und einem großen Portrait des Dichters Hans Kühling, das ernst auf Rieger herabsah, als dieser sich in seinen Sessel von *Charles-Eames* (oder war er von *Marcel Breuer?*) hinter jenem Schreibtisch fallen ließ, den er zusammen mit dem Verlag von Engsfeld übernommen hatte.

Er saß kaum, da klingelte schon das Telefon, und er hörte die vertraute Stimme seiner Sekretärin: »Herr Rechtsanwalt Wehrmeyer hat heute Vormittag einen Termin bei Gericht. Wir sollen am Nachmittag nochmal anrufen.«

»Dann wird uns wohl nichts anderes übrig bleiben«, befand Rieger. »Machen Sie sich eine Notiz, damit wir das nicht vergessen. Und jetzt möchte ich unsere Mitarbeiter wirklich nicht länger warten lassen.«

Die Postkonferenz war ein morgendliches Ritual, das Engsfeld vor Jahrzehnten eingeführt hatte, um die wichtigsten Mitarbeiter seines damals noch kleinen Verlags wenigstens am Vormittag zwei Stunden im Haus zu wissen. Obwohl es keine feste Sitzordnung gab, saß dennoch jeder, der an der Konferenz teilnehmen durfte, immer an demselben Platz.

Als Rieger, gefolgt von seiner Sekretärin, das Zimmer betrat, faltete Dr. Kilblinger, als Cheflektor zuständig für die deutschsprachige Belletristik des Hauses, hastig die neueste Ausgabe der *Zeit* zusammen. Dr. Schmidt-Rauholz, der zu jeder Besprechung ein Manuskript mitbrachte, um dezent daran zu erinnern, daß seine Abteilung personell unterbesetzt war, legte seinen Bleistift vor sich auf den Tisch. Der Vertriebsleiter Ralph Henner, mit Anfang fünfzig bis jetzt noch der Jüngste am Tisch, richtete den Blick fest auf sein Blatt mit den vierzehn Tage alten Verkaufszahlen. Aktuellere gab es im Verlag nicht. Das hätte leistungsfähige Computer vorausgesetzt, zumindestens bessere Software, noch Rieger hielt beides für technische Spielereien, die einfache Vorgänge unnötig komplizierten.

Hans Schönfelder, der sich lieber um seine Buchhaltung gekümmert hätte, sah interessiert zu, wie Dr. Vahrig, der Chef der Presseabteilung, seinen Nikotin-Kaugummi aus dem Mund nahm und in einem Papiertaschentuch verschwinden ließ.

Kurz in die Runde grüßend steuerte Rieger, die Sekretärin im Gefolge, seinen Platz an der Stirnseite des großen rechteckigen Tisches an: »Ist mein Sohn nicht im Haus?«

Die Sekretärin hatte eine Thermoskanne Tee und eine Tasse vor ihren Chef auf den Tisch gestellt und wollte sich setzen. Sie erstarrte mitten in der Bewegung: »Ich hab ihn heute morgen schon gesehen. Wenn Sie wollen ...« Rieger nickte verärgert. Die Sekretärin lief zur Tür, wo sie fast mit dem jungen Rieger zusammenprallte, der mit seinen erst zweiunddreißig Jahren wie ein Fremdkörper in dieser Runde wirkte. Gewiß, sein schmales, gut geschnittenes Gesicht war bleich und sein Körper schlank und feingliedrig; seine dunkelbraunen Augen verrieten Intelligenz. Er hatte den schmallippigen Mund vieler Germanisten, der vom Leiden an der Welt gleichermaßen kündete, wie vom Leiden an der Literatur. Aber sein Anzug machte alles zunichte. Er war hochmodisch, aus dem Hause *Yves St. Laurent.* Obgleich Johannes wußte, daß sein Vater alles auffallend Gestylte mißbilligte, trug er Designerkleidung, die sich von den englischen Maßanzügen des Verlegers augenfällig unterschied.

»Ich möchte doch alle darum bitten, sich pünktlich zu unseren Besprechungen einzufinden«, sagte Rieger, während sein Sohn zu seinem Platz ging. »Warten bedeutet Leerlauf, und den können wir uns nicht leisten.«

»Ich hatte einen Autor am Telefon«, verteidigte sich Johannes. »Ich konnte das Gespräch nicht einfach abbrechen.«

»Gut«, sagte sein Vater. »Unsere Autoren haben vor allem anderen Vorrang. Aber die Arbeit darf nicht darunter leiden ...« Er überlegte einen Augenblick, nickte kurz, dann diktierte er seiner Sekretärin die erste Hausnotiz dieses Tages in den Block. Im Hinblick auf die Wichtigkeit und Bedeutung des Informationsflusses zwischen den leitenden Mitarbeitern des Hauses bitte er sie, eine Viertelstunde vor Beginn der Postkonferenz möglichst keine Telefongespräche mehr zu führen. Die Telefonzentrale werde aufgefordert, an diese Mitarbeiter ab neun Uhr dreißig keine Gespräche mehr durchzustellen.

»Ich halte das nicht für sinnvoll«, sagte Johannes. »Ich möchte zumindest für meine Autoren jederzeit erreichbar bleiben, wenn ich im Hause bin.« Dr. Vahrig sah Johannes erstaunt an, und auch der Leiter der Buchhaltung wirkte überrascht, denn es war ungewöhnlich, daß Johannes seinem Vater widersprach. Aber der alte Rieger sagte nur, daß er derlei Trivia nicht zu diskutieren wünsche, und fragte Dr. Kilblinger, wie weit die Vorbereitungen für das Herbstprogramm inzwischen gediehen seien. Kilblinger nannte Namen und Buchtitel. Nach ihm berichtete Schmidt-Rauholz von einem jungen französischen Philosophen, dessen Werk ihm aufgefallen sei und den er für den Verlag gewinnen wolle. »Ich möchte alles lesen, was er bislang geschrieben hat«, bekundete der Verleger, und schließlich konnte Dr. Vahrig endlich vortragen, welcher Rezensent welches Buch in welchem Feuilleton besprochen hatte. Horst Elb hatte in der *Woche* endlich den *Lenzow* vom vergangenen Herbst rezensiert, wie Rieger erwartet hatte, äußerst kritisch. Klaus Grimm behauptete in der *Zeit* erneut, daß der Roman von *Joan Rodriguez* ein Beweis für den Niedergang des Hauses Engsfeld sei. Rieger kannte diesen Artikel, hatte ihn bereits seinem Sohn wortlos und vorwurfsvoll unter die Nase gehalten.

Was Dr. Vahrig aus Zeitungen der Provinz vortrug, interessierte den Verleger nur anekdotisch. Er war der Ansicht, daß es in Deutschland bestenfalls fünf Magazine und Zeitungen gab, deren Urteil den Verkauf eines Buches fördern oder behindern konnte, ganze fünf und außerdem, Rieger dachte daran mit Abscheu und Bewunderung zugleich, die Fernsehtalkshow *Triade,* die alles auf den Kopf gestellt hatte, was Literaturkritik zuvor gewesen war. Sie war die Antwort eines Privatsenders auf das *Literarische Quartett* mit Marcel Reich-Ranicki.

Nicht ein einziger Literaturwissenschaftler nahm diese Sendungen oder auch nur eine der dort geäußerten Meinungen ernst. Autoren wie Lektoren zerrissen sich regelmäßig das Maul über die drei Literaturkritiker, die heftig transpirierend ihre uninspirierten Ansichten, meist ohne jede Begründung, in die Gehirne der Zuschauer bliesen, doch viele Leser genossen das Spektakel.

Die *Triade* hatte dem Quartett längst den Rang abgelaufen, und kein Buchhändler im Lande ließ sie sich entgehen. So subjektiv, hausbacken und oberflächlich sie auch war, was dem Kritiker Muller-Marceau, seinem Sekundanten und ihrer Quotenfrau zu Büchern und Autoren einfiel, es war immer erstklassige Unterhaltung. Und das gefiel der gar nicht so kleinen, mehr kaufkräftigen als lesestarken Klientel, von deren Kaufentscheidungen jeder abhing, der sich von Berufs wegen mit Literatur befaßte. Auch ein Rieger durfte Muller-Marceau nicht verärgern, und als Vahrig daran erinnerte, daß dieser einflußreiche Meinungsgenerator in Kürze seinen fünfundsiebzigsten Geburtstag feiern werde, verzogen sich Riegers Mundwinkel nach unten. Er hatte schon vor vier Wochen die Einladung zu einem Empfang aus diesem Anlaß erhalten, und er wußte noch immer nicht, ob er ihr folgen oder den Termin von Johannes wahrnehmen lassen sollte.

Zwar hatte er seinem Sohn ein halbes Jahr zuvor die Verantwortung für die französischen und lateinamerikanischen Autoren des Hauses übertragen, was allgemein als weit vorausschauende Aufwertung seines späteren Nachfolgers verstanden wurde, aber ob der Kritiker es schätzen würde, wenn dieser Nachfolger schon jetzt den Engsfeld Verlag bei seinem Empfang repräsentierte, war ungewiß.

Muller-Marceau konnte das auch als unfreundliche Geste werten, wenn nicht gar als Affront. Gott mochte verzeihen, das war schließlich sein Geschäft. Claude Muller-Marceau verzieh selten, und wenn überhaupt, dann nur nach beschämenden Akten der Demut. Nein, wahrscheinlich genügte ihm sogar Demut nicht. Von jedem, außer von seiner Frau, erwartete er, daß er sich ihm unterwarf.

2

GEBURTSTAG OHNE TORTE

Obgleich Rieger es für sinnvoll hielt, seinen Sohn nach und nach mit wichtigeren Aufgaben zu betrauen, um ihn auf die spätere Nachfolge vorzubereiten, hatte er sich anfangs allein der Mühe des Muller-Marceau-Empfangs in Hamburg unterziehen wollen. Mühe war sicherlich übertrieben, denn er fühlte sich fit und was bedeuteten schon seine fünfundsechzig Jahre? Andere mochten sich in diesem Alter alt fühlen; er war stolz auf seine geistige und körperliche Leistungsfähigkeit. Der belgische Kosmetikfabrikant, seine geschiedene Frau und sein Sohn mochten ruhig Gesellschafteranteile am Verlag halten – für die Geschäftsführung verantwortlich war noch immer er allein.

Und schließlich haftete er auch, als einziger, nicht nur mit seinen Gesellschafteranteilen, sondern mit seinem Gesamtvermögen für das Unternehmen.

Wenn er sich schließlich doch dazu durchgerungen hatte, seinen Sohn mitzunehmen, geschah das, weil dieser ihm zu verstehen gegeben hatte, daß seine Begegnung mit dem Kritiker im Interesse des Hauses lag. Die Nachwuchsautorin Anna Becker, für deren Arbeit Johannes sich interessiere, werde in einigen Tagen zum ersten Mal in Salzburg vor der Jury des Karl-Kraus-Preises aus ihren Erzählungen lesen, und Muller-Marceau beherrsche auch diese Jury. Auf diesen Hinweis seines Sohn hin hatte Rieger ihn sofort aufgefordert, mit ihm nach Hamburg zu fahren, um Muller sozusagen doppelt zu ehren, was den eitlen Kritiker, jedenfalls nach den Regeln simpelster, und in diesem Fall höchst angemessener Arithmetik, doppelt für den Verlag und seine junge Autorin einnehmen müßte.

So hatten der Verleger und sein Sohn das Verlagsgebäude in Schwabing am späten Nachmittag verlassen. Dr. Vahrig hatte sie am Franz-Joseph-Strauß-Flughafen abgesetzt, wo Rieger zuerst den Laden aufsuchte, der die internationale

Presse, Tageszeitungen und Magazine aus der ganzen Welt feilbot. Johannes, wohlvertraut mit dieser Gewohnheit seines Vaters, sah ihm zu, wie er nach der *International Herald Tribune* griff, die Zeitung zurücklegte, die Hand nach der *Neuen Zürcher Zeitung* ausstreckte, dann aber im letzten Moment *Le Monde* aus dem Ständer zog. Das Gesicht der jungen Frau an der Kasse verfinsterte sich, als Rieger ihr einen Hundertmarkschein hinhielt. Es tue ihr leid, sie habe gerade erst zu arbeiten begonnen und für einen Hunderter nicht genügend Wechselgeld in der Kasse.

»Wo sind wir denn hier?« fragte Rieger verärgert. »Es muß doch in einem Weltstadtflughafen möglich sein, eine Zeitung zu kaufen.«

»Ist es doch auch«, sagte die junge Frau. »Nur nicht mit großem Geld. Vielleicht können Sie Ihren Schein bei der Verkehrsbank wechseln.«

»Dann verzichte ich lieber auf die Zeitung«, sagte der Verleger, wandte sich dann aber hilfesuchend nach seinem Sohn um. »Johannes, könntest du so freundlich sein, das mal für mich zu erledigen?«

Johannes griff hastig nach seiner Geldbörse. »Selbstverständlich. Ich hab genug Kleingeld in der Tasche.« Er hielt der Frau zehn Mark hin. Rieger sah, wie sie seinen Sohn anlächelte, als sie ihm den Schein abnahm und das Wechselgeld gab. Er fühlte Einverständnis zwischen den beiden, als gäbe es längst ein stillschweigendes Bündnis zwischen den Jungen, einen wie ihn nicht mehr ganz ernst zu nehmen. Biologie, dachte er, die Lebenskraft der Jugend, doch dann lächelte er. Was bedeutete Jugend denn schon in dieser Gesellschaft? Die Jungen durften, so man sie überhaupt ließ, ihre Kraft in den Karrierekämpfen verschleißen. Die Macht, die wirkliche Macht, die es nicht mehr nötig hatte zu kämpfen, die nur noch herrschte, lag nahezu überall bei Männern seiner Generation.

Neue Besen kehren gut, dachte Helmut Rieger, aber die alten kennen alle Ecken. Dieser Satz, ein Satz aus seinem Lieblingsroman, Kühlings *Im Getriebe*, stimmte ihn heiter. Die Literatur, was wäre ich ohne die Literatur?

Johannes hatte sich wieder zu ihm gesellt. Nebeneinander gingen sie langsam in die *VIP-Lounge*. Rieger bat um einen Sherry, Johannes um einen Espresso, und als die beiden Männer in schwarzen Ledersesseln saßen, griff Rieger nach seiner *Le Monde*. Von den Strömungen der Zeiten getrieben, dachte er, und freute sich über diesen Satz. *Combray. Proustleser sind immer im Vorteil.* Dann kamen lachend zwei elegant gekleidete junge Frauen in die Lounge, baten um Mineralwasser, setzten sich in ihren kurzen Miniröcken, blickten zu seinem Sohn herüber und flüsterten leise miteinander, bis eine Lautsprecherdurchsage verkündete, das Flugzeug nach Hamburg sei zum Einsteigen bereit.

Der Flug war angenehm, und auch die Taxifahrt zum Hotel Atlantik ließ keine besonderen Aufregungen erwarten.

Zwar hatte Johannes gleich bemerkt, daß der bärtige Taxifahrer, ein nur dürftig des Deutschen mächtiger Araber, den Weg zum Hotel nicht kannte; aber immerhin verstand er französisch. Und so konnte Johannes, der diese Sprache während seines Volontariats bei *Grasset* in Paris fließend zu sprechen gelernt hatte, ihm den Weg erklären.

Beirut, sagte der Taxifahrer, sei einst die schönste Stadt des ganzen nahen Ostens gewesen. Doch es werde noch Jahrzehnte dauern, bis sie ihren alten Glanz wieder erreicht habe.

»Die Israelis«, sagte der Fahrer erregt, »legen uns regelmäßig alles wieder in Schutt und Asche.«

Rieger beugte sich nach vorn und wollte schon in das Gespräch eingreifen. Die Israelis hatten im Libanon nachweislich weniger Schäden angerichtet als die untereinander zerstrittenen moslemischen und christlichen Milizen, aber er verzichtete dann doch darauf, seine Meinung zu äußern.

Abgesehen davon, daß es ihn wenig interessierte, wenn in der Ferne fremde Völker aufeinanderschlugen – sein Französisch war nicht das Beste, und er wollte, gerade seinem Sohn gegenüber, keine Schwächen erkennen lassen. Er holte die Zeitung aus der Tasche und verschanzte sich, wie bereits im Flugzeug, dahinter. Als er las, daß die Jury den *Prix Médicis* wiederum zwischen einem Autor des Verlags *Grasset* und einem des Hauses *Gallimard* geteilt hatte, schmunzelte er. Überall dasselbe. Überall fest abgesteckte claims auf den Territorien der Weltliteratur. Doch dann, als das Taxi die Schnellstraße in die City erreicht hatte, stach ihm ein unangenehmer Geruch in die Nase und er verzog schmerzlich das Gesicht. Knoblauch, registrierte er, selbst in einem deutschen Taxi ist man nicht mehr vor Knoblauchgestank sicher, und seine heftige Erbitterung darüber ließ ihn alle Zurückhaltung vergessen. »Öffnen Sie doch wenigstens das Fenster«, wies er den Fahrer auf französisch zurecht, »wenn Sie trotz Ihres Berufs unbedingt Knoblauch essen müssen.«

Helmut Rieger hatte zwar damit gerechnet, daß der Kopernikus Verlag die Feier aus Anlaß des Geburtstags Muller-Marceaus noch aufwendiger gestalten würde, als Rieger es zwei Jahre zuvor für Stefan Bach für angemessen gehalten hatte, aber als die Riegers den Empfangsraum des Hotels betraten, war er dennoch überrascht.

Hundertfünfzig, nein, zweihundert, wenn nicht gar zweihundertfünfzig Gäste standen, meist mit einem Aperitif in der Hand, unter funkelnden Lüstern.

»Fast wie beim Opernball«, sagte Johannes leise, doch dann schüttelte er den Kopf. Nein, eher wie ein Konvent von Männergesangvereinen, denn Frauen seien eindeutig in der Minderheit. Rieger fand diese Bemerkung ungehörig. Er wollte seinen Sohn schon zurechtweisen, als er eine Frau laut lachen hörte. Dieses Lachen kannte er, und wo diese Frau war, da konnte Muller-Marceau nicht weit sein. Also schob er sich weiter, schob sich mit suchenden Blicken an Männern vorbei, die in kleinen Gruppen zusammenstanden. Rezensenten. Journalisten. Verleger und Cheflektoren. Rieger grüßte. Rieger wurde gegrüßt. Ein Fest dachte er, ein Fest unserer großen Familie, deren Angehörige für die Literatur leben oder wohl eher, wie die meisten Gäste hier, von ihr. Er fühlte sich beiden Gruppen zugehörig und empfand nahezu Glück, wenn er im Vorbeigehen Gesprächsfetzen auffing, die ihm bestätigten, daß er nicht einfach nur an einem gesellschaftlichen Ereignis teilnahm, sondern an einem Gottesdienst. *Der neue Enzensberger, ich bitte Sie, wer kann denn heute in Deutschland noch so* schreiben? – *Haben Sie die Niemandsbucht zuende lesen können? Das ist doch Autismus. Der reinste Autismus.* Rieger durchpflügte die Menge, grüßte und wurde gegrüßt, bis er vor der zierlichen Lyrikerin Uta Holm stand, deren Gedichtband er abgelehnt hatte. Neben ihr Muller-Marceau. Im schwarzen Anzug und mit Schweißperlen auf der nahezu haarlosen Kopfhaut. Seine linke Hand ruhte auf dem Arm des übergewichtigen Kritikers Diether Havermann, dieses zuverlässigen Stichwortgebers in jeder Sendung der *Triade.*

Rieger nickte auch dieser Gruppe höflich zu. Sehen und gesehen werden, das mußte genügen. Er hatte Muller-Marceau bereits einen handschriftlichen Brief gesandt, dem ein Präsent beigelegt war, eine sehr seltene Erstausgabe des Gedichtbandes *Verwerfungen* von Marius Röhm aus dem Jahre neunzehnhundertachtundvierzig. Es schien ihm nicht erforderlich, dem Kritiker ein zweites Mal zu gratulieren. Er wollte ihm nur zeigen, daß auch er und sein Sohn gekommen waren, um ihn zu ehren, doch Muller-Marceau winkte ihn zu sich und bedankte sich überschwenglich für das Geschenk. »Sie haben mir eine große Freude gemacht«, sagte er, wie Rieger fand, eine Spur zu laut. »Sie wissen, wie ich diesen Autor schätze.« Rieger nickte, wollte noch darauf hinweisen, daß er das vergriffene Werk Röhms nach und nach neu herausbringen werde, doch da schob sich Dr. Nitz, der Leiter des Kopernikus Verlags, an die Gruppe heran, begrüßte ihn und übersah seinen Sohn. »Ich muß nachher unbedingt noch mit Ihnen reden«, sagte Muller-Marceau hastig zu Rieger, bevor er ihn und Johannes mit der Lyrikerin und Havermann alleinließ.

»Ich bin jedes Mal aufs Neue erstaunt, wenn ich erlebe, wie viel Humor Herr Muller hat«, sagte die Dichterin, wohl in der Absicht, ein Gespräch mit Rieger anzufangen. Er nutzte die erste sich bietende Gelegenheit, ihr zu entkommen. »Entschuldigen Sie mich bitte, ich muß unbedingt...« sagte er freundlich, als er den bayerischen Kultusminister unter den Gästen entdeckte. Ohne eine Reaktion abzuwarten, steuerte er, seinen Sohn im Schlepp, auf Dr. Zehetmair zu, aber dann, er hatte den Kultusminister fast erreicht, wurden die großen Türen zum Festsaal geöffnet.

Die kleinen Gruppen lösten sich auf und auch Rieger und sein Sohn gingen langsam in den Festsaal, wo sie von einer jungen Frau an ihren Tisch geleitet wurden. An dem hatten bereits der Germanistikprofessor Jürgen Manthey sowie der Rundfunkredakteur Peter Hamm Platz genommen, die Rieger beide mit kräftigem Händedruck begrüßte. Sie gehörten nicht nur einfach zur großen Familie. Sie waren zuverlässige Freunde seines Hauses, die er besonders schätzte. Falls er sich tatsächlich entschließen sollte, das Werk Marius Röhms erneut aufzulegen, wäre Peter Hamm möglicherweise als Herausgeber zu gewinnen. Aber zuvor mußte er ausloten, ob Muller-Marceau eine solche Neu-edition auch tatsächlich unterstützen würde oder ob sein Lob dieses Autors nicht nur Ausdruck einer unverbindlichen Höflichkeit war, die verdecken sollte, daß Muller, nur seinem Instinkt, seinen persönlichen Vorlieben und Abneigungen folgend, Autoren und ihr Werk nach vorn schob oder opferte wie ein guter Schachspieler seine Figuren.

Rieger atmete unhörbar und erleichtert auf, als er die Menükarte aus der Hand legte. Die klare braune Gänse-suppe würde er unberührt lassen. Mousseline von der Bachforelle erschien ihm ebenso unbedenklich wie frische Wachteln Windsor, und was den Badischen Rahmkäse mit Radieschen betraf, mit dem die Gastgeber vermutlich dezent auf Muller-Marceaus elsässische Herkunft verweisen wollten, so würde er den Käse ebenso ignorieren wie den Eisauflauf, der das Menü beschließen sollte. Nein, mit besonderen Gefahren für seine Figur war dieses Festmahl nicht verbunden. Selbst in Hamburg schien man, jedenfalls in der Gastronomie der Spitzenklasse, begriffen zu haben, daß eine kalorienreiche Mahlzeit, so edel ihre Zutaten auch sein mochten, keine gute Mahlzeit mehr war.

Daß es, wie bei einem literarischen Kunstwerk, nur noch auf das Crescendo und Decrescendo ankam, auf eine Kom-position, die zwischen Hors d'œuvre froid und Dessert keinerlei Wiederholungen in Material, Farbe und Ge-schmack duldete; die bestenfalls aleatorische Permutatio-nen zuließ, gerade so, wie der Verleger sie in seinem Pro-gramm anstrebte, auch wenn er sie, aus wirtschaftlichen

Gründen, nicht immer voll verwirklichen konnte. Crescendo und Decrescendo, es mußte ja nicht gleich zum anschwellenden Bocksgesang werden.

Dr. Nitz, der an das mit Blumen geschmückte Rednerpult getreten war und kurz an das Mikrophon klopfte, unterbrach Riegers Gedankengang. Er begrüßte den Ehrengast und die anderen Gäste, erklärte, wie glücklich er sei, daß Muller-Marceau im Kopernikus Verlag seine geistige Heimat gefunden habe und zeichnete dann, behutsam und immer wieder auf Muller-Marceaus Liebe zur deutschen Literatur verweisend, den bisherigen Lebensweg des Jubilars nach.

Eine elsässische Herkunft bedeute jedenfalls für die Generation Muller-Marceaus, hineingeboren zu sein in das Spannungsfeld zwischen Frankreich und Deutschland. Muller-Marceau habe sich (trotz oder gerade wegen seiner Liebe zur deutschen Literatur) für Frankreich entscheiden müssen, als in Deutschland der Ungeist brauner Horden die Oberhand gewann. Mit bewegenden Worten schilderte Dr. Nitz die Not im von Deutschen besetzten Frankreich und vermied dabei sorgsam jeden Hinweis auf die kommunistische Widerstandsgruppe, der Muller während des Krieges angehört hatte. – Potage de oie claire.

Geräuschlos wurde die Suppe serviert, während Dr. Nitz redete und redete, bis er sich endlich vom Rednerpult löste und Rieger einem immer heftiger drängenden natürlichen Bedürfnis nachgeben konnte. Im Waschraum traf er auf Muller-Marceau, der sich gerade im Spiegel betrachtete. »Was haben Sie denn jetzt vor?« fragte er neugierig. »hat er seinen Roman noch zu Ende schreiben können, oder werden wir uns mit Fragmenten begnügen müssen?«

»An welchen Roman denken Sie denn?« fragte Rieger vorsichtig.

Überrascht sah ihn der Kritiker an: »Karsten Tröger ist doch vorige Woche gestorben! Sagen Sie bloß, das wissen Sie noch nicht?«

Rieger ging ruhig zum großen Wandspiegel, tat so, als prüfe er den Sitz seiner Krawatte, dann hatte er seine Fassung wiedergewonnen, und er wandte sich gelassen dem

Kritiker zu: »Aber ich bitte Sie! – Der Tod unseres Autors wurde uns schon wenige Stunden nach seinem Ableben mitgeteilt. Unser Haus hat längst alle erforderlichen Maßnahmen eingeleitet. Wir sind bereits damit beschäftigt, den umfangreichen Nachlaß zu sichten.«

»Hab' ich mir gedacht«, sagte Muller-Marceau. »Ich hoffe, er hat uns noch ein Meisterwerk hinterlassen!«

Niemals Wirkungen erkennen lassen, dachte Helmut Rieger, während er so leise wie möglich zu seinem Tisch zurückging. Niemals Wirkungen erkennen lassen, das ist die Grundvoraussetzung jeglichen Erfolgs. Er setzte sich wieder und nickte Peter Hamm freundlich zu. Dann lehnte er sich zurück und lauschte aufmerksam dem Lyriker Nils Unbehagen, der im weißen Hemd mit Schillerkragen unter einer schwarzen Zimmermannsjacke, natürlich ohne Krawatte, locker, gelöst und nahezu heiter seine Laudatio auf Muller-Marceau ins Mikrofon sprach. Auf jenen Kritiker, der ihn Jahrzehnte nicht beachtet und nun vor kurzem zum ersten Mal gelobt und gepriesen hatte. Unbestechlich sei dieser Muller, sagte Unbehagen, Literatur linker Coleur begleite er ebenso aufmerksam wie jene, nun, eher konservativer, dem Überkommenen und Bewährten verpflichteter Autoren.

»Versuchen Sie ja nicht, mich hier in die Ecke des Beckmessers zu schieben«, mischte sich launig Muller-Marceau ein, der in der Nähe des Rednerpults saß. Eine sanfte Welle verhaltenen Gelächters kam auf und verebbte. Auch Helmut Rieger lachte kurz und applaudierte, als Unbehagen den Kopf in den Nacken warf, seine fast schulterlangen dünnen grauen Haare durch die Luft fliegen ließ und Muller-Marceau weitere Jahre voll Schaffenskraft wünschte. Rieger applaudierte, holte einen Zettel und den Federhalter aus der Jackentasche und schrieb mit kleinen Buchstaben: *Tröger soll verstorben sein,* und schob die Notiz seinem Sohn hinüber, der sie las und seinen Vater fragend ansah. Rieger zuckte kurz mit den Schultern, nahm Johannes das Papier aus der Hand und steckte es in seine Brieftasche.

Erneut rollten Kellner die Servierwagen in den Festsaal, plazierten die Desserts, und als Rieger die halbe Ananas vor sich stehen sah, die, ausgehöhlt wie ein Schiff und gefüllt mit frischen Himbeeren, einem Berg von Vanilleeis entgegenzutreiben schien, sah er seinen Sohn fragend an: »Was meinst du, Johannes? Wollen wir dieser Versuchung tapfer widerstehen oder ihr lustvoll erliegen?« Johannes überlegte noch, was er antworten könnte, da hatte sein Vater den Dessertlöffel schon in der Hand.

Niemals Wirkungen erkennen lassen. Mit Genuß verzehrte Rieger das Dessert, – nein, nur knapp ein Drittel der Himbeeren und des Eises. Schlagfertig verwies er auf Peter Hamms Frage, wann endlich bei Engsfeld eine Kritik des Speiseeises veröffentlicht werde, auf den *Suhrkamp Verlag,* in dessen Gefilden er nicht wildern wolle.

Wie die meisten anderen Gäste folgte er mit Johannes der Einladung des Gastgebers in den Salon. Er drückte dem Kritiker *Joachim Kaiser* kurz die Hand, gratulierte Nils Unbehagen zu dessen Laudatio, und gesellte sich dann wie zufällig zu Muller-Marceau, der auf eine Tasse Kaffee wartete. »Wie Sie das alles schaffen«, sagte er zu ihm. »Heute Hamburg, morgen zurück nach Heidelberg und dann… in drei Tagen müssen Sie ja wohl wieder nach Salzburg. Ganz schön anstrengend…«

Die Serviererin reichte Muller-Marceau seinen Kaffee. Muller-Marceau trank nur einen kleinen Schluck und schob die Tasse zurück. »Salzburg ist keine Anstrengung, sondern ein Fest«, sagte er dann. »Wann können wir Sie denn dort endlich wieder einmal begrüßen?«

»Diesmal leider nicht«, bedauerte Rieger. »Mich halten die Geschäfte in München fest. Aber mein Sohn wird unser Haus in Salzburg vertreten.« Er erwog, ob er das Interesse des Verlags an der Erzählerin Anna Becker ansprechen sollte, doch er ließ es bleiben. Das sollte Johannes in Salzburg deutlich machen, dachte er und suchte mit seinen Blicken den Sohn. Der war in ein Gespräch mit Nils Unbehagen und der Lyrikerin Uta Holm vertieft.

»Ernst Jünger wird maßlos überschätzt«, sagte Unbehagen gerade, als der Vater neben den Sohn trat. »Er sollte sich mehr auf seine Insekten konzentrieren.« Uta Holm lachte glucksend, und Johannes schaute seinen Vater so unsicher an, daß Rieger sich in das Gespräch einmischte. »Ernst Jünger ist ein glänzender Stilist. Ich beneide die Kollegen von Klett-Cotta um diesen Autor«, sagte er nachdrücklich. Wenig später bedeutete er Johannes, daß er sich in sein Hotelzimmer zurückziehen wolle.

»Ich versteh dich nicht«, sagte Johannes, während sich die Lifttüren langsam schlossen. »Tröger ist tot, und du verhältst dich, als sei nichts geschehen.«

»Hoffentlich ist es mir gelungen, diesen Eindruck zu erwecken«, sagte Rieger, und dann brach aus ihm heraus, was ihn beschäftigte, seit Muller-Marceau ihn mit Trögers Tod konfrontiert hatte. Wie war es möglich, daß ein Kritiker eher vom Tode eines Autors wußte als dessen Verleger? Wer konnte ihn in Kenntnis gesetzt haben? Trögers Frau etwa, von der jener seit Jahren getrennt lebte und mit der er, davon ging Rieger jedenfalls aus, jeglichen Kontakt vermied? Oder ein pfiffiger Journalist auf Alderney, der um die Bedeutung Trögers wußte? Siedend heiß fiel ihm der Brief ein, in dem er den Autor an dessen Schulden erinnert hatte, und so berechtigt ihm dieser Brief auch heute noch erschien, die Kulturjournalisten würden sich das Maul darüber zerreißen, sollte er ihnen jemals in die Hände fallen.

»Wer weiß«, sagte Johannes. »Vielleicht zerbrichst du dir hier völlig grundlos den Kopf, während der Tröger fröhlich vor seiner Weinflasche sitzt.«

Sein Vater schüttelte den Kopf: »Ausgeschlossen. Muller-Marceau weiß sehr genau, was er sagt. Wenn das nur kein Freitod war.«

»Selbstmord?« fragte Johannes überrascht, und Rieger nickte nachdenklich: »Bei Autoren wahrlich nicht ungewöhnlich. Aber bisher wissen wir überhaupt nichts.«

Sie hatten ihr Stockwerk erreicht und als Rieger zu seiner Suite ging, blieb Johannes neben ihm, obwohl sein Einzelzimmer am anderen Ende des Flures lag. Freitod, dachte Rieger, ist, wenn überhaupt, nur einem unheilbar Kranken zu verzeihen. Sekunden später hatte er auch schon den Telefonhörer in der Hand. *Albert Camus, die Überlebenden behalten am Ende immer recht.* Er wählte zuerst die Nummer seines Pressesprechers, hörte die verschlafene

Stimme Dr. Vahrigs und forderte ihn auf, unverzüglich festzustellen, ob irgendwo eine Meldung über Trögers Tod veröffentlicht worden sei. Dann rief er Mechthild Hager an. »Prüfen Sie bitte, ob wir noch heute nach München zurückfliegen können und buchen Sie vorsorglich schon für morgen zwei Flüge nach Alderney. Stellen Sie bitte fest, ob uns bekannt ist, wo die Frau von Herrn Tröger derzeit lebt, und halten Sie mich bitte auf dem laufenden.« Johannes sah seinen Vater fragend, ja fast bittend an, doch der bemerkte diesen Blick nicht einmal. »Ich fliege mit Frau Hager nach Alderney. Sollte Tröger wirklich nicht mehr am Leben sein, werden wir seinen Nachlaß sicherstellen. Du reist wie geplant nach Salzburg und kümmerst dich um die Becker.«

3

Halbgöttin in Schwarz

Sich geborgen fühlen. In der kalten Jahreszeit wärmende Baumwollbettwäsche auf der Haut spüren, und während der kurzen heißen Sommernächte glatten Satin, den sie als angenehm kühlend empfand. Den Duft des Lavendels einatmen, dessen Blüten zu suchen, zu finden, zu trocknen und in kleine Stoffsäckchen einzunähen, sie, als sie vierzehn war, ihre Großmutter gelehrt hatte.

Noch immer vermied es Anna, das Bett gleich zu verlassen, wenn sie morgens erwacht war. Schon als Kind hatte sie es geliebt, so lange wie möglich im Reich der Träume zu verweilen, und es schweigend ertragen, wenn die Mutter sie dafür schalt. Sie Schlafmütze nannte oder Traumsuse. Sie zum Arzt schleppte, nur weil ihr die geheimnisvolle Welt der Nacht viel aufregender vorkam, als der langweilige Kindergarten. Dort hatte man es wenigstens noch geduldet, daß sie nur ungern mit den anderen spielte. Lieber mit ihrer Puppe in einer ruhigen Ecke saß und ihr Märchen erzählte, die sie auf dem Schoße der geliebten Oma gehört hatte. Von roten und weißen Königen hatte die alte Frau erzählt. Von verlorenen, gestohlenen und schließlich wiedergefundenen Kindern. Von Zauberern und Narren. Von der Königin der Schwerter hatte sie leise gesprochen und der Prinzessin der Kelche, und manchmal hatte sie Anna bunte Bilder gezeigt. Tarotkarten, die sie aus Ungarn mitgebracht hatte nach Deutschland; Karten, die ihr Antworten geben konnten auf die Fragen des Lebens.

Seit zehn Jahren war Oma dort, wo die Toten sind. Die abgegriffenen Karten lagen, eingehüllt in Großmutters Kopftuch, auf Annas Nachttisch. Karten, deren Farben zwar allmählich verblaßten, die aber noch immer lachen konnten und weinen. Lachen, wenn Anna glücklich war. Weinen, wenn sie sich fürchtete vor der lauten Welt draußen, wo alle dauernd etwas von ihr verlangten.

Während der ersten Schuljahre hatte Anna gegen diese Außenwelt noch verbissen kämpfen müssen. Hatte mit Piaget und Stanford-Binet dem Schulpsychologen beweisen müssen, daß sie nicht geisteskrank war, sondern nur introvertiert. Hatte Kriege führen müssen gegen ihre Mutter, mit der Großmutter als einziger Verbündeten. Annas Vater war schon damals nur selten zu Hause gewesen. Noch heute, im Alter von mehr als sechzig Jahren, verbeugte er sich in den Konzertsälen ferner Städte vor fremden, gutgekleideten Menschen, für die er Orchester dirigierte. In Hamburg, München und manchmal auch in Paris.

Erst als sie schon vierzehn Jahre alt gewesen war, hatte ein Lehrer, dem Annas Aufsätze gefielen, ihrer Mutter klarmachen können, daß sie eine hochbegabte Tochter geboren hatte. Wie über Nacht waren danach, wo zuvor nur von Pflichten und Ordnung die Rede gewesen war, einer Ordnung, die Anna stets als Ordnung der anderen verachtet hatte, Toleranz und Verständnis beschworen worden. Auch für Anna galten fortan die Künstler-Privilegien des Vaters, und das hatte ihr das Leben erleichtert.

Doch deshalb war Annas Mißtrauen ihrer Mutter gegenüber nicht geschwunden. In dem gleichen Maße, wie sie freier ihren Neigungen und Interessen hatte folgen dürfen, waren ihre Schulzeugnisse besser geworden. Zwar hatten es ihre überragenden Abiturnoten in den Fächern Deutsch und Musik nicht vermocht, den Makel ihrer nur als ausreichend bewerteten Anstrengungen im Fach Mathematik zu tilgen, doch wer interessierte sich jetzt noch für dieses Zeugnis?

Schon das Studium der Theaterwissenschaften und der Germanistik war ihr wie ein langer Spaziergang vorgekommen, der sie immer weiter vom Elternhaus weg führte. Und seit sie am Theater arbeitete, dachte sie tagsüber nur noch selten an ihre Mutter. Nur nachts, wenn die dünne Membran zwischen der Traumsuse und der jungen Frau durchlässiger wurde, empfand Anna gelegentlich eine Angst, die sie im Schlaf unruhig werden ließ. Schutz suchen wollte sie dann, und rannte in ihren Träumen noch immer zur Großmutter. Geborgenheit finden auf dem Schoß der alten Frau.

Anna hielt in ihrem Bett die Augen geschlossen, obwohl sie längst nicht mehr schlief. Wie jeden Morgen öffnete sie sich nur widerwillig den Geräuschen des Tages, die in ihr Apartment drangen. Dem dumpfen Tuckern und Brummen der Schiffsdiesel vom nahen Rhein. Dem Rauschen des Autoverkehrs, das nur gedämpft zu hören war, wie ein fernes Meer. Ein Meer, das plötzlich verführerisch nach Kaffee zu riechen schien, und da zerriß auch schon ein lautes Läuten den dünnen Vorhang zwischen ihrer noch vom Schlafe trunkenen Seele und dem Tag. Die Schaltuhr, die Peter mit dem Kaffeeautomaten in der Küche verbunden hatte, signalisierte, daß ihr Frühstückskaffee fertig war.

Nackt, wie sie geschlafen hatte, ging sie ins Badezimmer, wo sie ihre Haut mit kaltem Wasser abrieb und danach mit einer Bürste massierte. Auch das hatte ihre Großmutter sie gelehrt. *Zum Herzen hin reiben, Mädel, zum Herzen hin bürsten.* Damit bleibst du dein Leben lang gesund und schön. So schön, wie Oma auch mit fünfundachtzig noch ausgesehen hatte, dachte Anna. Als sie ihren Bademantel anzog und vor den Spiegel trat, ihre langen schwarzen Haare kämmte, als sie eine Fingerspitze Tagescreme von *Shiseido* über ihr Gesicht verteilte, sich die Wimpern tuschte und Lippgloss auftrug, nahm sie sich vor, bei nächster Gelegenheit das Grab der Toten zu besuchen. Erst am Frühstückstisch in der kleinen Küche, wo sie wie jeden Tag eine Mango schälte und zerkleinerte und einen Apfel in ihr Müsli rieb, wo sie eine Tasse Kaffee trank, *schwarz wie die Sünde und heiß wie die Liebe,* richteten sich ihre Gedanken auf den neuen Tag. Sie mußte heute unbedingt ihren Urlaubsantrag im Büro abgeben. Die *Salzburger Literaturtage* fingen ja schon Ende der Woche an.

Und während sie das Geschirr und das Besteck in der Spülmaschine verstaute, empfand sie Schuldbewußtsein. Urlaub ist spätestens vier Wochen vorher anzumelden, hieß es immer am Theater. Es würde Ärger geben.

Ich werde eine Geschichte, die ich geschrieben habe, in Salzburg vorlesen, dachte sie. Wichtige Literaturkritiker werden sich dazu äußern. Das Fernsehen wird da sein, alles übertragen, und da mischte sich leichtes Unbehagen, mischten sich Befürchtungen in ihre Freude und den Stolz, eine der wenigen zu sein, die in der Vielzahl der Bewerber nicht untergegangen waren. Aber war ihre Erzählung wirklich gut? Bernd Voss vom *Münchener Courier* hatte eine Geschichte von ihr gewogen und für nicht zu leicht befunden. Gedruckt hatte er sie in seiner Zeitung, Anna aufgefordert, ihm noch mehr Erzählungen zu senden, aus denen er eine aussuchen wollte, die sie bei den Salzburger Literaturtagen lesen sollte. Anna hatte es zuerst kaum glauben wollen. Was hatte sie denn schon veröffentlicht mit ihren zweiunddreißig Jahren? Außer der Erzählung im *Courier* nur noch einen Bericht über Matthias Corvinus in der *Zeit*. Gewiß, sie hatte schon als Kind gerne geschrieben. Ihr Tagebuch hatte sie zum verschwiegenen Zeugen ihrer Kämpfe gegen die Mutter gemacht, ihm ihre Sehnsucht nach dem Vater anvertraut. Erst nach und nach waren daraus Geschichten geworden, die in der Schulzeitung und in Studentenmagazinen gedruckt wurden, doch dann hatte sie nichts mehr aus der Hand geben wollen. Es war ihr vorgekommen, als ob sie damit jedesmal ihr Innerstes zu Markte tragen würde.

Sie ging aus der Küche zurück in den Wohn- und Schlafraum, nahm ein Paar Strümpfe aus einer der Schubladen des Kleiderschranks. Als sie sich auf den Stuhl vor dem Schreibtisch setzte, um die schwarzen Strümpfe anzuziehen, fiel ihr Blick auf das Cello, das in seinem Kasten an der Wand lehnte. Ich hätte das Schreiben nicht so lange vernachlässigen dürfen, dachte sie. Nicht soviel Zeit auf die Musik wenden dürfen. Doch was geschehen war, war geschehen. Sie liebte die Musik und das Musizieren noch immer. Sie spielte nach wie vor jede Woche einen Abend mit Freunden Beethoven, Humperdinck und Vivaldi, aber sie wußte, daß sie als Cellistin nicht einmal mittelmäßig war.

Ihre literarischen Fingerübungen waren offensichtlich besser als ihr Cellospiel. Für eine Autorin, ganz zu schweigen für eine Dichterin, hatte Anna sich nie gehalten. Dafür hatte die Mutter sie viel zu oft als hoffärtig gescholten, als anmaßend und stolz.

Aber auch ihre Mutter würde zugeben müssen, daß es bereits eine Auszeichnung war, zur Lesung vor der Salzburger Jury eingeladen zu werden. Und so unwohl Anna sich zwischen fremden Menschen fühlte und so unbehaglich es ihr war, im Mittelpunkt der Aufmerksamkeit zu stehen – Salzburg war eine Chance, die sie wahrnehmen wollte. Als Dramaturgin des Theaters den Kaffee für Intendanten und Oberspielleiter kochen zu müssen, war bestenfalls eine Übergangslösung.

Nein, sagte sie sich, während sie in einen schmalen dreiviertellangen schwarzen Rock stieg und einen ihrer schwarzen Cashmerepullover anzog, dafür hätte ich nun wirklich nicht acht Jahre lang zu studieren brauchen. Sie zog ihre Lieblingsjacke von *Jil Sander* über Pullover und Rock, und als sie den weit geschnittenen langen schwarzen Mantel zuknöpfte, den sie während des Winterurlaubs in Venedig gekauft hatte, fühlte sie sich hinreichend gepanzert gegen die laute Welt draußen.

Seit *Die Grünen* im Düsseldorfer Rathaus es geschafft hatten, das Verkehrschaos zu vergrößern, indem sie eine Spur der Luegallee allein für Radfahrer reservierten, ließ Anna ihr Golf Cabrio werktags meist in der Garage und fuhr mit der U-Bahn zum Theater. Sie verabscheute öffentliche Verkehrsmittel, die körperliche Nähe zu anderen erzwangen – im Auto zu sitzen, sich Meter um Meter langsam durch den Verkehr zu kämpfen, mochte sie aber noch weniger. Da ging sie lieber zur nächsten Haltestelle der U-Bahn – nein, sie lief mit schnellen Schritten, den Blick stur geradeaus gerichtet. Das hatte sie während zweier Semester in New York gelernt und das erschien ihr inzwischen auch für deutsche Städte sinnvoll. So hielten ihr weder alte Bettler die Hand hin, noch belästigten sie junge Arbeitslose. Dieses Land geht langsam, aber sicher vor die Hunde, ging es ihr durch den Kopf, als sie die leeren Bierdosen, Weinflaschen und alten Zeitungen neben dem Abfallkübel an der Haltestelle sah, aus dem übel riechender Müll quoll. Die Stadt sparte inzwischen offenbar sogar an der Müllabfuhr. Dann kam die U-Bahn. Kaum daß Anna einen freien Sitzplatz gefunden hatte, zog sie sofort ein Buch aus der Manteltasche. Ihre Lektüre seit einer Woche. Die Bahn fuhr gerade an, da hatte sie sich schon hinter Peter Handkes *Die Stunde der wahren Empfindung* verschanzt, und als der Zug seine oberirdische Trasse verließ und in den Tunnel eintauchte, da war sie schon tief in Handkes Empfindungen versunken. Widerstand leisten, durch Rückzug. Sich mit dem Lauten und Hastigen, mit dumpfer Rohheit und Brutalität nicht einmal mehr auseinandersetzen, sondern derlei einfach ignorieren. Glücklicherweise trug ihr Vater mit seinen monatlichen Pauschalen dazu bei, daß sie diesen Abstand wahren konnte. Am Heinrich-Heine-Bahnhof stieg Anna aus dem Zug. Sie hätte sich am liebsten die Ohren zugehalten, als sie die schrillen Flötentöne hörte, mit denen zwei junge Burschen die *Kleine Nachtmusik* verhunzten. Sie ging schnell weiter zur Königsallee und überquerte sie. An den Schadow-Arkaden vorbei und die Schadowstraße entlang. Auf dem Karl-Immermann-Platz sah sie einen kleinen Jungen, der mit jedem Schritt eine leere Bierdose vor sich her kickte und damit Lärm verursachte, der über den ganzen Platz hallte. Zwei Jugendliche zeigten, welche Kunststücke sie mit ihren Skateboards vollbringen konnten. Ob diese beiden jemals ein Buch in die Hand nahmen? Ob sie jemals in einem Theater gewesen waren? Kaum anzunehmen, befand Anna. Sie mußte zur Seite springen und einem schnellen Mädel auf Inlinern ausweichen, um nicht umgerissen zu werden. Nun stand sie vor dem Schauspielhaus, das aussah wie eine riesige weiße Sahnetorte aus Beton, nein – wie ein Betonbunker, in dessen Wände kleine viereckige Fenster wie Schießscharten eingelassen waren. Als ob sich das Theater verteidigen müsse.

»Schön, daß Sie auch schon da sind, Frau Becker«, begrüßte sie Dr. Malzahn. »Wenn ich mich recht erinnere, beginnt Ihre Arbeitszeit um zehn und nicht um elf.«

»Ich bin untröstlich«, entgegnete Anna, während sie in aller Ruhe einen Kleiderbügel in ihren Mantel schob und ihn an die Garderobenleiste neben der Tür ihres winzigen Büros hängte. »Aber ich habe heute Nacht alles über Hinterthaler lesen müssen, was ich auftreiben konnte. Sie wollen das Programm doch noch diesen Monat in Druck geben. Ich möchte es auf alle Fälle fertig haben, bevor ich ein paar Tage Urlaub nehmen muß.«

»Urlaub?« Der kleine, füllige Chef-Dramaturg, auf dessen faltiger Stirn sogar im kühlen Proberaum winzige Schweißperlen glänzten, sah sie überrascht an. »Kommt überhaupt nicht in Frage. Ich kann Sie jetzt unmöglich entbehren.«

»Wird sich leider nicht vermeiden lassen«, sagte Anna. »Meine Mutter feiert am Freitag ihren sechzigsten Geburtstag. Vater würde mir nie verzeihen, wenn ich nicht dabei wäre.«

Malzahn stieg das Blut in den Kopf. Anna bereitete sich schon darauf vor, daß er sie anbrüllen würde, doch er zuckte nur verärgert mit den Schultern. Dann solle sie das mit der Verwaltung regeln. Er jedenfalls sei der letzte, der sie von einer Familienfeier abhalte. »Und wenn das ganze Theater in Stücke fällt«, sagte er und hob die linke Hand, als ob er Hamlets Totenschädel darin halten müsse. »Es gibt auch noch so was wie ein Privatleben.«

»Und ob!« lächelte Anna. »Ich besorg' Ihnen auch zwei Plätze in der ersten Reihe, wenn mein Vater mal wieder hier dirigiert.«

»Nett von Ihnen«, sagte Malzahn und verließ das Büro.

Opportunisten, dachte Anna, als sie zu ihrem Schreibtisch ging. Auch beim Theater gibt es nichts als Opportunisten. Sie nahm einen Stapel Manuskripte vom Tisch, zögerte kurz und beförderte sie dann aber entschlossen in den Papierkorb. Überall verstaubten solche Stapel schlecht vervielfältigter und oft nur locker gehefteter Schauspieltexte in den Regalen, und jede Woche pumpten die Theaterverlage neues Papier in die Dramaturgien. Das meiste taugte nicht einmal für eine szenische Lesung, geschweige denn für eine Aufführung. Das wußten die Dramaturgen schon, bevor sie ein Stück gelesen hatten, und deshalb verzichteten sie meistens darauf. Lieber ließen sie noch immer *Gerhart Hauptmann* aufführen. Weshalb auch nicht? *Die Weber* paßten doch wieder hervorragend in die Zeit. Man brauchte die Handwebstühle nur durch Hochöfen oder Fördertürme zu ersetzen.

Sie saß inzwischen an ihrem Schreibtisch und schaltete den *Apple MacIntosh* ein. Als der Computer die Daten von der Festplatte in den Arbeitsspeicher geschaufelt hatte, sah ihr vom Bildschirm der Dramatiker Alois Hinterthaler mit fest zusammengepreßten Lippen entgegen. Oder blickten seine großen Kuhaugen über Annas Schultern zu Bertolt Brecht, der auf einem großen Plakat an der Wand hinter ihrem Rücken noch immer seinen zerknautschten Zigarillo rauchte? Sollte er ruhig. Anna blätterte ihren Entwurf für das Programmheft am Bildschirm durch bis zu dem Abschnitt, den sie bisher zur Biographie Hinterthalers geschrieben hatte. *Neunzehnhundertfünfzig als zweiter Sohn eines Forstarbeiters in Niederösterreich geboren... verließ mit sechzehn das Gymnasium, um sich* – nein, das konnte sie unmöglich so stehen lassen, *verließ mit sechzehn die Oberschule, um sich Rainer Werner Fassbinders »antiteater« anzuschließen.* Das klang entschieden besser. Auch viel zu früh gestorben, der Fassbinder, ging es ihr durch den Kopf. Aber warum mußten Künstler, mußten Schauspieler und Sänger, mußten Maler und Dichter ihr Gehirn auch immer wieder mit schlechten Chemikalien tunen? Damit verglichen führte ihr Vater ja fast ein vorbildliches Leben, auch wenn die Frauen, mit denen er Mutter betrog, immer jünger wurden.

Sie überschrieb da oder dort ein Wort oder eine Passage. Nahm sich dann die Inhaltsangabe seines neuen Theaterstückes vor, mit der sie nicht zufrieden war. *Verstümmelte Sprache verstümmelter Menschen...*, das erschien ihr noch zu platt, zu eindimensional. Sie mußte das besser, treffender formulieren. Sie hatte diesen Satz gerade für eine spätere Bearbeitung markiert, da kam Malzahn in ihr Zimmer: »Der Hinterthaler ist unangemeldet bei der Probe aufgetaucht. Kommen Sie mit. Ich brauch' einen Zeugen.«

Mit gemischten Gefühlen begleitete Anna Malzahn zum Proberaum. Sie hatte nach und nach alle Stücke von Hinterthaler gelesen. Das hilflose Stammeln, das ohnmächtige Grummeln, das verstörte Stottern seiner Figuren stieß sie ab. Gleichzeitig nahm sie in diesen Waldarbeitern eine Kraft wahr, die sie aufregte. Nach Männerschweiß rochen diese Menschen, und sie war neugierig, ob der Schöpfer dieser Figuren ihnen ähnlich war.

Andererseits haßte sie alles Laute, und sie ahnte, daß sie

44

einen Streit miterleben würde. Dirk Brodi, dem Malzahn die Regie übertragen hatte, war sicher gebildet und hochbegabt, aber eben auch schwierig.

Für Malzahn waren solche Konflikte längst Routine. Anna vermutete, daß er sie sogar genoß. Jedenfalls ließ er sich jetzt viel Zeit. Als er Requisiten sah, die im Flur vor dem Probenraum herumstanden, griff er sofort zum Handy und blaffte den Requisiteur an. »Das verstößt gegen die feuerpolizeilichen Vorschriften«, bellte er. »Ich sag' Ihnen das nicht nochmal. Ich melde diesen Vorfall der Verwaltung.« Damit hatte er sich offenbar für den Dramatiker in die richtige Stimmung gebracht. »Wenn der Hinterthaler hier Randale macht, schmeiß ich ihn raus«, sagte er zu Anna, während er sein Handy in die Tasche steckte. »Der Brodi kann bei mir inszenieren wie er will. Wir haben das Recht dazu.« Danach öffnete er die Tür zum Probenraum so langsam und leise wie nur möglich. Als ob er sich bemühen wollte, die Kunst nicht zu wecken.

Die beiden Männer im schwach beleuchteten Saal hatten die drei Schauspieler auf der von Scheinwerfern in helles Licht getauchten kleinen Bühne offenbar völlig vergessen. »Du bist doch total verblödet«, brüllte Hinterthaler. »Mein Stück ist kein Steinbruch, aus dem sich jedes Würstel bedienen kann, wie es ihm beliebt. Die Szene wird gespielt. Du hast sie wohl nicht alle.«

»Das Würstel nehmen Sie sofort zurück«, schrie Dirk Brodi, den Malzahn für die Gastregie aus der Schweiz geholt hatte. »Bei mir gibt's das nicht auf der Bühne. Sie können sich meinetwegen auf den Kopf stellen. Aber in einer Brodi-Inszenierung wird nicht masturbiert.«

»Gewichst!« sagte Hinterthaler. »Gewichst! Ein Wort wie masturbieren kennt der Hubert nicht mal. Das ist ein Holzfäller, verstehst du? Der Mann kann nicht mal seinen Namen schreiben. Wenn ihm der Obstlerferdi die Net nicht aus Thailand mitgebracht hätte, wären ihm irgendwann die Eier geplatzt. Das müßte doch sogar jemand wie du begreifen.«

Anna zuckte zusammen. Sich derart vulgär zu äußern, war eines Dichters unwürdig, nahezu noch schäbiger als die Anspielung auf eine Operation, bei der Brodi beide Hoden verloren hatte. Aber vielleicht wollte Hinterthaler auch nur seine geringe körperliche Größe kompensieren. Er war mindestens einen halben Kopf kleiner als Anna.

»Ich muß doch bitten, meine Herren!« sagte Malzahn. »Solche Konflikte lassen sich auch auf vernünftige Weise lösen. Ich bin gern bereit, mir die Argumente beider Seiten anzuhören.«

Alois Hinterthaler schien nicht bemerkt zu haben, daß Malzahn und Anna in den Raum gekommen waren. Er blickte sie überrascht an und wandte sich wieder Brodi zu: »Wer sind denn die? Hast du die etwa zu Hilfe gerufen?«

»Malzahn«, stellte sich der Dramaturg vor. »Wir haben ein paar Mal miteinander telefoniert. Ich habe Ihr *Lost in Straubing* nach Düsseldorf geholt. Ein sehr gutes Stück.« Hinterthaler gab ihm die Hand. »Eine sehr kluge Entscheidung – Und wer ist die Sahneschnitte neben dir?«

Anna mußte sich bemühen, ruhig zu bleiben: »Die Sahneschnitte heißt Anna Becker und arbeitet gerade an unserem Programmheft für diese Aufführung. Wollen Sie hier auch noch *Den Dichter als Schwein* spielen? – wenn ich mich nicht irre, ist das doch ein Stück von einem ihrer geschätzten Kollegen.«

Sie erwartete, daß Hinterthaler sich zumindest für die Sahneschnitte bei ihr entschuldigte, doch der Dramatiker musterte sie nur wie ein Fleischbeschauer. »Einen Schmarren will ich! Aber ich laß nicht zu, daß ich mit silbernem Löffel inszeniert werde. Wenn der Brodi Feinkost will, soll er einen *Botho Strauß* machen. Mein *Lost in Straubing* ist kein Kaviar für Düsseldorfer Edelfresser, und niemand wird es dazu machen. Schon gar keiner, der bei der Regie 'ne *Armani*-Jacke trägt.«

»*Versace*«, korrigierte Brodi kühl. »Armani macht meine Schultern zu breit.«

Hinterthaler setzte sich, fingerte ein Päckchen Tabak aus seiner Cordjacke und begann, sich in aller Ruhe eine Zigarette zu drehen. Eine Provokation. Er wußte genau, daß Rauchen in allen Theatern streng verboten war. Aber noch hatte er keine Streichhölzer oder ein Feuerzeug in der Hand.

45

»Eine halbe Stunde Pause«, rief Malzahn zur Bühne, auf der die Schauspieler noch immer so unbeweglich standen, als würde *Robert Wilson* aufgeführt. Die beiden männlichen Akteure verließen sofort den Proberaum. Sie würden in die Kantine eilen und dort Bier trinken. Die junge Schauspielerin Katharina Hohlberg, die im Stück die Frau aus Thailand spielte, stieg gleichfalls von der Bühne, zögerte aber an der Tür des Proberaums und lief dann zum Regisseur. »Muß ich denn wirklich nackt an der Hundeleine über die Bühne kriechen? *Ein Mensch ist doch kein Tier.*«

»Die Hundeleine bleibt«, knurrte Hinterthaler. »Das steht so in der Regieanweisung.«

Brodi nickte. Er habe keinen Augenblick beabsichtigt, etwas daran zu ändern, denn er fühle sich immer dem Autor verpflichtet. Sogar *Barbara Brecht-Schall* habe nichts an seinem *Galileo* auszusetzen gehabt, und das bedeute nun wirklich etwas. Die wache schließlich über Brechts Werk wie ein Wagnerdrache über den Schatz der Nibelungen. Aber eine Onanierszene komme bei ihm nicht auf die Bühne. »Eher schmeiß ich die Regie hin. Ich halte diese Szene für degoutant.«

Alois Hinterthaler kniff seine großen runden Augen hinter der Brille zu schmalen Schlitzen zusammen. Er protestierte erneut gegen Brodis Eingriff in sein Stück. Verglich Regisseure mit Wildschweinen, die in seinem Werk wüteten wie Säue und Eber im Maisfeld. Schließlich legte ihm Malzahn besänftigend die Hand auf den Arm: »Ist ja gut, Herr Hinterthaler. Bei allem Respekt, Sie sind nicht Bertolt Brecht. Auch wenn Sie die gleiche Brille tragen.« Der Dramatiker nahm seine Brille ab und hielt sie Malzahn hin. »Das ist nicht die gleiche Brille«, sagte er. »Sie können sich gern davon überzeugen. Brecht trug nur Nickel. Meine ist aus Gold.«

Zwei Stunden später ging Anna neben Hinterthaler durch den Hofgarten. Zuerst hatte sie es schroff abgelehnt, den Dramatiker bei seinem Spaziergang zu begleiten. Doch Malzahn hatte es für eine gute Idee gehalten, dem Autor Düsseldorf zu zeigen. Schon um ihn loszuwerden.

»Ich bin hier nicht als Hostess angestellt«, hatte Anna

protestiert, aber dann doch nachgegeben. So ungeschlacht, so polternd sich Hinterthaler auch ihr gegenüber benommen hatte – er schrieb immerhin Stücke, die aufgeführt wurden, und mit solchen Leuten redete sie nicht ungern. Und außerdem wollte sie herausfinden, weshalb er zur Probe angereist war. Es kam ihr irgendwie unprofessionell vor. So etwas war vielleicht bei einer Uraufführung angemessen. Doch *Lost in Straubing* war schon in Frankfurt und Berlin gespielt worden, und die Düsseldorfer Inszenierung würde die Kritiker überregionaler Zeitungen kaum noch interessieren. Malzahn hatte das Stück ohnehin nur in den Spielplan aufgenommen, weil ihm Katharina Hohlberg bei einer Ensembleversammlung fehlende Nähe zum Publikum vorgeworfen hatte. Seitdem wollte er diese Schauspielerin entweder loswerden oder aber wenigstens nackt über die Bühne kriechen sehen.

Anna hatte in ihrem engen Rock Mühe, mit Hinterthaler Schritt zu halten. Die prächtigen Magnolien, deren große rosa Blüten sich dezent vom frischen Grün der Blätter abhoben, interessierten den Dramatiker offensichtlich ebenso wenig, wie das kräftige Rot der Tulpen, die in den Wiesen leuchteten, als wäre selbst die Flora der Landeshauptstadt auf Rot-Grün eingeschworen.

»Interessieren Sie sich für Skulpturen?« fragte Anna unvermittelt, nur um etwas zu sagen. »Wir haben hier einen sehr guten *Henry Moore*.«

»Einen guten Henry Moore und ein beschissenes Regietheater!« sagte Hinterthaler. »Wie mich das alles ankotzt. Sie glauben nicht, wie mich das alles ankotzt.«

»Ich habs mir auch mal anders vorgestellt. *Bernhard Minetti... Bruno Ganz... Eva Matthes* oder *Hannelore Hoger*... Wie solche Schauspieler einen Text zum Leben erwecken können... Wie sie die feinsten Nuancen herausarbeiten... Das hat mich am Schauspiel fasziniert. Nur deshalb bin ich ans Theater gegangen.«

»Hören Sie auf! In welcher Welt leben Sie eigentlich? Hannelore Hoger ist inzwischen eine gute Kommissarin in schlechten Fernsehkrimis, und Rosel Zech schluchzt beim Melodram der Woche im *RTL*. Wir durchleben gegenwärtig eine Zeit des Niedergangs, falls Sie das noch nicht gemerkt haben. Es muß alles noch viel schlechter werden, bevor es wieder besser werden kann.«

»Denken Sie an eine neue Renaissance?« fragte Anna verblüfft. Hinterthaler lachte laut: »Ach was! Ich denk nur noch an was zu fressen. Gibt's hier irgendwo einen guten Italiener?«

»Italiener schon. Ob sie gut sind, weiß ich nicht.«

»Dann werden Sie jetzt einen kennenlernen«, versprach der Dramatiker, und bog mit ihr abrupt nach links ab. Zielstrebig führte er sie zur Landskrone, wobei er über Frührentner lästerte, die auf Bänken die Nachmittagssonne genossen. Er freute sich über die Kinder, die den Enten im Teich Brotkrumen zuwarfen, und als sie an zwei jungen Menschen vorbeigingen, die einander in blöder Verzückung tief in die Augen sahen, als gäbe es etwas darin zu entdecken, schüttelte er den Kopf. »Paare«, sagte Hinterthaler. »Fehlen nur noch die Passanten!«

»Haben Sie was gegen Gefühle?«

»Nein. Aber sehen Sie hier irgendwo authentische? – Machen Sie sich nichts vor, Sie seltsame Halbgöttin in Schwarz! Die Empfindungen der meisten Menschen sind heute genauso industriell produziert wie ihre Automobile«.

4

Der Dichterwettstreit zu Salzburg

Anna war nicht mit Hinterthaler ins Bett gegangen. Sie hatte sich zwar von ihm zu einem vorzüglichen *Saltimbocca a la Romana* einladen lassen und ihm bei einem Glas *Orvieto* die Beichte seiner unglücklichen Ehe abgenommen, aber darauf anders reagiert, als er gehofft haben mochte. Heiraten müsse schrecklich sein! Ihr jedenfalls habe noch nie ein Mann etwas von einer glücklichen Ehe erzählt. Wenn Hinterthaler schnellen Trost suche, solle er sich am besten in die Theaterkantine setzen: »Dort finden Sie bestimmt eine junge Schauspielerin, die sich sehr geehrt fühlen würde.« Männer. Nachher prahlen sie beim Bier mit ihren Eroberungen. Und ich laß mich auch noch wie ein Groupie zum Italiener führen.

Doch inzwischen war sie längst wieder mit der Welt und sich versöhnt. Das Reisebüro hatte ihr einen Platz im *Blauen Enzian* reserviert, wo sie fünf Stunden lang, als einzige im Abteil, vor fremden Blicken geschützt, entspannt mit Handke durch die *Niemandsbucht* wandern konnte. Erst in Ulm setzten sich drei gut gekleidete Männer zu ihr. Zuerst sprachen sie nur abwechselnd ins Diktiergerät oder ins Handy, und sie konnte noch fünf Seiten lesen. Dann versuchte einer der Männer ein Gespräch mit ihr anzufangen. Sie hatte sofort ihren CD-Player aus der Reisetasche geholt, die Kopfhörer eingestöpselt und versucht, Handke mit Beethoven zu synchronisieren. Dann hatte sie das Buch aber zugeklappt und sich lieber ganz auf die Musik konzentriert. Erst als ein Zollbeamter sie kurz vor Salzburg um ihren Reisepaß bat, sah sie erschreckt auf die Uhr. Es war gleich fünf, und schon um acht begann die Veranstaltung, mit der die Literaturtage jedes Jahr offiziell eröffnet wurden. Ein Empfang für Autoren und Juroren, für die Presse und andere geladene Gäste. Auch über die Reihenfolge der Autorenlesungen wurde bei dieser Gelegenheit durch Los entschieden. Zehn Minuten später ärgerte sie sich über die Ruhe des Taxifahrers, der fünf Minuten brauchte, bis er im Kofferraum Platz für ihre Reisetasche geschaffen hatte und danach fast eine Viertelstunde für die kurze Wegstrecke zum Hotel *Carlton*. Beinahe halb sechs war es, als Anna im Hotel ihren Anmeldezettel ausgefüllt hatte und ihr die freundliche Frau am Empfang eine kühn gestylte Kunststoffmappe aushändigte: »Viel Erfolg«, sagte die Frau. »Ich drücke Ihnen die Daumen.«

»Lügen Sie nicht so schamlos«, hörte Anna eine Männerstimme hinter sich. »Das haben Sie mir doch schon versprochen. Wie viele Daumen haben Sie eigentlich?«

Die Hotelangestellte lächelte verlegen. Anna drehte sich neugierig um und erblickte einen jungen Mann in Pullover, Jeans und Turnschuhen, der die gleiche bunte Kunststoffmappe in der Hand hielt wie sie: »Wir sind wohl Leidensgenossen. Ich bin der Max Oechsle. – Trinken Sie einen Kaffee mit mir?«

Sie sah auf ihre Armbanduhr. »Seien Sie mir nicht böse, aber ich möchte mich erstmal frisch machen.«

»Ist in Ordnung«, befand Oechsle in sattem Pfälzer Dialekt. »Wenn Sie einverstanden sind, können wir ja in einem Taxi zum Empfang fahren und die Kosten teilen.«

»Meinetwegen«, antwortete Anna und ärgerte sich schon im Lift, daß sie seinem Vorschlag zugestimmt hatte. Nicht nur, daß die Veranstalter den Autoren die Ausgaben für Fahrkarten und Flugscheine erstatteten und für die Übernachtungskosten aufkamen. Sie zahlten ihnen auch zusätzlich ein »Antrittsgeld« von eineinhalbtausend Mark. Da spielten doch ein paar Schillinge für Taxifahrten keine Rolle.

Als sie ihr Zimmer betrat, stand ihre Reisetasche schon auf dem Gepäckrack. Anna hatte zwar nie in billigen Pensionen übernachtet, doch dieser Raum überwältigte sie in seiner barocken Schönheit. Sissi hätte gut in diese Umgebung gepaßt. Eigentlich hatte sie sich wirklich nur kurz frisch machen wollen, doch als sie die große Wanne sah, konnte sie der Versuchung nicht widerstehen. Wenig später lag sie im warmen Wasser, genoß den duftenden Schaum des Badezusatzes und blätterte in der bunten Kunststoffmappe. Eine persönliche Einladung zum Eröffnungsempfang. Ein Leporello mit den Namen und Fotos der Autoren und Juroren. Ein Prospekt des Salzbergwerks Hallein sowie ein Gutschein über zwei Dutzend Mozartkugeln. Und ein kleines Namensschild mit einer Anstecknadel, das sie unbedingt tragen sollte. *Anna Becker,* las sie, darunter *Autorin.* Aber war sie überhaupt schon eine? Nach dem Wenigen, was sie bisher geschrieben hatte? Und würde die Geschichte, die sie vorlesen wollte, auch nur einem einzigen Zuhörer gefallen? Schon lange war ihr bewußt, daß gegen jeden Text, gegen jeden Satz immer ebenso viele Gründe sprechen wie dafür. Um so sorgfältiger war ihr Umgang mit der Sprache geworden, und um so angestrengter ihre Suche nach dem besonderen, einzig richtigen, nach dem treffenden Wort. Sage nicht: ich stehe im Regen. Sage: kühle Nässe vom Himmel benetzt meine Haut. Furcht vor ihrer Lesung kroch in ihr hoch, ballte sich wie ein stumpfer Ball aus Pelz in ihr zusammen. Schon kurz vor sieben. Hastig stieg sie aus der Badewanne und trat unter die Dusche. Das kalte Wasser ließ sie erschauern, und während sie sich abtrocknete, überlegte sie, was sie zum Empfang anziehen könnte. Die Begegnung mit Oechsle hatte sie auch in dieser Beziehung etwas verunsichert. Wenn andere Autoren sogar im Viersterne-Hotel Jeans und Turnschuhe trugen, konnte sie sich unmöglich im Jil Sander-Outfit zu ihnen gesellen. Die enge schwarze Hose, ein T-Shirt und ihre Lederjacke erschienen ihr jetzt viel passender für den Anlaß. Das Namensschild verstaute sie für alle Fälle in ihrer Handtasche.

Genau so funktioniert die Gesellschaft, dachte sie, als sie Max Oechsle in der Hotelhalle wiedersah. Ihn hatte ihre elegante Kleidung offenbar gleichfalls irritiert, und so hatte auch er sich anzupassen versucht. Sie hatte für *down-dressing* optiert, er hatte sich zum *up-dressing* entschlossen, das ihm zum individuellen *cross-dressing* mißraten war. Oder wie sollte man sonst die Kombination aus einer schräg gestreiften grünen Krawatte zum dunkelblauen Anzug und einem roten Hemd aus Polyester bezeichnen?

Oechsles grüne Schuhe bewiesen seinen Mut zur kühnen Innovation. Jedenfalls würde er auffallen. Schon bei seinem Anblick würden die Juroren wissen, wes eigenwilligen Geistes Kind der Text dieses Autors sein mußte.

Ich hab' mal wieder alles falsch gemacht, ging es Anna durch den Kopf, aber es war zu spät, das jetzt noch zu korrigieren. »Na kommen Sie doch endlich«, drängte Oechsle. »Unser Taxi wartet nicht ewig.« Sie folgte dem Pfälzer auf die Straße, ließ sich mißmutig von ihm die Autotür aufhalten. »Zum Goldenen Hirsch!« befahl Oechsle, der es sich vorne bequem gemacht hatte, und drehte sich zu Anna um: »Der Muller-Marceau wohnt jedes Jahr dort. Das Hotel müßte eigentlich *Zum Goldenen Drachen* heißen.«

Sie hielt diese Bemerkung für zu albern, um darauf zu antworten, blickte nur schweigend zur Seite, doch Oechsle plauderte fröhlich weiter. Ihm könne man nichts mehr vormachen. Er durchschaue diesen Literaturzirkus, und trete nur wegen des Antrittsgeldes auf. »Ich war schon einmal eingeladen – Prägen Sie sich mein Gesicht gut ein. Daß ich hier zum zweiten Mal lesen darf, ist eine ganz große Auszeichnung.«

»Und welchem Umstand verdanken Sie diese ganz große Auszeichnung?« fragte Anna gelangweilt. »Etwa Ihrem besonderen Genie?«

»Versuchen Sie bloß nicht, mich zu verarschen«, knurrte der Pfälzer, während das Taxi den Mozartsteg überquerte. »Genial sind hier höchstens die Juroren. Die Hoerschelmann hat mich zum zweitenmal für den Karl-Kraus-Preis vorgeschlagen. Die Frau hat Geschmack. – Aber jetzt mal ganz im Ernst: mehr als dreihundertfünfzig Autoren haben hier in zwanzig Jahren gelesen. Mindestens sechzig sind mit Preisen ausgezeichnet worden. Und haben Sie danach noch mal irgendwas von auch nur einem dieser Leute gehört?«

»Und ob!« sagte Anna. »Wieslinger hat einen Bestseller veröffentlicht ... Julia Bach schreibt großartige Erzählungen. – Sie sollten mal die Fabel vom Fuchs und den Weintrauben lesen. Scheint wie für Sie geschrieben. Sie kommen mir wie der Fuchs vor.«

Oechsle ging nicht darauf ein, grinste sie nur an. »Aber ich rede hier doch von Literatur. Der Politkrimi vom Wieslinger ist reine Unterhaltung. Das Buch verdankt seinen Erfolg nur seinem Thema. Und was die Bach betrifft, die hat nur ihren Vater beschrieben: Fragen Sie mich nicht, bei welcher Tätigkeit … Wenn Sie die Tochter von Stefan Bach wären, würde ein Verlag sogar Ihre Wäschereilisten veröffentlichen. Und jetzt wenden sich auch noch seine anderen drei Töchter den edlen Musen zu. Die Kulturszene ist korrupter als ganz Palermo. Oder glauben Sie etwa noch an den Weihnachtsmann?«

»Durchaus nicht!« sagte Anna gereizt. »Aber wo veröffentlichen Sie denn, wenn ich fragen darf? Oechsle… Max Oechsle… Ich habe von Ihnen noch nie was gehört oder gelesen.«

»Pech für Sie. Ich hab' dauernd was in den *Schlagzeilen*. Aber sagen Sie das bloß nicht weiter.«

»Kenne ich nicht«, sagte sie wahrheitsgemäß. »Eine neue Literaturzeitschrift?« Oechsle zuckte gelassen mit den Schultern: »Nicht unbedingt, aber das ist für mich ebenso unwichtig, wie es Inhalte sind! Der Prüfstein für Literatur ist immer die Form. Die *Schlagzeilen* drucken wenigstens noch moderne Kurzprosa. Wo finden Sie sowas denn sonst noch in Deutschland?«

»Und ich meine, Inhalt und Form müssen sich durchdringen und miteinander verschmelzen, bis man sie überhaupt nicht mehr zu unterscheiden vermag«, sagte Anna. Danach schwieg sie verärgert und blickte auf das Taxameter. Als der Wagen vor dem Hotel hielt und der Fahrer fünfundachtzig Schillinge verlangte, hatte sie bereits eine Hundert-Schilling-Note in der Hand: »Stimmt so!« Sie wollte Oechsle so schnell wie möglich loswerden, aber der blieb neben ihr, und als sie das Foyer betraten, ärgerte sie sich über Blicke der festlich gekleideten Gäste, die nicht ihr galten, sondern seiner schrillen Kleidung.

Wie verloren fühlte sich Anna zwischen all den fremden Leuten, die, einzeln oder in kleinen Gruppen, zum Festsaal hinüber schlenderten. Doch dann sah sie endlich ein bekanntes Gesicht: Bernd Voss vom *Münchener Courier*, der nervös auf seine Uhr schaute. Anna steuerte auf ihn zu. Er hatte denselben dunklen Lodenanzug an wie ein Vierteljahr zuvor, als er mit ihr im Café Hoch einen Text für Salzburg ausgesucht hatte. »Schön, daß Sie gekommen sind«, begrüßte er sie. »Ich hoffe, Sie hatten eine angenehme Reise, und Ihr Zimmer sagt Ihnen zu.«

»Mein Zimmer ist wundervoll«, sagte Anna und versuchte zu lächeln. Aber die vielen Leute, sie hätte nicht mit so vielen Leuten gerechnet. Nicht schon am Eröffnungsabend.

»Am besten, Sie kümmern sich so wenig wie möglich darum«, riet Voss. »Setzen Sie sich an einen der Tische und versuchen Sie, bei den Reden nicht einzuschlafen. Danach können Sie dem kalten Buffet zuwenden. Und was die Reihenfolge der Lesungen betrifft ...« Er brach mitten im Satz ab, sah plötzlich an Anna vorbei auf Muller-Marceau, der mit Diether Havermann plauderte und sich ihnen dabei näherte. »Schlecht«, hörte Anna Muller-Marceau schimpfen. »Unsäglich schlecht.« Und dann stand der Kritiker vor ihr, sah sie an – nein, sah an ihr vorbei, und wandte sich an Voss: »Ich unterbreche immer nur höchst ungern das Gespräch eines klugen Mannes mit einer schönen Frau, aber ich möchte die Juroren zu einer kurzen Besprechung bitten.«

»Selbstverständlich«, nickte Voss und zögerte: »Wenn ich Sie mit Frau Becker bekannt machen dürfte... Die Autorin der *Gestohlenen Kinder von Hermannstadt* ...«

Muller-Marceau schüttelte abwehrend den Kopf: »Nicht jetzt, lieber Freund! Keinesfalls jetzt!«

Voss nickte und wandte sich wieder Anna zu: »Entschuldigen Sie mich bitte einen Augenblick. Wir reden gleich noch miteinander!«

Bevor sie noch etwas sagen konnte, entschwanden die drei Männer in Richtung Festsaal. Anna folgte ihnen langsam. Das grelle Licht der Fernsehscheinwerfer blendete sie. Gerade wurde das lange kalte Buffet gefilmt, hinter dem vier zu Statuen erstarrte Köche mit hohen weißen Mützen standen. Oechsle sprach mit einer rothaarigen, vielleicht fünfzig Jahre alten Frau. Anna wollte sich lächelnd an ihm vorbeidrücken, doch er winkte sie zu sich und machte sie mit Veronika Hoerschelmann bekannt: »Seien Sie bloß freundlich zu Frau Hoerschelmann«, sagte er grinsend zu Anna. »Diese Frau hat mindestens so viel Macht wie drei männliche Juroren.« Die Kritikerin protestierte mit gespieltem Entsetzen, dem man deutlich anmerkte, wie geschmeichelt sie sich fühlte. Oechsle legte einen Arm auf Annas Schultern: »Gehen Sie bitte vorsichtig mit meiner Kollegin um«, bat er. »Ich glaube, Frau Becker ist noch Jungfrau. Jedenfalls was den Literaturbetrieb betrifft …«

In diesem Moment sah Anna einen Mann an der Eingangstür. Sie verfolgte ihn mit Blicken. Er mochte etwa in ihrem Alter sein, war feingliedrig gebaut und trotz des weiten dunklen Anzugs kam er Anna zerbrechlich vor. Er setzte sich sofort an einen der weiß gedeckten Tische, und in seinen Augen glaubte sie einen Hauch von Trauer zu erkennen. Sie kam nicht dazu, Oechsle zu fragen, ob er diesen Mann kannte, weil ein lauter Gongschlag alle Gespräche unterbrach und Oechsle, wie die anderen Gäste auch, zu einem der Tische ging. Diesmal war es Anna, die nicht von seiner Seite wich. Sie mußte ihr Urteil über den Pfälzer korrigieren. So schreiend aufdringlich ihr seine Kleidung auch vorkam, so verbittert seine Stimme im Taxi auch geklungen hatte – er nahm wenigstens noch wahr, was in anderen Menschen vorging. Sie wollte ihm noch sagen, daß sie ihm die literarische Jungfrau nicht übelnahm, da begann der Reigen jener Männer, die im Lichte der Fernsehkameras vor dem Mikrofon die Literatur, – nein, eher sich selber feierten. Der Studioleiter des Fernsehsenders pries den Einsatz, das Engagement seines Hauses für die Literatur und verwies auf den vom Sender gestifteten Karl-Kraus-Preis. Der Landeshauptmann beschwor die Bedeutung der Literatur als Lebens-, wenn nicht als Überlebensmittel in dieser sich, ja, selbst in Salzburg, rasend schnell verändernden Welt. Das Land hatte gleichfalls einen Preis gestiftet, und auch der Bertelsmann Verlag hatte da nicht hintan stehen wollen. »*Je preiser gekrönt, desto durcher gefallen*«, höhnte Max Oechsle, als das kalte Buffet endlich freigegeben worden war und er sich eine riesige Portion Eisbein mit Sauerkraut auf seinen Teller häufte. Doch eine Stunde später, nachdem die Reihenfolge der

Auftritte ausgelost worden war, hatte es selbst ihm fast die Sprache verschlagen. Er mußte seinen Text schon morgen vortragen, als zweiter Autor des Vormittags, und er hielt diesen Zeitpunkt für denkbar ungünstig: »Am ersten Tag zeigt die Jury ihre Folterinstrumente vor. Am zweiten Tag ist sie restlos deprimiert, und am dritten Tag hoffen alle nur noch auf ein Wunder.« Anna wußte nicht, was sie darauf antworten sollte. Ihr Los war auf diesen dritten Tag gefallen.

Auf dem Weg zur alten Universität, in deren imposanter Aula Academica alljährlich die Literaturtage stattfanden, redete Oechsle eindringlich auf Anna ein: »Sie machen einen ganz großen Fehler. Hören Sie auf mich! Genießen Sie die Stadt und gehen Sie frühestens zehn Minuten vor Ihrem Auftritt in die Aula. Es gibt kein besseres Mittel gegen Lampenfieber.«

»Ach was«, antwortete sie. Sie wolle immer beizeiten wissen, was im Leben auf sie zukomme, damit sie sich darauf vorbereiten könne. Abgesehen davon sei sie gespannt auf Oechsles Lesung.

»Ihnen kann man nicht helfen«, sagte der Pfälzer. »*Wanderer, der du hier eintrittst, laß alle Hoffnung fahren* sollte über dem Eingang zu dieser Aula stehen. Aber auf mich hört ja keiner.«

Vor dem Universitätsgebäude standen drei große Sendewagen. Dicke Kabel schlängelten sich über die Freitreppe und wiesen den beiden Autoren den Weg in die riesige Aula. Gleißend helles Licht unzähliger Scheinwerfer. Hunderte von Leuten, die belustigt zu einem breiten Podest aufblickten. Da oben saßen an einem halbrunden Tisch die neun Juroren hinter ihren Mikrofonen und den großen Namensschildern. Ihnen gegenüber, an einem kleinen Tisch mit Mikrofon, eine junge Frau. Wie eine Angeklagte, die vor einer großen Strafkammer zur Rechenschaft gezogen wird.

»Das kann man so nicht machen«, rief Muller-Marceau und fuchtelte mit der Hand in der Luft herum. »Ich fürchte, Sie werden noch sehr viel schreiben müssen, bis Sie begreifen, daß Sie es überhaupt nicht können.«

Das Publikum lachte. Muller-Marceau genoß sichtlich diese Reaktion, da klopfte Veronika Hoerschelmann auf ihr Mikrofon. »Ich bin gänzlich anderer Meinung. Mich überzeugt, wie hier eine Storyline mit einer Plotline verflochten wurde. Wie subtil...«

»Storyline!« unterbrach Muller-Marceau. »Plotline! Entschuldigen Sie, wenn ich sowas höre, muß ich immer an Wäscheleine denken.« Das Publikum lachte wieder, diesmal verhaltener. Anna sah sich nach zwei freien Stühlen um.

»Ich muß Muller leider beipflichten«, rief Bernd Voss auf dem Podium in sein Mikrofon. »Hier wurde Franz Kafka mit Anzengruber verschnitten. Das Resultat ist ein gänzlich ungenießbares Gebräu.« Er blickte abwartend ins Publikum, hoffte wohl auch auf eine Reaktion, doch die Lachlust des Publikums schien fürs erste erschöpft.

»Als nächster liest Max Oechsle aus Speyer«, kündigte der Moderator an. »Na dann, viel Erfolg«, flüsterte Anna. Oechsle ging langsam nach vorn und kreuzte dabei den Weg der jungen Autorin, die den kleinen Tisch verlassen hatte. Sie weinte.

Anna entdeckte in der Menge den Mann, der ihr schon beim Eröffnungsempfang aufgefallen war. Er hatte ein Manuskript in der Hand und sah auf einen der Fernsehmonitore, die in der Aula verteilt waren. »Klick, klick, klick«, begann der Pfälzer seine Lesung. »Die Glieder der Kette, an der ich durch den Gefängnisflur vor meinen Richter geführt wurde, klirrten leise. Ein ungeschickter Autor hätte seinen Text vermutlich so angefangen. Doch ich bin intelligent und weiß aus Erfahrung, daß ich vor einer noch intelligenteren Jury lese, die ein derart veraltetes Stilmittel kaum zu schätzen wüßte. Ich ging also, gefesselt an Händen und Füßen. Ich hörte die Stiefel des Wächters knarren, und dann hob er die Hand mit der Peitsche – pardon, er hob sie natürlich nicht. Der Wächter hat mit meiner Geschichte genauso wenig zu tun wie der Gefangene. Es geht mir um einen Zustand, geht mir um Befindlichkeit, die ich natürlich auch nicht so nennen werde, denn alle Substantive mit dem Suffix *-heit, -keit* oder *-ung* verachte ich als Sprache der verwalteten Welt...«

Anna fand den Text schwierig, mochte nicht länger zuhören, aber die Raffinesse, mit der Oechsle konstruierte
und dekonstruierte, mit der er erzählte und das Erzählte
zurücknahm, zog sie doch wider Willen in ihren Bann.
Großartig, dachte sie, und nickte anerkennend. Auch dem
Mann mit den traurigen Augen schien diese Geschichte zu
gefallen. Sein Körper war leicht nach vorn gebeugt, und als
er kurz zu ihr herübersah, lächelte er. Da fing in der Aula
plötzlich ein Kind an zu weinen. Das Publikum lachte laut.
Eine ganze Schulklasse stand auf und verließ den Saal.
Oechsle las weiter, las schneller und lauter, um gegen die
Unruhe anzukämpfen, dann war er mit seinem Text am
Ende. Der Moderator bat die Juroren um ihr Urteil.

»Junger Herr«, begann Muller-Marceau, und stocherte
mit spitzem Zeigefinger in Richtung Oechsles. »Wollen Sie
nun erzählen oder wollen Sie nicht erzählen? Für eins von
beiden müssen Sie sich schon entscheiden. Sie haben mich
unsäglich gelangweilt.«

»Mich auch,« stimmte Diether Havermann zu. »Der
Text hat weder Kopf noch Fuß.«

»Nicht mal Bauch!« sagte Bernd Voss. Er schien weiter-
sprechen zu wollen, aber Horst Elb, ein Juror mit Brille
und Bart, fiel ihm kühl ins Wort: »Ich verwahre mich entschieden dagegen, auf diesem Niveau zu diskutieren. Das
war eine vorzügliche Arbeit. Nur ungern erinnere ich an
Lichtenberg: Wenn ein Kopf und ein Text zusammen-
stoßen…«

Anna hielt den Atem an. Deutlicher konnte man Muller-
Marceau und Havermann kaum der Dummheit bezichtigen, doch diese beiden ignorierten die Anspielung völlig.

»Ich verlange lediglich eine Geschichte mit einem Anfang und einem Schluß«, sagte Muller-Marceau, dann
wandte er sich wieder direkt an Oechsle: »Ich habe Ihnen
schon beim ersten Auftritt gesagt, daß ich Ihre Kopfgebur-
ten nicht für lebensfähig halte. Verschonen Sie die Welt
oder zumindest diese Jury vor weiteren solchen Texten!«

Nein! schrie alles in Anna. So durfte man mit Menschen,
durfte man mit Literatur, auch mit mißlungener Literatur,
nicht umgehen. Sie stand so hastig auf, daß ihr Stuhl um-
fiel. Sie bekam zwar noch mit, daß Veronika Hoerschel-

mann ihren Kandidaten zu verteidigen suchte, aber sie wollte nur noch raus. Wo bin ich denn hier. So was kann man doch nicht Literaturkritik nennen. Nein, diesen Hyänen werfe ich mich nicht zum Fraße vor. Ich bezahle im Hotel meine Rechnung und reise mit dem nächsten Zug ab. Sie hatte die Aula verlassen, lief die Treppen hinab auf die Straße und hielt nach einem Taxi Ausschau. Da fiel ihr ein, daß sie sich mit Oechsle verabredet hatte. Sie mochte ihn nicht versetzen. Gerade jetzt nicht.

Eine Stunde später saß Anna auf der Dachterrasse des *Hotels Stein* neben Max Oechsle. Er hatte die Kritik an seiner Geschichte, den Hohn, mit den Muller-Marceau ihn überschüttet hatte, offenbar schon verarbeitet. Ruhig trank er seinen Wein, genoß sichtlich den Blick über die Altstadt hinüber zur Festung, und als Anna sagte, daß sie noch vor ihrem Auftritt abreisen werde, sah er sie erstaunt an: »Ich habe Sie gewarnt! Haben Sie etwa ein germanistisches Seminar erwartet? Das ist eine Fernsehshow für Halbgebildete. Die Juroren vergrößern ihren Bekanntheitsgrad und damit ihren Marktwert. Wir Autoren lassen uns für Geld mit Schlamm bewerfen und die Literatur... Meine Güte, wen interessiert noch Literatur...«

Die Leser! wollte Anna gerade antworten, da trat ein kleiner Mann an den Tisch, dessen Schultern trotz seiner wenigen dünnen Haare weiße Schuppen wie Schnee bedeckten. Er grüßte und fragte, ob er sich dazusetzen dürfe.

Oechsle hatte nichts dagegen: »Hüten Sie sich vor diesem Mann«, warnte er Anna. »Bob Keller ist der größte Importeur von gut verkäuflichem Dreck aus Amerika!«

»Agent«, korrigierte Keller. »Ein mäßig erfolgreicher Literaturagent. Aber ihr Deutschen könnt ja keinen lesbaren Roman mehr schreiben.«

»Wir wollen nicht!« sagte Oechsle. »Lesbare Romane sind langweilig. – Sie könnten mir übrigens noch einen Wein bestellen, wenn Sie sich mit mir unterhalten wollen.«

»Nur, wenn Sie mir endlich ein lesbares Manuskript auf den Tisch legen«, sagte der Agent, und wandte sich Anna zu: »Und Sie? Auch auf dem dekonstruktivistischen Höhenflug in den Hungertod?«

»Ich glaube nicht«, entgegnete sie. »Ich bin zwar eingeladen worden, aber ich werde hier nicht lesen. Was ich heute erlebt habe... Damit verglichen ist die Arbeit am Theater ein reines Vergnügen. Wissen Sie, als Dramaturgin...«

Sie hatte das Wort kaum ausgesprochen, da änderte sich Kellers Gesichtsausdruck. Seine vorher belustigt wirkenden Augen waren plötzlich hellwach: »Sie sind Dramaturgin? An welchem Theater denn? Wir müssen unbedingt noch miteinander reden. Ich vertrete unter anderem drei amerikanische Theaterverlage.«

»Freut mich für Sie«, sagte Anna. »Aber auf unseren Spielplan habe ich keinerlei Einfluß.«

»Bestimmt später mal«, sagte Keller, sein Interesse war genauso schnell erloschen wie es aufgeflammt war.

Inzwischen hatte sich die Terrasse mit Gästen gefüllt. Ein paar Meter weiter saß der Juror Horst Elb. Er hielt eine Zigarettenspitze in der Hand und plauderte angeregt mit Veronika Hoerschelmann. Anna verglich belustigt den gepflegten Bart des Kritikers mit dem Stoppelacker in Oechsles Gesicht. Der Pfälzer zog die Augenbrauen hoch. Elbs Ehefrau sei von Beruf Stylistin. Das erkläre alles. Keller mischte sich ein und trumpfte auf: Er wisse mit absoluter Sicherheit, daß die Hoerschelmann eine echte Gräfin sei. »Eher eine Herzogin«, entschied Anna lachend. »Sie sieht mir viel mehr nach einer Herzogin aus!«

Seit sie beschlossen hatte, Salzburg spätestens am nächsten Tage zu verlassen, fühlte sie sich entspannt und wie erlöst. Es war zwar interessant, die Literaturtage mitzuerleben, doch hier lesen würde sie nicht. Da schrieb sie lieber weiterhin ihre Geschichten in erster Linie für sich. Sie würde sie vielleicht mal einem Verlag anbieten, doch das hatte Zeit. Keller hatte unter den Gästen auf der Dachterrasse jene Autorin erspäht, die Muller-Marceau für so unfähig erklärt hatte. Er entschuldigte sich und schlenderte zu ihr hinüber. Bernd Voss und der Mann, der Anna beim Empfang und während Oechsles Lesung aufgefallen war, betraten das Lokal. Das war die Gelegenheit, Voss mitzuteilen, daß sie leider unverzüglich abreisen müsse. Eine dringende Familienangelegenheit, würde sie sagen, zwinge sie leider dazu. Doch bevor sie selbst zu Voss und seinem

Begleiter hingehen konnte, kamen die beiden zielstrebig auf sie zu. »Ich hatte bisher leider kaum Zeit für Sie, Frau Becker«, sagte Voss, und dann stellte er ihr seinen Gesprächspartner vor: Johannes Rieger vom Engsfeld Verlag. Überrascht gab Anna Johannes die Hand. Was soll das alles? Wenn er was von mir will, hätte er mich allein ansprechen können.

»Ich würde gern mit Ihnen über Ihre Erzählungen reden«, sagte Johannes. »Unser Haus plant gerade eine Reihe von Veröffentlichungen junger deutscher Autoren.«

Engsfeld, dachte sie verwirrt. Junge deutsche Autoren. Einer der besten deutschen Verlage ist an mir interessiert, doch sofort regte sich ihr Mißtrauen. Was zu schön klingt, um wahr zu sein, hatte ihr Großmutter oft gepredigt, ist meistens weder schön, noch wahr. Sei vorsichtig, dachte sie sich und deutete auf den Stuhl, auf dem kurz zuvor noch der Literaturagent gesessen hatte. »Bitte sehr.« Sie sei ganz Ohr.

Johannes Rieger sah sie an: »Ihre *Gestohlenen Kinder von Hermannstadt* haben meinen Vater ebenso beeindruckt wie mich. Hier ist leider nicht der richtige Ort, darüber zu reden. Wenn Sie eine Stunde Zeit für mich hätten... Ich würde mich gern in einem ruhigen Café mit Ihnen unterhalten.«

Meine *Kinder von Hermannstadt*... Meine Erzählung hat im Engsfeld Verlag gefallen... Ich habe noch nie ein Buch veröffentlicht, und die Verleger von Hans Kühling und Stefan Bach, die Verleger... die Verleger... Suhrkamp... Hanser... Engsfeld... Luchterhand... S. Fischer... Diogenes... Haffmans... höchstens noch Piper... Rowohlt... All die Namen literarischer Verlage wirbelten ihr durch den Kopf. Namen, die sie in ihren kühnsten Träumen auf dem Buchumschlag ihres Buches gesehen hatte. Meine *Kinder von Hermannstadt*, blitzte ein Gedanke auf, woher kennt er überhaupt diese Erzählung? Doch da hatte sie schon ihre Handtasche vom Tisch genommen. Warum nicht? Eine Tasse Kaffee an einem ruhigeren Ort sei keine schlechte Idee.

War es seine ruhige Stimme? Waren es seine Augen? Waren

es seine schmalen gepflegten Hände, mit denen er sich manchmal durch seine dunkelbraune Haarpracht fuhr? Johannes gefiel ihr immer besser, und er schien es ehrlich zu meinen, denn als er im *Café Basar* Fotokopien ihrer Geschichten auf den Tisch legte, erklärte er ihr sofort, wie er in deren Besitz gelangt sei. Bernd Voss vom *Courier* habe lange gezögert, bis er sie endlich aus der Hand gegeben habe.

Wie Raubtiere lägen die Agenten und Lektoren während der Literaturtage in Salzburg auf der Lauer, um jedes Talent sofort zu erkennen und auszubeuten. Auch der Engsfeld Verlag müsse die Szene aufmerksam beobachten, aber er gehe mit seinen Autoren anständiger um als die meisten anderen Häuser.

»Ich war heute Vormittag in der Aula«, sagte Anna zögernd. »Was sich die Kritiker dort herausnehmen… Ich werde dort auf keinen Fall lesen. Ich fahre noch heute zurück nach Düsseldorf.«

Johannes schien nicht überrascht. Er könne sie gut verstehen. Das gespreizte Gehabe, die eitle Selbstdarstellung der Juroren empörten auch ihn jedes Jahr erneut. Wenn sie wirklich nicht lesen wolle, solle sie darauf verzichten. Am Interesse seines Hauses an ihren Erzählungen werde das nichts ändern. Sein Vater wisse wie er, daß sie das Verlagsprogramm verjüngen müßten. Das durchschnittliche Alter der Engsfeld-Autoren läge inzwischen bei sechzig Jahren. Sie seien zwar immer wichtiger und bedeutender geworden und der Verlag mit ihnen, aber man müsse auch an die Zukunft denken: »Ich würde Ihre Erzählungen gerne veröffentlichen. Sechs bis acht Bogen… in Linson gebunden… Wenn wir uns etwas beeilen… Ihr Buch könnte schon im Oktober in allen Schaufenstern liegen.«

Wach ich oder träum ich? Acht Bogen… Linson…, Nichts wußte sie davon, obwohl sie sechs Semester Germanistik studiert hatte. Aber ihr Buch… ihre *Gestohlenen Kinder von Hermannstadt*… schon im Oktober. In den Händen halten und in den Buchhandlungen sehen. Nicht nur irgendeine Autorin sein, sondern eine anerkannte Autorin. Autorin eines der besten deutschen Verlagshäuser. Ja, dachte sie, das war es, worauf sie immer gehofft hatte.

Die ganz große Chance, die jeder irgendwann im Leben bekommt.

»Sie müssen sich keinesfalls sofort entscheiden«, hörte sie seine Stimme. »Überlegen Sie sich alles gründlich. Sie werden gewiß noch andere Angebote bekommen. Aber wie auch immer Sie sich entscheiden wollen...«

Er beugte sich über den Tisch und griff behutsam nach ihrer Hand: »Reisen Sie nicht überstürzt ab. Machen Sie nicht denselben Fehler wie O'Henry's Auswanderer, der sofort nach seiner Ankunft in Amerika einen Diamanten findet und wegwirft...«

»...weil er weit größere zu finden hofft...«, ergänzte sie. »Und Jahrzehnte später sucht er mit blutigen Händen verzweifelt diesen Stein, weil er in ganz Amerika keinen anderen mehr fand...«

»Meinen Glückwunsch«, hörte sie zwei Tage später am Frühstückbuffet Oechsles Stimme. »Sie haben Ihr Schäfchen (oder sagte er Chefchen?) wohl im Trockenen. Ich sag's ja immer ... Frau müßte man sein und möglichst attraktiv.«

Fuck off! hätte sie ihm am liebsten zugerufen, doch sie sagte nur, sie wolle mit niemandem reden: »Nehmen Sie es mir nicht übel, aber ich muß mich noch auf meine Lesung vorbereiten.« Ach, diese Lesung, dachte sie. Was kümmert mich die Lesung? Sie war zwar in Salzburg geblieben, war nicht abgereist, aber das Urteil der Juroren interessierte sie nicht mehr. Ein wunderschöner Tag lag hinter ihr. Neben Johannes im Geländewagen sitzen. Den Fahrtwind in den Haaren spüren. Seine Hände am Lenkrad sehen. Der Königssee mit Watzmann und St. Bartholomä. Die großen gelben Löwenzahnblüten auf den Almwiesen der Ramsau. Doch am liebsten dachte sie an das Salzbergwerk in Hallein. An den Augenblick in der Grubenbahn, als sich seine Arme im dunklen Schacht beschützend um sie gelegt hatten. Die Fahrt über den weißen unterirdischen Salzsee, in dem sich die Lichter wie Sterne gespiegelt hatten. »Stendhal«, hatte Johannes geflüstert. »Kennen Sie Stendhal? Das klügste, was je über die Liebe geschrieben wurde. Nur wirklich große Dichter können so empfinden.«

Sie füllte sich die Porzellanschale mit Haferflocken, fügte noch ein paar Cashew-Nüsse hinzu, goß Milch darüber und setzte sich mit ihrem Müsli an einen Tisch möglichst weit weg von Oechsle. Die Serviererin kam und füllte Annas Tasse mit Kaffee. Als sich bei ihr wieder ihre Furcht vor der Lesung regte, griff sie sofort nach einer Zeitung. Sie folgte damit einem Rat von Johannes.

Wie aus dem Münchener Engsfeld Verlag verlautet, ist der deutsche Autor Karsten Tröger bereits vor einer Woche auf der britischen Insel Alderney einem Herzleiden erlegen. Ausführlicher Nachruf folgt.

Viel zu früh, dachte Anna, und sie erinnerte sich an ein Seminar, das sich mit Karsten Trögers Roman *Die Unbehauste Erde* beschäftigt hatte. Hätte Tröger, auch ein junger Tröger, jemals seine Haut in Salzburg zu Markte getragen? Gehörte Literatur, wirkliche Literatur, vor eine so anmaßende Jury?

In diesem Moment kam Johannes in den Frühstücksraum, um sie zu ihrem Auftritt abzuholen: »Ich hoffe, Sie haben gut geschlafen. Machen Sie sich keine Sorgen. – Juroren sind auch nur Menschen.«

Wie in den Tagen zuvor war die Aula in der alten Universität gut gefüllt. Männer und Frauen, jüngere Menschen zumeist. Hatte sie die Neugier hierhergeführt – oder ihr Interesse an der Literatur? Anna registrierte die Blicke einiger Leute. Galten sie nur dem schönen Paar, der gut aussehenden jungen Frau mit dem interessanten Mann neben sich? Oder wußten manche im Saal bereits, wer sie war? Eine Autorin, die ihren Verleger gefunden hatte?

Publikum, dachte Anna, das ist ganz einfach Publikum. Sie wollte sich nach freien Plätzen umsehen, doch Johannes führte sie nach vorn, zur ersten Reihe, wo eine junge Frau, wohl eine Mitarbeiterin des Verlags, zwei Stühle freigehalten hatte.

Johannes beugte sich dicht an ihr Ohr: »Es hängt überhaupt nichts davon ab. Lassen Sie sich nicht nervös machen.«

Sie nickte ruhig. Erstaunlicherweise war die Furcht von ihr gewichen, sie war nur aufgeregt. Da hörte sie ihren Namen, hörte, wie der Fernsehmoderator von ihren Veröffentlichungen in Zeitungen sprach und vom Düsseldorfer Theater, hörte das Wort *Debütantin*. Als eine junge Frau Texte, Kopien von Annas Erzählung, an die Juroren verteilte, gab ihr Johannes ein Zeichen. Langsam stand sie auf und ging den, wie es ihr vorkam, weiten Weg zu dem nur wenige Schritte entfernten kleinen Autorentisch auf dem Podium. Als sie sich setzte blendeten sie die Scheinwerfer. Ihr war, als ob sie in eine Sonne schaute, die nur für sie schien. Doch das hatte auch sein gutes; so konnte sie die Juroren am großen halbrunden Tisch gegenüber nicht mehr sehen. Sie legte sich ihr Manuskript zurecht, räusperte sich kurz, und begann mit unsicherer Stimme zu lesen: »*Im Jahre siebzehnhunderteinundsechzig verkündete der Wiener Hof im Namen der Kaiserin Maria Theresia einen Erlaß, der die Zigeuner Ungarns über Nacht zu ›uj-magyarok‹, zu Neu-Ungarn erklärte die künftig eine feste Behausung als ständigen Aufenthaltsort im Habsburger Kaiserreich nachweisen mußten. Sechs Jahre später begannen die Behörden, den Neu-Ungarn ihre Kinder wegzunehmen. Sie wurden in die Obhut bezahlter christlicher Pflegefamilien gegeben oder gewaltsam in ein neugeschaffenes Theresianeum in Hermannstadt eingewiesen…*« Anna las. Sie hatte lange geübt, bis sie das schwierige Wort *uj-magyarok* richtig aussprechen konnte, und als ihr das jetzt, hier vor den vielen Leuten und den Fernsehkameras gelang, fiel alle Aufregung von ihr ab. Sie versank in ihrer Geschichte, las vor, was ihr die geliebte Oma erzählt hatte. Sie las vom Heiratsverbot, von Zwangsarbeit und Sondersteuern und vom Widerstand der Roma. Sie ließ Soldaten in die Aula marschieren, ließ sie Kinder suchen, ließ sie Roma verhören, ließ sie Widerstand brechen. Ließ sie bei einer Strafexpedition eine Gruppe von Roma in einem Sumpf treiben und beschwor mit ruhiger Stimme, wie die Roma versanken, einer nach dem anderen versanken und starben, kein einziger, der da überlebt hätte. Stundenlang hätte sie so vorlesen können, wie verschmolzen fühlte sie sich mit ihrem Text, und als sie nach einer halben

Stunde das letzte Wort gesprochen hatte, als sie zu lesen aufhören mußte, empfand sie das wie einen Schmerz. Verschwommen nur sah sie ihre Zuhörer. Hörte vereinzeltes Räuspern und Husten. Dann, nach einer sehr langen Pause, wie ihr schien, erteilte der Fernsehmoderator den Juroren das Wort. Doch die Juroren – Anna schoß das Blut in den Kopf – die Juroren schwiegen und blickten verlegen auf ihre Hände. War das ein Verdikt? War ihre Erzählung so mißlungen, daß sie nicht einmal einer Kritik für würdig befunden wurde? »Meine Dame und meine Herren«, drängte der Moderator. »Unsere Zuschauer warten auf Ihre Äußerungen zu diesem Text!« Weil die Jury noch immer nicht reagierte, wandte sich der Moderator direkt an Muller-Marceau, bat ihn um sein Urteil. Muller zögerte, strich sich mit der linken Hand über die Stirn. Als er zu sprechen anhob, klang seine Stimme rauh und belegt: »Eine bemerkenswerte Parabel. Was hier am Beispiel der Zigeuner... also der Romaverfolgung in der k. u. k.-Monarchie völlig unprätentiös erzählt wird, gerät unterschwellig zur Gestaltung eines großen Themas. Gewiß ist diese kurze Erzählung weit entfernt von Thomas Mann. Aber als Debüt einer jungen Autorin... Ich bin für diesen Text.«

Veronika Hoerschelmann sah Muller-Marceau erstaunt an: »Unprätentiös nennen Sie das? Also für mich war das, entschuldigen Sie das harte Wort, aber wenn während dieser Literaturtage etwas Betroffenheitskult war, dann dieser Text! So kann man die Ermordung von einer halben Millionen Menschen nun wirklich nicht thematisieren.«

Anna erschrak. Was hatte sie mit den Verbrechen der Nazis zu tun? Sie war froh, daß ihre Großmutter überlebt hatte. Daß Großvater seine Frau zu schützen verstanden hatte in dieser furchtbaren Zeit. »Man kann diese Massenmorde nicht nur so thematisieren, man muß es sogar«, sagte Diether Havermann, und holte tief Luft: »Ich habe während dieser Lesung ständig Birkenau vor den Augen gehabt. *Diese Autorin hat uns Auschwitz-Birkenau geschenkt.*« Anna zuckte zusammen. Nein, hätte sie am liebsten geschrien. Nein, das habe ich weder gewollt noch getan, doch sie brachte keinen Ton über die Lippen. Saß wie gelähmt an ihrem kleinen Autorentisch, hörte wie weit entfernt murmelnde Stimmen, die über eine Erzählung sprachen, die immer größere Dimensionen annahm, und es wurde ihr eiskalt. *Frankenstein*, dachte sie. Ich habe ein Monster erschaffen, über das ich keine Kontrolle mehr habe. Dann wurde es plötzlich dunkel um sie. Die Fernsehscheinwerfer waren erloschen, und als sich ihre Augen wieder an das Tageslicht gewöhnt hatten, sah sie Johannes, der sich besorgt zu ihr über den Tisch beugte.

»Ist Ihnen nicht gut?«

Sie stand langsam auf und bemühte sich zu lächeln: »Es geht schon wieder. Könnten wir einen Augenblick an die frische Luft gehen?«

Johannes nickte. Die Juroren würden erst um fünfzehn Uhr über die Vergabe der Preise abstimmen, und bis dahin könne man in Ruhe speisen und einen Kaffee trinken. Sie gingen langsam zum Ausgang der Aula, als Robert Keller auf sie zu eilte:

»Ich muß unbedingt mit Ihnen reden«, sagte er zu Anna. »Ich möchte Sie vertreten.«

Johannes wies ihn ärgerlich zurück. Eine Autorin des Engsfeld Verlags benötige keinen Agenten. Beim Weitergehen verstellte eine Journalistin ihnen den Weg.

»Ich möchte Sie sofort nach Bekanntgabe der Preisträger für den Rundfunk interviewen. Geht das hier in der Aula, oder soll ich heute Abend in Ihr Hotel kommen?«

»Lassen Sie Frau Becker doch wenigstens in Ruhe was essen«, sagte Johannes. Er legte beschützend den Arm um ihre Schultern und da hörte sie auch schon das Klicken von Kameraverschlüssen: »Frau Becker, wo ist Ihr Manuskript? Könnten Sie bitte mal für ein Foto Ihr Manuskript in die Hand nehmen?«

Schon beim Mittagessen in einem kleinen Lokal an der Getreidegasse, wo ihnen eine asiatische Kellnerin im Salzburger Dirndlkleid *Kaiserschmarren* servierte, hatte sich Johannes überzeugt gezeigt, daß Anna den Karl-Kraus-Preis erhalten würde. Jetzt lag sie erschöpft in ihrem schwarzen Kleid auf dem Bett und konnte noch immer kaum begreifen, daß er recht behalten hatte. Nahezu einstimmig – nur Veronika Hoerschelmann und Horst Elb hatten sich für andere Kandidaten eingesetzt – hatte sich die Jury für die Autorin der *Gestohlenen Kinder von Hermannstadt* entschieden. Applaus des Publikums und Fotos. Eine Rede und ein Blumenstrauß des Landeshauptmanns, eine Urkunde und ein Scheck über zweihunderttausend Schillinge. Applaus. Glückwünsche der Juroren. Blitzlichter, Scheinwerfer, Applaus.

Wie berauscht hatte sie sich gefühlt, aufgeputscht von Adrenalin und Endorphinen, die noch jetzt ihren Puls beschleunigten. Der Karl-Kraus-Preis. Die höchste Auszeichnung für einen unveröffentlichten deutschsprachigen Text. Wie eine Schlafwandlerin hatte sie auf der Bühne gestanden. Verschwommen hatte sie mitbekommen, daß auch Max Oechsle ein Stipendium von sechstausend Mark erhalten hatte, und jetzt lag sie auf ihrem Bett und konnte es noch immer nicht fassen. Ich bin eine Dichterin. Meine Erzählungen werden in einem der besten deutschen Verlage erscheinen, ausgezeichnet von den einflußreichsten Kritikern. Ich bin nicht nur eine Autorin. Ich bin eine ausgezeichnete Autorin. Aber bin ich wirklich so gut? Bin ich fünfmal besser als Oechsle? Zwölf Seiten. Und dafür dreißigtausend Mark. So viel, wie ich sonst in einem Jahr am Theater verdiene.

Noch immer hatte sie es nicht ganz begriffen. Sie blickte ungläubig zum Schreibtisch hinüber, auf dem der Blumenstrauß des Landeshauptmanns stand und der kleine Rosenstrauß von Johannes. Griff, nun schon zum wiederholten Male, nach der Urkunde und dem Briefumschlag mit dem Scheck auf dem Nachttisch, als müsse sie sich vergewissern, daß sie wirklich nicht träumte. Erst jetzt konnte sie ihren Vater anrufen, aber es war wie meistens. Nur ihre Mutter meldete sich am Telefon. »Ist Vater da? – Ja, ich hab' mirs gedacht. – Nun, ich wollte nur sagen, daß ich heute den Karl-Kraus-Preis gewonnen habe. – Ja. Für eine Erzählung, die ich geschrieben habe. – Die wichtigsten deutschen Literaturkritiker. – Wieso? Natürlich bin ich noch beim Theater. Was? – Dreißigtausend Mark. Und im Herbst kommt mein erstes Buch auf den Markt. – Nein. Ich muß nichts dafür bezahlen. Der Verlag bezahlt das. Ich bekomme dafür Honorar.– Ja. Danke. – Und grüß' Vater von mir. Ich schreib' euch einer Brief.« Enttäuscht legte sie den Hörer zurück auf die Gab-l. Nicht die geringste Spur von Anerkennung, nicht den k einsten Hauch von Freude hatte sie in der Stimme ihrer Mutter wahrgenommen. Nur die Befürchtung, sie könne ihre Stellung beim Theater aufgeben und noch mehr Geld von den Eltern benötigen. Und das, nachdem sie gerade dreißigtausend Mark verdient – oder gewonnen? – hatte. Nein, dachte Anna, diesen Anruf hätte ich mir sparen können. Aber vielleicht wußte Vater ja längst Bescheid, weil er irgendwo am Fernsehgerät gesessen hatte. Und wenn nicht – in en nächsten Tagen müßten ohnehin die meisten Feuilleton: von der Preisvergabe berichten. Der Name Becker würde ihm sicher auffallen. Sie ging ins Badezimmer, um ihr Make-up aufzufrischen. Johannes wollte noch an der Hotelbar ein Glas mit ihr trinken, bevor er nach München zurückfuhr. Sie hatte gerade die Puderquaste in der Hand und überlegte, ob sie sich umziehen sollte. Der kurze schwarze Rock und die hauchdünne schwarze Bluse schienen ihr passender für den Anlaß. Da klingelte das Telefon erneut. Mein Vater, dachte sie beschämt. Mutter hat ihm doch sofort Bescheid gesagt. Sie eilte zum Schreibtisch und warf fast den Blumenstrauß des Landeshauptmanns um, als sie den Hörer von der Gabel riß, doch sie hörte nur die Stimme einer Frau, die ein Telefon-Interview für *Antenne Düsseldorf* mit ihr führen wollte. Anna mußte sich bemühen, freundlich zu bleiben: »Das ist im Augenblick leider nicht möglich. Sie können mich gern übermorgen in Düsseldorf anrufen.« Düsseldorf, erinnerte sie sich erschrocken. Ich hab Malzahn gesagt, daß ich den Urlaub für Mutters Geburtstagsfeier brauche. Eine Lüge, und eine plumpe noch dazu. Doch eigentlich war es unerheblich, ob Malzahn von ihrem Erfolg in Salzburg erfahren würde. Die können mir die Füße küssen, wenn ich weiter bei ihnen arbeite. Kein anderes deutsches Theater hat eine mit dem Karl-Kraus-Preis ausgezeichnete Autorin in seiner Dramaturgie. Beschwingt macht sie sich auf den Weg zur Hotelbar, wo Johannes auf sie warten würde.

Der Juniorchef des Engsfeld Verlages und die diesjährige Preisträgerin der Salzburger Literaturtage, wir werden meinen Erfolg feiern, freute sie sich. Und falls die Dichterin von ihren Gefühlen übermannt werden sollte, würde sie keinesfalls dagegen ankämpfen. Denn Johannes wurde ihr immer vertrauter. Nicht nur seine Belesenheit beeindruckte sie, sondern auch, ja fast mehr noch, die Sensibilität, mit der er sie während der Literaturtage umsorgt hatte. Nur daß er nicht längst versucht hatte, mit ihr zu schlafen, irritierte sie ein wenig. Sollte er so empfindsam sein, daß er ihr Anlehnungsbedürftnis, ihre Furcht vor der Lesung nicht hatte ausnutzen wollen? Wenn das der Fall war, müßte sie ihm allmählich vermitteln, daß sie nicht nur eine Dichterin war, sondern auch eine Frau.

In der Empfangshalle mußte sie zuerst die Glückwünsche der Angestellten an der Rezeption über sich ergehen lassen. »Sie sehen, es hat geholfen, daß Sie mir die Daumen gedrückt haben«, sagte Anna. »Falls nochmal für mich jemand anrufen sollte... Sagen Sie freundlicherweise, ich sei bereits abgereist.« Die Hotelangestellte nickte verständnisvoll. Anna ging in die Bar, dort wartete Johannes aber nicht etwa allein auf sie. Er saß an der Bar und redete bei einer Tasse Kaffee mit Max Oechsle. Ihm persönlich gefielen Oechsles Texte außerordentlich: »Aber der Markt... Es gibt in Deutschland vielleicht tausend, bestenfalls zweitausend Leser, die sich für solche Prosa interessieren.« Und die Hälfte davon ordere ein kostenloses Besprechungsexemplar beim Verlag, um es dann nicht einmal zu erwähnen.

Anna sagte, sie wolle die Unterhaltung der beiden Herren keinesfalls stören. Doch Oechsle zog sich nicht etwa sofort zurück. Er rückte etwas beiseite und trank ruhig weiter seinen Kaffee, als Johannes Anna bat, bei ihnen am Tresen Platz zu nehmen. Ging man so mit einer Autorin um, die gerade einen Literaturpreis erhalten hatte? Doch was blieb ihr anderes übrig? – Sie kletterte also in ihrem engen langen Kleid auf einen Barhocker, bestellte sich eine Cola und wartete, bis Johannes sein Gespräch mit Oechsle beendete: »Sie können mir jederzeit ein Manuskript in den Verlag schicken, aber ich kann Ihnen leider keine großen Hoffnungen machen. – Ich bin mit Frau Becker zu einer wichtigen Besprechung verabredet.«

Na endlich! Oechsle verabschiedete sich von Johannes, und als er Anna die Hand gab, sagte er: »Ich wünsche Ihnen Glück. – Falls Sie mal einen Rat brauchen sollten… Sie können mich jederzeit anrufen. Max Oechsle. Ich steh' im Telefonbuch von Speyer!«

»Reichlich unverfroren«, befand Johannes, nachdem Oechsle die Bar verlassen hatte. Anna griff achselzuckend nach ihrem Glas. Sie trank einen Schluck. »Wir haben ja soweit alles geklärt,« sagte er dann zögernd. »Sie bekommen spätestens in vier Wochen den Verlagsvertrag. Wären Sie mit zehn Prozent Honorar einverstanden?«

Anna wurde unsicher. Erwartete man von ihr, daß sie feilschte? »Geld interessiert mich nicht so sehr«, sagte sie zögernd. »Ich verlasse mich da voll und ganz auf Sie.«

Er nickte. Das könne sie auch unbedingt, versicherte er ihr, und kam auf Annas Zukunft zu sprechen. Im Unterschied zu Amerika sei es in Deutschland ungewöhnlich, als erstes Werk eines Autors einen Band Erzählungen zu veröffentlichen, aber im Hinblick auf die Qualität ihrer Prosa sei der Verlag zu diesem unüblichen Schritt entschlossen. Es sei eine Investition in die Zukunft einer vielversprechenden Autorin: »Wir sind sehr an Ihren nächsten Arbeiten interessiert! Das Programm unseres Hauses war zwar von Anfang an ausschließlich von seinen Autoren bestimmt, aber was Sie betrifft… Wir versprechen uns von Ihnen einen großen Roman.« Anna glaubte, sie höre nicht recht. Einen Roman? Dreihundert, vierhundert oder gar fünfhundert Seiten? Die Vorstellung allein erschreckte sie. Aber wäre es klug, den Vorschlag des Verlegers rundheraus abzulehnen? *Bescheidene Kinder wollen nichts und kriegen auch nichts,* hatte Großmutter oft gesagt, und Anna nickte nachdenklich. Ja, sie habe schon oft mit dem Gedanken gespielt, sich an einem längeren Prosatext zu versuchen, aber im Hinblick auf ihre Arbeit am Theater… Johannes nickte verständnisvoll. Er wolle sie keineswegs drängen, sondern nur ermutigen. Und was die finanzielle Seite ihrer Arbeit betreffe, solle sie sich keine Sorgen machen: »Wenn uns die ersten hundert oder auch nur die ersten fünfzig Seiten eines Romans überzeugen, sichern wir die weitere Arbeit selbstverständlich finanziell ab. – Aber jetzt freuen Sie sich erst einmal über Ihren wohlverdienten Erfolg!«

»Ja«, sagte sie. »Wenn ich ehrlich sein soll... Ich habe das alles noch gar nicht richtig begriffen. Ich und der Karl-Kraus-Preis...«

»Keiner hätte ihn mehr verdient als Sie«, versicherte Johannes, während er ein Päckchen aus seiner Tasche holte. »Ich muß leider nach München zurück, aber ich habe noch ein kleines Geschenk für Sie: Das Buch von Stendhal! Erinnern Sie sich noch an unsere Fahrt über den Salzsee? – Nun, wir haben uns ja bestimmt nicht zum letztenmal unterhalten. Ich rufe Sie in den nächsten Tagen an.« Danach verabschiedete er sich so schnell, daß es ihr fast wie eine Flucht vorkam. Hatte er etwa Angst vor ihr?

Im Interesse des Hauses

Im Gegensatz zu seinem Vater liebte Johannes das Gebirge nicht. Er war immer froh, wenn die Salzburger Literaturtage zuende waren und er die Stadt wieder verlassen konnte. Die Festung Hohensalzburg, die sämtliche Türme der Stadt hoch überragte, kam ihm vor wie zu Stein geronnene Herrschaft. Spätestens am Chiemsee hatte er sich jedesmal wie befreit gefühlt, doch diesmal litt er noch an seiner Salzburger Verstimmung, so nannte er diesen Zustand, als er schon nahezu in München war. Dabei hätte er eigentlich zufrieden sein können.

Als er an Traunstein vorbeigefahren war, hatte die untergehende Sonne den Abend mit einem Goldrand versehen. Jetzt waberten die ersten Nebelfetzen über den Wald. Der Bayerische Rundfunk sendete ausgezeichneten *Free Jazz*. Und eine zukünftige Engsfeldautorin hatte den Karl-Kraus-Preis bekommen. Johannes wunderte sich noch immer, wie einfach es gewesen war, die Jury dafür zu gewinnen. Bernd Voss war naturgemäß von Anfang an für seine Kandidatin gewesen. Muller-Marceau hatte seine Vorbehalte gegen Annas Text sofort beim Anblick der Autorin auf dem Eröffnungsempfang vergessen. Alle in der Branche und natürlich auch Johannes wußten, wie empfänglich der alte Kritiker für weibliche Schönheit war. Seinem Urteil hatte sich – wie meist – Havermann angeschlossen, und zwei weitere Juroren von der Qualität der Erzählung zu überzeugen, war dann nicht mehr schwer gewesen. Christian Bosch, ein Berliner Literaturverwalter, hatte vor Jahren bei Engsfeld einen Band Essays veröffentlicht. Johannes, der sich wohl als einziger an dieses Buch erinnerte, hatte Bosch während eines gemeinsamen Abendessens zugesichert, sich im Hause für sein nächstes Projekt einzusetzen. Und Heinz Ludwig Merboldt, der neben seiner Honorarprofessur eine Literaturzeitschrift herausgab, bereitete eine Studie über Karsten Tröger vor. Allein der Hinweis, der Engsfeld Verlag besitze alle Rechte an Trögers Nachlaß und könne Bosch als einem Freund des Hauses Einblick in denselben ermöglichen, hatte den Professor alle Zweifel an einer Autorin dieses Hauses vergessen lassen.

Sogar sein Vater hätte das nicht besser machen können. Johannes hatte eine neue Autorin entdeckt und das Interesse der Journalisten an ihr geweckt. Besser konnte ein Verlag das Feld für sie nicht bestellen. Was darauf wachsen würde, hing jetzt hauptsächlich von den Medien ab, die sich auf Anna Becker stürzen würden, wie ausgehungerte Hyänen auf eine verirrte Antilope. Jung war diese Autorin. Ihre Figur entsprach dem Schönheitsideal der Zeit ebenso wie ihr zierliches Gesicht und ihre langen schwarzen Haare. Wie ihre dunkelbraunen Augen und ihr sinnlicher Mund. Bereits beim Eröffnungsempfang war ihm diese Frau aufgefallen. Und als er in der Aula ihre Reaktion auf Oechsles Text beobachtet hatte, den Augenblick, wo die vernichtende Kritik sie hatte aufspringen und flüchten lassen, wäre er ihr am liebsten hinterhergelaufen, nur um ihre Stimme zu hören und herauszufinden, wer sie war.

Ihr Anblick hatte wilde männliche Fantasien in ihm aufsteigen lassen. Erobern wollte er diese exotische Schönheit, so schnell wie möglich erobern, und er hatte keine Sekunde daran gezweifelt, daß es ihm gelingen würde. Er war ja nicht nur empfindsam, gebildet und welterfahren, sondern auf ihn wartete ein Vermögen und ein Verlag. Solchen Vorzügen erlagen die Frauen schnell. Wenn dieses *Objekt seiner Begierde* nur nicht ausgerechnet jene Anna Becker wäre, die zu betreuen der Anlaß seiner Reise nach Salzburg war.

Nicht daß der Vater etwas gegen die Liebesabenteuer seines Sohnes einzuwenden gehabt hätte. Er ließ ja auch keine Gelegenheit ungenutzt, was schließlich zur Scheidung seiner Ehe geführt hatte.

Der Gedanke allerdings, Johannes könnte als Juniorchef den Verlag als Jagdrevier betrachten, hatte den Alten so beunruhigt, daß er ein langes Gespräch mit Johannes geführt hatte, bevor er ihn anstellte. Dein Privatleben ist nach wie deine Angelegenheit, hatte er doziert. Aber Affären mit den

Angestellten des Verlags vertragen sich mit der Rolle eines künftigen Verlegers ebensowenig, wie sexuelle Beziehungen mit seinen Autorinnen. Derlei sei mit dem Ruf des Hauses gänzlich unvereinbar, und er werde es nicht dulden. »*Der kluge Dieb stiehlt nie in der eigenen Nachbarschaft*« hatte Johannes damals zugestimmt, und er verhielt sich entsprechend. Es hatte zwar Jahre gedauert, doch inzwischen hatte er den Eindruck, daß sein Vater ihm vertraute und ihm immer mehr Verantwortung übertrug. Sollte er das wegen einer Frau aufs Spiel setzen? Es war ihm zwar noch nie so schwergefallen wie diesmal, aber er würde wieder einmal seinen *inneren Schweinehund* überwinden. So hätte das sein Vater in der vom Krieg gefärbten Sprache seiner Generation formuliert.

Daß er ihr Stendhals *Über die Liebe* geschenkt hatte, war allerdings ein Fehler gewesen. Eine gedankenlose Gewohnheit, die er jetzt bereute. Er wußte genau um die Wirkung dieses Buches auf literaturliebende Frauen, und darum erwarb er jedesmal ein halbes Dutzend Exemplare, bevor er nach Salzburg zu den Literaturtagen fuhr. Sogar eine nahezu uneinnehmbare Lektorin des Rowohlt Verlags hatte er mit Stendhals Hilfe so zu beeindrucken vermocht, daß sie die letzte der Salzburger Literaturnächte mit ihm verbracht hatte.

Oder bildete er sich die nahezu magischen Wirkungen der fast zweihundert Jahre alten philosophischen Gedanken eines französischen Romantikers nur ein? – Wie auch immer, Anna Becker würde künftig im Engsfeld Verlag veröffentlichen. Er mußte sie so schnell wie möglich vergessen. Gibt es ein zuverlässigeres Mittel gegen die Sehnsucht nach einer Frau als die Nacht mit einer anderen?

Im üblichen Stau vor dem *Mittleren Ring* versuchte er, telefonisch seinen Vater in dessen Stadthaus zu erreichen. Nur um ihm von seinem Erfolg in Salzburg zu berichten. Leider vergeblich. Entweder war sein Vater noch auf Alderney, oder er war mit einer Freundin ins Landhaus nach Schliersee gefahren, wo er mit geschäftlichen Angelegenheiten nicht behelligt zu werden wünschte. – Johannes hatte sich immerhin bemüht, seinen Vater auf dem laufenden zu halten.

76

Wie immer, wenn er in seine Bogenhausener Wohnung kam, hörte er als erstes den Anrufbeantworter ab. Moni würde sich freuen, wenn er zu ihrer Party käme. Susi bat ihn, unbedingt zurückzurufen. Er habe ihr doch von seinem Zahnarzt erzählt, sie brauche unbedingt dessen Namen und Adresse. Gabi berichtete mit klagender Stimme, daß sie die Heizkostenabrechnung erhalten habe und dringend zweitausend Mark brauche. Bestimmt nur für vierzehn Tage, dann gebe es wieder Fototermine.

Er löschte das Band sofort. Unmöglich waren die Mädels. Nicht nur, daß ihre Vornamen meist mit einem i endeten, diese I-Mädels hatten einfach keine Klasse. Oder gehörte es sich inzwischen, einen Mann nach zwei gemeinsamen Nächten mit einem Kreditinstitut zu verwechseln?

Er ging zur Hifi-Anlage von *Bang & Olufsen*, legte eine CD von *John Coltrane* in das Abspielgerät, und als die wehenden Klänge eines Tenorsaxophons die hundertachtzig Quadratmeter seiner Eigentumswohnung füllten, hätte er mit keinem anderen Mann auf der Welt tauschen mögen. Schon gar nicht mit seinem Vater. Der hatte die besten Jahre hinter sich; sein Rückzug aus dem Unternehmen war nur noch eine Frage der Zeit.

Dann könnte endlich er diese beeindruckende alte Barke der Verlagsbranche durch die widrigen Strömungen des Marktes steuern. Alles würde er ändern, denn was der Senior für gut hielt und verlegte, war zwar große Literatur, aber leider von gestern.

Über *Der Condor von Lima*, den ersten Roman von Joan Rodriguez dagegen, den Johannes für den Verlag gekauft hatte, rümpften zwar viele Kritiker die Nase, doch die Buchhändler liebten das Buch, und es verkaufte sich glänzend. *Das Fieber der Anden* versprach einen noch größeren Erfolg. Es war höchste Zeit, jüngere und deutsche Autoren für den Verlag zu gewinnen. Genau das wollte er mit seiner *Jungen Reihe*. Ihm war klar, daß er dafür auch jüngere Mitarbeiter ins Lektorat holen mußte. Die jetzt dort beschäftigte alte Garde konnte nicht nur mit *Tama Janowitz* oder *Jay McInerney* nichts anfangen. Sie hatten sogar Patrick Süskinds *Parfüm* abgelehnt. Diese Lektoren liebten

Bücher wie den jeweils neuesten Roman von Stefan Bach, dem weit überschätzten Freund seines Vaters – Titel, die sich bestenfalls ein paar Wochen auf den Bestseller-Listen behaupteten, um dann völlig vergessen zu werden. Sechsstellige Honorarvorschüsse für solche Autoren würde es bei ihm nicht mehr geben. Sie würden sich umstellen müssen.

Er ging ins Badezimmer, wo die große runde Marmorwanne lockte, spülte sich dann aber doch nur schnell unter der Dusche den Staub aus Salzburg ab. Im Umkleidezimmer nahm er seinen Lieblingsanzug von *Yamamoto* vom Kleiderbügel. Er streifte ihn über die Unterwäsche von *Calvin Klein* und das weiße Hemd von *Lorenzini*, bevor er in ein Paar Collegeschuhe von *Bruno Magli* schlüpfte. In dasselbe Modell, das auch O. J. Simpson getragen hatte, als er seine Frau nicht ermordete. München, jubelte alles in ihm. Ich komme.

HCE. Here Comes Everybody. Nein. HKJ: Hier kommt Johannes! Unnahbar wie ein Samurai saß er in seiner Designer-Rüstung hinter dem Lenkrad seines Streitwagens aus dem Hause *BMW* und fuhr langsam zum *La Vigna*. Kaum hatte er das Restaurant betreten, da geleitete ihn schon der *Chef des Hauses* persönlich an den für ihn freigehaltenen Tisch. Wenig später diskutierte er mit ihm bei einem *Aperitivo* die Speisefolge.

Möchte der Samurai die Endivien-Pinienkerne-Specktarte als Vorspeise oder lieber das Entenbrust-Carpaccio mit Keniabohnen? Wünschte er als Hauptgericht die mit Artischocken, Brot und Rosmarin gefüllte Kalbsbrust oder bevorzugte er das Seezungenfilet mit Brennesselsauce?

Zügig und entschlossen traf er diese schwierigen Entscheidungen; nicht so bedächtig wie sein Vater, der jede Speisekarte studierte, als wolle er sie auswendig lernen.

An seinem Aperitif nippend sah Johannes sich unauffällig im Restaurant um. Zwei Tische weiter saß Shark Nüsser, der größte Altpapierhändler Europas, mit zwei I-Mädels beim Kirschkompott. Die Blicke der beiden Männer trafen sich. Johannes grüßte mit einem leichten Nicken. Nüsser grüßte zurück, und als sich eines der I-Mädels an Nüssers Tisch neugierig umdrehte, wußte

Johannes, daß Gabi ihr Problem mit der Heizkostenabrechnung gelöst hatte; Nüsser würde das häßliche Papier
abzeichnen und aus dem Firmenetat für Repräsentation
und Öffentlichkeitsarbeit bezahlen lassen.

Konzentriert genoß der Jungverleger dann sein Carpac-
cio und das Seezungenfilet. Nein, bitte keinen Nachtisch,
auch wenn *Créme brulée al maraschino* noch so verführerisch klang. Jedes Dessert wäre nur Zeitverlust gewesen.
Die I-Mädels im *La Vigna* waren sämtlich in männlicher
Begleitung. Johannes bezahlte und ging.

Bei Schumann's kreuzten in manchen Nächten Mädels
aus der Medienszene auf, die sogar so schwierige Namen
wie *Yves Saint Laurent* richtig aussprechen konnten.

Johannes hielt es für ein gutes Omen, daß er auf der
Maximilianstrasse sofort einen Parkplatz gefunden hatte,
und als er die Bar betrat, sah er zu seinem Erstaunen die
Filmschauspielerin Beate Ruschkow an der Theke, bleich
und rothaarig im Gespräch mit Paul Platschek, der die
schönsten Gedichte Münchens schrieb und entsprechend
arm war. Sollte die Ruschkow, seit kurzem Privateigentum
des Filmproduzenten Thomas Hoerig, der sie dem Film-
schauspieler Hannes Leisstrom abgeworben hatte, etwa
schon wieder herrenlos geworden sein? Möglich war alles.
Johannes stellte sich an die Bar, ließ sich von Charles mür-
risch begrüßen und bestellte einen Champagner Cocktail.
Platschek, der wußte, wessen Sohn der Samurai war, flüsterte der Ruschkow etwas ins Ohr. Interessiert blickte die
Schauspielerin zum künftigen Chef des Engsfeld Verlags
herüber. Schönheit und Geist, das wäre doch mal endlich
was, ging es ihm durch den Kopf, und er schob sich näher
an den Dichter heran, wollte ihm gerade von der neuen
Jungen Reihe erzählen, in der er, er hatte sich gerade dazu
entschlossen, auch Lyrik veröffentlichen wollte, da hörte
er das Quietschen von Turnschuhen hinter sich. Der
Filmproduzent war von der Toilette zurückgekommen und
legte den Arm um die Schauspielerin. Fehlanzeige!
Johannes trank noch einen Schluck seines Cocktails,
bezahlte und verließ die Bar. Er mußte wohl doch eine
Diskothek aufsuchen.

Am nächsten Morgen stellte er seinen 7er BMW auf dem Hof des Verlagsgebäudes in der Georgenstraße ab. In der Eingangshalle traf er die Lektorin Helga Kerglich, die gerade ihre Personalkarte in die Stechuhr schob. »Schön, daß Sie wieder gesund sind«, sprach er sie an, und bemühte sich, seine Stimme so freundlich wie möglich klingen zu lassen. Dabei stieg sein Blutdruck jedesmal, wenn er diese Frau auch nur von fern erblickte. Eine Unverschämtheit, was sie sich erlaubte! Aus Mitleid, nur aus Mitleid und auf eine Bitte Stefan Bachs hin, hatte Rieger sie nach ihrer Scheidung von einem Hamburger Germanisten noch im Alter von fünfundfünzig Jahren angestellt. Und was war der Dank? – Eine Krankmeldung nach der anderen, wobei sie ihre Leiden im Sommer in den Biergärten und im Winter im *Café am Hofgarten* kurierte. Ihre Assistentin mußte deswegen bis spät in die Nacht am Schreibtisch sitzen, um die Arbeit des Programmbereichs wenigstens halbwegs pünktlich zu erledigen.

Nicht einen Monat hätte man sich bei ihm so etwas erlauben können. Aber sein Vater bewegte sich ja lieber in den höheren Sphären unsterblicher Dichtung.

Der Zorn schüttete Adrenalin in Johannes' Kreislauf, und er wartete nicht auf den Lift. Er eilte die Marmorstufen zur ersten Etage hinauf. Vorzimmer und Büro seines Vaters waren verwaist. Die Postkonferenz hatte offenbar schon angefangen. Johannes haßte dieses Ritual, er empfand es als reine Zeitverschwendung. In Frankfurt sollte es sogar eine Verlagsleiterin geben, die jedesmal eine außerordentliche Zusammenkunft ihrer Mitarbeiter veranstaltete, wenn sie ein neues Kleid vorführen wollte.

Zu ändern war daran nichts. Sein Vater hatte ihn zwar pro forma zum *gleichberechtigten Verleger* ernannt, als er ihm zehn Prozent der Gesellschafteranteile übertragen hatte, doch über Wohl und Wehe des Hauses bestimmte nach wie vor der Alte allein. Selbst wenn es Johannes gelingen sollte, seine Mutter mit ihren Anteilen auf seine Seite zu ziehen, was ihm kaum vorstellbar erschien – wäre damit nichts gewonnen. Claas Vinkenoog, jener belgische Kosmetikfabrikant, der schon zu Lebzeiten Engsfelds so begeistert von dessen Programm gewesen war, daß er Kapital in den Verlag eingebracht hatte, hielt noch immer fünfzig Prozent der Anteile. Er wäre nie und nimmer dafür zu gewinnen, daß Johannes die Geschäfte führte. Nein, er konnte nichts als abwarten und seinen Vater wo immer möglich unterstützen. Dann würde ihm die Leitung des Hauses von allein wie eine reife Frucht in den Schoß fallen.

Als Johannes in das Besprechungszimmer kam und sich neben Dr. Vahrig setzte, berichtete Rieger gerade von seiner Reise nach Alderney, die zumindest teilweise erfolgreich gewesen sei.

Zuerst sei er zwar entsetzt gewesen, da offensichtlich versucht worden sei, in Trögers Haus einzubrechen. Es sei aber wahrscheinlich nichts gestohlen worden. Das Testament, mit dem Tröger ihn zum alleinigen Erben des gesamten Vermögens und sämtlicher Urheberrechte eingesetzt habe, habe es ermöglicht, den Nachlaß flüchtig durchzusehen. Der Notar habe Wertsachen und Schriftstücke in Verwahr genommen und das Erbzertifikat beantragt. Es werde noch einige Zeit dauern, bis diese Sachen an den Verlag übergeben würden.

Cheflektor Dr. Kilblinger sah den Verleger fragend an: »Haben Sie neue Manuskripte unter seinen Sachen gefunden?«

Rieger schüttelte bedauernd den Kopf. Es sehe leider nicht so aus. Frau Hager habe alle Schriftstücke vorläufig aufgelistet, doch bislang seien nur Briefe, Fotos und Tagebücher gefunden worden. Das dürfe natürlich zu diesem Zeitpunkt noch keineswegs publik werden: »Herr Vahrig, Sie erteilen auf etwaige Fragen von Journalisten keinerlei Auskünfte.«

Der Pressesprecher nickte. Das verstehe sich von selbst.

Johannes beobachtete aufmerksam seinen Vater, spürte seine widersprüchlichen Gefühle für ihn. Da war der Verleger, der mit unbeirrbarer Liebe zur Literatur dem Haus jenen Rang verschafft hatte, den es noch immer hatte. Dafür bewunderte er diesen Mann, auch wenn ihm dessen Literaturverständnis inzwischen veraltet vorkam. Doch in seine Bewunderung mischten sich zunehmend Zweifel. Half es seinen Lieblingsautoren, daß ihr Verleger sie über

Jahre und Jahrzehnte aushielt wie ein Fürst seine Mätressen? Daß er ihren Lebensunterhalt bestritt, auch wenn sie versprochene Werke nicht ablieferten, ja vielfach nicht einmal daran zu arbeiten begannen? Spätestens nach ihrem Tode versuchte er dann zu retten, was nicht mehr zu retten war. Dann wurde er zu einem Krämer, ja, der zusammenraffte, was er sich oft zuvor hatte testamentarisch vermachen lassen: Manuskripte, Bibliotheken, Versicherungen und gelegentlich sogar ein Haus.

Die Stimme seines Vaters riß Johannes aus seinen Gedanken: »Und du, mein Sohn? Wie man hören und lesen konnte, hatten deine Bemühungen für Frau Becker ja das von uns erhoffte Ergebnis. Gibt es darüber hinaus noch etwas zu berichten‹« Johannes glaubte eine Spur von Ironie wahrzunehmen. Er antwortete deshalb so sachlich wie möglich. Besonderer Bemühungen seinerseits habe es diesmal erfreulicherweise nicht bedurft. Muller-Marceau sei spontan für den Text der Becker gewesen. Lediglich ihr Lampenfieber habe anfangs einige Sorgen bereitet. Er habe sie durch touristische Aktivitäten bis unmittelbar vor ihrem Auftritt vom Veranstaltungsort fernhalten müssen. Doch danach habe sie ihren Text derart überzeugend vorgetragen, daß sogar der äußerst heikle Merboldt für sie gestimmt habe: »Aber Sie brauchen keine Angst vor meiner Spesenabrechnung zu haben, Herr Schönfelder! – Ich habe Frau Becker nicht ein einziges Mal in den *Goldenen Hirsch* eingeladen.«
Der Finanzbuchhalter lachte geschmeichelt. Auch Rieger lächelte etwas gequält, und Johannes nutzte sofort die Situation: »Ich möchte die Erzählungen von Frau Becker noch im kommenden Herbst als drittes Buch unserer *Jungen Reihe* veröffentlichen. – Herr Henner, wenn Sie das Projektfile diese Woche auf den Tisch bekommen... Das wäre doch noch früh genug für unsere nächste Programmvorschau‹ Der Verlagsvertrag geht noch diese Woche an Frau Becker. Die Konditionen habe ich mit ihr bereits besprochen.«
Ralph Henner, der in Abstimmung mit der Werbeabteilung und dem Pressesprecher die Verlagsvorschauen vorbereitete, sah den Verleger fragend an.

Der wirkte plötzlich, als empfände er Unbehagen, doch er beantwortete die an den Vertriebsleiter gerichtete Frage. Das sei selbstverständlich noch zu schaffen. Aber er habe *Die gestohlenen Kinder von Hermannstadt* während des Rückflugs von Alderney zum zweitenmal gelesen und sei nicht mehr ganz so begeistert wie bei der ersten Lektüre: »Herr Dr. Kilblinger, was halten Sie denn von dieser Prosa? – Irre ich mich, oder schwingt da tatsächlich etwas mit, das man als sentimentalen Kitsch bezeichnen könnte?«

Johannes glaubte nicht recht zu hören! Nicht nur, daß der Alte vor leitenden Angestellten an seiner Kompetenz zweifelte. Sein Vater griff in das Programm der *Jungen Reihe* ein, um die er monatelang hatte kämpfen müssen. Doch auf Kilblinger konnte man sich verlassen.

Der erfahrene Cheflektor war viel zu klug, dem Verleger offen zu widersprechen, aber er redete ihm auch nicht nach dem Munde. Die Geschichten der Becker erzählten vom Erleben und Empfinden der Roma vor mehr als zweihundert Jahren. Dazu könne er überhaupt nichts sagen. Die Sprache dieser Autorin habe ihn jedoch ebenso beeindruckt wie ihr Stil: »Ich halte es gern mit *Walter Benjamin*. Letztlich ist der Erfolg eines Buches immer ein gelungenes soziologisches Experiment.«

Rieger nickte. Er zweifle keineswegs daran, daß diese Texte Literatur seien, aber er befürchte, daß die Leser die besondere Qualität dieser Geschichten nicht erkennen könnten: »Aber davon einmal ganz abgesehen – der deutsche Buchhandel schätzt Erzählungsbände nicht, und auch die meisten deutschen Leser bevorzugen noch immer einen Roman.«

Diesen Einwand hatte Johannes spätestens bei der Vertreterkonferenz erwartet. Wenn er jetzt schon kam, um so besser. Dann konnte er ihm gleich begegnen und den Vater auf seine Seite ziehen. Das würde es ihm erleichtern, auch die Vertreter für das Buch zu gewinnen. »Es soll keinesfalls bei diesem Erzählband bleiben.« sagte er. »Frau Becker deutete an, daß sie einen Roman plane. Ich betrachte diese Geschichten als Investition in die Zukunft.«

Dieses Argument schien dem Alten zu gefallen: »Dann machen wir das Buch. Aber laß eine Optionsklausel in den

Vertrag aufnehmen. Sonst unterschreibe ich ihn dir nicht.« Rieger trank noch einen Schluck Tee und stand auf. Die Morgenandacht war beendet. Johannes eilte als erstes in die Lizenzabteilung und diktierte der dafür zuständigen Frau Niedermayer die Daten für Annas Vertrag.

Ein paar Tage später fuhr er wieder durch München. Es war halb zwei nachts und die Chancen, gegenüber dem *P1* einen Parkplatz zu finden, waren gering. Trotzdem fuhr er mit dem BMW zur Diskothek, parkte in der Unsöldstraße und lief die kurze Wegstrecke zum *Haus der Kunst*. Am Doorman vorbeizukommen war kein Problem. Er kannte ihn, und falls er ihn nicht gekannt hätte, wäre sein Outfit die beste Einlaßkarte gewesen. HKJ. Hier kam Johannes. Nicht nur ein gepflegter Mann, sondern auch ein gutaussehender und mit Geld dazu. Wenn nur die Musik nicht so laut wäre! Frauen waren genug im Lokal. Sie standen an der Bar und nippten Prosecco oder sie bewegten sich mehr oder weniger ekstatisch auf der kleinen Tanzfläche, und das schönste war, daß sie alle ziemlich leicht bekleidet waren. Kurze Röcke und schlanke Beine. Von der Sonnenbank gebräunte Haut. Brüste, die unter dünnen Tops wippten. Frauen, die wußten, wie ihr Körper auf Männer wirkte.

An seinem Orangensaft hatte Johannes nur genippt, da ging auch er auf die Tanzfläche, wurde zum Körper unter Körpern, tanzte – nein, tanzte ab. Im Schwarzlicht erkannte er den Juwelier Frank Wellner. Ungeachtet seiner fast sechzig Jahre und seines dicken Bauches hatte es auch ihn auf die Tanzfläche getrieben. Ein paar Meter weiter wand sich die dreißigjährige Mia Wellner im kurzen Rock und in einem knappen Bustier. Sie hätte Franks Tochter sein können, aber sie war seine Ehefrau. Die alten Männer. Sie dachten nicht im Traum daran zu sterben oder sich zumindest aufs Altenteil zurückzuziehen. Johannes tanzte mit schnellen, fließenden, mit harten, zackigen und dann wieder sanft gleitenden Bewegungen, als müsse er sich distanzieren von den ungeschickten Schritten und Bewegungen Wellners.

Alle zwei Jahre fuhr sein Vater zur Frischzellenkur in ein Schweizer Sanatorium. Mindestens eine Stunde lief er jeden Morgen durch den Englischen Garten, und am Wochenende wanderte er durchs Gebirge. Begriffen diese Alten nicht, daß es keinesfalls ausreichte, den Jungen immer nur mehr Geld in die Taschen zu stopfen? Die Jungen wollten endlich Macht!

Als der Juwelier schweißgebadet die Tanzfläche verließ, tanzte Mia weiter, als hätte sie es nicht bemerkt. HKJ. Hier kommt Johannes. Hier tanzt die Zukunft. *Yamamoto* am Leib. Den Machthunger im Kopf und die Kondome in der Hosentasche. Bemerkte Mia nicht, wie gekonnt der Samurai seine geföhnten halblangen Haare durch die Luft fliegen ließ? Doch Mia hatte ihn offenbar längst wahrgenommen, denn auch sie tanzte jetzt anders. Breitete die zuckenden Arme weiter aus und trommelte heftiger mit den Pfenningabsätzen ihrer roten Sandaletten auf die Tanzfläche. Doch die Frau in der engen Hose aus Goldsatin und der Bluse von *Hermés* neben ihr zuckte noch wilder und hämmerte noch schneller auf noch höheren Stöckelabsätzen. Sogleich wandte Johannes sich ihr zu, synchronisierte seine Bewegungen mit den ihren. Bald balzten sie im selben Rhythmus, und als sie die Tanzfläche verließ, folgte er ihr und lud sie zu einer Flasche *Moët & Chandon* ein. Corinna, so hieß sie, verriet ihm, daß sie als Model tätig sei. Als er sie wissen ließ, daß er Verleger sei, irritierte sie das einen Moment: »Was verlegst du denn? – Doch nicht etwa Keramikfliesen?«

Sollte das ein Witz sein? Johannes nickte: »Keramik. Die edelsten Fliesen Deutschlands«, doch dann korrigierte er sich. Natürlich Bücher, er sei Miteigentümer eines Buchverlags. Das stellte sie offenbar zufrieden. Sie schlürften Champagner. Die Mainacht war angenehm warm. Auch Johannes hätte gern noch ein Glas mehr getrunken. Wenn nur die Verkehrskontrollen nicht wären.

Unmöglich konnte er eine solche Frau mit einem profanen Taxi in sein Reich entführen. Da hielt er sich lieber zurück und trank Selters, bis sie angeheitert neben ihm zum BMW stöckelte, auf den Beifahrersitz sank und die Arme um ihn schlang. Aber doch nicht schon hier! Als Corinna zehn Minuten später seine Wohnung betreten hatte, zog sie sofort ihre verschwitzte Bluse aus und ließ sie achtlos auf die Terracottafliesen im Wohnraum fallen. Wow! Dieser Mann hatte wenigstens Style. Die eleganten italienischen Möbel… die riesigen Bilder… die großen flachen Lautsprecher, aus denen Coltranes Musik perlte wie zuvor der Champagner. Und vor allem die Bücher an den Wänden. Bücher vom Fußboden bis hinauf zum Stuckfries. »Wow! Hast du die etwa alle gelesen?«

»Die meisten«, gestand er. »Joan Rodriguez habe ich sogar nach Deutschland geholt. Ein großer Erfolg. Vom *Condor von Lima* verkaufen wir jeden Monat fast zehntausend Stück.«

Sie sah ihn unsicher an: »Ist das viel?« Doch dann, als er auf ihren Wunsch hin eine CD mit Disco-Rock aufgelegt hatte … als sie die Schuhe auszog und vor dem Original von *Joan Miro* zu tanzen anfing, da sehnte er sich plötzlich so intensiv nach Anna, daß es ihn erschreckte. Ihr zierliches Gesicht. Ihre Augen. Ihr Mund – nein, das allein konnte es nicht sein, was sein Verlangen weckte, und ihre Intelligenz auch nicht. Attraktiv waren viele Frauen. Auch Corinna, die sich geschmeidig im Rhythmus der Musik vor ihm bewegte. Und was die Intelligenz Annas betraf – bei allem Respekt für ihre Prosa –, während seiner Zeit in Paris hatte er intelligentere Frauen kennengelernt. Es mußte etwas anderes sein, das ihr Bild wieder in ihm heraufbeschwor – es verstärkte und retuschierte, es zum Idealbild stilisierte, mit dem keine andere konkurrieren konnte. War das jene erste Phase der Liebe, wie sie Stendhal beschrieb? Wie eine Kristallisation, bei der ein gewöhnlicher Zweig vom Mineral nach und nach umhüllt und verschönt wird, bis er im Licht schimmert als wäre er ein filigranes Juwel. – Unsinn! Es mußten Annas Unsicherheit und Hilflosigkeit gewesen sein, ihre Angst vor der Lesung und dann ihr zögerndes Vertrauen zu ihm, die ihn zuerst irritiert und dann immer mehr fasziniert hatten. HKJ. Hier kommt Johannes. Der schwarze Ritter des Verlagsgewerbes. Erzogen und ausgebildet vom König Artus der Branche und siegreich bei allen Turnieren. Der vom Erfolg verwöhnte Tristan reitet in Salzburg ein, um Isolde vor den Drachen der Literaturkritik zu retten. – Schluß damit! Wenn es das war, was seine Sinne verwirrten – dagegen müßte ein

Kräutlein zwischen Corinnas Schenkeln gewachsen sein. Er zog sie an sich und atmete tief ihr unvergleichliches Aroma, eine Mischung von Schweiß und *Djungle* von *Kenzo*. Er streifte ihr die Satinhose von den Hüften, legte seine Arme um die Frau und trug sie in sein Schlafzimmer, befreite sich dort von seinen *Bruno Magli, Yamamoto* und *Calvin Klein* und dann fielen sie übereinander her. Wenn er dabei nur nicht immer Annas Gesicht vor Augen gehabt hätte.

Am nächsten Morgen, als er mit Corinna auf der Terrasse des *Cafés Extrablatt* frühstückte, war er überzeugt, sein Gleichgewicht wiedergefunden zu haben. Beide hatten die Nacht lustvoll erlebt, hatten sich bis zur Erschöpfung aneinander gefreut, und als er sah, mit welchem Genuß Corinna den Räucherlachs auf ihrem Teller in kleine Streifen schnitt, mit Meerrettich würzte und verzehrte, beneidete er sie. Solche Frauen hatten mit Karrieren so wenig im Sinn wie mit nachhaltigen und anstrengenden Leistungen im Beruf. Sie lebten von gelegentlichen Jobs und Einladungen sowie Geschenken von Freunden. Und genossen ansonsten ihre Jugend. Wenn sie sich überhaupt Gedanken um die Zukunft machten, dann höchstens aus Furcht vor dem Alter. Doch auch davon war Corinna noch weit entfernt. Johannes sah kurz auf seine Armbanduhr, erklärte, er müsse zu einer Konferenz in den Verlag, und bat sie um ihre Telefonnummer. Er habe ein kleines Boot am Schliersee liegen. Wenn die Vertreterkonferenz vorbei sei, werde er sie anrufen. Da hatte sie bereits nach einer Serviette gegriffen und ihre Nummer notiert: »Dann einen schönen Tag noch. Und streng' dich nicht zu sehr an bei der Arbeit.«

»Keine Sorge«, sagte er. »Dafür haben wir unsere Leute.«

Auf dem Weg zu seinem Wagen zog er den *Münchener Courier* aus einem Verkaufsautomaten. Er setzte sich in den *BMW* und schlug die Zeitung auf. Er war neugierig, was im Feuilleton stand, und entdeckte dort als erstes einen längeren Bericht über die Salzburger Literaturtage und den Karl-Kraus-Preis. Mit einem Foto der diesjährigen Preisträgerin. Annas Gesicht war im groben Druckraster kaum zu erkennen, aber daß er seinen Arm um ihre Schulter gelegt hatte, war unübersehbar. Wenn sein Vater dieses Bild entdeckte, würde er wieder mindestens vierzehn Tage die Ironie des Alten zu spüren bekommen. Aber daran war jetzt nichts mehr zu ändern.

6

Waldmeisterbowle im Mai

Obwohl allen im Hause bekannt war, daß die Beziehungen zwischen dem Verleger und seinem Sohn mitunter etwas gespannt waren, sahen die meisten in Johannes den legitimen Nachfolger seines Vaters und behandelten ihn entsprechend. Es dauerte normalerweise mindestens vierzehn Tage, bis die Lizenzabteilung handschriftliche Vorgaben eines Lektors in die Form eines hieb- und stichfesten Verlagsvertrags gebracht hatte, doch Johannes fand den Vertrag über die *Gestohlenen Kinder* schon drei Tage später auf seinem Schreibtisch vor, als er vom Mittagessen aus dem *Prinzengarten* zurückkam.

Er setzte sich, griff nach seinem Füllhalter, las jede Seite und versah sie mit seiner Paraphe: einem kleinen *J. R.* in der rechten unteren Ecke. Da sich sein Vater die Unterzeichnung sämtlicher Verträge grundsätzlich vorbehielt, brauchte Johannes seine Unterschrift. Aber er mochte ihm jetzt nicht begegnen. Er würde Frau Hager darum bitten, die Papiere unterzeichnen zu lassen.

Das Arbeitszimmer von Johannes lag auf der gleichen Etage wie das Chefbüro seines Vaters. Genau neunzehn Schritte trennten die beiden Räume voneinander. Johannes wußte das genau, denn er zählte diese Schritte, seit ihn der Alte in den Verlag geholt hatte. In Paris, wo er als Lektor neben anderen Lektoren gearbeitet hatte, war er glücklicher gewesen.

Johannes ging diese neunzehn Schritte, doch als er die Tür zum Vorzimmer geöffnet hatte, war Frau Hager nicht an ihrem Platz. Die Verbindungstür zum Büro seines Vaters war geschlossen. Gerade überlegte Johannes, ob er anklopfen sollte, da kam Rieger aus seinem Zimmer, gefolgt von Helga Kerglich, die für das Haus die wenigen Lyrikbände und die Buchausgaben von Theaterstücken betreute. Sein

Gesicht war vom Zorn gerötet, und die Lektorin zerknüllte aufgeregt ein Papiertaschentuch in der Hand: »Das tut mir wirklich sehr leid«, versicherte sie bedrückt. »Das muß ich übersehen haben. Ich war arbeitsunfähig. Das Manuskript muß versehentlich an die Druckerei gesandt worden sein.«

»Dann sorgen Sie dafür, daß solche Versehen nicht vorkommen können«, polterte Rieger. »Es geht nichts in Satz, was ich nicht freigegeben habe. Dieses Buch mache ich nicht. Dafür gebe ich den guten Namen unseres Hauses nicht her.« Johannes wollte sich vorsichtig zurückziehen, doch sein Vater hielt ihn mit einer energischen Handbewegung zurück. Er wies die Lektorin an, sofort in sämtlichen Abteilungen die restlichen Korrekturabzüge einzusammeln und bei ihm abzuliefern: »Von diesen Abzügen geht mir nicht ein einziges Exemplar aus dem Haus. Sagen Sie sofort der Presseabteilung Bescheid. Das Projekt ist gestoppt.«

Die Lektorin schlich mit müden, kleinen Schritten aus dem Vorzimmer. Johannes sah seinen Vater fragend an. Der drückte ihm einen Korrekturabzug in die Hand: »Lies das bitte möglichst schnell und sag mir dein Urteil. Ich halte das nicht für veröffentlichungsfähig.« Sollte der Alte wirklich sein Urteil für wichtig halten? Überrascht legte ihm Johannes den Vertrag für *Die gestohlenen Kinder* auf den Schreibtisch.

Rieger griff nach seinem dicken Füllhalter, und las schweigend Seite um Seite. Auf dem Schreibtisch hatte sich etwas verändert, wie Johannes bemerkte: eine Gruppe hölzerner Elefanten, die sich noch vor wenigen Tagen auf einem Aktenbord hinter Vaters Rücken befunden hatte, war jetzt gut sichtbar auf dem Schreibtisch plaziert. Wurde der Alte etwa plötzlich sentimental? Der Sohn betrachtete seinen Vater so aufmerksam, als hätte er ihn monatelang nicht gesehen. Stolz und aufrecht wirkte er in seinem Maßanzug, dem makellosen weißen Hemd und seiner Krawatte mit vorbildlichem Windsorknoten. Wie ein Lord – nein, altes englisches Geld sah immer ein wenig schlampig aus – eher wie ein preußischer Offizier. Doch dann sah Johannes, daß sein graues Haar dünner geworden zu sein schien, und er sah die tiefen Falten um seinen Mund, die ihm nie zuvor aufgefallen waren. Lag es nur am Licht, daß ihm das Gesicht seines Vaters so verändert vorkam? Johannes schämte sich plötzlich für den Haß, den er seinem Vater gegenüber so oft empfand.

Im Vorzimmer begann eine elektrische Schreibmaschine zu klappern, und Rieger blickte zur Tür. »Frau Hager?« rief er. »Kommen Sie doch bitte mal mit dem Block zu mir!« Das Klappern brach sofort ab. Die Sekretärin kam ins Zimmer, und Rieger reichte Johannes den unterzeichneten Vertrag. Dann ging er mit großen Schritten im Zimmer auf und ab und diktierte der Sekretärin einen Brief: *Lieber Herr Hinterthaler, bedingt durch die Erkrankung einer Mitarbeiterin wurde mir der Text Ihres Stückes Lost in Straubing bedauerlicherweise erst jetzt zugeleitet. Ich habe mich inzwischen damit auseinandergesetzt und muß Ihnen leider mitteilen, daß wir in diesem Stück nicht die Qualität erkennen, die Voraussetzung für eine Buchveröffentlichung unter dem Namen unseres Hauses ist...* Johannes unterbrach seinen Vater: »Sag bloß, du willst den Hinterthaler nicht machen? Wenn das Stück schlecht wäre, hätten es doch nicht mehrere Theater aufgeführt.«

»Mag sein«, sagte der Alte. »Aber lies erst einmal. Ein inszenierter Text wirkt völlig anders als ein gelesener.« Johannes hatte Mühe, seinen Zorn zu unterdrücken: »Danke für die Belehrung«, sagte er. Er werde darüber nachdenken.

Eine Unverschämtheit war das! Sein Vater behandelte ihn wie einen Schuljungen. Manchmal sogar vor fremden Leuten. Er hatte sich gefreut, daß der Alte den Vertrag für Anna sofort unterschrieben hatte, denn bei neuen Autoren zögerte und zauderte er manchmal wochenlang. Er hatte Anna sofort anrufen und ihr die frohe Botschaft übermitteln wollen, daß sie nun eine Engsfeldautorin sei. Jetzt war ihm die Lust dazu vergangen.

Er legte den Vertrag in den Postkorb, setzte sich an seinen Schreibtisch und las die Korrekturabzüge des Stücks. Bei Hinterthaler erkundeten keine hochgebildeten Seelenchirurgen die verschatteten Höhlen deutscher Innerlichkeit, sondern dumpfe Menschen litten an Verhältnissen, denen sie nicht zu entkommen vermochten. Aber wenn dieses Stück schlecht war, waren es die anderen Stücke Hinterthalers nicht weniger. Johannes nahm keinesfalls an, daß eine Masturbationsszene in diesem Stück den Unwillen des Verlegers erregt haben konnte. Masturbiert wurde bei anderen Engsfeldautoren auch; Muller-Marceau beklagte sogar regelmäßig, daß in der gesamten neueren deutschen Literatur die Helden dauernd Hand an sich legten. Nein, Hinterthalers Stück war nicht schlecht, aber die Zeiten hatten sich geändert! Armut, seelisches Leid und Ohnmacht wurden nicht mehr als Resultat sozialer Verhältnisse aufgefaßt, sondern als persönliches, selbst verursachtes Schicksal, an dem nun einmal nichts zu ändern sei. Da paßte es nicht mehr in die politische Landschaft, wenn Autoren Not und Elend zum Thema von Stücken, Romanen oder Filmen machten.

Am liebsten wäre er gleich zu seinem Vater gegangen, um ihm zu sagen, daß Hinterthalers Bild von der Welt dessen Sache sei. Wenn der Alte aber erst einmal etwas entschieden hatte, war er nur noch selten umzustimmen. Doch davon einmal ganz abgesehen. Johannes war für die französische und die lateinamerikanische Literatur zuständig und mußte sich außerdem noch um seine neue Junge Reihe kümmern. In seinem Zimmer lagen Manuskripte, Korrekturabzüge und Umschlagentwürfe in den Regalen, auf dem kleinen Besuchertisch und sogar auf den Gästestühlen. Nicht zu reden von den spanischen und französischen Büchern, die er zu lesen und zu beurteilen hatte. Aber zuerst mußte er die *Gestohlenen Kinder* und deren Autorin für die Verlagsvorschau vorstellen. Also holte er Annas Manuskript aus einem Regal und spannte ein Blatt Papier in die Maschine. Er brauchte nicht lange zu überlegen. Werbetexte für die Buchhändler hatte er schon oft verfaßt, und auch diesmal bediente er sich des gängigen Vokabulars, mit dem Bücher angepriesen wurden. Das Adjektiv *ungewöhnlich* fiel ihm zuerst ein, denn wer wollte schon ein gewöhnliches Buch? Daß Annas Sprache *klar und sinnlich* war, würde den Buchhändlern gefallen. *Sinnlich,* tippte er in die Maschine, und da mußte er wieder an die Tage in Salzburg denken. Ihm waren viele Frauen begegnet, aber noch keine, mit der er sich vom ersten Augenblick an so gut verstanden hatte. Er dachte daran, wie sie ihm vertraut hatte, und griff zum Telefonhörer. In ihrer Wohnung erreichte er sie nicht. Er versucht es im Theater, und als er ihre leise, ruhige Stimme hörte, empfand er wieder diese Sehnsucht, die ihn erschreckte. Er bemühte sich, freundlich und dabei möglichst sachlich zu bleiben. Er avisierte den Vertrag und bat sie, ihn umgehend unterschrieben zurückzusenden. Ihr Buch solle bereits zur nächsten Buchmesse erscheinen. Ihre Stimme klang erfreut und aufgeregt, und er sagte: »Herzlichen Glückwunsch. Wenn Sie unterschrieben haben, gehören Sie zu den Engsfeldautoren. Ich freue mich sehr darüber.« Danach stellte er den Text für die Programmvorschau fertig und gab ihn in der Werbeabteilung ab. Er mußte noch die Übersetzung eines französischen Romans prüfen, dessen deutsche Ausgabe im Herbst erscheinen sollte. *Das Jahr in Antibes* von Françoise Bertillon war in Frankreich und England ein Bestseller, aber bei Engsfeld hatte er dafür kämpfen müssen. Allen anderen deutschen Verlegern waren solche Bücher am liebsten. Damit riskierten sie kaum etwas, wenn sie nicht zu viel für die Lizenz bezahlten. Sein Vater hingegen betrachtete solche Romane als Unterhaltungsliteratur und mochte sie nicht.

Johannes begeisterte sich immer mehr für die Arbeit des Übersetzers. Beeindruckend, was die Besten dieser Leute leisteten, obwohl sie selten mehr als dreißig Mark für eine Seite bekamen.

Zwei Tage später ging Johannes mittags durch einen Biergarten. Das Lokal war gut besucht. Überall Männer und Frauen, die so schnell ihre Bierkrüge leertranken, daß die stämmigen Kellnerinnen Mühe hatten, Nachschub heranzuschaffen. Ganz München schien um diese Zeit unter riesigen Kastanienbäumen am Biertisch zu sitzen. Bernd Voss vom *Courier* hatte ihn um eine kurze Unterredung gebeten, und er hatte sofort zugesagt. Beide kannten einander vom Gymnasium, doch seit Voss verheiratet war, blieb ihm für seine Männerfreundschaften kaum noch Zeit.

Wenn er sich mit Johannes verabreden wollte, mußte es dafür einen Grund geben.

Ziemlich unvernünftig, sich hier treffen zu wollen, dachte Johannes gerade, da stand ein Ehepaar von einem Tisch in der Nähe des Eingangs auf. Er beeilte sich und saß, bevor zwei Bundeswehrsoldaten Platz nehmen konnten. Dann sah er Bernd Voss in seiner notorischen Lodenjacke in den Garten kommen und winkte. Der Journalist setzte sich zu ihm: »Das ist ein Wetter, was?« Johannes nickte und zitierte Peter Rühmkorf: »*Wenn Mitte Mai die Kastanie nach oben grüßt mit tausend Erektionen...* Am liebsten würde ich mich in den Geländewagen setzen und ab in die Provence.«

»Und was hält dich davon ab? fragte Voss. »Hier, ich hab' was für dich!«

Er holte zwei braune Papierumschläge aus seiner Aktenmappe und reichte sie ihm über den Tisch. Eine Kellnerin kam. Voss bestellte ein Hefeweizen, Johannes ein Radler. Dann öffnete er den ersten der Umschläge. Zog einen Stapel Schwarz-Weiß-Fotos heraus. Bilder, auf denen Anna lächelte. Bilder von ihrer Lesung und, selbstverständlich, das Foto, auf dem er den Arm beschützend um sie legte. Fotos von den Literaturtagen. Er erschrak. Was sollte das? Ahnte der Freund, daß ihm diese Frau nicht mehr aus dem Kopf ging? Er bemühte sich, seine Überraschung zu verbergen. »Ich versteh' nicht, weshalb du mich wegen dieser Fotos...« sagte er, aber Voss schüttelte den Kopf: »Doch nicht wegen dieser Fotos! Die hab ich dir nur mitgebracht, weil eure Werbeabteilung sie vielleicht gebrauchen kann. Die Angaben zum Fotografen findest du auf der Rückseite. – Der andere Umschlag, Hannes! Mach den mal auf!« Voss sah ihn abwartend an, und Johannes öffnete die zweite braune Papierhülle. Noch mehr Fotos – nein, eher hastig hergestellte Fotokopien von Fotos. Ein kleines, windschiefes Haus. Ein Schreibtisch mit einer abgedeckten Schreibmaschine und Papieren. Eine Pin-Wand, an die Fotos geheftet waren. Ein uraltes Fernsehgerät. Ein alter Mann hinter einer altmodischen Bartheke. Eine Flasche *Volnay*.

Johannes sah Voss fragend an. Der Redakteur lächelte. Er sei wohl nie auf Alderney gewesen, aber Rieger werde sich schon einen Reim auf die Bilder machen können. Sie seien in Trögers Haus aufgenommen worden. Die Illustrierte *Sirius* bereite eine große Geschichte über ihn vor. Er habe sich bemüht, auch den Text zu bekommen, aber das sei ihm bislang leider nicht gelungen. Es gehe wohl um persönliche Angelegenheiten des Autors: »Der soll ja zuletzt nicht gerade in den besten Verhältnissen gelebt haben...«

Schulden, dachte Johannes. Trögers Schulden und der Brief. War dieser Brief bekannt geworden? – Na wenn schon! Keiner konnte erwarten, daß ein Verlag jahrelang einen Dichter bezahlte, der, bei allem Respekt, nicht mehr dichtete. Doch Voss wußte offensichtlich weder von den Schulden etwas, noch von Riegers Brief. Er hatte sich lediglich dem Hause gefällig erweisen wollen, und erwartete, daß der Verlag sich ihm gegenüber ebenso verhielt. Der ganze Literaturbetrieb funktionierte nach diesem Prinzip. Die Medien brauchten möglichst exklusive Informationen. Die Verlage brauchten die Öffentlichkeit. Die Literatur geriet dabei unter die Räder. Johannes verstaute die Fotos und die Fotokopien wieder in den Briefumschlägen und bedankte sich bei Voss mit einer kleinen Vorabinformation: »Wir werden das neue Stück vom Hinterthaler nicht machen. Ich halte dich auf dem laufenden. Aber mach noch nichts. Ich möchte nicht, daß er es aus der Zeitung erfährt.« Der Redakteur fragte nach den Gründen, doch Johannes zuckte nur mit den Schultern. Das solle er am besten Rieger fragen, aber erst, wenn die Sache öffentlich geworden sei. Dann lenkte er vorsichtig das Gespräch auf Anna. Ihre Erzählungen würden im Herbst erscheinen, und er werde Voss beizeiten die Druckfahnen zuleiten: »Du machst doch etwas über das Buch? Du hast sie ja selbst für Salzburg nominiert. Wir versprechen uns sehr viel von dieser Autorin.« Voss zögerte. Gerade sei ihm in der Redaktionskonferenz vom Chefredakteur vorgehalten worden, er würde auffallend viele Bücher aus dem Engsfeld Verlag besprechen. Er räume dem Verlag gerne immer so viel Platz ein wie möglich, aber in der nächsten Literaturbeilage könne er keine Engsfeld-Festspiele veranstalten. Allein die Rezension des neuen Romans von Stefan Bach – ein Pflichtstück – werde mindestens eine halbe Seite beanspruchen. Da könne er nicht auch noch die ganze *Junge Reihe* groß abfeiern lassen. Einen Zweispalter mit Porträt für Annas Buch aber werde er sicherlich durchbringen. Er verabschiedete sich nicht ohne den Hinweis, der Anzeigenleiter habe ihn darauf hingewiesen, der Anzeigenumsatz von Engsfeld liege dieses Jahr unter den Erwartungen.

Johannes verstaute die Fotos aus Salzburg in seinem Auto und ging dann ins Verlagsgebäude zurück. In Riegers Vorzimmer telefonierte Frau Hager, und als er mit fragendem Gesichtsausdruck auf die Tür zum Chefbüro deutete, nickte sie kurz.

Sein Vater saß im Lesesessel und hatte ein Manuskript vor sich liegen. »Der neue Bach ist vor zwei Stunden zugestellt worden«, sagte er fast andächtig. »Ein wundervolles Buch.«

»Schön für dich«, sagte Johannes und legte ihm die Ablichtungen der Fotos aus Alderney auf den Tisch. »Der *Sirius* bereitet einen großen Artikel über Tröger vor. Das sind Fotos, die sie dazu drucken wollen. Ich dachte, das könnte dich interessieren.«

Rieger betrachtete nachdenklich die Bilder. »Unglaublich. Diese Aasgeier. Kein Mensch hat sich mehr für ihn interessiert.«

»Na und?« sagte Johannes. »Nur ein toter Dichter ist ein guter Dichter.« Er sei vor ein paar Tagen in zwei Buchhandlungen gewesen. In beiden habe er nicht einmal *Die Unbehauste Erde* im Regal gefunden.

Rieger war nicht überrascht. Tröger verkaufe sich nicht mehr gut. Aber das ändere nichts an seiner Bedeutung. Was jetzt nicht bewahrt werde, sei für alle Zeiten verloren. Wie häufig ein bestimmter Titel bestellt werde, interessiere ihn nur ganz am Rande. Er trüge sich sogar mit Gedanken, eine preiswerte Gesamtausgabe von Trögers Werken herauszubringen: »Gerade die schwierigen Bücher verdienen unsere besondere Liebe, denn das Einfache ist meist oberflächlich und erledigt sich von selbst.«

War das wieder eine von den Lektionen, die ihm der Alte so gerne erteilte? Zu anderen Zeiten möge das ja richtig gewesen sein, sagte Johannes. Aber er fürchte, heutzutage seien Bücher nur noch eine schnell verderbliche Ware. Dann fiel ihm ein, daß der Vater von einem Einbruch in Trögers Haus gesprochen hatte, bei dem aber nichts gestohlen worden sei. »Sollten diese Fotos etwa erst nach Trögers Tod entstanden sein?«

Rieger sah ihn erstaunt an. Er glaubte, sogar eine Spur von Anerkennung in den Augen seines Vaters wahrnehmen zu können: »An diese Möglichkeit habe ich überhaupt noch nicht gedacht. Also, wenn das der Fall sein sollte...«

Er eilte zum Telefon und ließ Dr. Vahrig aus der Presseabteilung kommen. Er zeigte ihm die Bilder und fragte ihn, was man gegen diese offenkundige Verletzung der Privatsphäre des Toten unternehmen könne. Vahrigs Kiefer, die wie stets mit einem Nikotin-Kaugummi kämpften, standen einen Moment still: »Ich fürchte, da wenig zu machen. Bevor der Bericht nicht veröffentlicht ist... Wir wissen ja nicht einmal, was in diesem Artikel behauptet wird...« Nein, er halte es nicht für erfolgversprechend, schon jetzt etwas zu unternehmen. »Ich werde eine Presseerklärung vorbereiten, damit wir sofort reagieren können, wenn der Artikel erschienen ist.«

Johannes, der dem Gespräch bislang schweigend zugehört hatte, wandte sich an seinen Vater: »Ruf doch einfach mal den *Boom* an und pack ihn an seiner Ehre! Ob der *Sirius* jetzt schon die Auflage steigern muß, indem er seine Leute zum Hausfriedensbruch anstiftet... Das war doch Hausfriedensbruch und nichts anderes.«

Rieger sah Dr. Vahrig fragend an. »Vor zwanzig Jahren hätte ich Ihnen das auch vorgeschlagen. Aber heute? Bei der mörderischen Konkurrenz aller Medien? – Ich würde den Artikel abwarten und dann eine Strafanzeige erwägen. Aber anderseits... Wir werden den *Sirius* bestimmt nochmal brauchen... Wenn die damals die Reportage über Gerhard Lenzow nicht gebracht hätten... Den würde doch noch heute kein Mensch kennen.« Rieger nickte: »Ich werde trotzdem mal den Verleger des *Sirius* anrufen. Und für den Fall, daß ich nichts erreiche... Bereiten Sie bitte unsere Presseerklärung vor, Herr Vahrig. Wir sollten dann bekannt geben, daß in Trögers Haus eingebrochen wurde und die Fotos das Ergebnis einer strafbaren Handlung sind.« Der Pressesprecher nickte und verließ das Büro.

Johannes blieb neben Riegers Schreibtisch stehen. Müde erschien ihm sein Vater. Müde und erschöpft. Es konnte wirklich nur noch eine Frage der Zeit sein, bis er sich für den Rest seines Lebens nach Schliersee zurückzog. Doch da erhob sich Rieger schnell, ging mit elastischen Schritten quer durch das Zimmer und öffnete beide Fenster: »Wenn die jetzt anfangen, den Karsten durch den Schmutz zu ziehen, mach ich im nächsten Frühjahr seine Gesamtausgabe. Das bin ich ihm schuldig.« Johannes wollte zur Tür, als plötzlich laute Stimmen im Vorzimmer ertönten. Eine kräftige Männerstimme und die hohe Stimme von Frau Hager. Rieger sah seinen Sohn erstaunt an, da wurde die Tür aufgerissen und Alois Hinterthaler stürzte ins Zimmer, einen Brief in der Hand: »Das können Sie mit mir nicht machen, Herr Rieger! Nicht nach fünfzehn Jahren und achtzehn Büchern!« Rieger ging ihm langsam entgegen: »Und Sie können nicht einfach hier eindringen wie ein Holzfäller. Ich verstehe Ihre Enttäuschung, aber über das Programm meines Hauses entscheide noch immer ich. Ihr Stück überzeugt mich nicht. Das ist alles. Wenn Sie den Text überarbeiten… Wenn Sie einige Obszönitäten streichen… Ich bin jederzeit zu einem Gespräch bereit. – Aber bitte, vereinbaren Sie dafür einen Termin.«

Der Dramatiker sah den Verleger an, als ob er sich auf ihn stürzen wollte: »Nicht mit mir, Sie Pfahlbürger!« schrie er. »Nicht mit mir. Wenn Sie mein neues Buch nicht machen, dürfen Sie meine alten auch nicht mehr verkaufen. Alles einstampfen! Ich lasse alles einstampfen. Ich suche mir für meine Bücher einen anderen Verlag.«

Rieger zuckte mit den Schultern. Er verliere nur ungern einen Autor, doch wenn Hinterthaler sich von ihm trennen wolle, stehe dem nichts im Wege: »Teilen Sie mir Ihre Vorstellungen schriftlich mit. Unsere Anwälte werden dann alles nach Recht und Gesetz abwickeln. Und jetzt verlassen Sie bitte freundlicherweise das Haus.«

»Und ob!« sagte Hinterthaler. »Und zwar mit allen meinen Büchern. – Sie verstehen von Literatur nicht mehr als ein Laubfrosch, Sie böser alter Mann!«

»Gehen Sie jetzt – bitte!«, sagte Rieger ruhig. »Sonst muß ich leider die Polizei rufen.«

Johannes hatte sich vorsichtshalber neben Hinterthaler gestellt, um schnell eingreifen zu können, falls er tätlich werden sollte, doch der Dramatiker schüttelte nur noch einmal *dramatisch* den Kopf und stampfte aus dem Zimmer.

»Umgangsformen haben die Autoren heutzutage!« sagte Rieger. »Man möchte es kaum glauben.« Dann wandte er sich wieder Johannes zu: »Den neuen Bach mußt du unbedingt lesen. Ein Meisterwerk, sag' ich dir.«

Zwei Stunden später ging Johannes über die Leopoldstraße. Es war kurz vor sieben. Die Luft war noch immer warm. Er liebte es, nach einem Tag im Verlag durch Schwabing zu schlendern. Das vermittelte ihm ein Gefühl, als wäre er einem Terrarium entronnen und tauche wieder ins wirkliche Leben ein. Autofahrer, die um einen Parkplatz kämpften. Leute, die den *Courier*, *Bild* oder die *AZ* lasen. Kinder, die Eis leckten. Mädels auf Fahrrädern und Skater, die in engen Radlerhosen die Bürgersteige entlangrasten, als ginge es um ihr Leben.

Er dagegen ließ sich Zeit. Nach Hinterthalers Auftritt hatte er Voss angerufen und ihm grünes Licht für eine Meldung über den Konflikt mit dem Dramatiker gegeben. Dessen Trennung vom Verlag war beschlossene Sache. Selbst wenn er sich für sein Benehmen entschuldigen würde, beleidigen ließ sich sein Vater von niemandem.

Vor der Kasse zu den Kinos im *Marmorhaus* wartete schon jetzt eine lange Menschenschlange. *Absolute Power,* versprach ein grelles Plakat. Er hatte diesen Film schon bei seinen Weihnachtseinkäufen in New York gesehen. Ein schwacher Film über einen US-Präsidenten, über einen bösen alten Mann. Hatte Hinterthaler recht, wenn er Rieger so nannte? Immerhin leitete der Vater ein Wirtschaftsunternehmen mit fünfzig Millionen Mark Jahresumsatz und nahm dessen Interessen wahr. Da konnte man nicht aller Welt Freund sein. Er würde es später genauso wenig können.

An einem Obstwagen kaufte er sich eine Banane, die er

an Ort und Stelle aß. Vor einer Buchhandlung waren auf dem Bürgersteig Ramschtische aufgestellt, auf denen Bücher zu reduziertem Preis angeboten wurden. Viel Literatur aus dem Engsfeld Verlag. Johannes wollte sehen, was Vertriebsleiter Henner diesmal an das *Moderne Antiquariat* verschleudert hatte, und als er fünf hohe Stapel des Romans *Die große Erkenntnis* von Manfred Brill sah, der jetzt zum Preis von vier Mark fünfundneunzig angeboten wurde, empfand er fast körperlichen Schmerz. Zwei Jahre hatte Brill an diesem Buch gearbeitet, und die Kritiker hatten es in den höchsten Tönen gepriesen. Verkauft hatte der Verlag nicht einmal viertausend Stück, für die Brill knapp zwölftausend Mark Honorar bekommen hatte. Seither schrieb er nur noch Fernsehdrehbücher, und kassierte für jeweils drei Monate Arbeit fünfzigtausend. Rieger verachtete ihn dafür. Er sagte oft, Brill habe die Literatur verraten.

Johannes ging weiter, und als das *Siegestor* hinter ihm lag, kam ihm Annas Buch in den Sinn. Es waren gute Erzählungen, und er würde dafür tun, was er konnte. Sie hatte den Preis erhalten. Wenn die Vertreter das den Buchhändlern vermittelten, müßten sie den Band einkaufen. Er hatte vor, Annas Foto groß auf den Umschlag zu setzen, und ein Plakat mit Annas Gesicht würde er auch im Verlag durchsetzen. Es mußte ein Erfolg werden.

Wenig später bettelten ihn zwei Obdachlose an, deren gesamter Besitz in einigen Mülltüten auf einer Parkbank lag. Er gab ihnen fünf Mark und bereute es sofort. Es kam ihm wie eine Ablaßzahlung vor. Wie so oft, wenn er sich nach der Arbeit die Füße noch etwas vertrat, wollte er im *Café Extrablatt* noch einen Espresso trinken. Er hatte sich gerade gesetzt, da erblickte er an einem der Tische Corinna. Klaus Huber, ein vierzigjähriger Autoverkäufer, hatte besitzergreifend seine Hand auf ihren Oberschenkel gelegt. Johannes kannte ihn, er hatte seinen Geländewagen bei ihm gekauft. Huber grüßte mit einem kurzen Nicken. Johannes grüßte zurück. Er sah, wie Huber Corinna demonstrativ auf den Hals küßte. Corinna ließ es geschehen. Als Johannes seinen Espresso vor sich hatte, warf sie ihm einen Blick zu, griff nach ihrer Handtasche und ging nach hinten.

Sie würde unten vor der Damentoilette auf ihn warten, und er wußte auch, was sie ihm sagen würde. Huber hätte sie gerade erst kennengelernt und finde ihn unerträglich. Aber er habe sie ja nicht mal angerufen. Wie fremd ihm das plötzlich alles vorkam. Er sah Corinnas Körper, sah sich mit ihr in seinem Bett, und dann sah er andere Körper, einer wie der andere gebräunt, im Gymnastikstudio trainiert – austauschbar. Jahrelang hatte er so gelebt, schon während des Studiums, in Paris und seit vier Jahren in München. Er verstand auf einmal nicht mehr, wie er dabei hatte Lust empfinden können. Schlimmer als *Dorian Gray*, dachte er noch, doch da war er schon wieder seiner Welt. Er stand auf, lief nach hinten. An der Glasvitrine mit den Büchern vorbei, deren Autoren hier Stammgäste waren. Die Treppen hinunter in den Vorraum zu den Toiletten. »Der Typ ist unmöglich«, maulte Corinna. »Aber du hast ja nicht mal angerufen.«

»Dann laß ihn doch einfach sitzen,« sagte der Samurai. »Der Abend ist noch jung. Komm, wir gehen erstmal was essen.«

Die Vertreterkonferenz des Engsfeld Verlages, bei der dem Außendienst das Herbstprogramm vorgestellt wurde, fand traditionsgemäß zwischen Ostern und Pfingsten statt. Erst danach wurde die Programmvorschau mit den Ankündigungen der Herbsttitel endgültig zum Druck freigegeben und an die Buchhändler versandt; eine Woche später gingen die Verlagsvertreter mit ihren großen Ledertaschen auf Verkaufsreise.

Konferenzort war diesmal das Klosterhotel von Neresheim. Zwanzig Vertreter, Vertriebsleiter Henner, Pressesprecher Dr. Vahrig, Werbeleiter Jacobi und die Lektoren Dr. Kilblinger und Dr. Schmidt-Rauholz saßen an großen Tischen, die im Tagungsraum U-förmig zusammengestellt waren. Der Chef hatte am Kopfende der Tischrunde Platz genommen, wie immer mit Frau Hager an der Seite und einer Teekanne vor sich.

Johannes saß neben Dr. Kilblinger. Er blätterte wie die anderen in einer Mappe mit Texten für die Vorschau und

Andrucken von Schutzumschlägen. Auch diesmal ließ es sich Rieger nicht nehmen, persönlich die neuen Bücher seiner Autoren-Freunde vorzustellen. Mit vor Begeisterung funkelnden Augen redete er schon eine halbe Stunde über Stefan Bachs Roman *Finkenschläge*. Die Vertreter hatten Mühe, ihre Langeweile zu verbergen, und auch Johannes ließ seine Gedanken spazierengehen. Schon als Kind hatte er viel gelesen. Am liebsten nachts mit der Taschenlampe unter der Bettdecke, wo die Furcht vor der Entdeckung durch seine Mutter die Lust an den aufregenden Geschichten noch gesteigert hatte. *Struwwelpeter. Grimms Märchen* und *Old Shatterhand. Lederstrumpf. Sindbad, der Seefahrer.*

Bücher waren für ihn als Kind so selbstverständlich gewesen, wie die Fliegen im Kuhstall für einen Bauernjungen. Seine erste Vertreterkonferenz, zu der der Vater ihn mit zwölf Jahren mitgenommen hatte, war ein Schock für ihn gewesen: Bücher, für ihn Fenster in unendlich viele verschiedene köstliche Welten, waren gar nicht das Ergebnis geheimnisvoller Magie. Sie wurden hergestellt. Mit ihnen wurde gehandelt wie mit anderen Waren auch. Er hatte diesen Schock verkraftet und mit achtzehn, als er *D.H. Lawrence, Henry de Montherlant* und *Henry Miller* gelesen hatte, stand für ihn fest, daß er Verleger werden wollte. Jetzt war er einer, jedenfalls nach dem Anstellungsvertrag, doch noch immer litt er darunter, daß Literatur vermarktet wurde wie Waschpulver.

»Ein großartiger Roman«, beendete Rieger seinen Vortrag. »Den wollen wir zum Spitzentitel machen. Vierhundertfünfzig Seiten für sechsundvierzig Mark. Der Kampf eines Studienrates gegen seine Schulbehörde. Das ideale Weihnachtsgeschenk für die Lesergemeinde von Stefan Bach. Wir hoffen, noch in diesem Jahr hunderttausend zu verkaufen.«

»Aber nicht mit diesem Schutzumschlag«, rief Fritz Högener, der Vertreter für Norddeutschland, ein Mann knapp über sechzig, der Ende des Jahres aufhören wollte. Einen Roman mit einem Vogel auf dem Umschlag kaufe der Zahnarzt in Winsen an der Luhe nicht. Das müsse geändert werden.

Die anderen Vertreter stimmten ihm eifrig zu, und Johannes verzog schmerzlich das Gesicht. Der Zahnarzt! Was hatte er sich schon über diese Zahnärzte geärgert, diese Götter der Verlagsvertreter. Der Vertreter für Bayern beschwor den Zahnarzt von Kaufbeuren. Für Hessen sollte der Zahnarzt von Oberursel symptomatisch sein, für Sachsen der Zahnarzt von Leipzig, und unter Berufung auf diese vereinte deutsche Dentistenliga versuchten die Mitarbeiter des Außendienstes, jedes Buchprojekt, jeden Titel und jeden Umschlagentwurf zu verhindern, der ihnen nicht in den Kram paßte. Was wollten sie eigentlich? Möglichst leicht verkäufliche Bücher. Aber wollte der Engsfeld Verlag etwas anderes? Rieger verachtete, was er Unterhaltungsliteratur nannte, aber verkaufen wollte er die Produkte des Hauses auch.

Der Werbeleiter verteidigte den Umschlag der *Finkenschläge*, doch sein Chef stimmte den Handelsvertretern zu. Die Herstellung werde weitere Entwürfe vorlegen müssen. So entschieden der Alte sonst seine Ansichten vertrat – dem Außendienst gegenüber gab er oft nach. Denn wie leicht könnten ihm die Männer mit der Ledertasche beweisen, wie recht sie hatten. Es lag ganz bei ihnen, wie sie sich bei den Buchhändlern für die *Finkenschläge* einsetzten.

Danach referierte Dr. Kilblinger über *Das Fieber der Anden*. Eine Familiensaga aus Peru. Noch erschütternder als *Der Condor von Lima*. Auch von der zweiten Rodriguez müßten bis Weihnachten hunderttausend Exemplare abzusetzen sein. Keine Einwände der Vertreter! Im Gegenteil, sie klopften begeistert mit den Fingerknöcheln auf die Tische. Johannes blickte zu seinem Vater. Erinnerte er sich noch daran, daß er diese Autorin nicht in sein Programm hatte aufnehmen wollen? Offenbar nicht — Rieger griff ruhig nach seiner Tasse und trank wieder einen Schluck Tee, während Dr. Kilblinger den Roman *Das Jahr in Antibes* vorstellte. Von diesem Titel hatte der Vertrieb den Vertretern bisher nur Fotokopien des Manuskriptes zugänglich machen können. Sie waren sich nicht einig. Was in den USA ein Bestseller geworden war, wurde in Deutschland meistens sehr gut verkauft, aber mit Erfolgstiteln aus Frankreich und England war immer ein gewisses Risiko verbunden. Dreißigtausend, höchstens vierzigtausend Exemplare hofften die Vertreter absetzen zu können, und auch dessen waren sie sich keinesfalls sicher. Sie versprachen zu tun, was immer sie konnten.

Der Engsfeld Verlag brachte zur Buchmesse fünfundvierzig Neuerscheinungen auf den Markt; der Vertrieb würde den größten Teil seiner Bemühungen auf die drei Spitzentitel richten. Nicht, daß Johannes etwas gegen erfolgreiche Bücher gehabt hätte! Er selbst hatte sich schließlich für die Rodriguez eingesetzt und war stolz auf deren Verkaufszahlen. Er hielt es nur für unverantwortlich, daß die zweiundvierzig restlichen Bücher im neuen Programm schon beim Marketing deklassiert wurden, und genau das wollte er für seine *Junge Reihe* verhindern.

Sein Vater hatte ihm gestattet, diese Reihe den Vertretern unmittelbar nach den Spitzentiteln vorzustellen, und er hatte sich gut darauf vorbereitet. Trotzdem trat er mit weichen Knien an das Rednerpult. Er begann mit einer Eloge auf *Hans Kühling,* Riegers Lieblingsautor: »Was wäre der Engsfeld Verlag ohne diesen Autor, von dessen Werk der Verlag noch immer Monat für Monat mehr als fünfzigtausend Exemplare verkauft?« Er sah, wie der Senior selbstgefällig nickte, und steigerte sich zu einer Hymne auf den Freund seines Vaters: »Was wäre der Verlag ohne Stefan Bach, dem wir erneut den bedeutendsten Titel unseres Programms verdanken?« Rieger betrachtete seinen Sohn mit Wohlgefallen. »Aber wo ist der Hans Kühling, wo der Stefan Bach von morgen? – Nicht ein einziger unserer jungen Autoren hat sich auf dem Markt durchgesetzt! Nicht ein einziger hat eine Position erreicht, wie Kühling oder Bach sie im Alter von fünfunddreißig Jahren hatten.«

»Vielleicht, weil die nicht schreiben können«, rief Fritz Högener von seinem Platz, und die anderen Vertreter lachten beifällig.

»Sind Sie sich da so sicher?« fragte Johannes. »Die Kritiker waren anderer Meinung, als wir vor drei Jahren den ersten Roman von *Herbert Brill* herausbrachten, der jetzt stapelweise verramscht wird.«

»Der Brill war viel zu abgehoben«, warf der Vertreter für

Berlin ein. »Ich hab' gleich gewußt, daß daraus nichts wird.«

»Haben wir es gewußt oder haben wir es gewollt?« fragte Johannes. »Unsere Spitzentitel waren vor drei Jahren die Bücher von *Stefan Bach, Gerhard Lenzow* und *Vladimir Slojanow*. Haben wir uns für *Brill* eingesetzt? Haben wir auch nur eine Anzeige für sein Buch geschaltet? – Nein! Und genau das soll anders werden bei der neuen Reihe. Wenn wir heute keine jüngeren Autoren durchsetzen, haben wir morgen keine Erfolge mehr. Nur zu den einzelnen Titeln. Zuerst *Die gestohlenen Kinder*, fünf Erzählungen von Anna Becker. Eine hochbegabte junge Autorin, die gerade mit dem Karl-Kraus-Preis ausgezeichnet wurde...«

»Ach, diese Zigeunergeschichten«, unterbrach ihn Högener. »Ich hab das Manuskript vorgestern gelesen. Glauben Sie, das werden mehr als zweitausend Leute kaufen? Bei der Ausländerfeindlichkeit in Deutschland? Stilistisch mag's ja ganz gut sein, aber das Thema... mein Gott... Wie soll ich das den Buchhändlern denn verkaufen? – Herr Rieger, ich verstehe die Programmpolitik des Verlags nicht ganz. Glauben Sie, das kann ein Erfolg werden? Der Karl-Kraus-Preis, in allen Ehren, hilft da nicht viel. Es ist Ihnen doch sicher nicht unbekannt, daß selbst der Nobelpreis für einen Lyriker dem Hanser Verlag im letzten Jahr kaum mehr als zweitausend Exemplare bescherte.« Die meisten anderen Vertreter nickten zustimmend.

»Von Hans Kühlings *Im Getriebe* wurden im Erscheinungsjahr ganze zwölfhundert Bücher verkauft«, sagte Johannes. »Die Absatzzahlen allein können kein Kriterium für unsere Verlagspolitik sein.«

»Sind sie auch nicht«, sagte Rieger. »Unser Haus wird sich seiner Verantwortung für die Literatur immer bewußt sein.« Dann wandte er sich den Vertretern zu: »Ich habe meinem Sohn bewußt freie Hand bei der Konzeption dieser Reihe gelassen, und sie wird auch wie vorgesehen erscheinen. Das bedeutet natürlich keine Änderung unserer Verlagspolitik. Das Hauptgewicht unserer Bemühungen liegt bei den Spitzentiteln. Das heißt aber keinesfalls, daß uns die anderen Bücher weniger wichtig wären. – Aber jetzt bitte weiter.«

Johannes nickte und stellte *Die Islandfahrt* von Klaus Hauck vor – die Geschichte eines jungen Archäologen, der gegen die Nutzung eines Geysirs für die Heißwasserversorgung kämpft. Zweitausend Stück von diesem Buch hofften die Vertreter verkaufen zu können, vielleicht sogar dreitausend. Immerhin ein richtiger Roman. Sie liebten seine Reihe nicht, das spürte er. Schon gar nicht *Windgeflüster* von Peter Neubauer: die Autobiografie eines als Kind mißbrauchten Psychologen. Johannes kannte die Branche: die Vertreter würden, wenn überhaupt, jeder Buchhandlung höchstens ein oder zwei Exemplare dieser Titel empfehlen, und was die Buchhändler nicht orderten, verkauften sie nicht. Für die paar Kunden, die durch eine Besprechung auf das Buch aufmerksam wurden, würden sie ein Exemplar beim Verlag oder über den Großhandel bestellen. Johannes ahnte es – die *Junge Reihe* würde es schwer haben. Die Zeiten, in denen ein Autor sich nach und nach einen immer größeren Leserkreis aufbauen konnte, waren vorbei. Bücher, die sich nicht im ersten Halbjahr nach Erscheinen durchsetzen konnten, verschwanden aus den Buchhandlungen so schnell wie ein Christbaum im Januar. Rieger stand auf. Das Zeichen für den Nachmittagskaffee. »Ich lade Sie alle für heute Abend zur Waldmeisterbowle auf der Hotelterrasse ein«, sagte er, während Johannes das Rednerpult verließ. »Stefan Bach hat mir versprochen, für uns aus seinem neuen Roman zu lesen.«

Kaffee und Kuchen wurden im Restaurant des Hotels serviert. Der Architekt hatte es verstanden, das alte Gemäuer des ehemaligen Klostergebäudes geschickt mit den technischen Notwendigkeiten moderner Gastronomie zu kombinieren. Hochgotik mit Halogenbeleuchtung. Johannes hatte es geschafft, am Tisch zweier Vertreter Platz zu finden, um sie bei Kirschtorte mit Sahne für seine Reihe einzunehmen.

Er habe seine Titel sorgfältig ausgewählt. Alle drei seien lesbar. Keine Experimente wie bei *Max Bense* oder *Eugen Gomringer*. Er verstehe die Vorbehalte gegen die Reihe nicht.

Fritz Högener hatte auf die Kirschtorte verzichtet und

trank statt Kaffee lieber Bier. Keiner habe etwas gegen neue und junge Autoren, versicherte er. »Aber versetzen Sie sich in die Lage eines Buchhändlers. Die ganze Branche leidet unter der immensen Ausweitung des Angebots. Und wenn irgendwann auch noch die Preisbindung fallen sollte... Wir werden wie in Amerika Buchhandelsketten bekommen, die ihre Preise frei kalkulieren. Die werden so etwas wie Ihre Zigeunergeschichten überhaupt nicht mehr einkaufen. Die kaufen zwanzigtausend *Finkenschläge*, und bieten sie in ihren Filialen mit fünfzehn Prozent Rabatt an. Ich bin froh, daß ich dieses Jahr aufhöre. Das können Sie mir glauben.«

Johannes blickte Peter Fischer an, der schweigend seine Torte verspeiste. Dieser Mann hatte nach der Wiedervereinigung seine Hochschulprofessur für Dialektischen Materialismus verloren und bereiste jetzt Sachsen, Sachsen-Anhalt und Thüringen. »Und wie beurteilen Sie die Situation?« fragte Johannes ihn. »Wir müssen doch neue Autoren aufbauen. *Stefan Bach, Günter Grass... Hans Magnus Enzensberger... Martin Walser... Gerhard Lenzow...* Die meisten wichtigen Autoren sind entweder über sechzig oder schon tot. Wer lebt denn noch aus der *Gruppe 47*? Sogar Peter Handke ist schon fast fünfundfünfzig.«

»Hören Sie mir mit Handke auf«, sagte Fischer. »Ich bin froh, daß ich den nicht verkaufen muß. So einen hätten wir in der DDR zur Bewährung in die Produktion geschickt.«

Högener grinste. »Deswegen ist euer großartiger Staat auch so wunderschön zusammengebrochen«, sagte er befriedigt. »Aber jetzt mal im Ernst: Von den meisten Titeln werden immer weniger Exemplare verkauft. Um dennoch weiter wachsen zu können, produziert die Branche halt mehr Titel. Der Buchhändler kann diese Vielfalt aber ebenso wenig vermitteln, wie es die Medien können.« Högener sah Johannes an, als ob er sich für seine Äußerungen zur *Jungen Reihe* entschuldigen müsse. Er zweifle nicht an der Qualität dieser Bücher, ja er persönlich habe die *Gestohlenen Kinder* sogar gern gelesen, denn er interessiere sich für die k. u. k. Monarchie, seine Familie komme schließlich aus Graz. Aber die Verhältnisse im Handel seien inzwischen absurd: »Es gibt bestimmt Tausende von Lesern, denen ein bestimmtes Buch gefallen würde, aber dazu müßten sie erst einmal wissen, daß es dieses Buch überhaupt gibt.«

Fischer stimmte ihm zu. In den neuen Bundesländern sei alles noch schwieriger. Da habe der Buchhandel nicht nur Vorbehalte gegenüber neuen Autoren, sondern er flüchte vor der Vielfalt zu den vertrauten Verlagsnamen der ehemaligen DDR: »Ich habe wirklich Respekt vor euren Autoren. Aber wenn mir morgen die Vertretung vom Aufbau-Verlag oder Volk und Welt angeboten würde... Ich glaube, dann hätte ich es leichter. Der Nachholbedarf an zuvor nicht zugänglicher Literatur ist bei uns inzwischen gedeckt. Nur der Hunger nach Heinz Konsalik ist nicht zu stillen...«

»Vielleicht weil Konsalik keinen satt macht!« warf Johannes ein. Fischer sagte: »Den Buchhändler schon! – Aber wenn ich meine Zahlen sehe... Wenn wir Hans Kühling nicht hätten. – Sogar beim neuen Bach werden meine Kunden vorsichtig sein. Ich kann es ihnen nicht einmal verdenken. Die Menschen zwischen Rostock und Zwickau haben heutzutage andere Sorgen als Bachs Studienrat in Konstanz. Machen wir uns nichts vor. Mit unwahren Werbeversprechen, Reizpartien und Telefonaktionen pumpen alle den Buchhandel voll. Der meldet dann für die Sellerlisten, was er eingekauft hat. Und wenn ein Verlag einem Fachblatt genug Anzeigen verspricht, ändert sich schon Mal die Plazierung eines Titels auf einer Liste. Ist alles doch nur eine gigantische Manipulation.«

Högener blickte auf die Uhr. Bis zur Vorstellung des Herbstprogramms Wissenschaft war noch eine halbe Stunde Zeit. Genug für ein weiteres Bier. »Machen wir uns doch nichts vor«, sagte er. »Mit den Verkaufszahlen als Entscheidungskriterium verschwindet die wirklich anspruchsvolle Literatur über kurz oder lang aus den meisten Buchhandlungen. Eine Dose Kaviar oder feine Gänseleberpastete finden Sie ja auch nicht im Supermarkt an der nächsten Ecke.«

Wie immer, wenn es um die Belange seines langjährigen Freundes Stefan Bach ging, hatte Rieger dessen Lesung vor den Verlagsvertretern so perfekt wie nur möglich in Szene gesetzt. Nicht nur, daß die Tische auf der Terrasse mit rustikal wirkenden dunkelbraunen Leinentüchern eingedeckt waren, die Strukturen des alten Gemäuers stilsicher aufnahmen und modifizierten – auf jedem der Tische brannte eine Kerze, deren Flamme durch einen gläsernen Windschutz vor jedem Luftzug geschützt war.

Da Rieger zu den Anhängern der Theorie zählte, ein gut gefüllter Magen fördere den Genuß von Literatur, hatte man beim Abendessen zwischen Fleisch, Fisch und Geflügel wählen können. Damit die Zuhörer während der Lesung nicht durstig wurden, oder, schlimmer noch, Kellner dabei Getränke servieren mußten, standen neben den wohl eher als jahreszeitliche Metapher gedachten großen Gläsern mit Maibowle Bier- und Weinflaschen auf jedem der Tische, von Bier- und Weingläsern flankiert.

Entsprechend zufrieden saßen die Vertreter jetzt auf ihren weich gepolsterten Stühlen. Johannes hatte sich, seinem Vater gegenüber, an einem Tisch in unmittelbarer Nähe des Stehpultes niedergelassen. Die kleine Klemmleuchte warf einen gleißenden Lichtkegel auf das Manuskript, aus dem Stefan Bach vorlas. Aber konnte man das überhaupt noch vorlesen nennen? Bachs kräftige Baritonstimme gründelte dumpf, fast tonlos in der Tiefe und schwang sich mit den erregenden Passagen seines Textes in die Höhe. Sie wurde lauter bei handlungsreichen Sätzen und schwächte sich ab zum kaum noch hörbaren Hauch, wenn es um Liebe und Verzweiflung ging, die bei Bachs Romanfiguren meist eng miteinander verflochten waren. Sie wurde rasend schnell, wenn kurze Sätze einander zu überholen trachteten und lähmend langsam, wenn Bachs Studienrat mit Entscheidungszwängen zu kämpfen hatte. Setzte Fink seine wohlerworbenen Beamtenrechte, sein Eigenheim und seine Ehe aufs Spiel, wenn er endlich der Abiturientin erlag, die mit immer kürzeren Miniröcken den Mann, nur noch den Mann in ihm locken wollte? Riskierte er seine Entfernung aus dem Dienst oder lediglich eine der milderen Disziplinarstrafen, für den Fall, daß diese Schülerin seine Gefühle zu häßlicher Unzucht mit einer Abhängigen umdeutete?

Bach stand hochaufgerichtet hinter dem Pult. Den

Oberkörper gestrafft. Das markante Gesicht von der Maisonne gebräunt. Die nahezu weißen Haare gerade so lang, daß sie – in Verbindung mit der Brille – Altersweisheit und Künstlertum signalisierten, begleitet von scharfem Intellekt. Johannes hatte das Manuskript gelesen. Er fand sein Urteil über Bach bestätigt: ein sprachgewaltiger Autor, der alles schreiben konnte, was er wollte – aber nicht mehr wußte, was er schreiben sollte. Jetzt, wo er ihn lesen hörte, mußte er dagegen ankämpfen, sich mitreißen zu lassen von dieser Sprachmächtigkeit. Wie sein Vater saß er, den Oberkörper leicht vorgebeugt, den Kopf leicht zur Seite geneigt, entspannt und gleichzeitig höchst konzentriert lauschend, damit ihm ja kein einziges Wort entgehen konnte. Wie Gold war diese Prosa, und er mußte aufpassen, daß sie ihn nicht verführte. Denn sie erwies sich als unwahr, wenn man sie genau betrachtete. Ein nahezu sechzigjähriger Studienrat mochte so fühlen wie Bachs Studienrat. Johannes wußte zu wenig von den alten lüsternen Männern, um den Autor hier eines schiefen Blicks bezichtigen zu können. Eine Abiturientin wie in diesem Roman aber, und da kannte er sich aus, würde man heutzutage an keinem deutschen Gymnasium mehr finden. Sein Vater konnte das nicht erkennen, ja, er würde es entschieden bestreiten. Muller-Marceau würde das nicht bemerken und genauso reagieren.

Vor vierzig Jahren vielleicht mochte eine junge Frau so gefühlt und sich so verhalten haben. Bachs *Finkenschläge*, und daran konnte auch die meisterhafte Sprache nichts ändern, war großartige Altherrenprosa – von einem alten Mann geschrieben, von einem alten Mann verlegt. Von alten Rezensenten geschätzt – und von jüngeren Menschen nicht mehr gelesen. Johannes blickte von einem Vertreter zum nächsten, sah lauschende Männer mit leuchtenden Augen, in denen sich das Licht der Kerzen widerspiegelte. Er sah wieder hinüber zu Bach, dessen sinnlicher Mund die Worte formte – und plötzlich stellte er sich Anna am Stehpult vor. Ihre zierliche Figur. Ihre schwarzen Haare. Er glaubte ihre Stimme zu hören, dunkel raunend und flüsternd, wie sie in Salzburg gelesen hatte, und da wußte er, daß er das Liebesverbot seines Vaters übertreten würde. Es kam ihm auf einmal so antiquiert vor wie Bachs Prosa, und er verstand nicht, warum er es auch nur einen Augenblick lang hatte befolgen wollen. Jeder Chef verliebte sich heutzutage irgendwann in eine Angestellte, und sich diese Liebe aus dem Herzen zu reißen, wäre ein Verbrechen gegen Eros gewesen, ja schlimmer noch: es war schlicht und einfach dumm.

7

DICHTER NEBEL

Bernd Voss führt sie durch einen langen dunklen Korridor. Sie spürt unter ihren nackten Füßen nassen Lehm, riecht Moder und Fäulnis, dann sieht sie endlich Licht. Der Korridor weitet sich zu einer Halle, in der Männer, Frauen und Kinder sitzen. Sich lachend unterhalten, während Voss sie an der Leine nach vorne führt. Sie auffordert, sich nackt, wie sie ist, auf einen hohen Stuhl zu setzen. Sie damit zwingt, schutzlos ihre Blöße acht alten Männern und einer Frau zu präsentieren, die an einem halbrunden Tisch sitzen, sie interessiert inspizieren und dann Karten hochheben, auf die große Ziffern gedruckt sind.

Fünf, liest sie auf der Tafel, die Veronika Hoerschelmann in den gepflegten Händen hält. Eine Vier zeigt ihr Horst Elb, und dann steht Muller-Marceau auf, hält ein Vergrößerungsglas vor seine funkelnden Brillengläser, inspiziert Anna mit einem Spekulum und verkündet sein Urteil. Sechs. Schlecht. Unsäglich schlecht.

In diesem Moment fuhr Anna hoch, tastete über ihren Körper, und erst als sie den Stoff ihres durchgeschwitzten Seidenpyjamas wahrnahm, ließ sie sich erleichtert zurücksinken, fand sie die Kraft, ihre Augen zu öffnen.

Ihr Blick fiel auf den Rosenstrauß, den Johannes ihr in Salzburg geschenkt hatte, und der jetzt vertrocknet an der Stehlampe hing und sie jeden Morgen an ihn erinnerte.

Gleich nach seinem überhasteten Abschied hatte sie in ihrem Hotelzimmer sein Geschenk ausgepackt. Ihr Puls hatte sich beschleunigt, als sie Stendhals *Über die Liebe* in den Händen gehalten hatte. Noch schneller hatte ihr Herz geschlagen, als sie auf der zweiten Seite seine Widmung entdeckt hatte: *Für Anna von Johannes.* Bereits im Hotel hatte sie dieses Buch zu lesen begonnen und während der langen Rückreise nach Düsseldorf nicht aus der Hand gelegt. Es war ihr vorgekommen, als ob Stendhal für sie und keinen anderen Menschen sonst geschrieben hätte. Auch sie besaß, dessen war sie sich sicher, eine jener empfindsamen Seelen, jederzeit bereit, einen Mann so zu verklären, daß sie ihn zu lieben vermochte, und es hatte mehrerer Enttäuschungen bedurft, bis sie erkannt hatte, daß diese Auffassung von Liebe ins Reich der Literatur gehörte.

Doch schon während ihrer Rückreise nach Düsseldorf hatte Stendhal wieder freigelegt, was sie für endgültig verschüttet gehalten hatte.

In den zwei Wochen nach Salzburg hatte sie jedesmal voll Aufregung nach dem Hörer gegriffen, wenn das Telefon geklingelt hatte, und als sie dann endlich seine Stimme gehört hatte, war Anna kaum zu sprechen imstande gewesen. Doch er hatte ihr nur von ihrem Verlagsvertrag berichtet, den sie möglichst schnell unterzeichnen und zurücksenden sollte.

Sollte das etwa jene Liebe sein, die Stendhal beschwor?

Inzwischen hatte sie ihr Exemplar des Verlagsvertrags längst in ihrem Schließfach bei der *Dresdner Bank* deponiert. Und Stendhals *Über die Liebe* leistete Großmutters alten Tarotkarten Gesellschaft, nach denen sie nur noch selten griff, da sie ihr meist dieselbe Antwort auf ihre Fragen gaben.

Das *As der Kelche* auf der Hohepriesterin versprach, daß das Leben sie überreichlich beschenken werde. Der *Bube der Kelche* bestätigte, daß ein junger Mann in ihr Leben getreten war, mit dem sie die Karte *Die Liebenden* verband. Nur der *König der Stäbe,* den sie gewöhnlich umgekehrt neben dem *Signifikator* aufdeckte, irritierte sie. Diese Karte, das Symbol für einen rechtschaffenen, aber intoleranten alten Mann, sollte für ihre Zukunft stehen? Etwa ihr Vater, der ihr nur mit einer Ansichtskarte aus Barcelona zum Karl-Kraus-Preis gratuliert hatte? – Nein, die Karten mußten sich irren, und daß die Ungeduld eine Tochter des Teufels war, hatte ihr Großmutter oft genug versichert.

Noch immer mochte sie an manchen Tagen kaum glauben, daß sie jetzt einen Verlag gefunden hatte. Doch sie hatte inzwischen gelernt, um ihren Selbstzweifeln etwas entgegenzusetzen.

Wenn sie morgens nach ihrem Frotteemantel griff, fiel ihr Blick unweigerlich auf die Urkunde, die sie als Gewinnerin des Karl-Kraus-Preises erhalten hatte und die jetzt, zusammen mit einem Foto von ihrer Lesung, an der Wand neben dem Kleiderschrank hing. Im Badezimmer begrüßten sie Glückwunschkarten, die sie sich hinter den Spiegel gesteckt hatte, und wenn sie nach ihrem Morgenritual in die Küche trat, sah sie als erstes Fotos von der Preisübergabe, die sie an den Geschirrschrank geheftet hatte.

Am meisten aber fühlte sie sich in ihrer neuen Rolle als Autorin durch Zeitungsberichte bestätigt. Sie hatte diese Artikel ausgeschnitten, auf Papierblätter geklebt und sammelte sie in einem grünen Aktenordner. *Düsseldorfer Dramaturgin Trägerin des diesjährigen Karl-Kraus-Preises* hatten die *Düsseldorfer Nachrichten* gedruckt. *Großer Erfolg für Düsseldorfer Nachwuchsautorin* hatte die *Rheinische Post* verkündet. Als Malzahn ihr diese beiden ersten Artikel auf ihren Schreibtisch im Theater gelegt hatte, grinste er. Sie könne sich offenbar gleichzeitig an zwei verschiedenen Orten aufhalten, hatte er ironisch erklärt, denn wenn er sich recht erinnere, habe sie ihren Urlaub doch wegen des Geburtstags ihrer Mutter beantragt.

Das sei durchaus richtig, hatte sie schnippisch geantwortet. Sie sei allerdings unmittelbar nach der Geburtstagsfeier nach Salzburg gereist. Ob daran irgend etwas auszusetzen sei? Darauf hatte Malzahn nichts zu erwidern gewußt, und eine Woche später war seine Unsicherheit ihr gegenüber noch größer geworden.

Daß es sich der Oberbürgermeister nicht hatte nehmen lassen, Anna eine Glückwunschkarte und einen Blumenstrauß ins Büro zu senden, mochte ja noch angehen, denn seit *Heinrich Heine, Günter Grass* und *Peter Handke* hatten keine bedeutenden Dichter mehr in Düsseldorf gelebt. Daß aber ein Fernsehteam ins Theater, in *sein* Theater gekommen war, um – nein, nicht etwa ihn zu filmen, sondern seine Assistentin, nötigte ihm, so vermutete sie jedenfalls, Respekt ab. Auch wenn der Fernsehbericht in der *Aktuellen Stunde* des Dritten Programms nur drei Minuten lang gewesen war – sie hatte das Gefühl, daß er sie darum beneidete.

In ein paar Monaten werden meine *Gestohlenen Kinder* in allen Buchhandlungen liegen, dachte sie jetzt, während sie das Getreide für das Müsli in eine Porzellanschale schüttete.

Ich bin eine Dichterin, ging es ihr durch den Kopf, als sie eine Ananas zerkleinerte und unter das Getreide mischte, bevor sie es mit Milch übergoß und einen Löffel Joghurt hinzufügte. Die wichtigsten Literaturkritiker haben meine Erzählung für preiswürdig befunden. Trotzdem verspürte sie seit ein paar Tagen eine gewisse Unzufriedenheit. Sollte es das Schicksal einer Dichterin sein, Geschichten nur noch zu schreiben und keine mehr zu erleben?

Die Schaltuhr neben dem Kaffeeautomaten knackte leise und der Kaffee tröpfelte in eine Glaskanne. Sollte das etwa ihr Leben sein: Schreiben, Ruhm und Einsamkeit?

Während sie ihren Kaffee in kleinen Schlucken trank, erinnerte sie sich an Peter, der die Geräte in ihrer Küche installiert hatte. »Dann kommst du morgens leichter aus dem Bett«, hatte er damals gesagt. »Man muß sich immer kleine Belohnungen verschaffen, damit man die Freude am Leben nicht verliert.«

Aber war es etwa Liebe gewesen, als er sie danach auf dem Küchentisch genommen hatte? – Nein, sicher nicht, das war *nur* Lust gewesen, doch da korrigierte sie sich auch schon. Weshalb eigentlich nur Lust? War es gering zu schätzen, die Gefangenschaft im eigenen Ich wenigstens für eine Nacht oder auch nur ein paar Stunden durchbrechen zu können, auch wenn sie das längst nicht mehr zwangsläufig für Liebe hielt?

Es tat ihr plötzlich leid, daß sie Peter vor zwei Monaten den Laufpaß gegeben hatte. Sie wolle sich nach der Arbeit im Theater ausschließlich auf ihre Erzählungen konzentrieren, hatte sie ihm erklärt, da bleibe für die Musik und ihn keine Zeit mehr. Er solle sie am besten vergessen.

Wenn das ihr Wunsch sei, werde er ihn wohl akzeptieren müssen, hatte er damals ruhig gesagt. Aber das Leben sei zweifellos anderswo. Sie solle auf alle Fälle von sich hören lassen, wenn sie ihren Anfall von neurotischer Verwirrung überwunden habe.

»Nie und nimmer!« hatte sie ihm wütend ins Gesicht geschrien. »Such dir jemand anderen fürs Bett und eine bessere Cellistin für dein Streichquartett. Zwischen einer Frau, die schreibt und einem Manne, der nicht liest, ist eine tiefergehende Beziehung auf längere Sicht nicht möglich.« War das etwa falsch gewesen? Nein, entschied sie, während sie vor ihren Kleiderschrank trat. Mir fehlt keinesfalls dieser Lehrer für Musik und Sport, sondern lediglich ein Mann, der auch meinen geistigen Ansprüchen genügt.

Sie griff nach einem kurzen Leinenrock und einer Seidenbluse, hängte den Rock aber dann wieder in den Schrank zurück und entschied sich für eine weite Hose aus dünner Baumwolle, zu der sie ihre leichten Sandaletten anziehen konnte. Es war allmählich an der Zeit, ihre selbstgewählte Einsamkeit zu beenden.

So sehr es sie befriedigte, daß die Zeitungen ihr Foto gedruckt hatten – sie mochte mit Fremden nichts zu tun haben. Jetzt kannten sogar die Verkäuferinnen im Supermarkt ihren Namen. Und seit sie von einer fremden Frau in der Stadtbahn gefragt worden war, ob ihr Buch schon auf dem Markt sei und wo man es kaufen könne, mied sie die öffentlichen Verkehrsmittel und fuhr mit ihrem Auto zum Theater. Zumindest bis in dessen Nähe. Sie parkte den Wagen meist in der Nähe des Goethe-Museums und genoß den morgendlichen Spaziergang durch den Hofgarten. Es kam ihr immer vor, als ob die Wiesen und Bäume der Parkanlage ihre abgehobene Welt der Literatur vom Alltag des Theaterbetriebs abschirmten.

Die Arbeit in der Dramaturgie hielt sie inzwischen nur noch für ihren Brotberuf. Auch *Goethe* war schließlich Minister gewesen. *Franz Kafka* hatte als Versicherungsangestellter gearbeitet und *Theodor Fontane* als Apotheker und Theaterkritiker, aber wie diese Dichter würde auch sie ihren Brotberuf hintanstellen oder aufgeben, sobald sie vom Schreiben leben konnte.

Sie hatte immerhin schon acht Seiten ihres ersten Romans geschrieben. In *Papuscha*, so sein Titel, wollte sie das Leben der *Bronislawa Wajs* erzählen – einer Roma, die das Leiden ihres Volkes in Wolhynien während des Zweiten

Weltkriegs in Gedichten verarbeitet hatte. Eine geistige Schwester der *Nelly Sachs*. Wegen ihrer Gedichte wurde sie von den Roma mit einem Bann belegt; sie warfen ihr vor, Geheimnisse ihres Volkes an Nichtzigeuner verraten zu haben. Doch war nicht jede Dichtung ein Verrat, zumindest von Geheimnissen der eigenen Seele?

Siebzehn Jahre hatte Bronislawa danach geschwiegen, und erst als sie neunzehnhundertsiebenundachtzig verarmt und vereinsamt gestorben war, begann ihr Volk sie zu verehren.

Ein großartiger Stoff für einen Roman, fand Anna, den so leicht kein Kritiker verreißen konnte, wenn er sich nicht der Gefahr aussetzen wollte, für rassistisch gehalten zu werden.

Inzwischen hatte sie die *Nördliche Düssel* erreicht, einen schmalen Fluß, der durch den Hofgarten floß. Von dort ab dachte sie nur noch an ihre Arbeit im Theater. Das hatte sie sich jedenfalls fest vorgenommen. Die Düssel bildete für sie die Grenze zwischen der Dichterin und der Dramaturgie-Assistentin.

Hinterthalers *Lost in Straubing* war inzwischen ständig ausverkauft. Viele Düsseldorfer ließen sich die Gelegenheit nicht entgehen, die Schauspielerin Katharina Hohlberg nackt auf der Bühne bewundern zu können. Malzahn genoß diesen Erfolg und hatte Brodi gleich am Tage nach der Premiere für eine weitere Regiearbeit verpflichtet. Er inszenierte seit einem Monat Kleists Trauerspiel *Die Familie Ghonorez*. Über das Theaterportal war schon ein großes Transparent gespannt, das für die Premiere warb.

Anna betrat das Theater wie immer durch den Personaleingang. Sie eilte wie jeden Tag zuerst in die Poststelle, nahm Briefe und Zeitschriften aus dem Fach für die Dramaturgie. Seit die Zeitungen über ihren Auftritt in Salzburg berichtet hatten, wurde gelegentlich auch für sie bestimmte Post an die Anschrift des Theaters gesandt. Nach einer flüchtigen Durchsicht der Post steckte sie drei an sie persönlich adressierte Briefe in ihre Schultertasche und ging dann in Malzahns Büro.

Der Dramaturg saß an seinem Tisch und las die Zeitung.

»Guten Morgen, Frau Becker«, grüßte er, ohne von der *Frankfurter Allgemeinen* aufzusehen. »Na, wieder ein Stück weitergekommen mit Ihrem Roman?«

»Danke!« antwortete Anna. »Das zweite Kapitel nimmt immer mehr Konturen an. Ich muß es nur noch schreiben.«

»Wie schön für Sie«, sagte er, ohne von der Zeitung aufzublicken, und dann schüttelte er den Kopf: »Der Hinterthaler kriegt doch offenbar mit jedem Krach. Jetzt hat er sich auch noch mit seinem Verlag überworfen. Die wollen sein *Lost in Straubing* nicht drucken.«

»Hab ich erwartet«, log Anna. »Mein Verleger hat mir schon in Salzburg erzählt, daß er dieses Stück nicht für besonders gut hält.«

Malzahn faltete die Zeitung zusammen: »Dann hat man in Ihrem Verlag keine Ahnung vom Theater«, sagte er. »Ein dauernd ausverkauftes Stück ist immer ein gutes Stück.«

In ihrem engen Büro hatte sie als erstes den Computer eingeschaltet, und während der *Mac* bootete, las sie ihre Post. Der Landesbezirksvorsitzende des Verbandes Deutscher Schriftsteller in der *IG Medien* gratulierte ihr zum Karl-Kraus-Preis und schrieb, daß er sie gern als Mitglied des Berufsverbands begrüßen würde. Eine Frechheit! Sie war keine Schriftstellerin, sondern eine Dichterin! Bestenfalls den Begriff Autorin akzeptierte sie noch. Der zweite Brief ließ sie noch wütender werden. Die Volkshochschule bot ihr an, ihre *Gestohlenen Kinder* bei einer *Suppenlesung* in der Cafeteria des Weiterbildungszentrums vorzutragen, bei der sie, wie die Zuhörer, einen Teller Erbsensuppe erhalten würde. Erbsensuppe! Wofür hielten diese Leute sie eigentlich? Sie zerriß beide Briefe, warf sie in den Papierkorb, und wenn dem dritten Brief das gleiche Schicksal erspart blieb, so nur, weil er auf violettem Papier geschrieben war. Eine Frau Tümmler gratulierte handschriftlich und teilte mit, daß sich alle vierzehn Tage eine Gruppe schreibender Frauen im Literaturhaus treffe. Sie würde sich freuen, Anna dort einmal begrüßen zu können.

Was dachten sich diese Frauen denn? Nahmen sie etwa an, sie würde ihre Prosa mit einer Gruppe von Hobby-

Autorinnen diskutieren? Das konnte doch nicht wahr sein! Aber vielleicht, und dieser Gedanke stimmte sie milder, wollten diese Frauen nur etwas von ihr lernen.

Das würde sie ihnen möglicherweise nicht abschlagen können. Sie steckte den violetten Brief in ihre Handtasche.

Wenig später sah ihr Heinrich von Kleist vom Bildschirm herunter ernst in die Augen. Mit seiner Kurzbiografie für ihr Programmheft war sie inzwischen zufrieden. Sie hatte vor drei Wochen die erste Fassung geschrieben, danach vierzehn Tage immer wieder daran gefeilt und korrigiert, bis ihr der Text zumutbar erschien. Doch die Inhaltsangabe des Stücks gefiel ihr noch immer nicht. *Erbitterter Kampf zweier Vettern, deren Großväter einen Erbvertrag geschlossen haben... Rücksichtsloser Streit um ein Erbe, der zwei Menschen das Leben kostet...* Konnte sie das so stehenlassen? Sie forderte sich jetzt besonders gute Texte ab, denn künftig würden alle Leute wissen, daß eine Literaturpreisträgerin dafür verantwortlich war. Malzahn wünschte, daß künftig ihr Name in die Programmhefte gedruckt wurde. Auch eine Folge des Literaturpreises.

Erbvertrag und wenig später das Wort *Erbe*, das mußte sie ändern. *Vermächtnis...* dachte sie, *Nachlaß... Vermögen...*, doch da klingelte das Telefon. Sie griff verärgert nach dem Hörer, meldete sich unwillig und brauchte eine Weile, bis sie Peters Stimme identifiziert hatte. Er hatte ihr mit Blumen und einer Glückwunschkarte zu ihrem Erfolg gratuliert, und sie wollte zumindest höflich sein. »Was willst du?« fragte sie kühl. »Ich hatte dich doch gebeten, mich nicht anzurufen!«

Er lachte: »Not kennt kein Gebot! – Unser Cellist hat sich im Urlaub ein Bein gebrochen. Ich wollte dich nur fragen, ob du ausnahmsweise nächste Woche mal wieder dein Instrument mißhandeln könntest. Sei kein Frosch, Anna – wir brauchen dich.«

»Mein Roman braucht mich auch«, antwortete sie und wollte schon sagen, sie habe sich endgültig für die Literatur entschieden, ihr bleibe keine Zeit für die Musik, doch da erinnerte sie sich an die schönen Abende im Musiksaal des Gymnasiums. Was das Quartett denn gerade einstudiere?

»Noch immer hauptsächlich Dvořák opus 96 in F. Du

weißt doch, gut Ding will Weile.« »Also meinetwegen«, willigte sie zögernd ein. Aber er solle sich keine falschen Hoffnungen machen. Sie komme lediglich, um mit ihnen zu musizieren, und das auch nur dieses eine Mal.

»Anna, du bist ein Schatz. Also dann bis nächsten Mittwoch. Wie immer um sieben in meiner Schule. Ich wußte, daß du uns nicht im Stich lassen würdest.«

Und genau das hätte ich machen müssen, ärgerte sie sich, als sie den Hörer auflegte. Aber anderseits… Warum nicht? – Vielleicht würde sie später, wenn erst ihr Buch auf dem Markt wäre, die eine oder andere ihrer Dichterlesungen mit einem kleinen Konzert verbinden; ihre Texte vortragen und in kurzen Pausen zwischen den Erzählungen das Cello spielen. Sie überlegte, was sie am besten für einen solchen Auftritt anziehen könnte und wandte sie sich wieder ihrem Computer zu.

Fernando ersticht seinen Sohn, tippte sie ins Keyboard, *Alonzo tötet seine Tochter, und über den Leichen ihrer Kinder reichen sich die Eltern versöhnt die Hände.*

Als sie eine Woche später vor Peters Schule ihr Instrument von der Rücksitzbank hob, kämpften widersprüchliche Gefühle in ihr. Einerseits freute sich darauf, nach fast einem Vierteljahr endlich wieder einmal zu musizieren. Andererseits hatte sie ein schlechtes Gewissen, denn noch immer hatte sie von ihrem Roman nur acht Seiten geschrieben. Jeden Abend nahm sie sich vor, endlich mit der Arbeit am zweiten Kapitel zu beginnen, doch noch immer gefiel ihr das erste nicht recht.

Am meisten machte sie aber nervös, daß sie Peter begegnen würde. Konnten sie, nach allem, was zwischen ihnen gewesen war, unbefangen zusammen Dvořák spielen, als hätten sie niemals zusammen im Bett gelegen und ganz andere Spiele gespielt?

Wenn kollegiale Zusammenarbeit nach einer Affäre nicht möglich sei, befand sie, müßten nicht nur sämtliche Theater schließen, sondern auch die meisten Betriebe. Sie nahm sich fest vor, Peter ebenso locker und entspannt zu begegnen wie den beiden anderen Männern. Was vorbei war, war vorbei.

Sie erreichte den Schulhof und freute sich über die großen Roßkastanienbäume, deren weiße Blütenblätter abgefallen waren und wie trockener Schnee auf dem Boden lagen. Sie betrat das Gebäude, ging zehn Stufen hinauf, und als sie im Erdgeschoß die von Schülern gemalten Aquarelle an den Wänden sah, als sie das Bohnerwachs roch, hatte sie den Eindruck, die Zeit sei stehengeblieben.

Vor der Tür des Musiksaals stellte sie ihren Cello-Kasten kurz ab, holte einen kleinen Spiegel aus ihrer Handtasche und kämmte sich; eine alte Gewohnheit, über die sie sich jedesmal ärgerte. Vermutlich eine Zwangshandlung, sich vor jeder Tür zu kämmen, aber – es gab schlimmere Gewohnheiten.

Sie trat in den Musiksaal und alles war so, wie es immer gewesen war. Horst, ein sechzigjähriger Lehrer, der zum Quartett gestoßen war, weil er wenigstens einen Abend in der Woche seiner Ehefrau entfliehen wollte, stimmte seine Bratsche. Dieter, zweiter Violinist im Kammerorchester, blätterte mißmutig in einem Stapel Noten, während ihm Peter, der genüßlich ein Glas Weißwein trank, wie schon so oft erklärte, daß er auch in seiner Freizeit nicht den Part des ersten Geigers übernehmen könne, denn den spiele nun einmal er. Peter eilte Anna entgegen, wollte ihr das Cello aus der Hand nehmen, doch sie sagte, das sei nicht nötig. Wer ein Instrument spiele, der solle es auch tragen können.

»Das gilt hoffentlich nicht für Pianisten«, gab Peter zu bedenken.

Anna gab den Männern die Hand. Auch Horst und Dieter gratulierten ihr zu ihrem Literaturpreis. Sie bedankte sich, setzte sich auf ihren Stuhl, nahm ihr Instrument zwischen die Knie und fing an, es zu stimmen. Wie meistens hielten die anderen ihr a für entschieden zu tief. Ihre zarten, schmalen Hände waren zu schwach, die Wirbel noch weiter zu drehen. Peter ließ sich von ihr das Instrument reichen, und während er es stimmte, betrachtete sie ihn unauffällig. Er hatte sich kaum verändert. Sein Gesicht war von der Sonne gebräunt. Er war wohl während der Oster- oder Pfingstferien wieder in einem tropischen Land gewesen. Darauf deuteten auch seine blonden Haare hin, die immer etwas heller wurden, wenn er sie längere Zeit Sonne und Meer ausgesetzt hatte. Keiner sah ihm seine sechsundvierzig Jahre an. Weshalb sollte man auch? Peter ging allen Aufregungen aus dem Weg. Er hatte bewußt zwei Fächer studiert, in denen keine Klausuren geschrieben wurden. Die Schüler liebten ihn, und der Unterricht fiel ihm leicht. Manchmal hatte Anna den Eindruck, das Leben sei für ihn ein ununterbrochenes Fest, das es zu feiern galt. Sie hatte das länger als ein Jahr mit ihm gemeinsam versucht, aber es war ihr immer nur vorübergehend gelungen. Abgesehen davon; diese Zeit war vorbei. Sie hatte in Salzburg einen Gleichklang der Seelen erlebt, wie sie ihn nicht für möglich gehalten hatte.

Dieter legte die Notenblätter auf die Ständer. Dann klemmten sich die Männer ihre Instrumente unter das Kinn. Anna nahm das Cello zwischen die Schenkel und griff nach dem Bogen.

Jeder Musikabend begann mit zehn Minuten freiem Spiel, bei dem nicht nur die Finger geschmeidiger würden, sondern sich der ganze Mensch erwärme. Peter bestand darauf. Sogar *Pablo Casals* habe jeden Morgen eine Weile frei gespielt, um mit seinem Instrument zur Einheit zu verschmelzen, erklärte er. Dann fing er an, wilde Tonfolgen zu spielen.

Auch Anna spielte zehn Minuten nur Tonleitern. Sie merkte sofort, daß ihr der Lagenwechsel noch schwieriger erschien als vor zwei Monaten, und ihre Furcht davor übertrug sich von der linken Hand auf die rechte mit dem Bogen. »Du hast offenbar lange nicht mehr geübt«, sagte Peter mit leisem Tadel in der Stimme.«Aber du brauchst deshalb nicht zu spielen, als müßtest du mit deinem Instrument die Musik besiegen. Du bist viel zu verkrampft. Es geht nicht darum, irgend jemandem etwas zu beweisen. Und jetzt laßt uns anfangen.«

Am liebsten wäre sie aufgestanden, hätte ihr Instrument eingepackt und wäre gegangen. Doch sie nickte nur, blickte auf die Noten, und als sie den ersten Satz des Opus 96 hörte, als sie spürte, wie sich die dunklen Schwingungen des Cellos auf ihren Körper übertrugen, dachte sie nicht mehr daran, daß sie eine Autorin war, von der ihr Verlag einen Roman erwartete. Sie war nur noch eine Frau, die nach einem Arbeitstag aus Freude an der Musik Cello spielte; eine glückliche Dilettantin.

Drei Stunden später saß Anna mit den anderen Musikern zusammen an einem Tisch in einer nahe der Schule gelegenen Gaststätte. Sie hatte ihr Instrument mit in das Lokal genommen und an die Wand gelehnt. Auch in Düsseldorf wäre es grob fahrlässig gewesen, Gegenstände auch nur für eine halbe Stunde unbeaufsichtigt im Auto liegen zu lassen. Selbst in den Schulen wurde alles gestohlen, was nicht niet- und nagelfest war. »Ich muß die Garderobe vor jeder Turnstunde abschließen«, sagte Peter, während er nach seinem Weinglas griff. »Und trotzdem verschwindet ständig Geld aus den Taschen der Schüler.«

»Man muß schon froh sein, wenn es nur Geld ist«, stimmte ihm Dieter zu. Vor einem Monat sei der erste Geiger des Sinfonieorchesters vor seiner Haustür von zwei Halbwüchsigen überfallen worden, die es auf seine Violine abgesehen hatten. Er würde in einem solchen Falle das Instrument sofort hergeben. Sein Kollege habe sich zu wehren versucht und danach drei Wochen im Krankenhaus liegen müssen.

Peter fand, daß er da noch Glück gehabt habe. In Hamburg sei eine Frau wegen einer Geige sogar ermordet worden. »Ist doch kein Wunder, wenn die Arbeitslosen immer weniger bekommen und Hunderttausende nicht mal eine Lehrstelle finden!« sagte Horst. »Machen wir uns doch nichts vor – die besten Zeiten liegen hinter uns. Wenn ich in zwei Jahren in Ruhestand gehe... Ich sag euch... nichts wie ab nach Formentera! Sogar meine Frau ist so weit, daß sie hier nicht mehr leben möchte.«

»Dann paß mal auf, daß dir der Innenminister keinen Strich durch die Rechnung macht«, sagte Peter. »So wie ich die Sache sehe... Den vorgezogenen Ruhestand für Beamte wird es bald nicht mehr geben.« An seiner Schule sei ein Kollege schon seit vier Monaten krank, weil er hoffe, daß man ihn für dauernd dienstunfähig erkläre und in den Ruhestand entlasse. Doch bislang habe man ihn noch nicht einmal vom Amtsarzt untersuchen lassen: »Unser Staat ist nahezu pleite, falls du das noch nicht gemerkt hast!«

Anna beteiligte sich nur wenig an dem Gespräch der anderen. Beethovens Streichquartett opus 59/1, an dem sie sich zuletzt versucht hatten, ging ihr nicht aus dem Sinn. Sie war noch immer wie betrunken von dieser Musik. Wie jeder Cellist liebte sie dieses Werk über alles. Das Cello hat gleich am Anfang das Thema und übernimmt häufig die Führung, und wie oft bei diesem Quartett hatte Peter den Einsatz verpaßt, weil er auf die erste Violine gewartet hatte, die am Anfang acht Takte nichts zu tun hat.

Auch wenn Peter sie oft mißbilligend angesehen hatte, als sich in ihre Kantilenen unsaubere Töne eingeschlichen hatten – sie hatte, zum erstenmal seit Wochen, völlig vergessen, daß sie eine Dichterin war.

Vielleicht war so das richtige Leben: In einem Beruf den Lebensunterhalt verdienen. Die freie Zeit seinen Interessen und Neigungen folgen. Alt und älter werden und am Ende, wenn die Zeit dafür gekommen war, sterben wie ein Apfel, der vom Baum fällt. Reif und so satt vom Leben, daß jeder Tag mehr nur noch Wiederholungen bringen würde, verbunden mit weiterem Schwinden der körperlichen und geistigen Kräfte. Doch sie war nun einmal zu Höherem berufen.

Sie blickte zu Peter, musterte seinen vom ständigen Sportunterricht muskulösen Oberkörper. Seine kräftigen Arme unter dem kurzärmeligen weißen T-Shirt. Seine gebräunte Haut, um die sie ihn beneidete. Er fürchtete sich vor Melanomen offensichtlich genauso wenig wie vor trockener Haut, der sie mit immer größeren Mengen Feuchtigkeitscreme vorbeugen wollte.

Sie sah zum Wirt neben dem Zapfhahn, der Gläser putzte und hin und wieder ein paar Worte mit den Männern wechselte, die an der Theke ein Altbier nach dem anderen tranken. Sie beobachtete einen jungen Mann, der schon am Spielautomaten gestanden hatte, als sie ins Lokal gekommen waren, und der noch immer, mit ausdruckslosem Gesicht, ein Geldstück nach dem anderen im Gerät verschwinden ließ.

Sie betrachtete Dieter, der oft klagte, daß er überall die zweite Geige spielen müsse. Sie blickte zu Horst, der bei jedem sich bietenden Anlaß über seine Frau jammerte, die ihm Taschengeld zuteilte und, wenn man seinen Worten glauben konnte, ihn mit der Stoppuhr überwachte.

Beide klagten und jammerten, und wären dennoch höchst erschrocken gewesen, wenn sich an ihren Verhältnissen etwas geändert hätte. Diese Männer trieb keinerlei Ehrgeiz an. Ob Anna nun eine preisgekrönte Autorin war oder nicht, war ihnen vollkommen egal. Sie musizierten mit ihr. Sie akzeptierten sie so, wie sie war. Sie hatten nicht einmal viele Worte darüber verloren, daß sie diesmal so schlecht wie nie zuvor gespielt hatte.

Wenn alle Menschen so wären, gäbe es keine Kunst, dachte sie. Aber andererseits haben eben nur wenige Menschen das Zeug dazu, geistige Höhenflüge zu wagen. Zum ersten Mal seit Monaten wollte sie keinem etwas beweisen. Sie fühlte sich nahezu zufrieden. In diesem Moment war ihr egal, ob diese Zufriedenheit möglicherweise dumpf, geistlos und mit der eines Hausschweins vergleichbar war, das im warmen Stall sein Futter fraß.

Als es ans Bezahlen ging, ließ sie es wie früher zu, daß Peter ihre zwei Glas Wein auf seine Rechnung nahm. »Willst du gleich nach Hause oder magst du noch einen Wein bei mir trinken?« fragte er, als sie langsam zu ihren Autos gingen.

»Warum nicht«, antwortete sie. »Ich möchte gern noch etwas essen. Hast du zufällig eine Pizza in deinem Tiefkühlfach?«

»Und ob!« sagte er. »Sogar mit Thunfisch. Die ißt du doch besonders gern.«

Sie hatte ihn deswegen oft verspottet, doch auch diesmal band sich Peter erst seine Küchenschürze um, bevor er den Backofen auf zweihundertfünfzig Grad vorheizte, die Pizzen aus dem Tiefkühlfach nahm, eine Flasche *Chianti* entkorkte, und zwei Gläser mit Wein füllte. »War schön, mal wieder mit dir zu spielen. Willst du die Musik wirklich ganz aufgeben? Ich hielte das für einen großen Fehler. Das Violoncello ist genau das richtige Instrument für dich. Du müßtest lediglich häufiger üben.«

»Danke für die Blumen«, antwortete sie. »Aber du weißt genau, daß ich auch dann immer nur Mittelmaß bliebe.«

»Na und?« sagte er leichthin. »Muß etwa jeder ein *Pablo Casals* sein oder eine *Jacqueline du Pré?*« Er ging zum Herd, drehte den Temperaturregler auf zweihundertzwanzig Grad herunter und schob die Pizzen in den Ofen. »Meinst du vielleicht, ich würde mit *Vanessa Mae* tauschen wollen? Unter keinen Umständen! Wäre mir viel zu anstrengend. Jeden Tag in einer anderen Stadt … jede Nacht in einem anderen Hotel … Die Frau kann doch gar nicht mehr wissen, wer sie überhaupt ist.«

»Ich weiß nicht.« sagte Anna nachdenklich. »Mein Vater hätte wohl kein anderes Leben für sich gewollt. Abgesehen davon – keiner kann sich aussuchen, ob er ein Künstler ist oder nicht.« Dieser Satz gefiel ihr. Sie hätte ihn sich am liebsten aufgeschrieben.

Peter nickte: »Genau! Und deshalb hast du eine ganz schöne Macke. – Nichts gegen die Musik deines Vaters. Aber wenn die Familie dabei vor die Hunde geht …« Von keinem anderen hätte sie sich so etwas sagen lassen, und sie wunderte sich, daß sie es sich von Peter gefallen ließ. Vielleicht, weil er mir nicht viel bedeutet, dachte sie, aber ich sollte mich jetzt trotzdem verabschieden.

»Und was macht dein Schreiben?« erkundigte er sich. »Willst du dir das wirklich antun. Ein richtig dickes Buch?«

»Ich will das nicht nur, sondern ich muß!« sagte sie nachdrücklich.« Zweihundert Seiten müßten es mindestens werden. Das habe sie ihrem Verleger versprochen.

Er wendete sich wieder dem Herd zu, zog sich dicke Handschuhe an und holte die Pizzen aus dem Ofen. Er prüfte mit einer Gabel, ob der Boden die richtige Festigkeit erreicht hatte und schob sie dann vorsichtig auf die Teller.

Danach legte er ein Klavierkonzert von *Eric Satie* in den CD-Player und holte einen Leuchter mit drei Kerzen aus dem Wohnzimmer. Er zündete die Kerzen an, schaltete die Deckenlampe aus, goß wieder Wein ein und hob sein Glas: »Guten Appetit, Anna! Schön, daß du wieder hier in meiner Küche sitzt.«

Immer diese abgeschmackten Rituale, mit denen Männer romantische Gefühle produzieren wollen! Wein, Kerzenlicht und leise Musik. Doch die Pizza schmeckte ihr vorzüglich, und als er ihr danach vorschlug, noch eine Flasche süßen italienischen Fruchtsekt in seinem Wohnzimmer mit ihr zu trinken, hatte sie nichts dagegen. Auch in diesem Zimmer dimmte er zuerst das Licht so stark ab, daß der japanische Reispapierballon über dem Tisch von *Ikea* den Raum nur noch schwach erhellte. Er holte den Kerzenleuchter aus der Küche, stellte ihn auf den Couchtisch. Diesmal sollte Leonard Cohen ihre Sinne erregen. *Suzanne, Winter Lady* sowie, natürlich, *So long, Marianne.*

Schon vor zehn Jahren hatten Kommilitonen in New York sie mit diesen Songs in Stimmung zu bringen versucht. Sie fragte sich, in wie vielen Wohnungen unverheiratete Männer aus Peters Generation die dunkle Reibeisenstimme des Kanadiers für sich zu einer Frau sprechen ließen. Wahrscheinlich war das die Hauptursache für die Dominanz der Musik über die Literatur: sie vermochte die Sinne direkt zu erreichen; ohne Umweg über den Verstand, der den meisten Leuten viel zu umständlich war. Diesen Gedanken mußte sie sich unbedingt notieren. Vielleicht paßte es in ihren Roman. Als Peter sie küßte und sie dann behutsam aus dem weiten Rock zu schälen begann, den sie immer zum Cellospielen anzog, ließ sie es geschehen. Dabei dachte sie an ihren Spaziergang mit Hinterthaler. *Machen Sie sich nichts vor, Sie seltsame Halbgöttin in Schwarz! Die Empfindungen der meisten Menschen sind heute genauso industriell produziert wie ihre Automobile.* Sie mußte kurz lachen, und sofort erstarrte die Bewegung von Peters Hand auf ihrem Rücken: »Ist irgendwas?«

»Ach wo«, sagte sie. »Ich habe wohl ein bißchen zu viel getrunken.« Sie kicherte leise, streifte das T-Shirt von seinen breiten Schultern, führte ihn ins Schlafzimmer, und dort kroch sie sogleich unter seine Bettdecke. Er lief ins Wohnzimmer zurück, wohl um die Kerzen auszublasen, und als er zu ihr ins Bett kam, kuschelte sie sich an ihn. Sie wollte Haut fühlen, möglichst mit dem ganzen Körper. Sie preßte ihr Gesicht in seine Achselhöhle, und als sie seinen Geruch einatmete, konnte sie es kaum abwarten, bis er endlich mit seinen kräftigen Händen nach ihr griff. Sie schloß ihre Augen und stellte sich vor, daß Johannes sie umarmte. Als Peter, viel später, eingeschlafen war, schmiegte sie sich an seinen Rücken. Sie schlang ihren Arm um seinen Oberkörper und lauschte seinen tiefen Atemzügen, bis auch sie beruhigt einschlief. Seit Monaten träumte sie zum ersten Mal wieder von der Musik: Sie sah sich in einem Kleid aus mit goldenen Fäden durchwirktem Stoff mit ihrem Cello auf der Bühne der *Metropolitan Opera* sitzen. Das Haus war ausverkauft. Johannes saß in der ersten Reihe, und sogar ihr Vater und ihre Mutter waren nach New York angereist. Sie hatte ihr Konzert mit der Solosonate von *Kodály* beendet, und das Publikum applaudierte so laut, daß sich ein Leuchter von der Decke löste. Er zerbrach mit einem lauten Knall weit hinter ihr auf der riesigen Bühne; am Morgen entdeckte Peter, daß ein Keramiktopf mit Grünlilien von der Fensterbank gefallen war; ein Windstoß mußte nachts das Fenster im Schlafzimmer aufgedrückt haben. Beim Frühstück in seiner Küche erzählte sie ihm ihren Traum. Johannes erwähnte sie mit keinem Wort.

»Sigmund Freud hat schon recht«, sagte Peter, während er ein Vollwertbrötchen mit Käse belegte. »Der Traum ist der Schlüssel zum Unbewußten.« Sie fragte ihn, wovon er geträumt habe, und er sah sie augenzwinkernd an: »Von nackten Frauen. Oder hast du etwa was anderes erwartet?«

Lag es daran, daß die Nacht mit Peter ihr wieder bewußt gemacht hatte, daß sie begehrenswert war, lag es an der Sonne, die an den längsten Tagen des Jahres von früh bis spät die Stadt aufheizte – Anna dachte immer seltener an Salzburg. Was vorbestimmt war, würde geschehen. Die ersten Seiten ihres Romans hatte sie in eine Schublade gesteckt. Das Manuskript sollte ihr nicht mehr ständig in die Augen fallen. Bis ihr Buch auf dem Markt wäre, wollte sie keinen einzigen Sommerabend mehr allein in ihrem Apartment sitzen und schreiben.

Eines Mittags hatte sich Christa Brandner, die Kostümbildnerin, in der Kantine zu ihr an den Tisch gesetzt. Das Kantinenessen müsse Teil eines geheimen Programms zur Ausrottung von Schauspielern sein, hatte Christa erklärt, und ihren Teller mit dem ungenießbaren Schnitzel weit von sich geschoben. Die beiden Frauen hatten im Laufe der

Zeit einige gemeinsame Interessen entdeckt. Auch Christa las gern und mochte die alten Schwarzweißfilme, die im Filmmuseum vorgeführt wurden. Mindestens einen Abend in der Woche verbrachten sie gemeinsam, und für die Theaterferien hatten sie zwei Einzelzimmer im selben Hotel in der Toskana gebucht. Anna wollte dort endlich wieder an ihrem Roman arbeiten.

Mit Männern mochte die fünzigjährige Kostümbildnerin nach zwei Scheidungen nichts mehr zu tun haben. Auch Anna hatte sich nie am sexuellen Roulette im Theater beteiligt, doch das hinderte beide nicht, manchmal nach der Arbeit ein Glas in der Kantine zu trinken und sich mit Schauspielern zu unterhalten. Christa könne nicht schon mit fünfzig das Leben einer Nonne führen, hatte ihr Anna eines Tages erklärt, und sie ein paar Tage danach in zwei Lokale mitgenommen. Inzwischen hielt sie das für einen Fehler.

Sowohl im *Akari,* in dem Geschäftsleute und Büroangestellte nach der Arbeit gern noch etwas tranken, als auch im *Citrus,* das von Mitarbeitern der vielen Düsseldorfer Werbeagenturen frequentiert wurde, war Christa von den Männern so deutlich ignoriert worden, als wäre sie unsichtbar. Anna hingegen hatte sich einiger plumper Annäherungsversuche kaum erwehren können. »Mach dir keine falschen Vorstellungen, Mädel«, hatte Christa leichthin gesagt. Sie habe nichts anderes erwartet: »Wenn du als Frau kein Vermögen an den Füßen hast, bist du in meinem Alter für die meisten Männer so interessant wie eine drei Wochen alte Zeitung. *Wer jetzt kein Haus hat, baut sich keines mehr.*«

Anna hatte nichts dazu gesagt, aber seither ertappte sie sich manchmal beim Grübeln über ihre Zukunft. Was würde geschehen, wenn sich ihre Sehnsucht nach Johannes als jene einseitige Verirrung der Gefühle erweisen sollte, vor der Großmutter sie so oft gewarnt hatte? Eine Ehe mit einem ungeliebten Manne konnte sie sich ebenso wenig vorstellen, wie am Theater alt und immer älter zu werden, bis auch ihr Leben nur noch aus Arbeit und ein paar Freundinnen und Freunden bestünde, mit denen sie sich beim Wein an vergangene gute Jahre erinnern konnte.

Anna schauderte es jedesmal, wenn sie sich das vorstellte. Aber Gott sei Dank gab es Johannes, und sie war ja
noch jung. Einer der besten deutschen Verlage würde ihr
Buch veröffentlichen. Danach würde sich sowieso alles
ändern.

Schließlich hatte sie oft genug Autorenlesungen besucht
und wußte, wie solche Veranstaltungen abliefen. Der Dichter oder die Dichterin las. Das Publikum lauschte, und danach saß man noch in einem Lokal zusammen. Man aß
oder trank eine Kleinigkeit. Es kam zu Gesprächen des
Autors mit seinen Lesern. Und selbst wenn Johannes nicht
ihr Schicksal war – es müßte doch mit dem Teufel zugehen,
wenn sie bei einem solchen Anlaß nicht dem Mann ihres
Lebens begegnen würde. An eigene Kinder dachte sie
ohnehin nie »Wenn es wirklich biologische Uhren gibt, die
Frauen spätestens mit dreißig an Nachwuchs denken lassen, muß ich wohl eine Uhr ohne Batterie erwischt haben«,
hatte sie einmal lachend gesagt, als Christa das Thema
angesprochen hatte. Nein, sie sehnte sich nur nach einer
verwandten Seele wie Johannes, mit dem sie sich ohne viele
Worte verstand. Mit dem sie gemeinsam durch die Welt
reisen würde. Fremde Länder erleben. Museen, Konzerte
und Theateraufführungen besuchen. Die Welt kennenlernen, und dabei bis ins hohe Alter gesund und rüstig bleiben. Am liebsten würde sie auf dem Lande leben. Am aller-
liebsten in einem Haus am Meer. Sie konnte sich dieses
Haus genau vorstellen, und sie schilderte es gerade Christa
in allen Einzelheiten, als das Telefon in der Kostümschnei-
derei klingelte. »Wir sprechen gerade über die Kostüme für
den Kleist, Herr Malzahn«, sagte Christa verärgert ins
Telefon und reichte Anna den Hörer über den Tisch.

»Ihr Verlag möchte mit Ihnen sprechen«, sagte Malzahn.
»Sagen Sie bitte den Leuten, daß Sie künftig bei Ihnen zu
Hause anrufen möchten. Ich bin ich nicht Ihr Privatsekre-
tär.«

Es knackte im Hörer, dann hörte sie endlich die Stimme
von Johannes. Er bedauere, daß er nicht schon eher angerufen habe, aber im Verlag sei viel zu tun gewesen: »Ich
habe gute Nachrichten für Sie! Unsere Vertreter bieten bereits Ihr Buch an, und der Verkauf entspricht durchaus

unseren Erwartungen. Ich würde nur noch gern einige kleine Änderungen im Text mit Ihnen besprechen. Über den
Schutzumschlag möchte ich auch mit Ihnen reden. Die
Grafikerin hat drei Entwürfe vorgelegt. Ich möchte gerne
wissen, welcher davon Ihnen am besten gefällt.«

Als sie Johannes Stimme hörte, erinerte sie sich wieder so
genau an ihn, als hätte sie ihn erst gestern gesehen. Seine
traurigen Augen beim Abendempfang im *Goldenen
Hirsch*. Sein zustimmendes Lächeln während Oechsles
Lesung in der Aula. Seine Arme, die er bei der Einfahrt in
das Salzbergwerk um sie gelegt hatte. Seine feingliedrigen
Hände am Lenkrad seines Geländewagens während des
Ausflugs zur Ramsau. Jetzt bloß keinen Fehler machen,
schoß es ihr durch den Kopf. Du mußt kühl bleiben. Cool
und möglichst professionell. So ganz konnte sie es trotzdem nicht verhindern, daß sie schneller sprach, als sie
sagte, sie freue sich über seinen Anruf, könne aber in diesem Monat das Theater leider nicht im Stich lassen. Die
Proben für ihre Kleist-Inszenierung erforderten sehr viel
Zeit.

»Und wie sieht es am Wochenende aus?« fragte er. Wenn
er am Freitag noch einen Platz in der Neunzehnuhrmaschi-
ne bekäme, könnte er kurz nach zwanzig Uhr in Düsseldorf sein. Aber er wolle keinesfalls, daß sie ihre Pläne seinetwegen ändere. Falls sie kommendes Wochenende keine
Zeit habe, sei ihm auch jeder andere Termin recht. Er
müsse unbedingt mit ihr reden.

Nein, nein, antwortete sie hastig. Sie werde alle Termine
absagen: »Wenn es Ihnen recht ist, hole ich Sie am Flughafen ab. Ich bin um zwanzig Uhr am *Meeting Point* in der
Ankunftshalle.«

»Halb neun dürfte genügen«, anwortete er leise, und
dann: »Ich freue mich darauf, Sie wiederzusehen.«

Anna hielt den Hörer noch einen Augenblick in der
Hand, bevor sie nachdenklich auflegte. »Mein Verleger«,
sagte sie versonnen zu Christa. »Er kommt zum Endlektorat meines Buches extra nach Düsseldorf.«

Schon als Kind hatten sie Flughäfen fasziniert. Und später,
als sie in New York studiert hatte, war sie manchmal mit

dem *Carey Bus* zum *Kennedy Airport* gefahren, nur um im Lufthansa-Terminal einen Kaffee zu trinken. Es hatte ihr Heimweh nach Deutschland gemildert, wenn sie in den Lautsprecherdurchsagen die vertrauten Namen deutscher Städte gehört hatte.

Am Freitag abend fuhr sie zum Düsseldorfer Flughafen. In der Nacht zuvor hatte sie kaum Schlaf finden können und auch jetzt war sie sehr aufgeregt. Gleich nach seinem Anruf hatten ihr die Tarotkarten bestätigt, daß ihr Lebensweg eine Kreuzung erreicht hatte, an der sie die Weichen für die Zukunft stellen mußte.

Sie hatte sich bemüht, ihr Treffen mit Johannes so gut wie möglich vorzubereiten. Obgleich ihre polnische Putzfrau zuverlässig war, hatte Anna den Veloursteppich ein zweites Mal mit dem Staubsauger gereinigt. Sie hatte die Küche und das Badezimmer gründlich gesäubert und ihr breites Bett neu bezogen. Danach war sie mit kritischem Blick durch das Apartment gegangen, bemüht, es mit seinen Augen zu sehen. Das Bild ihres Vaters auf dem Nachttisch konnte Johannes möglicherweise ebenso irritieren wie die Gratulationskarten hinter dem Spiegel und die meisten Fotos an den Wänden. Sie hatte alle entfernt. Nur noch ihr liebstes Foto aus Salzburg hing in der Küche – das Bild, auf dem Johannes seinen Arm um sie legte. Seinen Rosenstrauß hatte sie an der Nachttischlampe hängen lassen, und Stendhals Buch daneben gelegt. Was immer er auch mit diesem Buchgeschenk hatte sagen wollen – er sollte erkennen, daß sie ihn verstanden hatte.

Noch jetzt, wo sie durch die Ankunftshalle lief, überlegte sie, ob sie irgend etwas vergessen hatte, aber es wäre ohnehin zu spät gewesen. An den Anzeigetafeln signalisierten Blinklichter, daß die Maschine aus München bereits gelandet war. Sie beschleunigte ihre Schritte, eilte zum Treffpunkt, so schnell es ihr dreiviertellanger Rock und ihre halbhohen Absätze erlaubten. Da trat Johannes auch schon, einen kleinen Koffer in der Hand, aus der gläsernen Tür des Raumes mit den Gepäckbändern, und sie eilten aufeinander zu. »Sie glauben nicht, wie ich mich auf dieses Wochenende gefreut habe!« begrüßte er sie. Er habe den ganzen Tag keinen vernünftigen Gedanken fassen können. »Sie haben ja gar keine Vorstellung davon, was bei uns im Verlag los ist. Haben Sie den *Sirius* von gestern gelesen? Wie kann man einem Mann wie Karsten Tröger so etwas antun... Jetzt brechen die Reporter schon in die Häuser toter Dichter ein, wenn sie sich was davon versprechen.«

War das alles, was er ihr zu sagen hatte? Begrüßte man so eine Frau, der man ein Buch über die Liebe geschenkt hatte? – Nein, es mußte seine Scheu vor ihr sein, seine Furcht, eine empfindsame Dichterin durch eine zu direkte Annäherung zu erschrecken. Oder sollte er einer jener sensiblen neuen Männer sein, von denen sie bisher immer nur gelesen hatte?

Wenn er bei diesem unverbindlichen Ton bleiben wollte, war es wohl das beste, sich darauf einzulassen. »Ich lese solche Blätter nicht«, sagte sie, während er neben ihr zum Parkplatz ging. Der eigene Kopf sei das einzige, auf das man sich heutzutage noch halbwegs verlassen könne.

»Das haben Sie sehr gut gesagt«, antwortete er nachdenklich.

»Aber wir werden uns diesen Artikel keinesfalls gefallen lassen. Unser Justitiar wird Strafanzeige erstatten.«

Sie erreichten das Auto. Er brachte sein Gepäck im Kofferraum unter und stieg zu ihr in den Wagen. Bestimmt hatte er sich ein Hotelzimmer reservieren lassen, aber da er kein anderes Fahrtziel bestimmte, fuhr sie mit ihm zu ihrer Wohnung. Als sie das Auto in der Tiefgarage abstellte, sagte sie, daß sie zwar nur in einem Apartment wohne, aber am liebsten an ihrem vertrauten Schreibtisch arbeite.

»Das kann ich gut verstehen«, stimmte er ihr zu. Es müsse tatsächlich jene Orte der Kraft geben, über die *Carlos Castaneda* in seinen Romanen geschrieben habe.

Sie war überrascht: »Sagen Sie bloß, Sie lesen Populär-Anthropologie?«

»Weshalb nicht?« antwortete er und lachte. Er habe das Buch leider erst vor zehn Jahren entdeckt und bedaure, daß es nicht bei Engsfeld erschienen sei. »Mein Vater hat es nicht gemocht. Aber der hat es ja sogar fertiggebracht, *Umberto Eco* abzulehnen.«

In ihrer Wohnung bemerkte er als erstes das Cello neben

dem Kleiderschrank: »Sagen Sie nur, Sie spielen Violoncello? Ich hab mir als Kind immer eins gewünscht.«

»Nur ein wenig für den Hausgebrauch«, sagte sie. »Mein Hauptinteresse ist und bleibt die Literatur.« Dann deutete sie auf einen der beiden Stühle vor dem Schreibtisch. Er solle sich wie zuhause fühlen. Sie wolle erst einmal einen Kaffee kochen. Oder lieber Tee?

»Was Ihnen am wenigsten Mühe macht«, sagte er. »Aber wenn Sie möchten ... Ich habe uns einen sehr guten Chardonnay mitgebracht.«

»Erst wenn wir mit dem Lektorat fertig sind.«

Er holte zwei Korrekturabzüge aus seinem Koffer, und als sie ein Exemplar ihres Buches in der Hand hielt, war ihre Freude noch größer als über den Karl-Kraus-Preis. *Anna Becker. Die gestohlenen Kinder von Hermannstadt. Fünf Erzählungen* las sie auf der Titelseite, und unten, am Fuß der Seite den Namen ihres Verlags: *Engsfeld*.

Sie nahm es kaum wahr, daß Johannes sagte, er hoffe, die Typographie sage ihr zu. Er habe bewußt eine Baskerville für ihr Buch vorgeschlagen, aber wenn ihr diese Schrift nicht gefalle, werde man selbstverständlich eine andere wählen.

»Ich finde diese Schrift bildschön«, sagte sie, während sie noch immer auf die Titelseite blickte, und als er ihr drei Umschlagentwürfe zeigte, auf denen ihr Name und der Titel noch größer gedruckt waren, mischte sich in ihre Freude ein unbändiger Stolz. In drei Monaten liegt mein Buch in allen Schaufenstern. Ich habe es geschafft. »Mir gefallen eigentlich alle drei Entwürfe für den Schutzumschlag sehr gut«, sagte er leise.

»Aber Sie sollen entscheiden, welchen Sie wollen. Es ist Ihr Buch.«

Wie freundlich er zu mir ist. Wieviel Geduld er mit mir hat. Er saß lächelnd auf dem Stuhl an ihrem Schreibtisch. Sie stand neben ihm, konnte die Augen nicht von den Entwürfen lösen. Schließlich stand er auf, nahm ihr die Andrucke aus der Hand und stellte sie nebeneinander senkrecht auf den Tisch, wo sie an der Kaffeekanne und den beiden Tassen Halt fanden: »Diese Auswahl ist immer schwierig, aber Sie können sich ein paar Tage Zeit lassen«, sagte er, setzte sich wieder und blätterte in seinem Korrekturabzug. Er habe ihre Geschichten immer wieder gelesen und halte sie nach wie vor für makellos. Lediglich drei Sätze seien ihm aufgefallen, die noch genauer formuliert werden könnten, aber auch das solle sie nur als Vorschlag auffassen: »Es ist oberstes Prinzip unseres Hauses, daß der Lektor nur ein behutsamer Begleiter des Autors sein darf.« Wer das vergesse, habe seinen Beruf verfehlt. Auch über die Reihenfolge der Erzählungen wolle er gern mit ihr reden.

Drei Sätze... Die Reihenfolge der Erzählungen... Sie hörte seine ruhige, liebevolle Stimme, spürte die Wärme darin; das erschien ihr viel wichtiger als der Inhalt seiner Mitteilungen. Sie sah seine schlanken Hände so vorsichtig in den Korrekturfahnen blättern, als wären sie aus hauchdünnem Glas. Sie blickte in seine braunen Augen, und da konnte sie plötzlich nicht anders. Sie ging langsam zu ihm, bis sie dicht vor ihm stand, drängte sich an ihn und umarmte ihn, bevor sie ihn küßte: »Ich hab' seit Salzburg nur an dich gedacht«, sagte sie. »Laß uns nicht noch länger warten.«

Er stand auf. »Anna«, flüsterte er sanft, während seine Hände behutsam über ihre Haare und ihr Gesicht strichen. Sie sah ihm schweigend in die Augen und zog ihn auf ihr Bett.

8

Liebe in den Zeiten des Luftverkehrs

Er hatte am Freitagabend seinen *BMW* im Parkhaus des Münchener Flughafens abgestellt, und als er am Montagmorgen von dort aus zurück in Richtung Innenstadt fuhr, war er fast trunken vor Glück. Auch wenn er in drei Nächten den Eindruck gewonnen hatte, daß sie noch sehr unerfahren war, was die geschlechtlichen Beziehungen zu einem Manne betraf. Er hatte sie nicht erschrecken oder überfordern wollen. Er hatte sich zurückgenommen und war zärtlich gewesen wie selten zuvor. Doch was bedeutete schon Sexualität?

Tragfähig auf lange Sicht, das hatte ihm die Literatur vermittelt, war allein die Kraft, die verwandte Seelen zueinander zog. Nur sie ermöglichte es Mann und Frau so zu verschmelzen wie *Dante und Beatrice, Romeo und Guilietta* – von *Don Quijote und Dulcinea* einmal ganz zu schweigen.

Nie zuvor hatte er sich mit einer Frau nach so kurzer Zeit so gut verstanden. Sie schätzten dieselben Maler und Komponisten. Sie mochten dieselben Filme und liebten beide dieselben Bücher. Und zu alledem war sie ausgesprochen attraktiv. Noch immer glaubte er, den Duft ihres Parfüms zu riechen. Noch immer hatte er ihr zierliches Gesicht vor den Augen, da hörte er hinter sich einen Autofahrer hupen. Er blickte erschrocken in den Rückspiegel, sah einen schweren *Mercedes*, der ihn mit Lichthupe und Blinker auf die rechte Fahrspur zu nötigen versuchte. Er beschleunigte, bremste hart, beschleunigte wieder, zog den Wagen auf die rechte Spur und ließ den Mercedes auf die linke neben sich und beschleunigte dann auf der rechten, bis der andere Fahrer das Rennen aufgab. Erst in diesem Moment wurde ihm bewußt, daß sein Vater dasselbe Mercedes-Modell fuhr, und er lächelte. Letztlich kam es eben doch nur auf das Können und die Geschicklichkeit eines Autofahrers an, und da fühlte er sich Helmut haushoch überlegen. Im

Alter nimmt die Reaktionsgeschwindigkeit eben doch sehr stark ab.

Wie gewöhnlich staute sich der Verkehr auf dem mittleren Ring, aber er hatte es nicht eilig. Er war mit der ersten Maschine aus Düsseldorf gekommen, und als er seinen Wagen auf den Parkplatz des Verlags fuhr, standen dort nur der Ford Kilblingers sowie der Citroen des Pressesprechers. Zum ersten Mal, seit ihn Helmut in den Verlag geholt hatte, war Johannes vor ihm im Haus. Er ging langsam in die Empfangshalle, erwiderte freundlich den Gruß des Pförtners, und als er zu seinem Büro hinaufging, kam es ihm vor, als glänzten die Marmorstufen im Treppenhaus besonders hell. Drei Nächte und zwei Tage mit Anna hatten ihn großmütig gestimmt. Vielleicht war es gar nicht so übel, daß sein Vater noch immer das Haus leitete, denn so blieb ihm viel mehr Zeit für seine Gefühle.

In seinem Arbeitszimmer stürzte er sofort ans Telefon.

Er sei gut in München gelandet und riefe sie am Abend wieder in ihrer Wohnung an: „Ich habe Sehnsucht nach dir", sagte er, und im selben Moment wurde ihm bewußt, daß er diesen Satz in jedem Manuskript gestrichen hätte. „Mir geht es ebenso", versicherte sie, und beendete kurz danach das Gespräch. Er vermutete, daß ihr Chefdramaturg ins Zimmer gekommen war, von dem sie beim Spaziergang am Rheinufer erzählt hatte.

Im Besprechungszimmer blickten sich Kilblinger und Vahrig überrascht an, als Johannes schon eine Viertelstunde vor Beginn der Postkonferenz in den Raum trat. Er setzte sich neben den Pressesprecher und fragte: »Hat mein Vater schon etwas gegen den *Sirius* in die Wege geleitet? – Je länger ich darüber nachdenke, desto mehr ärgere ich mich über diesen Artikel." Vahrig zuckte mit den Schultern: »Ich glaube, Ihr Vater ärgert sich viel mehr über die Betriebsratswahl.«

»Weshalb?« fragte Johannes leichthin. »Da hat Frau Kerglich endlich einen größeren Aufgabenkreis. – Ich meine... Natürlich nur, soweit es ihre Gesundheit erlaubt.«

»Nun ja«, sagte Dr. Kilblinger nachdenklich. »Aber diese Wahl wirft leider unsere Pläne über den Haufen. Hat Ihnen Herr Rieger nichts davon gesagt? – Wir wollten uns eigentlich zum Quartalsende von ihr trennen.« Johannes wußte nichts davon und bemühte sich, das zu verbergen: »Wieso? – Ich dachte, das Haus hätte ihr längst gekündigt!« »Hatte ich auch vermutet«, sagte Kilblinger. Aber jetzt nach dieser Wahl sei das so gut wie unmöglich.

Johannes überlegte noch, was er am besten darauf antworten könne, da betraten Dr. Schmidt-Rauholz und Vertriebsleiter Henner das Zimmer. Unmittelbar nach ihnen eilte Frau Hager mit Teekanne und Teetasse zum Kopfende des Tisches, und dann kam Helmut mit dem Finanzbuchhalter Schönfelder in den Raum.

Wie jeden Montag sagte der Verleger, er hoffe, daß alle ein schönes Wochenende verlebt hätten, und erteilte dann dem Vertriebsleiter das Wort.

Inzwischen seien die Vertreter ja bereits drei Wochen im Buchhandel unterwegs, und er sei gespannt auf die ersten Ziffern.

Johannes hob überrascht den Kopf. Seit wann redete Helmut bei der Postkonferenz über Absatzzahlen? Er hatte immer nur von Autoren und deren Werken gesprochen. Die Bedeutung und den Rang des Hauses beschworen und auf das Vermächtnis des Verlagsgründers verwiesen, dem er sich über dessen Tod hinaus verpflichtet fühle.

Vertriebsleiter Henner hatte inzwischen auf seine veralteten Computer verwiesen, die ihm nur zuverlässige Auskünfte über die beiden ersten Wochen der Vertreterreise ermöglichten.

Deren Ergebnis sei enttäuschend. Die Buchhändler kauften zehn Prozent weniger ein als im Vergleichsmonat des Vorjahres. Sogar die geplante Erstauflage der neuen Titel von *Stefan Bach* und der *Rodriguez* werde man vermutlich reduzieren müssen. Das Interesse an der *Jungen Reihe* sei so gering, daß man schon von Desinteresse reden müsse.

Johannes blickte zu seinem Vater nach vorn. Hatte der Alte Henner aufgefordert, die *Junge Reihe* herabzusetzen? Doch Helmut erschien gelassen: »Ich fasse Ziffern lediglich als Orientierungshilfe auf. Wir sollten uns dadurch keinesfalls verunsichern lassen. Wir können uns nur noch stärker für das neue Programm einsetzen. – Irgend etwas Besonderes in den Zeitungen, Herr Vahrig?«

Der Pressesprecher schüttelte den Kopf. Nichts außer zwei bissigen Kommentaren zum Einbruch in Trögers Haus. Er hätte die beiden Artikel in die Pressemappe gelegt. Helmut erhob sich von seinem Platz, und wartete an der Tür des Besprechungszimmers auf seinen Sohn. Er mache sich keine großen Sorgen um die neue Reihe, denn es erfordere immer einige Zeit, Autoren durchzusetzen. »Ich weiß«, sagte Johannes nur. Schon jetzt konnte er es kaum erwarten, bis es Abend wurde. Dann wollte er, wie jeden Tag, lange mit Anna telefonieren. Und zum übernächsten Wochenende würde sie zu ihm nach München kommen.

Sie hatten einander versprochen, sich zunächst nur alle vierzehn Tage gegenseitig zu besuchen, obwohl ihm jedes Wochenende lieber gewesen wäre. Doch sie brauchte auch Zeit für ihren Roman. Das verstand er besser als jeder andere. Auf seine nächtlichen Ausflüge in die Szene wollte er künftig verzichten. Er hatte sich vorgenommen, wieder mehr Zeit mit seinen Freunden zu verbringen.

Seit sie mit Johannes geschlafen hatte, dachte Anna auch morgens auf dem Weg durch den Hofgarten nur noch an ihn.

Zärtlich und geduldig hatte er sie umarmt und liebkost. Und auch beim Sex hatte er sie behutsam angefaßt, als hielte er sie für so zerbrechlich wie ihre Prosa.

Nein, leicht war es ihr nicht gefallen, dabei die Kontrolle über sich nicht zu verlieren. Ihre Sinnlichkeit hätte ihn verängstigt. Das vermutete sie jedenfalls.

Aber er würde seine Hemmungen nach und nach verlieren, und sie würde ihm vermitteln, daß Zärtlichkeiten zu den Hors 'd Oevre gehörten, die für sie ein kräftiges Hauptgericht nicht zu ersetzen vermochten.

Doch wichtiger war ohnehin der Gleichklang der Seelen. Das Gefühl, einander ohne viele Worte zu verstehen. Das Wissen, nicht nur zu lieben, sondern auch geliebt zu werden.

Wie *Hero und Leander*, dachte sie versonnen. Wie *Abaelard und Heloisa*. Sogar *Werther und Lotte* konnte sie in den Zeugenstand rufen; Liebe führte ja Gott sei Dank nicht zwangsläufig zum Suizid.

Im Hofgarten standen die Fuchsien und der Lavendel in voller Blüte, und jede rote Rose erinnerte sie an Johannes. Seit einer Woche rief er sie jeden Abend an, und sie unterhielten sich stundenlang. Übernächstes Wochenende würde sie zu ihm nach München fliegen.

Wieviel Kraft die Liebe doch dem Menschen zu geben vermag! Anna hatte nicht nur drei weitere Seiten ihres Romans geschrieben, auf denen *Papuscha* ihren geliebten *Zoltan* zum ersten Mal auf dem Pferdemarkt zu *Tarnóv* erblickt, sondern sie freute sich jeden Tag erneut auf die Schaubühne. Sie mochte auf einmal keine dunklen Farben mehr, und hatte sich zwei neue bunte Sommerkleider gekauft.

Sogar Malzahn hatte bemerkt, daß Anna entspannter und sicherer wirkte. Er hatte ihr vorgeschlagen, in der nächsten Spielzeit eine Inszenierung ganz allein zu betreuen, und sie hatte sich schon für ein Stück entschieden: *Goethes Torquato Tasso*.

Am Nachmittag fand die erste Kostümprobe für *Familie Ghonhorez* statt, an der auch die Tiere mitwirkten. Brodi hatte es abgelehnt, das Ritterdrama ohne Pferde zu inszenieren, und Malzahn hatte es geschafft, daß die Reiterstaffel der Polizei zwei schwere *Oldenburger* samt Betreuer zum Theater abgeordnet hatte. Inzwischen hatten die Polizisten ihre Tiere an die Bühne und das Scheinwerferlicht gewöhnt. Die Schauspieler fürchteten sich nur noch vor dem Rottweiler und dem Pitbull, die jeweils einen der verfeindeten Burgherren begleiten sollten.

Christa hatte sich immer wieder über die Männerkostüme beklagt, die Brodi für seinen *Kleist* verlangt hatte. Sie hielt es für geschmacklos, daß die Ritter zu ihren Kettenhemden graue Leggings tragen sollten, in die am Gesäß jeweils zwei große runde Öffnungen geschnitten waren; Brodi wollte, daß man durch diese Löcher rote Seidenunterwäsche sehen konnte.

Doch auch bei der Anprobe der Kostüme in der Schneiderei hatten Christa und Anna weder den Regisseur, noch

Malzahn von diesem Kostümdesign abbringen können. »Der Arsch der Männer soll an den roten Hintern der Paviane erinnern«, hatte Dirk Brodi seinen Regieeinfall begründet, während er die Gläser seiner Goldbrille geputzt hatte. »Für mich sind die Burgherren die Alpha-Männchen zweier Affenhorden.«

Jetzt vollzog sich der unerbittliche Kampf um das Erbe zum ersten Mal im Kostüm auf der großen Bühne, und schon nach zehn Minuten wäre Anna am liebsten aus dem Theater gelaufen. War das noch Heinrich von Kleist?

Daß Graf Raimond den Grafen Alonzo durch ein Funktelefon beschimpfte, während er mit rot leuchtendem Gesäß auf der Bühne auf und ab ging und seinen Rottweiler nicht aus den Augen ließ, mochte ja noch angehen. Solche Einfälle hatten Brodi berühmt gemacht.

Doch daß er Kleists *Das Mißtrauen ist die schwarze Sucht der Seele* in *Mißtrauen ist der schnellste Weg zur Gallenoperation* geändert hatte, regte Anna auf, seit sie die Rollenbücher vervielfältigt hatte. Mindestens die Hälfte der Sprache Kleists hatte Brodi durch ein von Anglizismen durchzogenes Geschäftsdeutsch ersetzt. Hätte Malzahn da nicht besser ein zeitgenössisches Stück über Manager aufführen lassen?

Selbstverständlich gab es solche Stücke. Sie wurden geschrieben, von Theaterverlagen angeboten – und nicht gespielt.

Anfangs hatte Anna nur angenommen, daß die neuen Stücke wirklich schlecht waren, doch inzwischen wußte sie weshalb: Dramaturgen und Regisseure durften sie nicht umschreiben – ja schlimmer noch – sie konnten sich bei zeitgenössischen Autoren nicht durch die Hintertür der *Bearbeitung* in die Rolle des Miturhebers schleichen und dafür Honorar kassieren.

»Unmöglich, diese Inszenierung«, flüsterte Anna gerade Christa ins Ohr, als die beiden Polizisten in ihrer üblichen grünen Uniform die beiden Pferde der Burgherren auf die Bühne führten. Dirk Brodi sprang von seinem Sitz auf: »Pause!« schrie er. »Sofort Pause!« Er drehte sich zu Christa um: *Wach ich oder träum ich?* – Wieso haben die ihre Uniformen an? – Die beiden mit den Pferden sollen doch dieselben Beinkleider tragen wie die Ritter. Hab' ich Ihnen das nicht gesagt, Frau Wagner?«

»Haben Sie,« sagte Christa. »Und ich habe sie auch anfertigen lassen. Aber die Herren von der Polizei weigern sich, diese Kostüme anzuziehen.«

Christa, Malzahn und Brodi eilten auf die Bühne. Der Rottweiler und der Pitbull knurrten und zerrten an ihren Leinen. Brodi bemühte sich, die Polizisten umzustimmen, doch diesmal hatte er es nicht mit Schauspielern zu tun.

Bei der Anprobe der Kostüme hätten sie angenommen, die Löcher in den Hosen würden noch zugenäht werden, sagte der ältere der Polizisten, und der Jüngere nickte: »Wir haben beide ein Theaterabonnement. Sonst hätten wir uns für diesen Einsatz nicht freiwillig gemeldet. Aber in Seidenunterwäsche gehen wir nicht auf die Bühne. Wir lassen uns nicht zum Gespött der ganzen Reiterstaffel machen.«

Anna ahnte schon, was jetzt geschehen würde. »Eine Viertelstunde Pause!« rief Malzahn, und dann zog er sich mit dem Regisseur hinter die Kulissen zurück.

Doch diesmal dauerte es nur fünf Minuten, bis die beiden erfahrenen Theatermänner das Problem gelöst hatten. »Wir ersetzen die Pferde durch Motorräder!« verkündete Brodi. »Meine Ritter werden schwarze Ledermonturen tragen, und zwar ohne Gesäß. Dann kommt das helle Rot noch schöner. – Das schaffen wir doch noch bis zur Generalprobe, Frau Wagner?«

Christa nickte zögernd, und Malzahn ging langsam zu den beiden Polizisten. Er sagte: »Wir brauchen Sie und Ihre Pferde hier nicht mehr. Ihnen fehlt jegliches Verständnis für das Theater unserer Zeit.«

Eine Woche später brachte Johannes in seinem Büro zu Papier, was er seit Jahren nicht mehr geschrieben oder gelesen hatte; einen Liebesbrief!

Obwohl er Anna wie versprochen jeden Abend anrief und ihr von seinen Erlebnissen und Gefühlen berichtete, wollte er sie auch schriftlich an seinen Empfindungen teilhaben lassen. Er schrieb ihr, wie einsam er sich ohne sie fühle. Die Sprache floß ihm leicht aus der Feder. Er hatte sich die Briefe der *Simone de Beauvoir* an *Nelson Algren* besorgt und suchte darin gerade wieder nach einem schönen Gefühl, als plötzlich etwas ungewöhnliches geschah: Helmut Rieger, sein Vater, der Herrscher über das Unternehmen und Herr der Ziffern, rief seinen Sohn nicht etwa zu sich, sondern er hatte die neunzehn Schritte zwischen seinem Chefbüro und dem kleinen Lektoratszimmer höchstpersönlich zurückgelegt. Der Vater kam zum Sohn!

Johannes konnte noch blitzschnell die Beauvoir auf seinen handschriftlichen Erguß legen, da stand der Alte schon im Zimmer und blickte ihn sorgenvoll an. Johannes erschrak. Hatte sein Vater inzwischen etwas von den Nächten in Düsseldorf erfahren? Wußte er, daß sein Sohn sich nicht mehr aus dem leicht zugänglichen allgemeinen Reservoir Münchener Weiblichkeit bediente, sondern sich den Luxus persönlicher Gefühle zu leisten wagte? Er hatte alle Mühe, zu verbergen, wie aufgeregt er war, aber dann trat Rieger an das Fenster, blickte auf den Hof, und als er sich dem Sohn zugewandt hatte, sagte er: »Johannes, ich brauche dich.«

Jetzt klopfte Johannes Puls noch schneller. ICH BRAUCHE DICH, hatte der Vater gesagt! Hatte er endlich eingesehen, daß es an der Zeit war, die Macht in jüngere und kräftigere Hände zu legen? Sie zumindest mit ihnen zu teilen? Es kam Johannes auf einmal so vor.

»Ich brauche dich«, sagte Helmut. »Denn ich werde es nicht hinnehmen, daß Autoren wie *Kühling*, *Lenzow* und *Bach* von Schnellschreibern aus Amerika wie *Grisham*, *Crichton* und *Mayle* vom Markt gedrängt werden.«

Johannes nickte: »Du hast recht! – Wie die Buchhändler meine *Junge Reihe* ignorieren... Ein Skandal!«

Ganze achthundert Exemplare der *Gestohlenen Kinder* hatten sie bislang geordert. Literaturpreise förderten den Verkauf eines Buches nicht mehr; sie schienen ihn eher zu behindern. Doch konnte man die Schuld daran dem Buchhandel in die Schuhe schieben? Ausgezeichnet wurde hierzulande meist nur schwierige, schwer zugängliche Literatur.

Konnte man es den Buchhändlern vorwerfen, daß sie wie jeder kluge Kaufmann nur einkauften, was sie auch verkaufen konnten? Mit dem *Fieber der Anden* hatten die Vertreter ebensowenig Probleme wie mit dem *Jahr in Antibes.*

Aber es wäre höchst unklug gewesen, Helmut das jetzt vorzuhalten. Der Alte wollte für den Verlag und die Literatur seiner Generation kämpfen, und Johannes mußte ihm dabei zur Hand gehen. »Was könnten wir denn für unsere Autoren unternehmen?« fragte er. »Du verfügst doch über alle Erfahrungen eines erfolgreichen Lebens...«

Helmut nickte geschmeichelt, und dann lächelte er fein. Mit den riesigen Werbeetats der großen Publikumsverlage könne ein literarisches Haus wie Engsfeld nicht konkurrieren, aber es verfüge über andere Instrumente: »Wir hatten immer die besten Beziehungen zu den Medien, und wir müssen sie jetzt verstärkt nutzen.« Er habe eine Reihe von Gesprächen mit bedeutenden Kritikern und einflußreichen Redakteuren vorbereitet, und Johannes solle ihn dabei begleiten. Er wolle auf diese Weise unmißverständlich deutlich machen, daß der Rang des Hauses keinesfalls untrennbar mit seiner eigenen Person verbunden sei, sondern die Weichen in die Zukunft längst gestellt seien.

Endlich, dachte Johannes. Endlich mal ein klares Wort!

»Du hast dir doch für heute Abend hoffentlich noch nichts vorgenommen? Es wäre gut, wenn du mit uns essen könntest.«

Muller-Marceau sei für eine Rundfunksendung nach München gekommen, und Stefan Bach würde wie immer vor seiner Vorlesung im Gästezimmer übernachten. »Ich denke, die beiden mögen sich nicht besonders«, entfuhr es Johannes, doch sein Vater lachte nur: »Wegen Mullers Rezension? – Ich bitte dich! – Nichts nutzt einem Buch mehr, als ein Verriß. Das hat schon der alte *Rowohlt* gewußt. – Oder hat es *Günter Grass* etwa geschadet, was *Marcel Reich-Ranicki* im *Spiegel* und danach im *Literarischen Quartett* mit seinem Roman *Ein weites Feld* veranstaltet hat?«

»Du vermutest...?« Johannes wagte es nicht, auch nur weiter zu denken, doch Helmut schüttelte schon den Kopf: »Ich vermute überhaupt nichts! Ich habe mir nur angewöhnt, jedes Ereignis nach seinen Folgen zu beurteilen. –

Schön, daß du heute Abend Zeit hast. Du kannst Stefan am Zug abholen. Ich muß mich um Muller kümmern. Der will unbedingt das neue Literaturhaus sehen. Die haben tatsächlich vergessen, ihn zur Eröffnung einzuladen. Das verzeiht er denen nie.«

Neun Stunden später stellte Johannes seinen *BMW* zum erstenmal seit Monaten wieder neben der Garage des Stadthauses seines Vaters ab, und als er um das Auto herumlief, um Stefan Bach den rechten hinteren Wagenschlag zu öffnen, hätte er die ganze Welt umarmen können. Anna liebte ihn, und jetzt hatte er endlich auch das Vertrauen seines Vaters errungen. Hätte er sich mehr wünschen können?

Sogar den verhaßten *Lodenanzug* hatte er dem Alten zuliebe angezogen, und als er Bachs Reisetasche aus dem Kofferraum hob, öffnete Helmuts Zugehfrau den beiden Männern bereits die Haustür. »Der Chef und Herr Muller-Marceau sind schon in der Bibliothek«, sagte sie, während sie Johannes die Reisetasche abnahm. »Aber Herr Bach wird sich zuerst gewiß noch etwas frisch machen wollen.« Sie führte ihn zum Gästezimmer. Johannes überlegte, ob er in der Vorhalle auf den Freund seines Vaters warten sollte. Aber Bachs Lakai war er nun wirklich nicht. Er öffnete entschlossen die Tür der Bibliothek.

Muller-Marceau saß an Vaters Schreibtisch, las andächtig ein vergilbtes Schriftstück, während Helmut ihn abwartend anblickte.

»Stefan Bach möchte sich noch einen Augenblick von der Reise entspannen«, sagte Johannes, doch die beiden Männer beachteten ihn nicht. »Eine Sensation«, krächzte Muller-Marceau, während er das Schriftstück auf einen kleinen Stapel ebenso vergilbter Blätter legte. Er habe schon immer vermutet, daß zwischen *Marius Röhm* und *Ida Jungmann* intensive Beziehungen bestanden hätten, aber daß deren Briefe einmal auftauchen würden... Muller-Marceau brach seinen Satz ab, und sah den Verleger mißtrauisch an: »Weshalb haben Sie mir von der Existenz dieser Briefe nie etwas erzählt?«

»Weil mir die Hände gebunden waren«, sagte Rieger. »Jetzt sind die Erben in eine wirtschaftliche Notlage geraten, und ich konnte alle Rechte an den Briefen erwerben. Fragen Sie mich nicht, was das gekostet hat.«

Johannes überlegte, ob er die Bibliothek leise verlassen sollte, als Stefan Bach in den Raum trat. Muller-Marceau griff hastig nach den Papierblättern, drückte sie sich an die Brust, gab sie dann aber Rieger widerwillig zurück. Der Verleger schob ein Ölgemälde zur Seite – *Hans Kühling*, gemalt von *Oskar Kokoschka* – und legte die Briefe in den Safe.

Erst jetzt wandte sich Muller-Marceau Stefan Bach zu: »Haben Sie einen Mut!« sagte er lächelnd. »Ich habe Ihre *Finkenschläge* gelesen. Daß Sie sich noch vor meine Augen trauen... Ein völlig mißratener Roman!« Bach blickte Helmut fragend an: »Sag' mal, muß ich diesem Manne die Hand geben?« »Mußt du nicht«, sagte der Verleger. »Vielleicht behandelt er dich dann demnächst in seinem Buch *Die großen Verrisse der Weltliteratur*. – Sie planen doch gewiß einen zweiten Band nach dem Erfolg des ersten?«

Muller-Marceau schüttelte den Kopf: Stefan Bach? – Er müsse doch bitten! – Der ganze Bodensee könne austrocknen, bevor er Bachs Werke als Weltliteratur betrachte. »Provinzliteratur!« sagte er. »Wie alles, was heutzutage hierzulande geschrieben wird.«

Johannes wußte nicht, wie er sich verhalten sollte, als die beiden Männer aufeinander zueilten, aber sie schüttelten sich nur die Hände, und der Kritiker klopfte dem Autor freundschaftlich auf die Schulter: »Beachtliches Stück Prosa! Aber gänzlich genügt es meinen Ansprüchen immer noch nicht.«

In diesem Augenblick kam die Zugehfrau mit einem Buch unter dem Arm in die Bibliothek und sagte, das Abendessen werde im Wohnzimmer serviert. Die Männer gingen langsam zur Tür, und als Muller-Marceau an der Zugehfrau vorbei wollte, hielt sie ihm seine *Großen Verrisse* hin: »Herr Müller, ich sehe Sie jedesmal im Fernsehen. – Könnten Sie so freundlich sein, mir dieses Buch zu signieren?« »Aber mit größtem Vergnügen«, sagte Muller-Marceau. Er holte seinen Federhalter aus der Brusttasche und schrieb mit sehr großen Buchstaben seinen Namen in das Buch.

Rieger ging davon aus, daß Muller-Marceaus Ansprüche an eine Mahlzeit mindestens ebenso hoch waren wie an die Literatur. Der Koch des *Rotary Clubs*, der das Essen für die Männerfreunde bereitet hatte, war offensichtlich davon in Kenntnis gesetzt worden.

Ein *Chaudfroid de vollaille Rossini* hatte die Speisenfolge eröffnet, und jetzt verzehrten die Männer den *Coq au vin Kate McCloud.* Hatte der Koch etwa geahnt, daß Muller-Marceau, wie viele Literaturkritiker, schon von Berufs wegen, weder Fleisch noch Fisch wollte? – Auf alle Fälle vertrug sich das feine Geflügelgericht vorzüglich mit dem hervorragenden *Cervaro della Salla,* den Helmut aus Italien bezog und aus einem Zinnbecher trank, in den seine Initialen graviert waren.

Johannes beteiligte sich kaum am Gespräch. Seit er erfahren hatte, daß er an dem Essen mit Muller-Marceau teilnehmen sollte, hatte er gehofft, das Interesse des Kritikers auf seine *Junge Reihe* lenken zu können. Doch je länger der Abend dauerte, desto weniger rechnete er noch damit.

Während der Vorspeise hatte Stefan Bach lebhaft von seinen Töchtern erzählt, die er immer mehr an die Künste verlöre, was Muller-Marceau zu einem Hymnus auf die eigene Ehefrau veranlaßte, mit der er noch immer so glücklich wie am ersten Tag sei. »Heiraten Sie nur eine Frau, mit der Sie sich in dreißig Jahren noch unterhalten können, junger Freund«, riet er Johannes und beklagte ausführlich das Schicksal *Wolfgang Koeppens* und seiner Frau, die sich hätten gegenseitig vom Psychologen beurteilen lassen, da beide an der geistigen Gesundheit des anderen gezweifelt hatten.

»Jede Ehe birgt gewisse Risiken«, sagte Helmut nachdenklich. Daran bestehe kein Zweifel. Stefan Bach versuchte von einem Lehrer zu erzählen, dessen Personalakte ihn zu seinen *Finkenschlägen* angeregt hatte, doch Muller-Marceau verwies sofort auf *Nabokov,* an dem sich jeder messen lassen müsse, der über die Beziehungen zwischen einem erwachsenen Manne und einer Halbwüchsigen schriebe.

Johannes spitzte die Ohren. Kamen die Männer endlich zum eigentlichen Anlaß des Abends? – Mitnichten!

Muller-Marceau verlängerte von Bachs Lehrer zu Flauberts *Madame Bovary*. Helmut köpfte zu *Uta Holm*, die einen Bremer Senator aus dessen Lebensbund herausgebrochen hatte, und das Gespräch dribbelte weiterhin wie planund ziellos von einem beliebigen Thema zum anderen.

Johannes war einigermaßen ratlos. Handelte es sich hier um ein atavistisches Ritual, mit dem die Männer sich ihrer individuellen Stärken und gleichzeitig ihres Gruppenzusammenhalts versicherten? War auch hier längst nicht mehr die semantische Ebene bedeutsam, sondern der Tonfall und jene Gesten, die das Gespräch begleiteten?

Stefan Bach schien sich dasselbe zu fragen, denn nach dem *Salade de verde* und dem Espresso verabschiedete er sich. Er habe morgen eine schwierige Vorlesung an der Universität zu halten und wolle noch im Gästezimmer daran arbeiten.

»Verwirren Sie Ihre Studenten bloß nicht mit so langen Sätzen wie in Ihrem neuen Roman«, sagte Muller-Marceau und prostete ihm mit dem Weinglas zu: »*Marcel Proust* werden Sie ohnehin nicht übertreffen können. Der hat einen Satz von fast vier Metern Länge aufs Papier gebracht. Das schaffen Sie niemals.«

Bach verließ das Eßzimmer. Rieger sah Muller-Marceau nachdenklich an: »Sind Sie nicht ein wenig zu hart mit unserem Freunde umgegangen? – Ich meine... Er ist noch einer unserer wenigen ganz großen...«

»Ich weiß«, antwortete Muller-Marceau. »Wenn ich ihn nicht schätzte, hätte ich bestenfalls über das Wetter mit ihm gesprochen.«

Johannes blickte unsicher zu seinem Vater und dann zum Kritiker. Glaubten diese Männer tatsächlich, was sie sagten? Und wenn es so war, wie konnten sie sich ihres Urteils so sicher sein? Konnte man, wie Muller, alles an *Thomas Mann* oder *Anna Seghers* messen, die zu anderen Zeiten geschrieben hatten?

»Johannes, der Wein ist alle!« riß ihn Helmut aus seinen Gedanken. »Bring uns noch eine Flasche ins Bibliothekszimmer. Frau Derwald zeigt dir im Keller, in welchem Regal du den Chardonnay findest.« Johannes eilte aus dem Raum, und als er, sicherheitshalber, gleich zwei Flaschen in die Bibliothek brachte, war dort die Tür des Safes erneut offen.

Muller-Marceau las an Vaters Tisch aufmerksam in den Briefen der beiden toten Dichter. »Unser Verlag möchte Sie als Herausgeber dieser Korrespondenz gewinnen«, sagte Helmut. »Ich kann Ihnen einen sechsstelligen Betrag als Honorar anbieten. Wir haben begründete Hoffnung auf Mittel aus einer Kulturstiftung.« Muller-Marceau nickte zufrieden und legte das Blatt aus der Hand: »Ich verspreche Ihnen, daß sich die *Triade* im Oktober ausführlich mit den *Finkenschlägen* beschäftigen wird. Die Sendung anläßlich der Buchmesse hat die höchste Einschaltquote.«

Johannes stellte die Weinflaschen und Gläser auf Vaters Lesetisch, doch die alten Männer hatten auf einmal keinen Durst mehr. Muller-Marceau bat Rieger, ihn zum *Bayerischen Hof* zu fahren. Johannes begleitete die beiden zum Auto, und als er die hintere Wagentür öffnete, sah ihn der Kritiker freundlich an. Er verfolge die *Junge Reihe* aufmerksam. Wenn die *Becker* einen Roman schreibe, sei er begierig, ihn zu lesen. Er schätze diese begabte junge Frau außerordentlich, aber was den Island-Roman in der *Jungen Reihe* betreffe... »Nehmen Sie es mir bitte nicht übel, aber für mich muß ein Roman in einer Großstadt von heute angesiedelt sein.« Dann stieg er in Helmut Auto. Johannes wartete noch, bis er die Rücklichter des Wagens seines Vaters nicht mehr sehen konnte, und fuhr dann nach Hause. Er wußte, daß der Engsfeld Verlag anderen Herausgebern höchstens drei- bis fünftausend Mark für eine vergleichbare Tätigkeit zahlte und sich im deutschen Sprachraum bestenfalls viertausend Leser für die private Korrespondenz der beiden Autoren interessieren würde; Ida Jungmann hatte große Lyrik und Prosa geschrieben, doch sie war seit fünfundzwanzig Jahren tot.

Sei es, daß Rieger das höfliche und disziplinierte Verhalten seines Sohnes beim Herrenabend gefallen hatte, sei es, daß Johannes seit dem Wochenende und den abendlichen Telefongesprächen mit Anna ausgeglichener war als zuvor – er fühlte sich endlich vom Vater anerkannt, was offenbar auch die Mitarbeiter registrierten.

Pressesprecher Dr. Vahrig und Vertriebsleiter Henner hatten jedenfalls sofort zugestimmt, als er sie nach der kurzen Postbesprechung am Donnerstag bat, ihn in sein Zimmer zu begleiten. Er wollte mit ihnen über die geringe Akzeptanz der *Jungen Reihe* sprechen, deren Ursachen ergründen und vor allem überlegen, wie das Haus den Absatz fördern könne.

»Ich frage mich seit Wochen, was ich falsch gemacht habe«, eröffnete er das Gespräch. Der Roman *Islandreise* enthalte nicht nur bestechende Naturschilderungen, sondern er vermittele Einsichten in das Land und seine Menschen, die er für einzigartig halte. In *Windgeflüster* sei die Selbstheilung eines mißbrauchten Kindes auf eine Weise dargestellt, die vielen helfen könne. *Die gestohlenen Kinder* schließlich seien ein sensibles Plädoyer für das Lebensrecht einer Minderheit, die doch noch immer ausgegrenzt werde. »Bitte sagen Sie mir offen Ihre Meinung. Nur so kann ich aus Fehlern lernen. Habe ich meine Reihe mit schlechten Büchern gestartet?«

Vahrig und Henner sahen sich erstaunt an, schwiegen eine Weile, und als die Stille peinlich wurde, räusperte sich Henner: »Ich habe die *Islandreise* gern gelesen, denn ich liebe Skandinavien. Aber im Hinblick auf die Tradition unseres Hauses...« Er sah Vahrig fragend an und zögerte, bevor er weitersprach: »Möglicherweise verbindet der Buchhandel mit unserem Verlag eine... wie soll ich sagen...«

»...eine eher abgehobene Haltung gegenüber unserer Zeit«, sagte Dr. Vahrig und klebte seinen Nikotinkaugummi unter den Stuhl.

»Ich habe schon überlegt, ob wir im September an die Mitarbeiter der wichtigsten Redaktionen persönlich Besprechungsstücke senden sollten, aber nach meinen Erfahrungen... Die würden lediglich bei der Weihnachtsfeier der Zeitung verlost.«

Johannes wollte antworten, als es an der Tür klopfte, und eine vielleicht fünfzig Jahre alte Frau ins Zimmer trat: »Ich möchte Herrn Rieger sprechen. Könnten Sie mir bitte sagen, wo ich ihn finde?«

Johannes stand auf: »Johannes Rieger – kann ich Ihnen behilflich sein?« Sie sah ihn skeptisch an: »Wohl kaum! –

Ich kenne Ihren Vater. Bitte bringen Sie mich sofort zu ihm... Aber wenn Sie mich anmelden wollen: Jutta Tröger. – Sagen Sie ihm, die Frau von Karsten Tröger möchte ihn sprechen.«

»Eine Anmeldung erscheint mir in Ihrem Falle nicht erforderlich«, sagte Johannes. »Mein herzliches Beileid zum Tode Ihres Gatten!« Er überlegte noch, ob er ihr die Hand geben müsse, da drehte sie sich schon abrupt um. Er eilte hinter ihr her und fing sie an der Tür zum Vorzimmer ab: »Warten Sie bitte, Frau Tröger! Ich bringe Sie direkt zu meinem Vater.«

»Frau Tröger!« rief Rieger erstaunt, stand von seinem Lesesessel auf und lief ihr entgegen. »Seit Monaten warte ich auf Ihren Besuch. Nehmen Sie doch bitte Platz.« Er deutete auf einen Stuhl, doch die Frau blieb stehen: »Ich will sämtliche Briefe, die ich an Karsten Tröger geschrieben habe. Ich will meine Tagebücher und alle Familienfotos, auf denen ich abgebildet bin.« Mit allem anderen könne Rieger anfangen, was er wolle. Der Verleger blickte die Frau seines verstorbenen Autors gekränkt, fast vorwurfsvoll an. Er habe Trögers Nachlaß bislang lediglich flüchtig sichten können. Er befinde sich noch immer in notarieller Verwahrung. Jutta Tröger nickte befriedigt. Das sei ihr wohlbekannt, denn sie hätte einen Anwalt um Hilfe gebeten. Was immer auch der Verstorbene verfügt hätte, auch sie hätte Persönlichkeits- und Urheberrechte: »Die Verstrickungen eines Mannes mit einer Frau gehen keinen Dritten etwas an. Ich will nur meine Briefe, die Fotos und die Tagebücher.« Mit allem anderen könne der Verlag machen, was er für richtig halte. Und falls das Haus finanzielle Forderungen befürchte... Sie warf verächtlich den Kopf in den Nacken. Von den Honoraren ihres geschiedenen Mannes wolle sie keinen Pfennig.

Der Artikel im *Sirius* fördere den Verkauf seiner Bücher wohl erheblich, sagte sie. Man solle sich schämen, sogar aus dem Tod eines Menschen noch Kapital zu schlagen, aber das sei nicht ihre Sache.

»Sie wollen mir doch nicht unterstellen, daß ich diesen Artikel angeregt hätte!« sagte Helmut empört. »Ich habe

Strafantrag gegen den Reporter gestellt, falls Ihnen das nicht bekannt sein sollte!«

Jutta Tröger sah ihn skeptisch an: Ja? Haben Sie? Mag sein. Aber der Artikel interessiere sie nicht. Sie habe ihn nicht einmal gelesen, sondern man hätte ihr davon erzählt: »Es geht mir nur um meine persönlichen Sachen. Wenn ich die habe, hören Sie nie wieder von mir!«

»Einverstanden«, sagte der Verleger. »Wir sehen den Nachlaß gemeinsam durch. Ich überlasse Ihnen alles, was für die Literaturgeschichte nur von marginalem Interesse ist.«

Marginales Interesse, dachte Johannes bewundernd. Selbst in solch einer Situation sprach sein Vater in druckreifen Sätzen. »Nein!« sagte Jutta Tröger leise. »Auch Sie werden meine Briefe und Tagebücher nicht lesen. Was zwischen Karsten und mir geschehen ist, geht nur Gott etwas an. – Wenn es denn einen gibt.« Sie ging zur Tür, und als sie die Klinke schon in der Hand hatte, wandte sie sich noch einmal Rieger zu:

»Entschuldigen Sie, daß ich Sie aufgesucht habe. Es war ein Fehler. Ich hätte besser auf meinen Anwalt hören sollen.«

Sie verließ das Zimmer, und der Verleger blickte seinen Sohn nachdenklich an. Johannes fragte besorgt, ob Helmut lieber unter vier Augen mit der Frau gesprochen hätte, doch der Alte beruhigte ihn: »Nein! Ganz im Gegenteil!« Das Verhältnis zwischen einem Dichter und seinem Verleger sei weit mehr als eine gewöhnliche Geschäftsbeziehung. Um Trögers Nachlaß werde der Verlag vermutlich noch jahrelang kämpfen müssen. Johannes müsse darüber Bescheid wissen.

Er hatte sie mit dem Geländewagen vom Flughafen geholt, um die Tage in Salzburg wieder heraufzubeschwören. Jetzt fuhr er zum ersten Mal mit ihr zu seiner Wohnung. Ist es verwunderlich, daß er aufgeregt war?

Noch mittags hatten sie einander durchs Telefon versichert, wie sehr sie sich darauf freuten, einander nach vierzehn Tagen endlich wieder umarmen zu können.

Der Vorsicht halber hatte er morgens noch einmal aufmerksam in seiner Wohnung nach Spuren der verlorenen

Zeit gesucht, aber nur Lippenstifte, Nagellack sowie eine Dose Haarfestiger gefunden und in die Mülltonne geworfen.

In seinem CD-Rack hatte er sämtliche Pop-Musik durch Aufnahmen von *Mstislaw Rostropowitsch* ersetzt. Eines der Fotos von Anna, die ihm Bernd Voss gegeben hatte, hatte er an die Wand neben ein Bild von *James Joyce* mit *Sylvia Beach* gehängt. Ein zweites (von Anna; nicht von Joyce) stand schon seit Wochen in einem Silberrahmen auf dem Container neben seinem Bett.

Das schönste aber war, daß Helmut übers Wochenende zu Stefan Bach gereist war, um mit ihm Schach zu spielen und nebenbei zu beraten, wie man am besten die Ansprüche der Witwe Trögers abwehrte. Johannes konnte sich mit Anna in München frei bewegen, ohne damit rechnen zu müssen, seinem Vater zu begegnen.

Noch immer konnte er es kaum fassen, wie sie sein Leben verändert hatte. Nicht nur, daß er sich von Tag zu Tag mehr für den Verlag und die Literatur verantwortlich fühlte. Er bedauerte mittlerweile Männer, die Nacht für Nacht auf der Suche nach schnellen Abenteuern durch die Bars und Diskotheken pirschten.

Das Gefühl, von einer intelligenten Frau geliebt zu werden, sie zu lieben – und räumlich von ihr getrennt zu leben; ihre Stimme zu hören, und sie nicht berühren zu können, erschien ihm viel aufregender.

Er brauchte in der Ankunftshalle nicht lange auf Anna zu warten, und als sie endlich auf ihn zukam, riß er sie an sich, küßte sie und fuhr mit ihr sofort zu seiner Wohnung. »Ich kann es noch immer nicht glauben«, strahlte sie eine Stunde später, während er ihr in seiner Küche einen Espresso bereitete. »Muller-Marceau hat wirklich gesagt, er wartet auf meinen Roman?«

Johannes nickte. Er hätte noch weitere gute Nachrichten für sie. Er habe mit der Buchhandlung *Nierdorff* in Düsseldorf telefoniert und eine Dichterlesung für sie vereinbart. Und *Die moderne Frau* habe sich nach ihrer Telefonnummer erkundigt. Das Magazin beabsichtige, einen Artikel über sie zu veröffentlichen.

»Das Fernsehen will im Dritten Programm auch über meine *Gestohlenen Kinder* berichten«, sagte sie und sah ihn unsicher an. Ob sie unter diesen Umständen überhaupt in Urlaub fahren könne, um in Ruhe weiter an *Papuscha* zu arbeiten?

Unbedingt, versicherte er. Ihr Buch käme Mitte September aus der Druckerei und wäre erst Ende des Monats im Handel.

Er konnte sich nicht länger beherrschen. Er umarmte sie. Er wollte vorsichtig ihr buntes Sommerkleid aufknöpfen, doch sie zog es sich einfach über den Kopf und küßte ihn so fordernd und verlangend, daß es ihn verblüffte.

War seine körperliche Anziehungskraft so stark, daß sie sogar die scheue Zurückhaltung einer empfindsamen Frau wie Anna überwand? Er trug sie ins Wohnzimmer, konnte gerade noch die Hifi-Anlage einschalten und Rostopowitschs Cello erklingen lassen, schon drückte sie ihn auf die Couch und schwang sich auf ihn, als hätte sie während des Fluges von Düsseldorf nach München Isaak Babels *Reiterarmee* gelesen.

»Mir graut schon vor den sechs Wochen ohne dich«, sagte er um Mitternacht, während er im Bett erschöpft in ihren Armen lag. »Aber ich kann jetzt den Verlag nicht im Stich lassen. Es gibt Probleme mit Trögers Nachlaß. Mein Vater braucht mich.«

Er glaubte, eine Spur von Enttäuschung in ihrem Gesicht wahrzunehmen, und holte ein kleines Päckchen aus dem Kleiderschrank, das er ihr eigentlich erst kurz vor ihrem Rückflug hatte überreichen wollen: »Hier. Ich hab' ein Geschenk für dich. Besser gesagt, ein Geschenk für uns.«

Sie blickte ihn erstaunt an und packte sofort im Licht der Nachttischlampe sein Präsent aus. Er sagte mit schwacher Stimme: »Ein *Handy*! – Die Verbindung zwischen uns soll auch während deines Urlaubs niemals abreißen.«

Sie sprang aus dem Bett, rannte ins Wohnzimmer, wo sie hatte ihre Reisetasche stehen lassen, und als sie zurückkam, hielt sie sich einen großen Briefumschlag vor die Brüste. Auch sie habe ein Geschenk für ihn und seinen Verlag. Der Umschlag dürfe aber erst geöffnet werden, wenn sie abgereist sei. »*Papuscha!*« sagte sie stolz. »Ich habe euch die ersten fünfzig Seiten meines Romans mitgebracht und werde in der Toskana weiter daran arbeiten.«

9

Die gestohlenen Kinder

Die Theaterferien waren längst zuende. Im Hofgarten blühten zwischen den großen Rasenflächen bereits die Dahlien und Astern.

Wenn Anna vormittags zur Schaubühne ging, sah sie zwischen den gefächerten Blättern der Ebereschen viele kleine rote Früchte, um die sich Amseln, Elstern und Stare stritten.

Nie zuvor hatte sie sich so auf den Herbst gefreut, der einem Sommer folgte, dessen Hitze sie noch immer mit jeder Pore ihrer Haut zu spüren glaubte.

Ah, die Toskana! Schon einen Tag nach ihrem Besuch in München hatte Johannes Anna zu den ersten fünfzig Seiten ihres Romans beglückwünscht. *Papuscha* bestätige ihr Talent und beweise, daß sie den Karl-Kraus-Preis mehr als verdient habe. »Ich habe nie zu hoffen gewagt, ein solches Buch für unseren Verlag zu bekommen«, hatte er ihr durchs Telefon gestanden. Er sei schon gespannt auf die nächsten fünfzig Seiten. Das hatte ihr noch mehr Kraft gegeben.

In *Varda* hatte sie an ihrem Manuskript weiter gearbeitet, und obwohl sie jeden Abend mit Johannes telefonierte, war beider Sehnsucht noch größer geworden. Sogar in die Toskana war er über ein Wochenende gekommen.

Sollte ihre Liebe schon *Stendhals* Stufe der *Zweiten Kristallisation* erreicht haben, bei der sich Leidenschaft und Zweifel zu Sicherheit und Vertrauen läutern?

Immer wieder hatte sie versucht, mit Christa diese Frage zu erörtern, doch die Freundin war jeden Tag mit einem Mietwagen zu einem anderen Museum gefahren und hatte abends nur über *Giotto, Botticelli* oder *Tizian* reden wollen.

Oder sie hatte das Schicksal der Zypressen beklagt, die *Vincent van Gogh* als Vermittler zwischen den Sternen und der Erde gepriesen hatte. Inzwischen überzogen gefräßige Baumläuse das Blattwerk mit ihren klebrigen Säften, bis die Bäume wie alte Besen aussahen und schließlich abstarben.

Vielleicht sollte ich die Hochzeit von *Papuscha* und *Zoltan* in meinem Roman doch erst drei Kapitel später schildern, dachte Anna jetzt, während sie durch den Hofgarten ging. Sie erreichte die *Nördliche Düssel*, und sie mußte wieder von der Dichterin zur Dramaturgie-Assistentin werden; es kam ihr jedesmal so schmerzlich vor, wie die Verwandlung *Edward Hydes* in *Dr. Jekyll*.

Gut, daß ich meinen *Torquato Tasso* nicht mit Dirk Brodi machen muß, dachte sie. Ein Glück, daß es noch immer Regisseure gibt, die sich nicht bemühen müssen, *Goethe* in den Schatten zu stellen. Der Peter Albrecht wird mir *Tasso* nicht in Unterhosen auf die Bühne stellen. Wenn er es versuchen sollte, lehne ich es ab, diese Produktion zu betreuen.

Im Theater holte sie zuerst die Briefe und Zeitungen aus der Poststelle. Nach den Theaterferien hatte sie noch kein an sie persönlich gerichtetes Schreiben im Postfach gefunden, doch das verwunderte sie nicht. Viele Leute waren noch in Urlaub, und ihre *Gestohlenen Kinder* waren noch nicht erschienen. Danach würde alles anders werden.

»Sie wissen ja, daß Sie heute die erste Regiebesprechung mit Herrn Albrecht haben?« sagte Malzahn, als sie ihm seine Post auf den Schreibtisch legte.

»Und ob ich das weiß«, antwortete sie. Sie habe bis spät in der Nacht Goethe gelesen und sehe *Tasso* immer deutlicher. Die besondere Situation des Dichters sei ihr schließlich nicht gänzlich fremd.

Malzahn griff nach seinem Brieföffner. »Machen Sie sich mit Ihrem *Tasso* bloß nicht zu viel Arbeit«, sagte er freundlich, während er die Umschläge seiner Briefe aufschlitzte. »Bei Albrecht ist jeder Klassiker in den besten Händen. Mit diesem Regisseur gibt es weder Ärger noch Überraschungen.«

Meinte er das ironisch? Sollte Theater nicht provozieren und überraschen?

Sie hätte gern sofort mit Malzahn darüber gesprochen, doch das nächste Programmheft war ihr wichtiger. Sie wollte zumindest einen Teil davon geschrieben haben, bevor die Buchmesse anfing.

Sie ging in ihr Büro. Seit ihr der Dramaturg den *Tasso* anvertraut hatte, blickte nicht mehr Bertolt Brecht vom Plakat an der Wand, sondern *Johann Wolfgang von Goethe*: JWG, so prächtig, wie ihn *Tischbein* gemalt hatte.

Anna hängte ihre Strickjacke an die Garderobe, schaltete den Computer ein, und wandte sich ihrer Arbeit zu. *Torquato Tasso ist ein in seiner künstlerischen Arbeit völlig autonomer Dichter, dessen Werk nur jenem Fürsten gefallen soll, der ihm an seinem Hofe ein von Sorgen freies Leben ermöglicht,* hatte sie gerade geschrieben, da klingelte das Telefon. Elsa Pommerin, die Kulturredakteurin der *Modernen Frau* aus Hamburg, sprach so schnell, daß Anna kaum ihren Worten folgen konnte.

Sie hätte einen Korrekturabzug der *Gestohlenen Kinder* gelesen und sei begeistert von den Erzählungen. Sie wolle sich so schnell wie möglich mit ihr darüber unterhalten und am liebsten gleich einen Fotografen mitbringen. »Wir wollen Sie natürlich mit Ihrem Buch in der Hand fotografieren.«

Anna war so aufgeregt, daß sie nur mit Mühe sprechen konnte. »Selbstverständlich«, antwortete sie mit stockender Stimme, aber ihr Buch sei doch noch gar nicht im Handel.

»Das macht überhaupt nichts«, sagte die Redakteurin fröhlich. »Wir haben lange Vorproduktionszeiten. Ein guter Fotograf kann heutzutage alles. – Wäre Ihnen Mittwoch recht? Am besten gleich um zehn Uhr morgens. Unser Fotograf braucht möglichst gutes Licht.«

Anna zögerte. Genau um diese Zeit hatte Malzahn die Generalprobe der *Familie Ghonorez* angesetzt. Aber konnte sie die Redaktion einer großen Frauenzeitschrift verärgern?

»Am Mittwoch um zehn in meiner Wohnung wird sich einrichten lassen«, sagte sie. »Ich freue mich auf Ihren Besuch.«

Ich kann das Theater nicht wegen meiner Erzählungen

vernachlässigen, meldete sich der pflichtbewußte Dr. Jekyll in ihr, doch Mr. Hyde hatte die besseren Argumente: Das Werk eines Dichters ist immer wichtiger als sein Brotberuf. Erinnerte sich etwa noch jemand an *Gottfried Benn*, wenn ihm die Gonorrhoe wichtiger gewesen wären als die Poesie?

Anna nahm ihre Handtasche vom Tisch, eilte zur Damentoilette und tippte die Nummer von Johannes in ihr Handy, um ihm gleich von der Kulturredakteurin zu berichten. »Ich wollte dich auch gerade anrufen«, sagte er. »Ich habe soeben das erste Exemplar deines Buches auf den Tisch bekommen. Es ist wunderschön geworden. Soll ich es dir mit *UPS* schicken oder kannst du dich noch bis zum Wochenende gedulden?«

»Zum Wochenende«, flüsterte sie. »Ich möchte mein erstes Buch mit dir feiern.«

Vor Freude wie benommen ging sie zurück in ihr Büro, als dort das Telefon klingelte. Willi Schwaiger vom *Fernsehen*, der vor fast einem halben Jahr den Kurzbericht über ihren Salzburger Literaturpreis gedreht hatte, wollte jetzt über das Buch berichten. Sie hätte doch zwei Tage vor der Buchmesse eine Lesung in der Buchhandlung *Nierdorff*. Da wolle er unbedingt mit einem Kamerateam dabei sein.

Sie hatte den Hörer kaum wieder aufgelegt, da riefen die *Düsseldorfer Nachrichten* an. Die *Rheinische Post* bat um ein neueres Foto von ihr. Sogar *Bild* meldete sich, und wollte sie noch vor ihrer Buchpremiere unbedingt aufsuchen.

Sie rätselte, woher die Leute plötzlich alle wußten, daß ihr Buch jetzt erscheinen wird, bis eine Redakteurin vom *Express* Anna bat, Dr. Vahrig auf der Buchmesse ganz herzlich von ihr zu grüßen: »Richten Sie ihm aus, ich halte ihn nach *Frank Scheffter* für den zweitbesten Pressesprecher Deutschlands«, sagte sie lachend. Dann wisse er schon Bescheid. Anna versprach, das ganz bestimmt nicht zu vergessen. Mein Buch wird ein Erfolg, jubelte alles in ihr, und sie nahm sich fest vor, in Frankfurt unbedingt Bernd Voss vom *Münchener Courier* zum Abendessen einzuladen. Wenn er mich damals nicht für den Karl-Kraus-Preis vorgeschlagen hätte, wäre ich noch immer eine völlig unbekannte Dramaturgieassistentin.

Sie hatte geahnt, daß es ein beglückendes Gefühl für jede Autorin sein mußte, das erste eigene Buch in den Händen zu halten, und als es endlich soweit war, übertrafen ihre Empfindungen alles, was sie bislang erlebt hatte.

Anna Becker: *Die gestohlenen Kinder von Hermannstadt*. *Fünf Erzählungen*. *Engsfeld*, las sie fast andächtig, als ihr Johannes das Buch überreichte. Sie hob es dicht an ihre Nase, um den Duft des feinen alterungsbeständigen Papiers mit chlorfrei gebleichtem Zellstoff zu riechen, der sich auf unvergleichliche Weise mit dem kräftigen Geruch der Druckerschwärze mischte. Sie blätterte behutsam eine Seite nach der anderen um. Sie freute sich über die schöne Typografie, und konnte es noch immer kaum glauben, daß aus den fünfzig Seiten ihres Manuskripts ein richtiges Buch mit einhundertachtundzwanzig Seiten geworden war.

»Ich hoffe, es gefällt dir«, sagte Johannes. Sie sah ihn dankbar an. Wie könne er sie das nur fragen. Und ob es ihr gefalle. Es sei noch schöner geworden, als sie erwartet hätte.

»Das freut mich«, sagte er.

Schon am Vorabend war der Tisch in ihrer kleinen Küche festlich gedeckt. Während des Wintersemesters in New York hatte sie das Dinner für den *Thanksgiving Day* zubereiten gelernt. Jetzt wartete auf einer Warmhalteplatte ein kleiner Truthahn, den sie mit Apfel- und Mandarinenscheiben sowie Rosinen gefüllt und gebraten hatte. Sogar frische Preiselbeeren hatte sie auf dem Wochenmarkt gefunden.

Gab es einen besseren Anlaß für das Gericht des Erntedankfestes?

Johannes hatte ihr ihre fünfzehn Frei-Exemplare mitgebracht. Sie wolle doch sicher Verwandten und Freunden ein Buch mit ihrer Widmung schenken. Sie nickte dankbar. Ihr Vater. Das erste Exemplar würde sie ihrem Vater widmen. Sie zündete die drei Bienenwachskerzen im Leuchter auf dem Tisch an, und als Johannes den ersten Schluck Wein trank, lächelte er: »Ein Chardonnay! Du hast wirklich das beeindruckende Gedächnis einer Autorin.«

Danach lenkte er das Gespräch vorsichtig auf jene Umsicht, die heutzutage im Umgang eines Autors mit den Massenmedien geboten sei.

»Ein seriöser Literaturkritiker beurteilt nur dein Buch. Dieser Typ des Rezensenten wird leider immer seltener.« Die meisten Journalisten seien jetzt am Sensationellen interessiert und schlachteten das Privatleben bekannter und prominenter Persönlichkeiten rücksichtslos aus.

»Nun hör’ aber auf«, unterbrach sie ihn geschmeichelt. »Nach meinem ersten Buch bin ich doch nicht gleich eine bekannte Persönlichkeit!«

»Durchaus nicht«, stimmte er zu. »Aber man könnte dich zu einer solchen machen wollen.« Er griff nach seinem Glas, trank einen Schluck und zögerte, bevor er weitersprach: »Der eine oder andere Journalist wird dir sehr persönliche Fragen stellen. Wenn man deine Erzählungen liest... Anna, bist du eine Roma oder eine Sinti?«

Das Lachen blieb ihr im Halse stecken: »Ich? – Also ich weiß nicht... Nein! Wenn du es genau wissen willst...« Ihre Großmutter sei wohl eine ungarische Roma gewesen, aber nicht einmal das könne sie beschwören. In der Familie sei nie darüber gesprochen worden. Spiele derlei denn heute überhaupt noch eine Rolle?

Sie war aufgebracht, schrie ihn fast an, bis er sie in den Arm nahm und zu beruhigen versuchte: »Ich muß dich leider auf solche Fragen vorbereiten. Oder möchtest du die Schlagzeile *Sinnliche Zigeunerin verrät Liebeszauber ihres Volkes* in einer Boulevardzeitung lesen?«

Da begriff sie endlich, daß er sie nur schützen wollte, und sie hörte ihm aufmerksam zu. Er sei glücklich, daß sein Foto auf ihrem Nachttisch stehe, aber wenn Journalisten in ihre Wohnung kämen, brauchten sie dieses Bild nicht sehen.

Da brauste sie wieder auf. Sie schäme sich ihres Geliebten nicht, und alle Welt könne davon wissen.

Das sähe er genauso, versicherte er. Aber gerade weil er sie liebe, müsse er an alles mögliche denken: »Sollen die Leute etwa behaupten können, dein Buch sei lediglich veröffentlicht worden, weil du mit dem Verleger schläfst?« Wenn er ehrlich sein wolle... Weder sein Vater, noch die Angestellten des Verlags müßten schon jetzt erfahren, welche Beziehung zwischen Anna und ihm bestand. Sie solle sich nicht wundern, daß er sie während der Buchmesse nur so behandeln könne, wie andere Autoren auch. »Sei nicht erstaunt, wenn du auf der Messe und vor Journalisten und Buchhändlern wieder Frau Becker für mich bist und ich für dich Herr Rieger! Ich möchte nämlich weder dich, noch unser Haus ins Gerede bringen. – An meinen Gefühlen für dich ändert sich nicht das Geringste.«

Er werde in der Woche vor der Buchmesse nicht im Verlag arbeiten, weil er Joan Rodriguez auf einer Lesereise betreuen müsse, doch er würde sich bemühen, zu Annas Lesung nach Düsseldorf zu kommen: »Gut, daß es Handys gibt. So können wir uns jederzeit erreichen.«

Obwohl sie nicht an Apfelscheiben, Mandarinen und Rosinen gespart hatte, kamen ihr die Preiselbeeren auf dem Teller plötzlich bitter vor. Behandelte ein liebender Mann so seine geliebte Frau?

Doch dann sah sie wieder ihr Buch im Kerzenlicht, und ihre Freude darüber gewann die Oberhand. Eifersüchtig war sie nicht, und schon gar nicht auf eine Fünfzigjährige.

Davon ganz abgesehen – war es nicht viel aufregender, daß zwei Menschen einander liebten und nur wenige verläßliche Freunde davon wissen durften? Würden sie ihre Gefühle nicht sogar viel intensiver empfinden, wenn sie diese vor der Welt versteckten?

Es würde zwar größte Aufmerksamkeit erfordern, wieder förmlich miteinander umzugehen, wenn es geboten war, doch bewahrte Sorgfalt eine Liebe nicht auch davor, zur Gewohnheit zu verkommen? »Mein kluger und umsichtiger heimlicher Geliebter«, flüsterte sie nachts, und während Johannes sie umarmte, überfiel sie eine kühne Idee für einen weiteren Roman: Müßte Liebe, von der nicht einmal die einander Liebenden etwas ahnten, nicht eine noch größere magische Kraft entfalten?

In der Nacht vor dem Interview für die *Moderne Frau* hatte sie kaum schlafen können. Sie hatte englisches Teegebäck für Frau Pommerin besorgt und, nur der Sicherheit halber, noch eine Dose Bisquits, die besser zu Kaffee paßten.

Sie hatte fünf Flaschen Mineralwasser, drei Flaschen Wein und, für alle Fälle, eine Kiste Bier in ihre Küche gestellt. Noch immer fragte sie sich, ob die Getränke ausreichten, oder ob sie nicht zusätzlich noch eine Flasche Whisky besorgen sollte.

Von den Pressekonferenzen des Theaters her wußte sie, daß zehn Journalisten und Fotografen mühelos jeden Weinkeller und jede Brauerei leertrinken konnten.

Immer wieder träumte sie von Reportern, die ihr Mikrophone vor den Mund hielten und sie bedrängten: *Was haben Sie sich bei Ihrem Buch gedacht? Glauben Sie, Sie hätten der Welt noch irgend etwas zu sagen? Wann haben Sie zu schreiben angefangen und warum? Erzählen Sie mir etwas von Ihrer Kindheit! Hatten Sie liebevolle Eltern? In welchem Alter haben Sie sich zum ersten Mal verliebt? Können Sie uns schon etwas über Ihr nächstes Buch verraten? Was haben Sie sich von dem Geld des Karl-Kraus-Preises gekauft? Wie ist Ihre Einstellung zur Ehe? Haben Sie den Mann Ihres Lebens schon gefunden oder suchen Sie ihn noch?*

Am schlimmsten war eine Frage, die ihr jedesmal die Sprache verschlug: *Weshalb schreiben Sie ausgerechnet über Zigeuner? Sind Sie eine Zigeunerin?* Dann fuhr sie jedesmal vom Bett hoch, wartete, bis sie das beruhigende Brummen und Tuckern der Frachtkähne auf dem Rhein hörte, und schlief wieder ein; bis zum nächsten Alptraum.

Sie sah Johannes. Sie sah ihn auf der Lesereise mit *Joan Rodriguez*, die sich in eine junge Peruanerin verwandelt hatte. Und gerade als Johannes die Erfolgsautorin umarmte, klingelte schrill der Wecker. Auf Peters Schaltuhr an der Kaffeemaschine hatte sie sich an diesem wichtigen Tag nun doch nicht verlassen wollen.

Wie zerschlagen fühlte sie sich, als sie aufstand und ins Badezimmer ging. Die Kaltwassermassage belebte sie auch diesmal.

Wer bin ich denn, daß ich mich vor der Journalistin und dem Fotografen eines Frauenmagazins fürchte? dachte sie, während sie sich ihr Müsli bereitete und dazu eine Tasse Kaffee trank. Danach ging sie zurück ins Badezimmer, wo sie weit mehr Zeit verbrachte als sonst.

Noch immer war ihre Haut von der Sonne der Toskana gebräunt, und sogar nach der schlaflosen Nacht blickte ihr aus dem Badezimmerspiegel eine junge und lebensfrohe

Frau entgegen, die kein Mensch in Deutschland für eine seriöse Autorin gehalten hätte.

Bleich mußte eine Dichterin aussehen. Verhärmt, leidend und niedergedrückt; als ob sie das gesamte *Gewicht der Welt* auf ihren schmalen Schultern tragen müsse.

Doch dieser Eindruck ließ sich leicht herstellen. Sie legte eine sehr helles Makeup auf, schminkte ihre Augenlider so dunkel wie möglich und verzichtete auf den Lippenstift.

Als sie sich in ihren schwarzen Mohairpullover, ihren halblangen Rock und flachen Ballerinaschuhen im Spiegel des Kleiderschranks sah, war sie mit ihrem Erscheinungsbild völlig zufrieden, und sie griff nach dem Telefon, um sich im Theater zu entschuldigen: »Ich habe schreckliche Magenschmerzen und kann heute leider nicht zur Arbeit kommen. Wenn es mir morgen früh nicht besser geht, gehe ich zum Arzt und gebe Ihnen danach sofort Bescheid.«

»Dann gute Besserung!« sagte Dr. Malzahn. Er hätte zwar gern nach der Generalprobe mit ihr über *Familie Ghonorez* diskutiert, aber wer krank sei, sei nun einmal krank.

Hatte seine Stimme am Telefon ironisch geklungen? Anna dachte noch darüber nach, als sie die Türklingel hörte.

Sie eilte zur Wohnungstür, öffnete sie, und erblickte eine gut gekleidete etwa fünfzigjährige Frau, neben der ein langhaariger junger Mann mit zwei großen glänzenden Aluminiumkoffern stand. »Elsa Pommerin!« stellte sich die Frau vor. »Und Thomas Richter ist unser bester Fotograf. – Wir haben eine großartige Idee für unsere Story über Sie: *Düsseldorf – Eine Dichterin und ihre Stadt.* Sie zeigen uns Ihre liebsten Orte und Plätze, und wir fotografieren Sie dort. – Großartig, nicht wahr?«

»Ich dachte, es geht um mein Buch«, sagte Anna zögernd, während sie die Besucher in ihr Apartment bat.

»Selbstverständlich!« beruhigte die Redakteurin. »Es geht uns nur um Bücher und Autorinnen.« Anna werde sich in bester Gesellschaft befinden. Der Artikel über *Antibes* mit *Ivonne La Rouge* sei schon produziert, und in Lima wollten sie *Joan Rodriguez* fotografieren. »Sie können sich voll uns ganz auf und verlassen«, sagte Frau Pommerin. »Wir wissen schon, was unsere Leserinnen interessiert.«

Eine Woche später hatte sich das Laub der Bäume verfärbt. Die Blätter schimmerten jetzt vom zartesten Chamois bis zum kräftigsten Chromgelb. Was grün gewesen war, wurde von feinen hellbraunen Adern durchzogen. Am schönsten sah der Wilde Wein aus, der sich an alten Gebäuden hochzog und sie rot im Sonnenlicht leuchten ließ, als bluteten die Steine. Der Park wirkte auf einmal, als sei *Christian Friedrich Hebbel* nachts mit großen Eimern voller Farbe durch den Hofgarten geeilt, um Anna an seine späte Lyrik zu erinnern, doch sie bemerkte wenig von diesem *Herbsttag, wie ihn keiner sah.*

Noch immer kochte sie vor Wut, wenn sie an *Die moderne Frau* dachte. Von wegen *Eine Dichterin und ihre Stadt!* – In Einkaufspassagen mit glitzernden Schaufenstern hatte man sie geführt. Vom Deck einer Fähre hatte man sie versonnen zum anderen Ufer blicken lassen. Im *Kaufhaus Karsch* hatte man sie beim Anprobieren eines Kostüms fotografiert, und vor dem *Heinrich-Heine-Monument* mit drei großen Einkaufstaschen aus teuren Boutiquen. Und nicht ein einziges Mal war von ihrem Buch die Rede gewesen. Ob es Frau Pommerin gelesen hatte?

Wie mißbraucht hatte sich Anna am Ende dieses Tages gefühlt, wobei der Honorarscheck über viertausend Mark, den man ihr beim Abschied gegeben hatte, alles noch viel schlimmer machte.

Ging man so mit einer Dichterin um? – Wenn sie eine Karriere als Fotomodel angestrebt hätte, hätte sie gewiß keinen Band Erzählungen veröffentlicht und schriebe nicht an ihrem ersten Roman. Ein Glück, daß es noch Journalisten gab, die sich für Literatur interessierten und sensibel genug waren, sich auf das Werk einer Autorin einzulassen.

Sie lief noch immer durch den Hofgarten, und als sie an *Henry Moores* Plastik *Die Liegende* vorbeiging, mußte sie wieder an den Fernsehbericht denken, den Willi Schwaiger für das Dritte Programm aufnahm.

Fünf Stunden, fünf lange Stunden hatte der sechzigjährige Redakteur mit ihr über die *Gestohlenen Kinder* gesprochen. Hatte sie erzählen lassen von ihrer Kindheit und ihrer Großmutter. Hatte sie kaum unterbrochen, sondern ihr nur hin und wieder ruhig eine kluge Frage gestellt, wenn

der Fluß ihrer Erinnerungen ins Stocken geriet. Zeit hatte
er sich gelassen, unendlich viel Zeit. Erst als sie ihm vertraut hatte, ließ er die Scheinwerfer aufbauen und einschalten. Ließ sie weiter erzählen vor laufender Kamera in
ihrem Apartment und dann vor der Skulptur im Hofgarten. Hatte sie reden lassen und ausführlich begründen,
weshalb sie diese Plastik *Henry Moores* liebte, die sie jeden
Morgen an ihre eigene Situation erinnerte: die einer in zwei
Hälften zerrissenen Frau.

Vier Stunden Material hatte Schwaiger schon belichtet,
und er wollte noch weitere Bilder aufnehmen.

Ob er während ihrer Lesung in der Buchhandlung *Nierdorff* am Abend drehen dürfe, hatte er gefragt, und sie hatte nicht nur sofort zugestimmt, sondern sie freute sich
schon darauf.

Als sie die *Nördliche Düssel* erreichte, dachte sie daran,
daß am Vormittag die erste Szenische Lesung für *Torquato
Tasso* stattfinden sollte. Peter Albrecht hatte darauf bestanden, und sie war schon gespannt, wie das zweihundert
Jahre alte Stück auf sie wirken würde, wenn Schauspieler
von heute Goethes Sätzen neues Leben einhauchten.

Wie am Morgen eines jeden Werktags begrüßte am Personaleingang der Pförtner sie freundlich mit ihrem Namen.
Wie jeden Tag holte sie die Post für die Dramaturgie aus
dem Fach. Als sie auf der Treppe nach oben die Zeitungen
durchblätterte, fand sie in den Düsseldorfer Ausgaben ihr
Foto. Auf jedem der Bilder hatte sie ihr Buch in der Hand,
und ein kurzer Artikel dazu wies auf ihre Lesung in der
Buchhandlung Nierhoff am Abend hin. Die ausführliche
Rezension ihres Buches würde später im Feuilleton zu lesen
sein.

Einen an sie persönlich gerichteten Brief fand sie endlich
auch wieder einmal in der Post des Theaters. Das Gymnasium in *Derendorf* fragte, ob sie bereit sei, dort aus ihrem
Werk vorzulesen und mit Abiturienten deren Werk zu diskutieren. Man könne ihr aber leider nicht mehr als
dreihundert Mark Honorar anbieten.

*»Es ist wohl angenehm, sich mit sich selbst Beschäft'gen,
wenn es nur so nützlich wäre«*, rezitierte Gerd Schafstetter,
dem Albrecht die Rolle des Antonio anvertraut hatte. *»In-*

wendig lernt kein Mensch sein Innerstes / erkennen; denn
er mißt nach eignem Maß / Sich bald zu klein und leider oft
zu groß.«

»Bitte«, unterbrach Albrecht. »Nicht so scharf. Der
Staatssekretär will Tasso nicht anklagen. Er will ihn war-
nen... Zur Mäßigung raten... Nicht er zieht wenig später
den Degen, sondern Tasso...«

Noch saßen die Schauspieler in Alltagskleidung um einen
rohen Holztisch, und schon jetzt war Anna fasziniert. Wie
aufmerksam dieser Regisseur zu lauschen verstand! Wie er
die feinste Regung in einem Gesicht wahrzunehmen wußte!
Mit welchem Zeitgefühl er auf die Pausen zwischen den Dialogen achtete, die er sich manchmal leichter und verspielter
wünschte und dann wieder länger und schwerer; als müßten
sie das Feld vorbereiten für das Gewicht eines Satzes.

So hatte sie sich Theater während ihres Studiums vorgestellt, und sie war froh, daß Malzahn diesem Regisseur
ihren *Tasso* anvertraut hatte. Es gab sie also noch immer,
solche Männer, auch wenn man immer seltener von ihnen
sprach und kaum noch etwas über sie lesen konnte.

Albrecht hatte ihr erzählt, daß sogar Jost Rumvogel
noch lebte, dessen *Faust* sie dazu gebracht hatte, Theaterwissenschaft zu studieren. Er wohne zur Miete in einer
kleiner Ortschaft an der Nordsee. Sie überlegte gerade, ob
er es als aufdringlich empfinden könnte, wenn sie ihn be-
suchte und ihm ihr Buch schenkte, als Malzahn im kleinen
Proberaum anrief. Sie möge doch bitte einmal kurz in sein
Büro kommen.

Die Theaterverwaltung hatte ihren schriftlichen Urlaubsantrag einfach ohne jede Begründung nicht genehmigt? Sie
konnte es nicht glauben und blickte Malzahn noch immer
fragend an. Aber weshalb denn? Er wisse doch ganz genau,
daß sie zur Buchmesse nach Frankfurt fahren müsse. Sie sei
zum Empfang ihres Verlags eingeladen. Die Pressestelle
hätte Termine mit der Presse für sie vereinbart, und abgesehen davon...

»Und abgesehen davon haben wir hier am Freitag die Premiere der *Familie Ghonhorez*«, unterbrach Malzahn. An-

na sei für *Torquato Tasso* verantwortlich, und sie möge sich doch, bitte sehr, auch einmal in seine Situation versetzen. »Nicht etwa, daß ich etwas gegen Ihr Hobby hätte, doch wenn Ihre Arbeit darunter zu leiden beginnt...«

EIN HOBBY? Er wagt es, meine von einem der besten Verlage Deutschlands veröffentlichten Erzählungen zu einem bloßen Steckenpferd zu degradieren? NEID! Malzahn mißgönnt mir, daß heute in allen Zeitungen MEIN BILD auf den Fotos zu sehen ist und nicht seins.

Doch da redete er schon zögernd weiter. Er hätte Annas Geschichten wirklich gern gelesen. Er nähme ihr die Notlüge vom Geburtstag ihrer Mutter nicht übel und hätte auch für ihre privaten Telefongespräche im Büro Verständnis. Aber irgendwann sei auch die Grenze seiner Toleranz erreicht.

»Oder wie würden Sie reagieren, wenn jemand so krank ist, daß er nicht zu Arbeit kommen kann, aber wenigstens so gesund, sich mit Einkaufstüten vor dem Heinrich-Heine-Monument fotografieren zu lassen?«

Das Blut schoß ihr in den Kopf: »Dann bleibt mir wohl nichts anderes übrig, als mich von Ihnen zu verabschieden.«

»Bullshit!« sagte Malzahn und wischte sich den Schweiß von seinem kahlen Schädel. »Sie haben das Zeug zu einem verdammt guten Theaterpferd. Ich möchte Sie trotz allem nicht verlieren.« Er sah sie auf einmal an, als wolle er sie um Verzeihung bitten. Keiner am Theater hätte etwas gegen sie. Sogar der Intendant hätte ihn aufgefordert, ihr mehr und mehr Verantwortung zu übertragen. Aber er könne keine Assistentin gebrauchen, die nur zur Arbeit käme, wenn sie Lust dazu hätte. »Bei allem Respekt vor Ihrem geschätzten Herrn Vater«, sagte er, während er aufstand. »Wenn Sie während der Buchmesse nicht zur Arbeit kommen, finden Sie nach Ihrer Rückkehr aus Frankfurt die fristlose Kündigung in Ihrem Briefkasten. Darauf gebe ich Ihnen mein Wort.«

Mußte er ihr das ausgerechnet am Tage ihrer ersten Lesung in einer Buchhandlung sagen? Er wußte schließlich davon, denn auch ihm hatte sie die Einladungskarte zu dieser Buchpremiere zusenden lassen. Doch sie war viel zu stolz, ihn danach zu fragen oder gar zu bitten, sie wenigstens zum Empfang ihres Verlags nach Frankfurt fahren zu lassen.

»Danke, daß Sie mir sofort Bescheid gesagt haben«, sagte sie, bevor sie sein Zimmer verließ. »Ich werde mir Ihre Worte zu Herzen nehmen.«

Sie eilte in ihr Zimmer, um mit Johannes zu sprechen, doch eine Ansage vom Band verkündete, daß sein Handy zur Zeit nicht zu erreichen sei. Mit Christa würde sie sich auch erst nach der Lesung beraten können. Die Freundin war ständig mit Änderungen der Lederhosen für *Ghonorez* beschäftigt, an denen Dirk Brodi noch immer etwas auszusetzen hatte.

Bloß gut, dachte sie, daß ich mich nicht sofort entscheiden muß. Dann ging sie zurück in den kleinen Proberaum. *Inwendig lernt kein Mensch sein Innerstes / erkennen*, sagte Schafstetter gerade bedächtig, als sie auf Zehenspitzen zurück zu ihrem Stuhl schlich. Peter Albrecht arbeitete mit dem Schauspieler immer noch an diesem einen Satz.

Bereits eine Stunde vor Beginn ihrer Lesung schlenderte Anna durch die Schadowstraße in Richtung Altstadt, an deren Rande sich die Buchhandlung *Nierdorff* angesiedelt hatte.

So sehr sie das Gespräch mit Malzahn beunruhigte, so gern sie nach Dienstschluß zu Hause geblieben wäre, um zu überlegen, ob sie nach Frankfurt fahren sollte, auch wenn sie dadurch ihre Stellung beim Theater riskierte – ihre Lesung in der Buchhandlung *Nierdorff* abzusagen, kam Anna nicht in den Sinn.

Sie mochte die Buchhändlerin und deren zwei Gehilfinnen. Sogar Bücher, die sie in einer der großen Buchhandlungen an der Königsallee im Schaufenster gesehen hatte, ließ sie sich von *Nierdorff* bestellen.

Es dauerte dann zwar noch einen Tag, bis sie ein Buch bekam, und bei Büchern aus kleinen Verlagen mußte sie mitunter länger warten, doch das machte ihr nichts aus.

In ihrer Buchhandlung konnte sie sich noch beim Kauf beraten lassen. Die Buchhändlerinnen machten sie auf manche Titel aufmerksam. Frau Nierdorff hatte ihr sogar einmal vom Kauf eines bestimmten Buches abgeraten. Es sei ein wertloser Etikettenschwindel, hatte sie geschimpft. Eine nach dem Zufallsprinzip gegliederte Sammlung aus dem Zusammenhang gerissener Zitate, die ein bekannter Fernsehansager unter seinem Namen vermarkten ließe und die anderenorts in riesigen Mengen verkauft werde. »Aber nicht bei mir«, hatte sie gesagt. »Lieber mache ich meinen Laden zu.« Akademiker und Lehrer wußten diese Haltung zu würdigen und kauften wie Anna nur bei *Nierdorff.*

Obgleich die Abende inzwischen merklich kühler waren, saßen an den Tischen vor vielen Altstadtlokalen noch immer sehr viele Gäste, die sich mit Bier vollaufen ließen und dabei einen Lärm erzeugten, der Anna zu einem Umweg durch stille Nebenstraßen veranlaßte.

Dennoch erreichte sie die Buchhandlung eine Viertelstunde vor Beginn ihrer Veranstaltung – und sah ihr Buch zum erstenmal in einem Schaufenster. Ein Buch? – Nein, vier Exemplare! Ihre *Gestohlenen Kinder!* Im Schaufenster! Direkt zwischen *Peter Handkes In einer stillen Nacht ging ich aus meinem Haus* und *Die Fehler des Kopisten* von Botho Strauß! Neben *Die Weihnachtsfrau* von Bodo Kirchhoff und *Finkenschläge* von Stefan Bach! Neben *Irmtraut Morgner* und *Marlen Haushofer... Peter Rühmkorf... Martin Walser... Günter Grass...!* Ihr war, als ob die Bücher vor ihren Augen schwammen, sich langsam hoben und senkten, als würden sie von den Wellen eines Ozeans getragen. Mein Buch neben einem Buch von Peter Handke!

Wie mit dem Boden verwachsen stand sie vor diesem Schaufenster. Mochte ihren Blick nicht lösen von den Büchern, bis sie plötzlich angesprochen wurde: »Na, gefällt es Ihnen?«

Sie fühlte sich wie bei etwas Verbotenem ertappt. Als sie sich umdrehte und Frau Nierdorff erkannte, nickte sie langsam. Und ob es ihr gefalle. Besser hätte man ihr Buch überhaupt nicht placieren können.

Sie folgte der vielleicht sechzig Jahre alten kleinen grauhaarigen Frau zur Tür der Buchhandlung, und sah eines der kleinen Plakate, die zu der Buchpremiere einluden. Auch an das Schwarze Brett im Theater hatte sie ein solches Plakat geheftet, und die Buchhändlerin hatte es an alle Schulen verschickt. »Ich habe dreihundert Einladungskarten an unsere Kunden gesandt«, sagte Frau Nierdorff, während sie Anna die Tür zum Geschäft öffnete. Aber auf sehr viele Besucher könne Anna bei diesem schönen Wetter nicht hoffen.

Nur vierzig Sitzplätze? Lediglich vierzig Menschen sollten sich in einer Millionenstadt für die Trägerin des Karl-Kraus-Preises interessieren? Ungläubig zählte Anna immer wieder die Stühle, die in acht Reihen jeweils zu fünft nebeneinander im Laden standen. Doch fünf ältere Frauen und zwei Männer standen schon vor Regalen in der Buchhandlung. Sie unterhielten sich leise. Nahmen behutsam Bücher aus dem Regal, blätterten darin und stellten sie wieder zurück. Dann kam endlich Christa ins Geschäft und eilte zu Anna. Entschuldigte sich, daß sie nicht hätte eher kommen können, aber Dirk Brodi... Nun, Anna wisse ja Bescheid.

Nur neun Zuhörer? Ich soll vor nur neun Leuten lesen? – Nein, da kamen die beiden Gehilfinnen von Frau Nierhoff in den Laden, und gleich hinter ihnen, sie hatte es befürchtet, Peter und die anderen beiden Musiker ihres Streichquartetts.

Er frage sich immer noch, ob er etwas falsch gemacht hätte, sagte Peter, während er sie zu umarmen versuchte. »Du hast gar nichts falsch gemacht«, sagte Anna. Sie habe lediglich eine Beziehung beenden wollen, in der sie keine Zukunft sehe.

Vierzehn Besucher. Immerhin mehr als ein Dutzend. Trotzdem. Gut, daß sich Willi Schwaiger vom Fernsehen entschuldigt hatte. Vor nur vierzehn Zuhörern vom Fernsehen gefilmt zu werden... Nein! – Doch da... Sie hatte gar nicht mehr damit gerechnet, denn die Lesung hätte schon vor einer Viertelstunde anfangen müssen... Eine Gruppe von vier Frauen! Und dann vier Paare! Noch vier Frauen! Dann eine kleine dicke Frau, die direkt zur Buchhändlerin ging.

Anna sah, daß sich die beiden Frauen umarmten, dann kam Frau Nierdorff mit der dicken Frau auf sie zu und machte sie mit ihr bekannt: Frau Tümmler von der *Gruppe Schreibender Frauen*. »Schade, daß Sie noch nie zu uns gekommen sind«, sagte Frau Tümmler. Aber sie verstehe, daß Anna gewiß viele Termine wahrnehmen müsse. Ein Buch bei Engsfeld... Davon würde keine aus ihrer Gruppe auch nur zu träumen wagen. »Aber die Krimis von unserer Juliane«, sagte sie stolz. »Die werden sogar vom Fernsehen verfilmt.«

Anna wußte nicht, was sie erwidern sollte, als der Ton eines Gongs die Gespräche unterbrach. Die Zuhörer setzten sich, und Frau Nierdorff begleitete Anna zu einem Tisch vor den Sitzreihen, auf dem ein Blumenstrauß und ein Glas Wasser standen. Anna setzte sich und holte eines der Freiexemplare aus der Tasche, die ihr Johannes mitgebracht hatte. Sie hatte sich schon vor einer Woche Zeichen in ihr Buch gelegt und jene Passagen angestrichen, die sie vorlesen wollte.

Im Jahre siebzehnhunderteinundsechzig, begann sie mit brüchiger Stimme, *verkündete der Wiener Hof im Namen der Kaiserin Maria Theresia einen Erlaß, der die Zigeuner Ungarns über Nacht zu ‚uj-magyarok‘, zu Neu-Ungarn erklärte, die künftig eine feste Behausung als ständigen Aufenthaltsort im Habsburger Kaiserreich nachweisen mußten.* Doch dann nahm sie ihre Geschichte wieder gefangen, und sie las so sicher, als säße sie allein in ihrem Apartment vor dem großen Spiegel:

Sechs Jahre später begannen die Behörden, den Neuungarn ihre Kinder wegzunehmen...

10

Im Schwarzen Loch der Gutenberg-Galaxis

Noch zwei Tage später, im Zug nach Frankfurt, mußte sie
an diesen Augenblick denken: Wie in Salzburg hatten die
Zuhörer nach ihrer Lesung einen Moment wie gebannt still
auf ihren Plätzen gesessen, dann – Beifall!
Erst war es nur Christa gewesen, die applaudierte. Danach die Musiker... Die Schreibenden Frauen, schließlich
das ganze kleine Auditorium. Autogramme!
Drei völlig fremde Besucher der Lesung hatten die
Gestohlenen Kinder gekauft, und Anna gebeten, ihr Buch
zu signieren. War das etwa kein Erfolg?
Inzwischen hatte der Intercity Bonn hinter sich gelassen.
Der dichte Oktobernebel über der Landschaft lichtete sich
allmählich. Es dauerte nicht mehr lange, da sah sie Nebel-
schwaden nur noch über dem Rhein, und als das Sonnenlicht durch die graue Wolkendecke brach, funkelte das
Wasser des Stromes gleißend.
Nein, es war schon richtig, daß sie zur Buchmesse fuhr.
Auch wenn Christa vor den Folgen einer fristlosen Kündigung in diesen schwierigen Zeiten gewarnt hatte.
Aber gestern Abend hatte sie endlich Johannes durchs
Handy sprechen können, und er hatte ihr dringend geraten, sich von Malzahn nicht einschüchtern zu lassen: »Irgendwann wirst du dich ohnehin zwischen der Literatur
und dem Theater entscheiden müssen. Vielleicht ist es sogar gut, wenn Malzahn dir diese Wahl erleichtert.«
Zwar werde hochwertige Literatur junger Autoren am
Anfang ihrer Karriere nicht in riesigen Auflagen verkauft,
doch ein Haus wie Engsfeld werde dieser Situation durch
großzüge Honorarvorauszahlungen gerecht. »Ich werde
für dich tun, was ich nur kann.« Überdies gäbe es in
Deutschland mehr als achthundert Literaturpreise. Es gäbe
Arbeitsstipendien, gut bezahlte Arbeit für den Rundfunk
sowie Autorenlesungen, auf deren Vermittlung das Haus

dank eines feingesponnenen Netzes Einfluß habe. »Nein«, hatte er lachend gesagt. »Verhungern wirst du bestimmt nicht, wenn sie dich beim Theater tatsächlich rauswerfen sollten. Und abgesehen davon... Ich habe sehr große Sehnsucht nach dir.« Das hatte sie alle Ängste und Befürchtungen vergessen lassen. Jetzt freute sie sich nur noch auf die Buchmesse. Johannes hatte ein Doppelzimmer im Hotel *Nizza* reserviert. Auch wenn er während der Messetage nicht viel Zeit für sie haben dürfte – es gab ja auch die Messenächte.

Noch immer sah sie aus dem Fenster. Blickte auf Weinberge, deren Reben leuchteten, sah verfallene Gemäuer von Burgen, die über die Niederungen zu herrschen schienen wie in längst vergangenen Zeiten. Milchig weißer Dunst verdeckte ihr dann erneut den Blick nach draußen, und sie griff zu den Zeitungen, die sie hastig im Düsseldorfer Hauptbahnhof gekauft hatte. Zeitungen, die aus Anlaß der Buchmesse umfangreiche Literaturbeilagen enthielten.

Sie legte sich den dicken Stapel Papier auf den Schoß. Sie blätterte in der *Welt*: Kein Wort über ihr Buch! Schon nervös fingerte sie durch die Literaturbeilage der *Süddeutschen Zeitung*: Auch nichts! Erinnerte man sich schon nach einem halben Jahr nicht mehr an ihren Karl-Kraus-Preis? Mit zitternden Händen schlug sie den *Frankfurter Überblick* auf, und dort – ihr Foto über einer zwei Spalten breit gedruckten Rezension. Aber dann... eine Überschrift, die sie zusammenzucken ließ, als wäre jedes Wort ein Peitschenschlag. Schlagzeile... Peitschenschlagzeile... *Anna im Wunderland der Roma oder Das süße Aroma der Trivialliteratur... NEIN!... Betroffenheitskitsch mit Paprikasoße... Anna Becker macht es dem Rezensenten leicht, denn von den Figuren bis zu den Dialogen mißlingt so ziemlich alles...* UND DANN DER SCHLUSS! Wie ein gut gezielter Stich mit einer Nadel in ihr Herz: *Man ist überrascht, daß diese Autorin Theaterdramaturgin sein soll. Von der Dramaturgie der kürzeren Prosa weiß sie jedenfalls nichts...*

Veronika Hoerschelmann.

Veronika Hoerschelmann! Jene Frau, die schon in Salzburg gegen sie gewesen war! Von den anderen Juroren überstimmt wurde. Diese böse alte Hexe, dachte Anna. Sie zerriß wütend die Literaturbeilage zu winzigen Fetzen, und als sie die Papierschnitzel in den Abfallbehälter ihres Zugabteils warf, überliefen sie kalte Schauer. Johannes... mein Vater... Malzahn... Peter... die freundliche Frau Nierdorff aus der Buchhandlung... Frau Tümmler von den Schreibenden Frauen... Alle werden das lesen! Und das Foto... DAS GROSSE FOTO! Wildfremde Menschen werden mich auf der Straße erkennen. Wiedererkennen... DIE DICHTERIN! DIE SCHLECHTE DICHTERIN... DIE TRIVIALE ZIGEUNERDICHTERIN... Mein Verlag... *Papuscha*... Der Engsfeld Verlag wird nach dieser Rezension *Papuscha* nicht herausbringen...

Es fror sie auf einmal so, daß sie ihren langen schwarzen Mantel anzog, und als der Intercity Frankfurt erreicht hatte, setzte sie sich die Sonnenbrille auf, bevor sie sich an das Ende der langen Menschenschlange vor dem Taxihalteplatz stellte. Zwanzig Minuten. Zwanzig lange Minuten mußte sie warten, bis sie endlich in ein Auto steigen konnte. »Zum Hotel Nizza«, bat sie den Taxifahrer leise, doch der schüttelte den Kopf: »Nö! – Da laufen Sie mal besser hin.« Eine Fahrt von nur ein paar hundert Metern lohne sich für ihn nicht. Sie brauche lediglich über den Bahnhofsvorplatz zu gehen. Ein Stück die Kaiserstraße entlang, da könne sie die Elbestraße nicht verfehlen. Irrte sie sich, oder grinste der Taxifahrer abschätzig? Hatte er ihr Foto im *Frankfurter Überblick* gesehen und sie trotz ihrer Sonnenbrille erkannt? »Danke«, sagte sie leise, als sie wieder aus dem Auto stieg. Allein sein, dachte sie. Allein sein und schlafen. Einen langen, tiefen Schlaf. Schlafes Schwester!

Noch immer die Augen hinter der Sonnenbrille verborgen überquerte sie den Bahnhofsvorplatz. Sie erreichte die Kaiserstraße. Ging schnell, die Reisetasche über der Schulter, an Alkoholikern vorbei und jungen Drogensüchtigen. Sie fand die Elbestraße auf Anhieb. Fühlte sich von Männern angestarrt. Dann sah sie Aushängekästen von Bars mit Bildern von Nackttänzerinnen... Lokale, vor deren Eingängen Prostituierte standen. Meine Güte, dachte sie. Wieso hat Johannes in dieser Gegend ein Zimmer für uns gemietet? Wofür hält er mich denn? Doch schon während sie zur Rezeption ging, schämte sie sich dieser Gedanken.

Nein, das war kein Stundenhotel. Eher eine noble Künstlerherberge, in der sie sich sofort wohlfühlte.

Sie betrat ihr Zimmer und stellte ihre Reisetasche ab und nahm ihre Sonnenbrille von den Augen. Sah schöne gediegene alte Möbel, und gerade als sie einen großen Strauß von Astern und Chrysanthemen auf der Ablage über dem breiten Doppelbett entdeckte, meldete sich ihr Handy. Johannes! Er freue sich, daß sie gut in Frankfurt angekommen sei, und sie solle um Gottes Willen die Rezension von der Hoerschelmann nicht ernst nehmen. Man wisse im Verlag seit langem, daß sie dem Hause nicht wohlgesonnen sei: »Die hat sogar den *Condor von Lima* total verrissen, und es hat dem Buch nicht im geringsten geschadet.« Ganz im Gegenteil. Es habe dem Roman sogar genutzt. »Du kommst am besten gleich zu unserem Stand auf der Messe. Und falls wir uns dort verfehlen...« Er sprach plötzlich leiser: »Falls wir uns verfehlen, treffen wir uns spätestens um sieben im *Nizza*.« Er wolle am Abend mit ihr zum Empfang der *Frankfurter Verlagsanstalt*. Jetzt müsse er mit seinem Vater erst einmal zu einem französischen Verlag. Dann brach die Verbindung ab. Sie hielt das Handy noch einen Moment in der Hand, legte es dann auf den Tisch und brachte ihre Sachen im Kleiderschrank unter. Daß sie dort keine Anzüge, ja nicht einmal ein Hemd von Johannes fand, überraschte sie nicht. Er wollte seinen Vater nicht irritieren, und hatte pro forma ein Zimmer im *Frankfurter Hof* beziehen müssen.

Als sie ins Badezimmer ging, um ihre Kosmetika auszupacken, entdeckte sie dort auf der Konsole seinen Rasierapparat, eine Tube Rasierschaum sowie andere Pflegemittel. Sie öffnete die Flasche mit seinem *Aftershave Balm* von *Ralph Lauren,* und als sie Johannes' Duft roch, fühlte sie sich wieder stark.

Was konnte eine mißgünstige Ziege wie die Hoerschelmann schon gegen sie ausrichten? Vielleicht schrieben Kritiker solche Verrisse nur aus Verzweiflung und Wut, daß es keinen gab, der sie liebte. Heißes Wasser plätscherte in die Badewanne, und Anna freute sich erst einmal auf ihr Schaumbad von *Shiseido*.

Bereits im Taxi fiel ihr auf, daß sich Frankfurt, das sie sonst immer an Banken und Versicherungen denken ließ, über Nacht in eine Stadt der Bücher verwandelt hatte. Quer über die Straße gespannte Transparente warben für den *Bibel Code*, für *John Grisham* und *Michael Chrichton*. An den Straßenrändern fochten Bücher über den Bundesnachrichtendienst und den Staatssicherheitsdienst zum zweitenmal einen längst entschiedenen Kampf.

Als Anna acht Jahre alt gewesen war, hatte ihre Mutter sie einmal in eine Buchhandlung mitgenommen. Mit offenem Mund hatte sie vor den hohen Regalen gestanden und über die unzähligen Bücher gestaunt, die sie nicht erschreckt hatten, sondern ihr wie großartige Versprechen vorgekommen waren.

Es gibt so viele Bücher, daß tausend Jahre nicht ausreichten, auch nur einen Teil von ihnen zu lesen, hatte sie damals gedacht, und sie war süchtig geworden nach Geschichten. War mit Astrid Lindgrens *Pippi Langstrumpf* durch die Welt ihrer Kinderzeit gezogen. Hatte mit *Ennid Blythons Fünf Freunden* wilde Abenteuer erlebt. Mit *Erich Kästner* im *Fliegenden Klassenzimmer* gesessen. Hatte wahllos Liebesromane und Romanheftchen verschlungen, Schicksalsromane und Loreromane ihrer Oma. *Lore. Loreley. Lore Lay; The Lying Lore* – bis sie in der Schule besseres kennenlernte: *Anne Franks Tagebücher. Homo Faber* von *Max Frisch*, die sie wählerisch werden ließen, bis sie sich auch von der Klassenlektüre emanzipiert hatte zu *Hermann Hesses Sidharta* und seinem *Glasperlenspiel... Heinz Kühlings Im Getriebe... Günter Grass, Gerhard Lenzow, Martin Walser... Stefan Bach...* – Der lange Weg von *Peterchens Mondfahrt* zu *Peter Handke*. – Wäre sie nicht ein gänzlich anderer Mensch geworden, wenn sie andere Bücher gelesen hätte?

Inzwischen hatte das Taxi den Messeturm erreicht. Anna zahlte, stieg aus, und als sie, an Zeitungsverkäufern und Straßenhändlern vorbei, zielstrebig zum Eingang der Buchmesse lief, empfand sie Dankbarkeit und Stolz zugleich.

Sie war dankbar für alles, was sie von *Emma Bovary* bis *Anna Karenina* hatte lernen können, und stolz, daß sie begonnen hatte, der Welt der Bücher etwas zurückzugeben. Ihre *Gestohlenen Kinder* waren zwar ein schmales Buch, aber immerhin ein guter Anfang. Sogar die Aufseher am Eingang, die das gewöhnliche Publikum an den ersten Messetagen noch zurückwiesen, wie die Türsteher deutscher Diskotheken ausländische Besucher, ließen Anna mit der Einlaßkarte, die ihr der Verlag zugesandt hatte, anstandslos passieren. Sie gehörte jetzt dazu.

Johannes hatte sie darauf vorbereitet, daß die Messe auch an den ersten, den Fachbesuchern vorbehaltenen Tagen, gut besucht sein würde, doch schon als sie über die *Via Mobile* lief, das Laufband zur Halle Fünf, fühlte sie sich unbehaglich zwischen den vielen fremden Menschen. Manche hasteten an ihr vorbei, als ginge es um das Leben. Andere standen einfach auf dem langsamen Band, als hätten sie alle Zeit der Welt.

In entgegengesetzter Richtung bewegten sich nicht weniger Leute, von denen die meisten große Prospekttaschen trugen, die in auffallenden Farben für Verlage warben: *Hachette... Bertelsmann... Droemer-Knaur... Harper-Collins ... Feltrinelli... Elsevier... Random House... McMillan;* Namen, die sie kannte und andere, von denen sie gehört hatte, doch die meisten waren ihr völlig fremd.

Johannes hatte ihr beschrieben, wo sie den Messestand des Engsfeld Verlags finden würde, und als sie die Halle Fünf betrat, schlug ihr warme Luft entgegen. Sie zog ihren Mantel aus, gab ihn an der Garderobe ab, und gerade, als sie den Stand suchen wollte, sah sie ein bekanntes Gesicht. Bernd Voss. Schön, daß sie auch nach Frankfurt gekommen sei. Er müsse unbedingt mit ihr reden: »Nehmen Sie sich bloß nicht den Verriß von der Hoerschelmann zu Herzen«, sagte er, während er seinen Mantel anzog. »Sie werden morgen im *Courier* meine Antwort darauf lesen können. – Wir sprechen uns ja noch...« Sie nickte unsicher, hätte ihn gern gefragt, was er über ihr Buch geschrieben hatte, doch er eilte schon davon, und sie begab sich auf die Suche nach ihrem Verlag. Ging langsam vorbei an kleinen schmalen Messeständen, die ihr wie Hütten vorkamen. Ließ sich beeindrucken von den Messepalästen der Verlagskonzerne, die so viel Raum einnahmen wie die Boxen von zwanzig Kleinverlagen. *Rowohlt/Wunderlich... S.Fischer/Krüger... List/von Schröder*; Verlagspaare, die sie an Ehen erinnerten, in denen eine leichtfertige, fröhliche Frau das Geld für die Rolex ihres ernsthaften traurigen Mannes verdienen mußte. Über die Aufgabenverteilung im *Bertelsmann Konzern* wagte Anna nicht einmal nachzudenken.

Und die Bücher! Zehntausend, hunderttausend, – nein, mehr als eine Million Bücher mußten sich allein in dieser Messehalle befinden. Titel, die nur in wenigen Exemplaren in Regalen und Drehsäulen standen. Bücher, deren Schutzumschlag, riesig vergrößert, die Wände ganzer Messestände beherrschten.

Dickleibige Bestseller, kunstvoll zu großen Büchertürmen gestapelt, die Anna an römische Kastelle erinnerten; jedes Buch ein Legionär, für den Kampf um Marktanteile bestens ausgerüstet. Autoren, ausländische Autoren zumeist, überlebensgroß auf riesigen, hell angestrahlten Fotos, sahen auf Anna herab.

Sie ging langsam, wurde geschoben, bis sich der Menschenstrom am Stand des *Karl Valentin Verlags* staute. Messebesucher waren stehengeblieben und gafften. Blitzlichter flammten auf. Viele bemühten sich, näher an *Diether Havermann*, einen der Kritiker der *Triade*, heranzukommen, der gerade *Marcel Reich-Ranicki* sein Buch *Die großen Bordelle der Stummfilmzeit* zeigte. Viele wollten ein Autogramm.

Anna mochte sich nicht durch die Menge drängen. Sie wandte sich in die entgegengesetzte Richtung. Ging zurück zur Wegkreuzung und in die nächste Reihe von Messeständen. Ein Verlag neben dem anderen. In den Regalen unzählige Bücher. Von Jahr zu Jahr gab es immer mehr Bücher, und immer weniger von ihnen hielten sich länger als ein halbes Jahr.

Doch auch die Verlage vermehrten sich inzwischen durch Ableger so schnell wie die Grünlilien auf Annas Fensterbank. *Imprint Verlage*, Johannes hatte ihr zu erklären versucht, was das bedeutete, aber es interessierte sie nicht. Was hatte eine Dichterin damit zu tun? Nur die riesige Menge der Neuerscheinungen ängstigte sie. Die meisten würden nicht mehr beachtet werden, als das einzelne Sandkorn in der Wüste, doch ihren *Gestohlenen Kindern* würde dieses Schicksal erspart bleiben. Johannes hatte ihr mehr als einmal versprochen, sich für ihre Geschichten einzusetzen. Sie kam erneut an einen Stand, wo sich Messebesucher zusammenballten wie ein Bienenvolk um seine Königin. Wie eine festgefügte Mauer stand die Menschenmenge vor ihr, dann sah sie im Licht greller Fernsehscheinwerfer den Namen ihres Verlags: Engsfeld.

Es dauerte nicht lange, da erloschen die Fernsehscheinwerfer. Die Menge löste sich auf. Das Fernsehteam schulterte seine Geräte. Sie sah Johannes einer in grellem Rot gekleideten Frau zuhören, die hastig auf ihn einredete. Anna wollte gerade zu ihm gehen. Aber er verließ mit der Frau hastig den Verlagsstand. Er hatte Anna offensichtlich nicht gesehen. Sie blickte den beiden nach, sah sie durch den Gang davoneilen und dann einen Mann in einem hellgrauen Anzug auf sich zukommen: »Dr. Vahrig von der Presseabteilung! – Schön, daß Sie zu uns gekommen sind, Frau Becker!«

Anna lächelte. Sie würde sich doch eine Messe nicht entgehen lassen, auf der ihr erstes Buch ausgestellt sei. Ihre Blicke schweiften schon suchend über die riesigen Autorenfotos an den Wänden des Messestandes. *Heinz Kühling... Gerhard Lenzow... Joan Rodriguez... Stefan Bach... Ida Jungmann... Marius Röhm... Ivonne La Rouge... Karsten Tröger* – Und wo war *Anna Becker?*

Vahrig schien wahrzunehmen, daß sie ihr Bild vermißte, denn er sagte bedauernd, daß für mehr als hundert Portraits selbst der größte Messestand zu klein sei. Aber er habe eine gute Nachricht für sie. Er zögerte, verschwand hinter einem Vorhang und kam mit einer Zeitungsseite zu ihr zurück: »Das werden Sie morgen im *Münchener Cou-*

rier lesen. Bernd Voss hat einen Hymnus auf Ihre Geschichten geschrieben!« Er könne den Andruck leider noch nicht aus der Hand geben, aber wenn sie die Rezension lesen wolle... – »Sehr freundlich von Ihnen!« erwiderte Anna. Doch sie würde die Rezension ja in der Zeitung finden. Sie blickte über die Bücherregale und Tische. *Finkenschläge... Der Condor von Lima... Das Jahr in Antibes... Andenfieber...* Sie wollte gerade nach ihrem Buch fragen, da bückte sich Vahrig, nahm von einem Regalbrett in Fußhöhe drei Exemplare ihrer *Gestohlenen Kinder* und drückte sie ihr in die Hand. Für den Fall, daß sie Bekannte auf der Messe träfe, sagte er und dann: »Ach so, Herr Schwaiger vom Fernsehen hat nach Ihnen gefragt. Er will kurz vor sechs nochmal an den Stand kommen.« Anna nickte und fragte, wann sie Herrn Rieger junior antreffen könnte. »Keine Ahnung!« entgegnete Vahrig. Er habe Joan Rodriguez zurück in ihr Hotel gefahren. Danach müsse er mit dem *Chowchow* von Frau La Rouge zum Tierarzt. »Ich verstehe zwar nicht, wie man einem sensiblen Hund die Buchmesse zumuten kann, aber manche Autoren...« Er zuckte mit den Schultern, und Anna versuchte, sich wenigstens zu einem kleinen Lächeln zu zwingen.

Sie wolle sich auf der Messe umsehen, und käme spätestens um halb sechs noch einmal an den Stand. Vahrig nickte. Eine Messebesucherin wandte sich an ihn, und bat um das Herbstprogramm. »Selbstverständlich«, sagte Vahrig, nahm eine Broschüre von einem Stapel und sah Anna fragend an: »Unsere Vorschau haben Sie doch bekommen?« »Leider nicht«, sagte Anna, und er drückte auch ihr ein Exemplar in die Hand. »Mal wieder die Deutsche Post«, sagte er verärgert. Anna könne sich nicht vorstellen, was für Probleme die Post den Verlagen bereite. »Nicht nur den Verlagen«, sagte sie. »Uns beim Theater...« Ihre Stimme stockte. »Uns beim Theater geht es nicht besser«, konnte sie gerade noch sagen, dann verließ sie den Messestand. – Uns beim Theater? – Nein, sie kannte Malzahn. Er drohte selten, aber wenn er sich dazu entschloß, meinte er es ernst. Er würde sie fristlos entlassen. Erschrocken sah sie auf ihre Armbanduhr. Kurz vor vier. Zum Bahnhof, dachte sie. Mit dem nächsten Zug zurück nach Düsseldorf. Morgen sitze ich wieder in meinem Zimmer im Theater. Bei der Premiere am Freitag überreiche ich den Schauspielern wie immer ihre Blumen. Sie eilte an den Messeständen vorbei. Suchte den Ausgang... Sah am Stand des *Suhrkamp Verlages* Fotos von *Bertolt Brecht* und *Peter Handke*. Bei *Hanser* Bilder von *Botho Strauß* und *Umberto Eco*. *Elfriede Jelinek* blickte ernst vom *Rowohlt Verlag* auf sie herab, und Anna war, als sprächen die Dichter zu ihr.

– Na das wars dann wohl für dich, höhnte die Wienerin. Dann flüchte mal wieder in deine beschissene kleine Sicherheit. Denk doch mal daran, was meine Landsleute mit mir veranstaltet haben.

– Recht so, riet das Foto von Peter Handke. Viele fühlen sich berufen, aber nur wenige wie ich sind wirklich auserwählt. Geh zurück nach Düsseldorf und diene, wie es sich geziemt.

– *Da preist man mir das Leben großer Geister, das lebt mit einem Buch und nichts im Magen*, sang Brecht auf seinem Bild. Alles bäumte sich in ihr auf.

– Nein, ich bin eine Autorin. Ich habe den Karl-Kraus-Preis erhalten. Wenn meine Geschichten kein Erfolg werden, dann mit Sicherheit mein nächster Roman. *Papuscha*, dachte sie. *Papuscha*. Sie hörte eine kräftige Männerstimme neben sich: »Na, Sie merkwürdige Halbgöttin in Schwarz... Auch unter die Dichter gegangen? – Gar nicht mal schlecht, Ihre Geschichten! Ich hätte Ihnen nur einen anderen Verlag gewünscht. Schreiben Sie niemals etwas, was dem alten Rieger nicht gefällt. Der läßt Sie sofort im Regen stehen.« Sie wollte Hinterthaler fragen, wo er jetzt veröffentliche, als sich eine junge Frau zu ihm gesellte. »Wir sprechen uns ja noch«, sagte der Dramatiker, während er sich schon entfernte.

– Nein, dachte Anna. Ich bin eine ausgezeichnete Autorin. So schnell gebe ich nicht auf.

Kurz vor sieben lag sie im Hotel *Nizza* erneut in einem Schaumbad. Ihr war, als müsse sie den Schmutz dieses Tages so schnell wie möglich abwaschen. Noch fünf Stunden war sie durch die Messehallen geschlendert. Hatte Kataloge, Verlagsprogramme und Prospekte eingesammelt. Was sie nach ihrem Besuch am Engsfeld Messestand nur vermutet hatte, war für sie inzwischen eine Gewißheit: Jeder Verlag stellte zwei oder drei Titel groß heraus und konzentrierte seine ganze Kraft darauf. Ihre *Gestohlenen Kinder* gehörten nicht dazu.

Stefan Bachs Finkenschläge und *Joan Rodriguez Andenfieber* wurden im Engsfeld-Prospekt auf zwei Seiten vorgestellt. Die *Gestohlenen Kinder* mußten sich eine Seite mit zwei anderen Büchern teilen. Das war wohl die *Junge Reihe*, von der Johannes immer so begeistert erzählt hatte.

Sie griff nach dem weichen Naturschwamm, den sie auf Zypern gekauft hatte und den sie auf jede Reise mitnahm. Ließ ihn durchs Wasser gleiten, nahm duftenden, prickelnden Schaum in ihre Hände und sah zu, wie die bunt schillernden Blasen zerplatzten.

Wie beim Theater dachte sie, während sie sich die Schultern massierte. Allerdings verführt man dort die Statisten nicht durch Preise und vorschnelles Lob zu der falschen Annahme, sie wären für eine Hauptrolle engagiert. Ich werde verbraten, kein Zweifel. Und Johannes... Entweder er bemerkt es nicht, oder er hat im Verlag nichts zu sagen. Aber das werde ich schon noch herausfinden.

Wozu habe ich eigentlich Germanistik studiert? Linguistik-Seminare besucht...? Jahrelang *Noam Chomsky* gelesen...? Zwei Semester *Hermann Hesses Narziß und Goldmund* analysiert? Meine Magisterarbeit über *Hans Kühling* geschrieben?

Daß Bücher, auch literarische, Markenartikel sind – von Produktmanagern geplant und wie Hautcreme oder Nudeln beworben und vermarktet – war auf der Universität als Geheimsache behandelt worden.

Vielleicht, damit dumme Gänse wie ich den Glauben an die Literatur nicht verlieren, dachte sie gerade, als sie ein Geräusch an der Tür hörte. Johannes kam ins Badezimmer. Er sei untröstlich, daß er den ganzen Tag keine Zeit für sie gehabt hätte, doch jetzt sei auch für ihn endlich Feierabend. »Ich dachte, wir wollten noch zum Empfang der *Frankfurter Verlagsanstalt*«, sagte sie lächelnd. Sie wäre in spätestens einer halben Stunde zum Ausgehen bereit: »Soll ich Abendgarderobe anziehen oder genügt mein Kostüm von *Jil Sander?*«

Bereits im großen *BMW* des jungen Verlegers bemühte sie sich, vorsichtig zu erkunden, weshalb ihr Buch, weshalb die ganze *Junge Reihe* vom Verlag wie eine lästige Nebensache behandelt wurde. Johannes widersprach erregt.

Kein Verlag dürfe bei neuen Projekten zuviel riskieren. Annas Erzählungen würden beachtet, da brauche sie sich keine Sorgen zu machen. Und was *Papuscha* betreffe, wolle er mit seinem Vater sofort nach der Messe über Honorarvorauszahlungen reden. Johannes habe das Teilmanuskript positiv beurteilt. Das zweite Gutachten des Cheflektors erwarte er nach der Messe. »Zweieinhalbtausend Mark im Monat werde ich bestimmt für dich durchsetzen können. Du mußt in Ruhe arbeiten können.«

So dringend brauche sie Geld im Augenblick wirklich nicht, sagte sie. Zwanzigtausend Mark vom Geld aus Salzburg lägen noch auf der Bank. Die *Moderne Frau* hätte sie für einen Tag als Fotomodel auch großzügig honoriert. Sie wartete gespannt auf seine Antwort. Hoffte, er würde ihre feine Ironie bemerken, doch er nickte nur. Wenig später deutete er in der Lilienthalallee auf eine kleinere moderne Villa: »Da wären wir. Das Haus unseres Gastgebers.«

Der Mann, der ihnen die Tür öffnete, war höchstens zehn Jahre älter als Johannes. Die beiden begrüßten sich herzlich, dann machte er Anna mit dem Gastgeber bekannt: *Joachim Unseld.*

Manchmal, so sagte Johannes, wünschte er sich auch einen so kleinen und feinen Verlag. Aber man könne wohl nicht alles haben. Der Gastgeber lächelte und führte sie in einen größeren Raum. Anna sah vielleicht dreißig Gäste, die entweder in Büchern blätterten oder, das Weinglas in der Hand, leise miteinander sprachen.

Sehen und gesehen werden, dachte Anna, und als sie Johannes zum Kalten Buffet folgte, schnappte sie Gesprächsfragmente auf. *Sylvia Plath von Alissa Walser übersetzen zu lassen...*

Die Zoe Jenny interessiert mich. Schon ihr Text in Klagenfurt hat mich beeindruckt... Klagenfurt, dachte Anna.

Salzburg... Vielleicht war es falsch gewesen, meine Erzählungen bei Engsfeld zu veröffentlichen, dachte sie, als Johannes sie anderen Verlegern vorstellte. *Martin Hielscher vom Verlag Kiepenheuer & Witsch, Christoph Buchwald von Luchterhand, Uwe Wittstock von S. Fischer.* Solche Verlage engagierten sich noch für neue deutsche Literatur.

»Weshalb eigentlich«, fragte Hielscher, »haben wir mit unseren Büchern keinen Erfolg auf dem amerikanischen Markt? Weil sie nichts mehr mit dem Leben zu tun haben, für egozentrische Innerlichkeit interessiert sich doch kein Mensch im Ausland.«

»Weil es ihnen an Welthaltigkeit fehlt«, sagte Wittstock. Anna hörte aufmerksam zu.

Joachim Unseld begrüßte jetzt seine Gäste, und die Dichterlesung begann. Knappe und genaue Sätze. So kühl und sachlich ihr *Zoe Jenny* mit ihren großen dunklen Augen erschien – die Sprache der Autorin faszinierte Anna. Vielleicht habe ich zu spät zu schreiben angefangen, dachte sie gerade, als die kurze Lesung auch schon endete. Johannes stellte ihr eben noch drei Literaturkritiker vor, *Volker Hage, Hajo Steinert und Rainer Schmitz.* Sie überlegte, wie sie die Journalisten, oder wenigstens einen von ihnen, für ihr Buch interessieren könnte, als Johannes zum Abschied drängte. In der *Triade* werde in einer halben Stunde über *Stefan Bachs Finkenschläge* diskutiert. Er könne sich diese Sendung auf keinen Fall entgehen lassen. »Wirklich nicht?« lachte eine fremde Frau. »Also was mich betrifft... Ich halte das *Literarische Quartett* noch immer entschieden besser als seine Kopie.«

Sie verließen das Haus, und im Auto, während der Fahrt zum Hotel, konnte Johannes Anna kaum beruhigen. Sie wäre gern länger auf diesem Empfang geblieben. Was Muller-Marceaus Runde zu Bachs neuem Roman sagen würde, interessiere sie überhaupt nicht. Vermutlich sei dort sowieso alles ein abgekartetes Spiel.

Er verstehe ja ihren Messestreß, sagte Johannes, auch er habe einen anstrengenden Tag hinter sich. Aber deshalb brauche es doch nicht zum Streit zwischen ihnen zu kommen. »Durchaus nicht«, antwortete sie. »Aber ich möchte heute auch lieber das *Literarische Quartett* sehen.« »Dann sieh es dir meinetwegen an!« sagte er verärgert. Er habe ein Fernsehgerät im *Frankfurter Hof*, und sein Vater würde mit ihm über die *Triade* reden wollen.

»Dann paß' bei der Sendung bloß gut auf«, sagte sie. »Damit du deinen Vater nicht enttäuschst.« Sie bleibe ja noch bis zum Wochenende in Frankfurt und käme morgen mittag um zwölf zum Verlagsstand. Vielleicht könne man gemeinsam essen und über alles reden.

Johannes schien erleichtert, als er ihr vor dem *Hotel Nizza* die Autotür öffnete. Mein Gott, dachte sie, während sie ausstieg. Auf was habe ich mich da eingelassen? – Oder urteilte sie zu voreilig? – »Ich ruf' dich nach der *Triade* nochmal an«, konnte sie gerade noch sagen. Die Autotür fiel zu und sein Wagen fuhr weg.

So sehr sie sich bemühte, Johannes Verhalten zu erklären, ja zu entschuldigen – es gelang ihr nicht. Da konnten die Geschäfte auf einer Messe noch so wichtig sein, ein liebender Mann ließ die geliebte Frau nicht allein in einem breiten Doppelbett schlafen. Schon gar nicht, wenn sich die beiden zwei Wochen nicht getroffen, sondern immer nur telefoniert hatten.

Mißmutig hatte Anna im Hotel zuerst das *Literarische Quartett* eingeschaltet und sich über die Gastkritikerin gewundert, deren Kleid sie ebenso an eine *Avon*-Beraterin erinnerte, wie alles, was diese Frau zu sagen gewußt – nein, besser *nicht* zu sagen gewußt hatte. Warum nur ließ man solche Leute auf die Literatur los?

Noch als Anna am Tag darauf ärgerte Anna sich über die Talkshow, als sie vor dem Messeturm aus dem Taxi stieg. Wie konnte man über Literatur, über Bücher, an denen Autoren jahrelang gearbeitet hatten, derart alberne Witze reißen?

Sie ging langsam zum Messeeingang, lief wieder an den Verkaufsständen vorbei, wurde auf einen Zeitungsverkäufer aufmerksam, der sich zu schreien versuchte, obwohl er längst heiser war: »Der Münchener Courier... Heute mit großer Literaturbeilage... Der Münchener Courier...« Sie wollte den Verkäufer ignorieren. Was bedeuten schon Rezensionen? dachte sie. Doch sie kaufte sich die Zeitung.

Blätterte schon auf der *Via Mobile* in der Literaturbeilage, und als sie ihr Foto entdeckte, faltete sie das Blatt wieder zusammen. Diese Besprechung wollte sie nicht einfach überfliegen, sondern Wort für Wort genießen. Sie schaffte es sogar, ihre Neugier zu beherrschen, bis in einem der Messerestaurants der teuerste und schlechteste Kaffee ihres Lebens vor ihr stand.

Ihr Foto über einer drei Spalten breit gedruckten Rezension! Und dann... eine Überschrift, die sie mit Glück überflutete, als wäre jedes Wort eine Zärtlichkeit. Schlagzeile? – Von wegen! Streichelzeile!! *Beeindruckendes Debut der Karl-Kraus-Preisträgerin... Sensible Erkundungen des Schattens der Opfer... JA!... Verfolgung und Flucht, durch Verfremdung ins Ungarische noch bedrückender... Anna Becker macht es dem Rezensenten leicht, denn von den Figuren bis zu den Dialogen überzeugt alles...* UND DANN DER SCHLUSS! Wie ein gut gezielter Kuß auf die *Kuhle unten an ihrem Hals: Man ist überrascht und wartet gespannt auf die nächste Veröffentlichung dieser Autorin. Die Sprache und Dramaturgie ihrer kürzeren Prosa ist ein großes Versprechen... Bernd Voss*

Bernd Voss! Jener Mann, der ihr Talent sofort erkannt und sie für den Salzburger Preis vorgeschlagen hatte.

Sie las seinen Artikel zum zweitenmal, und gerade als sie die Literaturbeilage zusammenfaltete, setzte sich ein in teures schwarzes Leder gekleideter Mann mit einer jungen Frau in einem kurzen weißen Kleid und hohen Stöckelschuhen zu ihr an den Tisch. Eine Unverschämtheit, dachte Anna. Der Mann nahm seine Sonnenbrille ab, und sie erkannte ihn wieder: Max Oechsle.

»Was machen Sie denn hier?« fragte Oechsle. Eine Autorin wie sie hätte auf der Buchmesse so wenig verloren wie eine Legehenne in einer Fischmehlfabrik.

»Und Sie?« fragte Anna. »Noch immer auf der Suche nach der konkreten Quadratur der Kreise im Kornfeld unserer Sprache?«

»Oh nein!« sagte Oechsle und überreichte ihr seine Visitenkarte. *Max Oechsle* las sie, und darunter, in kleinerer Schrift: *Brain Trust.* – Brain Trust? – Jene Firma, die Witze und Gags für den deutschen *David Lettermann* liefere, sagte er. Eine klare, ehrliche Sache. Er sei als Autor für fünfzehntausend Mark Monatsgehalt fest angestellt. Und falls Anna mal eine gute Pointe einfallen sollte... Zweihundert Mark würde seine Firma gern dafür zahlen. »Schade«, sagte Anna. Ihr hätten seine literarischen Texte sehr gut gefallen.

»Den Kritikern und Sprachwissenschaftlern auch«, sagte Oechsle. Aber dafür könne er sich leider nichts kaufen. Anna blickte zu seiner Begleiterin, die ihn unentwegt bewundernd ansah wie eine edle englische Windhündin ihren Herren. »Und wer ist die Schneekönigin an Ihrer Seite?« fragte Anna, von der guten Rezension aufgeputscht wie nach einer Amphetaminpille. »Auch eine Erfinderin von *gags* und *lines?*«

Keinesfalls. Ophelia sei eine der besten deutschen Lyrikerinnen. »Ophelia!« sagte er. »Ein Gedicht für Anna!« Die Frau richtete sich auf und nickte. *Schwarze Milch der dunklen Nacht*, begann sie leise. *Ich trinke dich mit meinen zwei Mündern...*, konnte sie noch sagen, als sich Robert Keller neben Anna setze. Ophelia blickte Oechsle unsicher an. »Danke, Darling«, sagte er, während er ihr einen Tausendmarkschein in den Ausschnitt des weißen Kleides schob. »Ich liebe deine Kunst.« Dann wandte er sich Bob Keller zu: »Meinen Respekt!« sagte er. Neunhunderttausend Mark Vorschuß für einen Roman wie *Bombay Ice* zu erzielen, sei eine beeindruckende Leistung. »Leider nicht von mir«, erwiderte Keller säuerlich. Da sei einer seiner Kollegen ausnahmsweise mal schneller gewesen. Aber er bezweifele, daß dieser Roman auch in Deutschland ein Erfolg werden könne. Die Rechte an derartigen Titeln seien viel zu teuer.

»Weil ihr nicht einmal Eurem eigenen Geschmack für Literatur traut«, sagte Oechsle. »Wahrscheinlich hat ein kleiner Verlag wie der von Antje Kunstmann oder Haffmans *Bombay Ice* entdeckt und ihr habt das Tausendfache dafür geboten.«

Der Trend ändere sich gerade, sagte Keller kleinlaut. Die deutschen Verlage hätten begriffen, daß sie eigene Bestseller entwickeln müßten. »Wann schreiben Sie mir endlich

einen spannenden und lesbaren Roman?« fragte er Oechsle. Oechsle sah ihn lächelnd an: »Jederzeit, Bob! Ich schreibe dir sechshundert Seiten *Grisham* oder *Pilcher*, und du
besorgst mir eine halbe Million dafür.« Keller schüttelte
langsam den Kopf. So stellten sich das die deutschen Best-
seller-Fabriken eigentlich nicht vor, sagte er leise. »Infolge
des gestiegenen Kostendrucks...«

»Aber ich stelle mir das so vor«, sagte Oechsle und
schob Keller einen Hundertmarkschein in die Tasche:
»Kauf dir ein Bier dafür, Bob. – Euer Kostendruck interessiert mich keinen Pfifferling mehr!« Anna empfand das Gespräch so abstoßend, daß sie aufstand und nach ihrer
Handtasche griff. »Wir sprechen uns ja noch«, sagte sie
und eilte in die Richtung, wo sich der Engsfeld-Messestand
befinden mußte; ganz hatte sie das System der farbigen
Pfeile und Nummern noch immer nicht durchschaut.

Sie ging am Stand des *Steidl Verlags* vorbei und sah *Günter
Grass*. Vor dem *Suhrkamp Verlag* bauten junge Männer
gerade eine Fernsehkamera auf. *Martin Walser* wurde bereits von der Maske für das Interview gepudert. Anna hatte den Engsfeld Verlag fast erreicht, als sich ihr Handy in
der Tasche meldete. Sie schaltete es ein, hielt es ans Ohr.
Johannes, dachte sie. Der kann sich wieder nicht mit mir
treffen. »Becker«, meldete sie sich verärgert, doch dann
wurde ihre Stimme freundlich. Christa, die während der
Buchmesse Annas Topfpflanzen gießen sollte und der sie
auch den Schlüssel für den Briefkasten anvertraut hatte,
war am Apparat.

Besondere Post hätte Anna nicht bekommen. Nur einen
Haufen Prospekte und einen dicken Brief vom Engsfeld
Verlag. Wahrscheinlich Kataloge. »Mach den Brief trotzdem mal auf«, sagte Anna. »Denen traue ich inzwischen
alles zu.«

»Kommt überhaupt nicht in Frage«, sagte die Freundin.
Sie öffne nicht anderer Leute Post. »Aber wenn ich doch
ausdrücklich darum bitte? – Meinst du vielleicht, das wäre
eine Verletzung des Briefgeheimnisses?«

»Also wenn du unbedingt darauf bestehst... Meinetwegen!« Anna hörte nur Rauschen im Handy, ein leises Kni-

stern, ein tickendes Knacken. Dann, nach einer Weile, endlich wieder Christa: »Die haben dir nur einen dicken Stapel beschriebenes Papier geschickt... Nein, warte mal... da ist auch noch ein Brief. »Dann mach' bitte den Brief auf und lies ihn mir vor«, sagte Anna ungeduldig. *Papuscha*? Unmöglich! Das hätte Johannes ihr gesagt und nicht geschrieben. Noch immer sagte Christa nichts, und Anna hatte Mühe, sie nicht anzuschreien: »Vorlesen, Christa. Nur vorlesen!«

Der Brief käme ihr wie ein höfliches Ablehnungsschreiben vor, sagte die Freundin zögernd. Der Roman passe trotz seiner unbestreitbaren Qualität nicht in ihr Programm... »Das kann ich mir nicht erklären«, sagte Anna. »Da muß etwas schief gelaufen sein. Wer hat den Brief den unterschrieben?«

»Kilblinger«, sagte Christa. »Ein Dr. Kilblinger. Kennst du den?« Anna antwortete: »Bisher noch nicht.« Die aberwitzigsten und absurdesten Vermutungen gingen ihr durch den Kopf. War sie das Opfer eines zynischen, niederträchtigen Spiels wie die *Frau von Tourvel* in den *Gefährlichen Liebschaften*? Hatte jemand gegen sie intrigiert wie der finstere *Jago* gegen die unglückliche *Desdemona*? War sie nur eine naive Bäuerin auf dem Schachbrett der Politik wie *Jeanne d'Arc*?

Mit *Stendhals* Liebe hat dieser Brief auf alle Fälles sehr wenig zu tun, entschied sie und überlegte, wie sie am besten für *Papuscha* kämpfen konnte. »Christa«, bat sie. »Du mußt mir jetzt helfen.« Die Freundin möge ihr Kilblingers Brief sofort durch Telefax an das *Hotel Nizza* in Frankfurt übermitteln.

Und sie brauche schnellstens ihr Manuskript. Per Eilzustellung... – nein, durch *IC-Courier*. Christa solle das Manuskript einpacken, zum Hauptbahnhof bringen und mit dem nächsten Intercity...«

»Du hast vielleicht Humor!« unterbrach Christa. »Morgen ist unsere *Ghonorez*-Premiere.«

»Nun höre mir bitte einmal ganz genau zu«, bat Anna. »Bist du nun meine Freundin oder nicht? – Wenn ich hier auf der Messe für mein Buch keinen Verlag finde, kann ich in drei Monaten meine Miete nicht mehr bezahlen.« Das beeindruckte Christa. Anna möge ihr bitte ganz genau erklären, was sie im einzelnen tun sollte.

Freunde in der Not, gehen tausend auf ein Lot, dachte Anna erleichtert, als sie fünf Minuten später ihr Handy ausschaltete. Das war zwar weder von *Stendhal* noch große Dichtung, aber es paßte in unsere Zeit. Sie hatte gerade das Telefon in die Tasche gesteckt, als Willi Schwaiger vom Fernsehen auf sie zukam. »Ziemlich hektisch hier«, sagte er. Seine Sache sei diese Messe nicht. Er habe in diesem Jahr bisher nur vier Bücher entdeckt, die ihn interessierten. Alle von kleinen und mittleren Verlagen. Anna nickte. Das sei auch ihr Eindruck, aber sie werde am Engsfeld-Stand erwartet. Man würde sich ja gewiß noch auf der Messe treffen. Sie wartete noch, bis er außer Sicht war, verließ dann langsam das Messegelände und fuhr im Taxi zurück zum Hotel, wo ihr die Angestellte, zusammen mit dem Zimmerschlüssel, den Faxbrief überreichte.

Sehr geehrte Frau Becker, zu unserem Bedauern müssen wir Ihnen leider mitteilen, daß uns Ihr in Arbeit befindlicher Roman Papuscha – trotz der von uns nicht bestrittenen Qualität – nicht für eine Veröffentlichung im Programm unseres Hauses geeignet erscheint.

Wir reichen Ihnen Ihr Teilmanuskript zu unserer Entlastung anliegend zurück.

Mit freundlichem Gruß
Dr. Friedrich Kilblinger

Abgelehnt, dachte Anna. Schlicht und einfach abgelehnt. Sie ging hoch in ihr Zimmer, legte den Brief auf den Nachttisch, schob eine CD in ihre *Discman*, stülpte sich die Kopfhörer über und legte sich angezogen auf das breite Bett. Obgleich ihr Mozart immer etwas süßlich vorkam, wie Pralinen mit Zuckerguß – wenn sie sich niedergeschlagen fühlte, hatte seine Musik etwas Tröstendes, Heiteres, Unbeschwertes.

Entweder hat mich Johannes an der Nase herumgeführt, oder er hat im Verlag nichts zu melden.

Sie hörte Mozarts KV 515 in C, merkte, daß sie sich immer mehr entspannte, und als im Allegro die Töne der beiden Bratschen gegeneinander zu kämpfen schienen, mußte sie plötzlich lachen. Es kam ihr vor wie ein mit Zeitungspapier ausfochtener Streit zwischen Veronika Hoerschelmann und Bernd Voss. Hat sich der Verlag auf die Seite der Hoerschelmann geschlagen? – Nein, deren Verriß ist ja erst gestern erschienen. Aber andererseits... Dr. Vahrig hat die Rezension von Bernd Voss ja auch schon vorher gekannt.

Das Rondo in den Kopfhörern steigerte sich, und seine Kraft weckte in Anna eine Wut, die sie erschreckte. Und Johannes? Lobt und preist meine Arbeit. Verspricht einen Vertrag und Honorarvorschüsse. Und ich... ich Närrin... glaube ihm jedes Wort und schmeiß' die Arbeit am Theater einfach hin.

Aber verhungern lassen werden mich meine Eltern schon nicht.

Der Schlußsatz war zuende, und mit der Stille brachen häßliche Zweifel über sie herein.

Zwölfhundert Mark Miete für ihr kleines Apartment. Zwanzig Mark gab sie täglich mindestens für Lebensmittel aus. Dreihundert Mark für ihr Auto und wenigstens hundertzwanzig für Wäsche und chemische Reinigung. An Büchern und Musik hatte sie auch nie gespart. Die durften mindestens dreihundert Mark im Monat kosten. Gute Kosmetika, die Tuben und Dosen von *Shiseido* waren nicht weniger teuer als die Parfüms von *Kenzo*. Gegen billige Produkte war sie allergisch. Und als sie an die Preise guter Kleidung und hochwertiger Schuhe dachte, hörte sie zu rechnen auf.

Viertausend Mark gab sie mindestens im Monat aus. Am Theater verdiente sie knapp zweieinhalbtausend. Ohne den Zuschuß meiner Eltern wäre ich sowieso aufgeschmissen. Aber was für Alternativen gibt es schon für eine Frau wie mich?

Sie nahm die Mozartquintette aus dem *Sony*. Ersetzte sie durch Beethovens Streichquartett in F-dur und drückte auf die Starttaste. Heiraten? – Auf keinen Fall! Nie und nimmer würde sie sich auf eine Ehe einlassen, wie ihre Mutter sie schweigend ertrug. Johannes? Nein, ihn zu heiraten, hatte sie keinen Augenblick auch nur erwogen.

Er hat mir gefallen, dachte sie. *Die Liebe ist ein Kind der*

Freiheit. Wie *Jean-Paul Sartre* und *Simone de Beauvoir.* Ob Sartre und die Beauvoir auch jeden Abend miteinander telefoniert und sich nur alle vierzehn Tage getroffen haben? Ich muß mir unbedingt eine gute Sartre-Biographie besorgen... Und die Briefe von *Simone de Beauvoir* an *Nelson Algren...* Sie stand vom Bett auf, nahm ihre Handtasche vom Nachttisch und hatte gerade nach ihrem Notizbuch gegriffen, als sie eine Hand auf dem Rücken spürte. Mit einem leisen Schrei drehte sie sich um. Johannes. Sie nahm den Kopfhörer ab. »Was ist denn?« fragte er. »Hast du mich nicht gehört?«

Sie betrachtete ihn so genau, als sähe sie ihn zum ersten Mal. Dann nahm sie Kilblingers Brief vom Nachttisch: »Hier. Lies das mal!«

Er wurde erst rot im Gesicht, dann bleich. Das... also... er verstehe nicht... könne sich nicht erklären... auf welche Weise... Kilblinger... Zweitausend Manuskripte...

»Wir bekommen jedes Jahr mindestens zweitausend unverlangte Manuskripte geschickt«, sagte er. Irgendwo im Hause müsse eine Panne passiert sein.

»Eine Panne?« schrie sie. »Unverlangtes Manuskript? *Papuscha,* ein unverlangtes Manuskript? Ich habe meine Arbeit dafür hingeschmissen!« Sie ging auf ihn zu. Roch den Duft seines *Aftershave Balm.* Schlug mit ihren Fäusten gegen seine Brust, bis sie ihn wegstieß: »Du hast das alles inszeniert, um mich ins Bett zu bekommen, was?«

»Anna«, versuchte er sie zu beruhigen. »Ich verspreche dir, das unverzüglich in Ordnung zu bringen.« Er verstehe ihre Aufregung nicht. Sie setzte sich auf die Bettkante, blickte ihn an, und als sie sich sprechen hörte, kam ihr die eigene Stimme fremd vor. Er brauche nichts mehr für sie in Ordnung bringen. Dafür sei sie alt genug. »Und jetzt nehmen Sie bitte Ihre Sachen und verschwinden aus meinem Leben, Herr Rieger.«

»Anna...«, sagte er.

Sie sah ihn kühl an: »Frau Becker bitte! – Es war doch immer dein Wunsch, daß niemand etwas von unserer Beziehung erfährt! – Mach dir keine Sorgen. – Deine mit leeren Versprechungen bezahlte Hure wird schweigen, aber sie bittet dich gleichfalls um Diskretion!« Er sah sie an, ging mit gesenktem Kopf ins Badezimmer, und als er mit seiner Kosmetiktasche zurückkam, sagte er leise: »Du hast dich nur mit mir eingelassen, weil ich Verleger bin, nicht wahr?«

Sie griff nach dem *Handy*, wollte ihm das Gerät an den Kopf werfen, doch es prallte mit einem harten Schlag gegen die Holztür und zerbrach in mehrere Teile. Johannes ging ohne ein weiteres Wort aus dem Raum. Als er die Tür hinter sich geschlossen hatte, warf Anna sich auf ihr Bett und weinte.

11

AUF HÖHERER EBENE

Kurz nach Kriegsende, erst dreizehn Jahren alt, hatte sich Helmut Rieger auf eigene Faust aus einem Heim der *Kinderlandverschickung* in Kärnten zu Fuß zurück nach München durchgeschlagen. Über Felder und durch Wälder. An Flüssen entlang und Seeufern. Über Berge und durch Täler. Immer aus *Furcht vor dem Feinde* Straßen meidend, über die nicht mehr Kübelwagen mit dem Hakenkreuz, sondern Jeeps mit dem weißen Stern der Amerikaner fuhren.

Wenn ich es bis nach Hause schaffe, hatte er sich damals geschworen, werde ich mein Leben lang jeden Tag mindestens fünf Kilometer schnell zu Fuß gehen.

Er hatte es ernst gemeint. War als Gymnasiast vor Beginn des Unterrichts eine Stunde durch den *Englischen Garten* geeilt und während des Studiums vor der ersten Vorlesung. Ging noch immer jeden Morgen seine sieben bis acht Kilometer, lief ohne Rücksicht auf Regen und Sturm, auf Eis oder Schnee.

Es gäbe kein schlechtes Wetter, hatte er Johannes oft zu erklären versucht, sondern *lediglich unzweckmäßige Kleidung*. Das Knochengerüst des Menschen sei für das Laufen besser geeignet als für sitzende Tätigkeiten.

Folgte Johannes etwa diesem guten Rat, für den sein gesunder und noch immer sehr kräftiger Vater der beste Beweis war?

Mitnichten! Sogar für eine kurze Wegstrecke innerhalb Schwabings stieg sein Sohn ins Auto, wenn er auf einen freien Parkplatz hoffen konnte.

Wie jeden Morgen, wenn Rieger die Geschäfte nach Frankfurt am Main führten, hatte der Verleger sein Auto um acht Uhr morgens in der Nähe des Güterbahnhofs abgestellt und lief eine Stunde zügig durch den Ostpark. Feiner Nieselregen war in der Luft. Nasses braunes und gelbes Laub lag auf den Wegen, und wenn Rieger auf die grünen, stacheligen Früchte der Roßkastanien trat, knirschten sie leise unter den Sohlen seiner Wanderschuhe.

Die Buchmesse ist auch nicht mehr, was sie einmal war, dachte er, während er schnell am dicken Stamm einer Sumpf-Weißeiche vorbeilief. Vor zehn Jahren beherrschten meine Autoren noch die Szene. Aber jetzt... Selbst die *Finkenschläge* werden sich höchstens ein paar Wochen auf den Listen halten. Und *Andenfieber* wird auch kein so großer Erfolg wie der *Condor von Lima*. Aber wenigstens auf Muller-Marceau ist noch Verlaß.

Dreimal hintereinander hatte sich der Verleger die Videoaufzeichnung der *Triade* angesehen und bewundert, wie geschickt der Kritiker den Roman vorgestellt hatte. Mißlungen sei das Buch und weit entfernt von Thomas Mann. Aber auf welch hoher Ebene mißlungen. Die großartige Sprache Stefan Bachs... meisterhafte subtile Erotik ohne auch nur die geringste Spur von Pornografie. Nicht aus den Händen zu legen hätte er diesen Roman vermocht. Bei allem, was er dem Autor vorwerfen müsse, er sei für dieses Buch. Ganz entschieden für dieses Buch.

Aber was bewirkt das noch? Vierzigtausend, vielleicht fünfzigtausend verkaufte Exemplare, schätzte er. Viel mehr wird das nicht bringen. Aber trotzdem, Muller ist noch immer sein Geld wert.

Der Verleger lief an Schwarzbirken vorbei und an Weißeschen.

Seine Schuhe traten auf das feuchte Laub von Persischen Eichen und japanischen Zelkoven. Er entdeckte sogar zwei Speierlingsbäume, deren Früchte dem hessischen *Ebbelwoi* sein unvergleichlich herbes Aroma verleihen. Lohnt es sich überhaupt noch, das Geld für einen Stand auf der Buchmesse auszugeben?

Buchhändler, die während der Messe einkaufen, dachte er mißmutig, sind inzwischen auch eine vom Aussterben bedrohte Spezies. Doch wir müssen in den Medien präsent sein. Alle Verleger... sogar *Daniel Keel*, der sich vor Jahren lautstark von der Messe verabschiedet hat... Alle sind wiedergekommen. Schon der Lizenzen wegen. Aber verkaufen wir noch Lizenzen?

Die *Finkenschläge* mit Sicherheit nach Italien, Spanien.

Vielleicht nach Frankreich und höchstwahrscheinlich in die skandinavischen Länder. Aber England oder Amerika? In England sind die meisten unserer Autoren unbekannt, und das Geschäft mit Amerika verläuft wie der Verkehr auf einer Einbahnstraße.

Welche zeitgenössischen Autoren sind denn nach dem Kriege zu einem Teil der Weltliteratur geworden?

Willi Heinrich und *Günter Grass*, dachte er, *Heinrich Böll.* Wie *Thomas Mann* und *Hermann Hesse.* Und unser *Hans Kühling* wird gleichfalls in der ganzen Welt gelesen, wie unser *Gerhard Lenzow.* Aber vermag der nachhaltige Erfolg eines oder zweier Autoren noch einen ganzen Verlag zu tragen?

Unversehens wurde aus dem leichten Nieselregen ein Wolkenbruch. Der Verleger lief auf die mächtige Sumpf-Weißeiche zu und zog sich im Schutze der wenigen noch an den Zweigen verbliebenen Blätter die Kapuze seines wasserdichten Wander-Anoraks über den Kopf. Und als er den nahezu drei Meter dicken Stamm des Baumes sah, dachte er an die *Backlist.* Welches Buch hält sich denn noch so lange auf den Markt, daß es nachhaltigen Gewinn erwirtschaften und Jahresringe bilden kann wie eine *deutsche Eiche?* – *Karsten Tröger* vielleicht. Seit über seinen Tod in allen Zeitungen berichtet wurde, sind die Verkaufzahlen wieder beeindruckend... Die Taschenbuch-Ausgabe. Ich muß mir sehr genau überlegen, ob ich unter diesen Umständen jetzt schon die Werkausgabe im Taschenbuch mache. Damit sollte ich ruhig noch ein oder zwei Jahre warten... Die *Junge Reihe* von Johannes... Rieger lief wieder an den Speierlingsbäumen vorbei. Die Reihe mache ich nicht weiter. Die Qualität dieser Bücher überzeugt mich ebenso wenig, wie ihre Ziffern. Sowas hält man am besten ein oder zwei Jahre am Lager und nimmt es danach nicht ins Taschenbuchprogramm.

In diesem Augenblick meldete das Läutewerk des Chronometers an Riegers Handgelenk, daß die Stunde abgelaufen war.

Er wandte sich dem Parkplatz zu, und als er an von niedrigem nassen Gebüsch umstandenen schwachen dürren Birken vorbei zu seinem Auto trabte, wurde ihm bewußt, daß es ein Fehler wäre, Johannes schon jetzt die Leitung des gesamten Unternehmens anzuvertrauen.

Der Junge ist zu weich für diese schwierigen Zeiten, dachte er, während er seinen Anorak auszog und im Kofferraum unterbrachte. Dann lenkte er seinen schweren Wagen umsichtig zurück zum Hotel.

In der geräumigen Lobby des alten Hotels war morgens um neun noch wenig Betrieb. Die meisten Verleger und ihre leitenden Mitarbeiter hatten in der Nacht an einer Bar ihre Kontakte zu Angehörigen anderer Verlage und Journalisten aufgefrischt, Messeempfänge besucht oder, wie Rieger, die Nacht in einem anderen Hotel verbracht.

Vor mehr als vier Jahren hatte er im *Centre Pompidou* in Paris Sabine Berger kennengelernt, die nach ihrer Scheidung eine angesehene Kunstgalerie in Murnau aufgebaut hatte. Aus der anfangs geschäftlichen Beziehung des Verlegers mit der ein Jahrzehnt jüngeren Galeristin war eine enge Freundschaft geworden. Beide verbrachten nahezu jedes Wochenende gemeinsam entweder in ihrer Wohnung oder, häufiger, in seinem Landhaus am Schliersee.

Seit ihr Helmut vor drei Jahren vorgeschlagen hatte, Serigraphien ihrer Künstler auf der Buchmesse anzubieten, kam auch sie jedesmal nach Frankfurt. Sabine hielt wie Helmut Gefühle für ihre persönliche Sache. Diskretion erhöhte für sie ebenso den Reiz ihrer gemeinsamen verbrachten Nächte wie für ihn; daß andere inzwischen danach gierten, ihr Privatleben durch das Fernsehen zur öffentlichen Angelegenheit zu machen, verstanden beide nicht.

Helmut hatte im Hotel gerade den Aufzug erreicht, wollte in seiner Suite noch kurz unter die Dusche und dann mit Frau Hager über den Kritikerempfang am Abend sprechen, als sich die Lifttüren öffneten und ihm Dr. Vahrig aus dem Aufzug entgegenkam: »Gut, daß Sie wieder da sind. Frau Hager und ich suchen sie schon seit gestern überall im Hotel.«

»Geht die Welt mal wieder unter?« fragte Rieger gelassen. Man wisse doch, daß er gestern Empfänge besucht hätte und sich nach Sonnenaufgang immer ein wenig bewege.

»Die Tröger hat uns ein Ei ins Nest gelegt«, sagte Vahrig. Er sei schon gestern von Bernd Voss gewarnt worden, hätte Rieger aber nicht erreichen können. Nahezu sämtliche überregionalen Zeitungen hätten eine Meldung der Deutschen Presseagentur übernommen: *Jutta Tröger verklagt Engsfeld Verlag auf Nachlaßherausgabe.*

»Und das ausgerechnet heute«, schimpfte Vahrig. Erstklassiges *timing* Am Tage des Engsfeld-Kritikerempfangs.

»Wir sind in dieser Sache absolut im Recht«, sagte Rieger ruhig. »Aber wir müssen natürlich reagieren, da stimme ich Ihnen zu – Haben Sie meinen Sohn heute schon gesehen?«

»Nur kurz im Frühstücksraum«, antwortete Vahrig. Johannes sei in einem bedauernswerten Zustand gewesen. Vielleicht habe er etwas Falsches gegessen.

Helmut zwang sich, verständnisvoll zu lächeln: »Ich würde gern in einer halben Stunde mit Ihnen und unserem Werbeleiter sprechen. Bereiten Sie Frau Hager darauf vor, daß sie mit der nächsten Maschine nach München fliegen und am frühen Abend wieder hier sein muß.«

Dr. Vahrig nickte. Helmut trat in den Aufzug, und als sich dessen Türen hinter ihm geschlossen hatten, empfand er seine Einsamkeit auf einmal so intensiv, daß es ihn erschreckte.

Welche anderen Verlage in der Größe des Hauses Engsfeld gab es denn noch, deren Programm und Wohl und Wehe allein von einer Frau oder einem Mann in der Chefetage, von den Vorlieben und Abneigungen eines einzigen Menschen abhing?

Welcher andere Verleger haftete denn noch mit seinem gesamten Vermögen für sein Unternehmen? Ja, gab es überhaupt anderswo noch Verleger wie ihn? *Siegfried Unseld* steuerte nach wie vor seine Verlagsflotte durch widrige Winde, aber sie war durch Druckereibetriebe und juristische Verlage stabiler als der Engsfeld Verlag. *Daniel Keel* war noch Herr in seinem gediegenen Schweizer Haus. Aber von ihnen einmal abgesehen – überall hatten Verlagsmanager die Führungspositionen erobert, die nicht mit jedem Titel ihr eigenes Geld aufs Spiel setzten. Sie anonymisierten Entscheidungen in stundenlangen Konferenzen. Sie schoben die Folgen ihrer Fehler möglichst anderen zu. Und nur in den gravierendsten Fällen trennten sich die Kapitaleigner von einem Manager, der dann prompt in den Dienst eines anderen Hauses trat; gewöhnlich mit besseren Bezügen.

Mein Verlag ist ein Relikt, dachte Rieger. Ein Fossil, das wider alle Wahrscheinlichkeit noch immer lebt. Ein Überbleibsel aus einer besseren Zeit. Die Türen des Aufzugs glitten auseinander, und Johannes kam ihm entgegen. Jämmerlich sah er aus. Bleich und mit Augen, die verrieten, daß er wieder die Hälfte der Nacht in einer Diskothek und die andere Hälfte mit irgendeiner Frau verbracht haben mußte.

»Weshalb mischt sich Kilblinger in die Beziehungen mit meinen Autoren ein?« fragte der Sohn. »Hast du das angeordnet?« Der Vater hätte ihm doch zugesichert, daß er die *Junge Reihe* allein entwickeln könne.

»Herr Dr. Kilblinger mischt sich in gar nichts ein«, sagte der Alte ruhig. »Und deine Autoren sind immer noch auch meine. – Aber erhole dich erstmal von der vergangenen Nacht. Ich habe gleich eine wichtige Besprechung.« Er empfand plötzlich den Wunsch, mit Johannes zu reden. »Also die Witwe vom Tröger...« begann er, aber er brach den Satz ab und schloß die Tür seiner Suite auf. Nein, dachte er. Es wäre nur vergebliche Liebesmüh.

Wie immer hatte der Engsfeld Verlag für seinen Kritikerempfang die Villa der *Frankfurter Gesellschaft für Handel, Industrie und Wissenschaft* gemietet. Obgleich das Treffen der *Freunde des Hauses* erst um zwanzig Uhr begann, hatte Rieger schon seit halb vier mit Werbeleiter Jacobi in der Villa gewartet, bis Frau Hager kurz vor sechs endlich mit den Dokumenten zurückgekehrt war, die herbeizuschaffen sie nach München geflogen war; Ablichtungen von Manuskripten in Trögers Handschrift sowie eine Kopie jenes handschriftlichen Testaments, mit dem der verstorbene Dichter seinen Freund und Verleger Dr. Helmut Rieger zum alleinigen Erben seines gesamten Vermögens, seines persönlichen Besitzes und seiner Urheberrechte eingesetzt hatte.

Im großen Festsaal waren Ausstellungswände aufgebaut

worden. Jacobi und seine jungen Mitarbeiter rahmten die Dokumente hastig hinter Glas und hängten sie neben ein großes Foto Karsten Trögers an die Stellwände.

Eleganter konnte Helmut Rieger den ihm unverständlichen Angriff Jutta Trögers nicht zurückweisen, und daß die Gäste die Absicht dieser kleinen Ausstellung von Autographen sehr schnell erkennen würden, war gewiß. Feuilletonisten waren wie Seismographen im kulturellen Getriebe. Sie reagierten auf die kleinsten Andeutungen und Gesten – auch wenn sie nicht selten Maulwurfshügel zu Hochgebirgen stilisierten oder sich, wie Muller-Marceau, lieber zur sicheren Seite hin irrten.

In aller Eile war Helmut nach dem Aufbau der Ausstellung in den Frankfurter Hof zurückgefahren, hatte sich umgezogen und jetzt stand der Verleger im mitternachtblauen Anzug an der Tür des Festsaals und begrüßte jeden der Gäste lächelnd, auch wenn es in ihm vor Wut kochte.

Johannes und krank? Man wird nicht krank am Tage des Kritikerempfangs des Hauses Engsfeld. Schon gar nicht, wenn man es kaum noch erwarten kann, in die großen Fußstapfen des Vaters treten zu dürfen.

Helmut Rieger reichte *Iris Radisch* von der *Zeit* die Hand und dann *Sven Michaelsen* vom *Stern*. Begrüßte herzlich *Klara Obermüller* vom Schweizer Fernsehen sowie *Willi Schwaiger* vom Deutschen Fernsehen. Freute sich, daß *Sigrid Löffler* von der *Zeit* und dem *Literarischen Quartett* gekommen war. Und *Thomas Hocke* vom ZDF. *Hellmuth Karasek*. Selbstverständlich auch *Bernd Voss* vom *Münchener Courier* sowie *Verena Auffermann*, die für die *Frankfurter Rundschau* schrieb und auch für die *Süddeutsche Zeitung. Stephan Reinhart* sowie *Heinz-Ludwig Merboldt*. Und, und, und... Die Bedeutungsträger der Literaturkritik – vom Schoßhund bis zum Wadenbeißer. Die Juroren der Stadt-, Turm- und Kellerschreiberpreise. Die Tief- und Durchblicker von *FAZ* und *Berliner Zeitung*. Die Nahrungskette der Literatur war nahezu vollständig erschienen.

HCE? Here Comes Everybody? – Nein! Hier kam die Crème des literarischen Lebens. Kam, wen Rieger als dieser Elite zugehörig betrachtete: Publizisten. Feuilletonisten. Autoren des eigenen Hauses und Autoren anderer Verlage, die ihm aufgefallen waren. Leitende Redakteure von großen überregionalen Zeitungen, die jeder kannte, und Redakteure kleiner Provinzblätter, die nicht einmal sich selber kannten.

Es kamen Damen im Abendkleid und Herren im Abendanzug, die nur kurz vorbeischauen wollten und auf die danach noch weitere festliche Ereignisse warteten. Kamen Eber, Ochs und Auerhahn, kamen einzeln oder paarweise, als wäre das Haus Engsfeld die Arche Noah der Literatur. Kamen auch Künstler in abgewetzten Cordjacken, die für das Haus Buchumschläge gestalteten und sogar eine Kunstgaleristin, die für die Graphik an den Wänden seines Hauses sorgen durfte. Alle kamen, wiesen am Portal ihre persönliche Einladungskarte vor, stiegen schöne alte Stufen empor und drängten zum Festsaal, wo ihnen der Verleger, der Herr der Ziffern, der große Rieger, die Hand schüttelte. Ihnen ein paar freundliche Worte sagte, wenn er sie kannte. Und wenn er sie nicht kannte, konnte er davon ausgehen, daß sie vertraute Gesprächspartner unter seinen Gästen fanden.

Die Rezensenten der *Rheinschiene* teilten ihre Meinungen so redlich, wie die an den *Berlin-Draht* angeschlossenen. Nur die *Unabhängigen Münchener*, so sah es jedenfalls Rieger, leisteten sich den elitären Luxus eines eigenen Urteils. Und fast jeder dieser Feuilletonisten trug die Uniform des geistigen Lebens: Jeans, Hemd oder verwaschener Pullover. Graue oder schwarze Anzugjacke. Aber um Gottes Willen keine Krawatte, die bei den meisten Kritikern als Ausweis jenes bürgerlichen Publikums verpönt war, für das sie schrieben.

Eine junge Frau, eine schlanke junge Frau kam langsam, unendlich langsam auf Rieger zu, als er sich gerade von der Tür entfernen und unter die Gäste begeben wollte. Eine schöne junge Frau mit einem feinen Gesicht und langen schwarzen Haaren. Mit großen dunkelbraunen Augen und aufregend geschminkten Lippen. In einem dreiviertellangen Strickkostüm aus Jersey in Blau. Königsblau. *Diese Augen,* dachte Helmut, *diese Lippen, dieser Mund.* Wer war die Unbekannte, deren Gesicht er glaubte, schon einmal gesehen zu haben. Irgendwo auf einem Foto. Aber in welchem Zusammenhang? Er mußte es jeden Augenblick erfahren: »Rieger. Helmut Rieger! – Ich freue mich, daß Sie zu uns gekommen sind!«

»Regger«, sagte die Schöne undeutlich. Oder hatte sie Drecker gesagt? Oder Beggar? Sie reichte ihm die Hand und schenkte ihm einen Blick aus ihren großen braunen Augen. Sie sei glücklich, daß sie endlich einmal bei ihm zu Gast sein könne. Den Namen, dachte er, den Namen, doch als sie danach fragen wollte, hatte sie sich schon einem Kellner gewandt, der auf einem großen silbern schimmernden Tablett Getränke anbot. Wein und Prosecco. Orangensaft und Apfelsaft. »Ein Glas Wasser«, hörte Rieger die Stimme der Fremden. Sie bäte um ein Glas Wasser. Nein. Kein Mineralwasser. Schlicht und einfach Wasser. Bitte ohne Kohlensäure.

Rieger ging jetzt, hoch aufgerichtet, mit schnellen Schritten zum Rednerpult. Begrüßte die Freunde des Hauses zum zweiten Mal. Wies auf die ausgestellten Handschriften des viel zu früh verstorbenen Freundes Karsten Tröger hin. Bat Stefan Bach, eine kurze Passage aus seinem Roman für die Gäste zu lesen, und während der Dichter die matt glänzenden Perlen seiner geschliffenen Prosa vor die Freunde des Hauses warf, hielt sein Verleger nach der unbekannten Frau im königsblauen Jersey Ausschau, die unter mehr als zweihundert Gästen zu entdecken nicht leicht war.

Dann sah er sie wieder. Sie hatte ihr Glas Wasser in der Hand. Die Augen auf Bach gerichtet, verfolgte sie aufmerksam seinen Vortrag, als wäre jede überhörte Silbe ein schwerer Verlust für sie. Als Bach seinen Roman zuklappte, stand sie noch einen Moment wie gelähmt, stellte ihr Glas ab und applaudierte als erste, was noch keinem je gelang, wenn Helmut Rieger anwesend war.

Der Beifall ebbte schnell ab und die Freunde des Hauses eilten nicht zu den Dichterhandschriften, sondern zum Buffet, hinter dem das Küchenpersonal schon die Messer wetzte. Es gab Fleisch vom Rind, vom Kalb und vom Schwein. Helles zartes Fleisch von der Pute und vom

Huhn; Kräftiges vom Lamm. Es gab Forelle und Lachs, Salate, Fleischbällchen und Fischbällchen. Salzkartoffel, Bratkartoffel, Kroketten und Gratin.

Rieger war über die alte Treppe in die erste Etage hinaufgestiegen, blickte vom Umgang aus über das schwere Holzgeländer auf seine Gäste hinunter, die sich gütlich taten an Speis und Trank. Gäste, die, durch leibliche Nahrung gesättigt, zur geistigen Speisung strebten und die Handschriften Trögers studierten. Sich vor Trögers Testament drängten, bis sie sich nach und nach wieder im Festsaal und den Nebenräumen verteilten, wo sie in kleinen Gruppen zusammenstanden.

Er entdeckte die *Hoerschelmann*, die sich mit *Verena Auffermann* unterhielt und in einer Gruppe um Muller-Marceau die junge Frau in Blau. Er eilte die Treppe hinunter, wollte sich zu ihr gesellen, doch als er neben den Kritiker trat, war sie schon wieder verschwunden. Muller redete erregt auf Diether Havermann ein. Ungeheuerlich sei, wie Jutta Tröger versuche, das Ansehen des Verlags zu beschädigen. Doch die Erben von Autoren und Künstlern... Er winkte abfällig ab. Man brauche doch nur an die Schwester Nietzsches zu denken. Er sei für die Witwenverbrennung.

Rieger nickte den beiden freundlich zu, sah sich suchend um, und entdeckte die Unbekannte jetzt im Gespräch mit Willi Schwaiger. Sie gehört dazu, dachte er. Sie gehört eindeutig zu uns, und ich kenne sie nicht.

Muller-Marceau nach ihrem Namen zu fragen, wäre ein Zeichen von Schwäche gewesen. Er ging zu Schwaiger und der schönen Fremden. Hörte, wie der Redakteur von seiner Programmdirektion erzählte, für die Qualität immer unwichtiger werde und Einschaltquoten zum einzigen Kriterium. »Die Hochkultur wird immer mehr aus dem Programm gedrängt«, sagte Schwaiger. Sogar ein Feature über die *Droste-Hülshoff* habe man ihm kurzerhand abgesetzt, um stattdessen einen Bericht über die tote *Lady Di* zu senden. Rieger nickte zustimmend. Wer die Literatur eines Volkes sterben ließe, sagte er und sah die *Blue Lady* an, als wäre sie der einzige Mensch im Saal, verurteilte es zum Untergang. Weiter kam er nicht, denn ein Mann im weißen

Anzug stürzte mit weit ausgebreiteten Armen auf ihn zu: »Buona sera, Signore Rieger! La signora Feltrinelli mi ha pregeto Vi far transmettere i saluti cordiali. Le bozze do stampa...«

Riegers Gesicht hatte sich gerötet. Johannes! Immer wenn man ihn braucht, ist er nicht da! Aber die Fremde im blauen Jersey erkannte und rettete die Situation. »Frau Feltrinelli habe ihn gebeten, Ihnen ihre herzlichen Grüße zu übermitteln«, übersetzte sie. Die Korrekturfahnen des Romans von Stefan Bach seien leider nicht rechtzeitig fertig geworden und würden dem Verlag per Luftpost zugesandt.

Sie dolmetschte, parlierte auf deutsch und italienisch, und als der Italiener zum Buffet ging, begleitete sie ihn. Griff nach einem Teller und deutete auf die verschiedenen Gerichte. Vermutlich erklärte sie ihm die *Kritische Theorie des Kalten Buffets* und suchte Appetithäppchen für ihn aus. Klasse, dachte Rieger, so benimmt sich nur eine Tochter aus gutem Hause. .

Rieger stieg wieder die Stufen zum Obergeschoß hinauf, und als er erneut auf die Gäste hinunterblickte wie ein Landesvater auf sein Volk, trat die Unbekannte neben ihn. Sagte lächelnd, daß sie nur zum Empfang gekommen sei, um sich bei ihm dafür zu bedanken, daß der Engsfeld Verlag ihren Erzählungsband veröffentlicht habe.

Becker – fiel ihm endlich ihr Name ein, Anna Becker, doch sie redete weiter. Sagte, daß es schon während des Studiums ihr größter Wunsch gewesen wäre, zu den Engsfeld-Autoren zu gehören. Senkte die Augenlider und erklärte, wie traurig sie sei, daß der Verlag ihr zweites Buch nicht veröffentlichen wolle.

Rieger war überrascht: »Ich wüßte nicht, daß wir ein Manuskript von Ihnen abgelehnt hätten«, sagte er zögernd. Mein Sohn, dachte er, weshalb hat mir Johannes nichts von davon gesagt? Oder habe ich etwas überhört? – »Ich habe Ihnen die Ablehnung mitgebracht«, sagte Anna und zeigte ihm den Brief Dr. Kilblingers. Sie sei morgen Nachmittag um sechzehn Uhr mit Herrn Unseld von der Frankfurter Verlagsanstalt verabredet und um achtzehn Uhr mit Herrn Krüger vom Hanser Verlag. Glücklich sei sie wirklich nicht, daß es soweit gekommen sei, denn Engsfeld wäre ihre erste Wahl gewesen. Sie habe Referate über *Karsten Tröger* gehalten, und ihre Magisterarbeit über *Hans Kühling* geschrieben. Aber wenn ihr Buch nicht gut genug für Engsfeld sei... *Patrick Süskind* und *Umberto Eco* seien angeblich auch von mehreren Verlagen abgelehnt worden. Das tröste sie ein wenig.

Fehlentscheidungen, dachte Rieger, während er Anna nachdenklich ansah, unsere größten Fehlentscheidungen. Auch wenn die beiden Autoren nicht unbedingt in mein Programm gepaßt hätten. Und er erinnerte sich, wie *Siegfried Unseld* reagierte, als ihm von *Hermann Burger* ein Manuskript angeboten wurde.

»Ich verspreche Ihnen, Ihre Arbeit sofort zu lesen«, hörte sich Rieger sagen. Er wolle ihren Text persönlich beurteilen. Sie möge bitte verstehen, daß auch in seinem Verlag nicht jedes Manuskript genau geprüft werden könne. Im Falle einer Autorin des Hauses hätte das allerdings nicht passieren dürfen: »Aber wir sind alle nur Menschen«, sagte er, und Anna stimmt ihm zu.

»Wenn ich Sie damit wirklich nicht belästige, will ich mein Manuskript in zwei Stunden gern an der Rezeption Ihres Hotels hinterlegen«, sagte sie leise. »Ich bin morgen noch bis vierzehn Uhr im Hotel Nizza zu erreichen.«

»Dann werde ich Ihre Arbeit noch heute Nacht lesen«, versprach der Verleger. »Sie hören bis spätestens morgen Mittag von mir.«

Sie dankte ihm, ging die Stufen hinunter, und als sie die Tür des Festsaals erreichte, blickte sie noch einmal zu ihm herauf. Das kommt dabei heraus, wenn man sich nicht um alles selber kümmert, dachte er, während er sich wieder unter seine Gäste mischte und Sabine suchte. Die Freundin würde verstehen, daß sie eine Messenacht allein verbringen mußte.

Rieger hatte den Kritikerempfang seines Verlags kurz vor Mitternacht verlassen. Als er in die Halle seines Hotels trat, kamen ihm viele gut gekleidete Leute entgegen, die sich angeregt unterhielten. Einer der Empfänge anderer Verlage, die in den *Frankfurter Hof* eingeladen hatten, war wohl gerade zuende gegangen. Die meisten Besucher verließen das Hotel, denn während der Messe hier zu wohnen, war ein Privileg. Auch Rieger hatte sich von Frau Hager seine Suite schon bis ins nächste Jahrtausend reservieren lassen.

Er ging zur Rezeption, fragte nach Post, und als ihm eine junge Angestellte einen großformatigen Umschlag über die Theke reichte, empfand er Neugierde, Hoffnung und Skepsis zugleich. Noch immer las er neugierig jedes Manuskript eines Engsfeldautors. Und jedesmal hoffte er auf ein großes Werk, das alle Grenzen überschreitet, das Jahrhunderte überdauern könnte. Wenn er skeptisch geworden war, so deshalb, weil die deutsche Literatur diese Kraft verloren zu haben schien.

War das Terrain nach *Hermann Hesse* und *Thomas Mann*, nach *Franz Kafka, Alfred Döblin, Hans Henny Jahnn, Max Frisch* und vielleicht noch *Arno Schmidt* sowie dem frühen *Günter Grass* literarisch so umfassend vermessen, daß nur noch Planierraupen gefragt waren, die alles plattwalzten? – Nein, er durfte nicht aufhören zu hoffen. *Wer den Glauben an die Literatur verloren hat, der hat alles verloren,* dachte er, als er in seine Suite trat.

Er zog den Mantel aus, schaltete die helle Tischlampe auf dem altmodischen braunen Sekretär ein und alle anderen Lampen aus. Der Etagenkellner brachte ihm eine Flasche Chardonnay, die er schon unten an der Rezeption bestellt hatte. Riegers Zinnbecher stand noch vom Vortage auf der Schreibfläche. Er füllte ihn bis zum Rande, trank einen Schluck, setzte sich an den Sekretär, und als er den großen Briefumschlag öffnete und einen Stapel mit feiner königsblauer Tinte beschriebenen Papiers in den Händen hielt, hätte er mit keinem Menschen auf der Welt tauschen mögen.

Ohne viel Nahrung für seinen großen, schlanken Körper hätte er leben können, notfalls auch ohne Wein. Aber nicht ohne Bücher. Ohne die Meere aus Wörtern, in denen er schwimmen konnte. Aus denen sein Geist Kraft schöpfte und in denen er immer neue fremde Welten entdeckte.

Klick, las er in Annas zierlichen Handschrift, *klick, klick, klirrt es jedesmal hinter dem Rücken der kleinen, vier Jahre alten Bronislawa, die ihren eigenen Vornamen*

*noch verstümmelt. Ihn wie Papuscha ausspricht. Papuscha
sag ich...* Und Helmut las. Es dauerte nicht lange, da sah er
sich selbst auf dem klapprigen Pferdefuhrwerk, die Zügel
in der Hand und die kleine Tochter auf dem Schoß. Er griff
zum Zinnbecher, trank einen Schluck, und sah vor sich, auf
der Landstraße nach *Tarnóv,* weißgrau den Dampf aus den
Nüstern des kräftigen *Panjes* strömen. *Papuscha, sag ich.*
Papuscha, die schnell zu einer jungen Frau heranwuchs,
deren Sinnlichkeit ihn erregte; deren Bild für ihn immer
mehr mit dem seiner neuen Autorin verschmolz. Nein, das
war noch kein Meisterwerk, dafür war Anna Becker zu
jung. Doch ihr Manuskript war ein großes Versprechen. Es
gehörte in seinen Verlag.

Am liebsten hätte er sie noch vor seiner morgendlichen
Wanderstunde angerufen, aber er hatte doch bis zehn gewartet, bevor er sich von einer Telefonistin mit ihr verbinden ließ.
Ein wenig aufgeregt war ihm die Autorin vorgekommen,
doch als er ihr gesagt hatte, daß ihm ihr Teilmanuskript gefalle, war aus der Aufregung Freude geworden, und sie
hatte sofort seinem Vorschlag zugestimmt, mittags gemeinsam zu speisen und über ihr Buch zu reden.
Jetzt wartete er, im hellblauen Anzug, seinen leichten
Übergangsmantel über dem Arm, im Foyer des *Nizza* auf
sie. Blätterte in einer Zeitung, die er sofort zusammenfaltete und auf den Tisch zurücklegte, als er sie die Treppe her-
unterkommen sah. Diesmal in einem langen weiten
schwarzen Mantel und flachen Ballerinaschuhen. Er stand
auf, ging ihr entgegen, und als sie ihm gegenüberstand, erschien sie ihm im diffusen Licht des Herbsttages noch
schöner als am Abend zuvor.
Es sei sehr freundlich, daß er sich die Mühe mache, sie
vom Hotel abzuholen, versicherte sie. Aber sie wäre
selbstverständlich auch in einem Taxi zum *Frankfurter
Hof* gekommen. Er hätte gewiß Wichtigeres zu tun, als
Zeit für eine junge Anfängerin zu opfern.
»Für eine sehr begabte junge Autorin«, korrigierte er,
während sie zu seinem Auto gingen. Er wäre noch immer
untröstlich, daß in seinem Lektorat die Qualität ihres Tex-

tes nicht erkannt worden sei. »Mein Sohn war mit *Joan Rodriguez* unterwegs, und ich habe *Stefan Bach* auf einer Lesereise begleitet«, sagte er. Da könne schon einmal eine Panne vorkommen. Der Brief Dr. Kilblingers sei ohne sein Wissen abgesandt worden. Auch sein Sohn sei nicht dazu gekommen, ihr neues Manuskript zu beurteilen.

»Aber ich bitte Sie«, entgegnete Anna. »Was glauben Sie, wie viel bei uns am Theater schief geht.« Sie erreichten seinen Wagen. Helmut schloß die linke Vordertür auf, wollte ihr die hintere Tür aufhalten, doch sie war schon um den Wagen herumgelaufen und setzte sich vorn neben den Beifahrersitz. »Beim Theater?« fragte Helmut interessiert, während er den *Mercedes* startete. »Sind Sie am Theater tätig?«

»Ich würde am liebsten sagen: leider!« antwortete sie. Aber sie habe den Eltern nicht länger auf der Tasche liegen wollen. Als ihr in Düsseldorf eine Stelle als Assistentin in der Dramaturgie angeboten worden sei, habe sie sofort zugegriffen. Doch wenn sie ehrlich sein wolle... Sie sei vom Theater enttäuscht: »Ich weiß nicht, ob Sie das verstehen, aber wenn ich tagtäglich erlebe, wie die meisten Regisseure mit bedeutenden Stücken umgehen... Es bereitet mir manchmal geradezu körperlichen Schmerz.«

»Und ob ich das verstehe«, sagte er. Er könne das gegenwärtige Regietheater auch nur mit Widerwillen ertragen.

Es dauerte nicht lange, bis sie die Arnoldshainer Straße erreicht hatten, und als ihnen der *Maitre* in der *Osteria Enoteca* die Speisenkarte vorlegte und *Lammnüßchen à la provencale* empfahl, hatte er wenig später nicht nur Respekt vor der Intelligenz und dem Talent dieser jungen Frau, sondern auch vor ihrem Geschmack. Sie hatte offenbar eine ähnlich sensible Nase wie er. »Lammnüßchen à la provencale«, hatte sie leise bestellt, und laut und deutlich hinzugefügt: »Aber nur, wenn es ohne jede Spur von Knoblauch angerichtet werden kann!«

Die Osteria war einer jener Gourmettempel, wo die Speisen noch mit derselben Sorgfalt und Raffinesse zubereitet wurden, die Helmut für sein literarisches Programm anstrebte. Hier wurde nicht einfach gekocht oder gebraten, sondern hier wurde braisiert und poeliert, pochiert und sautiert, wurde tranchiert und blanchiert, püriert und dressiert. Mit Recht war das Speiselokal im *Guide de Michelin* geadelt, der in den Handschuhfächern von Luxuslimousinen lag, wo man die literarische Bestenliste vergeblich suchen würde.

Im Ambiente der Osteria speiste die Elite der Bankiers und Immobilienmakler, dinierten erfolgreiche Direktoren und Chefärzte. Reich gewordene Malerfürsten folgten den Empfehlungen des *Michelin* ebenso, wie ihn Spitzenpolitiker zu würdigen wußten; sogar die Größen der *Grünen* kannte inzwischen den Unterschied zwischen einem *Poulet grillé* und einem *Poulet sauté*.

Bereits während sie ihre Vorspeise genossen – beide hatten *Chaudfroid vom Rebhuhn* gewählt, hatte sich Rieger vorsichtig erkundigt, wann Anna die Arbeit an ihrem Roman abzuschließen gedenke.

»In einem Vierteljahr oder einem halben Jahr«, hatte sie gesagt. Doch es könne auch noch länger dauern.

Sie liebe es zu redigieren und zu korrigieren, an einer Seite immer wieder zu feilen. Sätze und ganze Absätze zu tilgen und mitunter später wieder einzufügen, bis sie beim besten Willen kein Wort mehr fände, das sie streichen oder durch ein treffenderes ersetzen könne. Wieviel Zeit das erfordere, sei für sie unerheblich. Und sie schätze es, mit einem erfahrenen Lektor zusammenzuarbeiten. »Nichts gegen Ihren Herrn Sohn, aber für diesen Roman... Ich würde mit Ihrem Sohn genauso wenig arbeiten wollen, wie mit Herrn Dr. Kilblinger, der das Manuskript abgelehnt hat.«

»Aber ich bitte Sie«, sagte Rieger. »Mit meinen wichtigsten Autoren arbeite ich grundsätzlich selbst.«

Anna lächelte. Sie wisse, was er für das Werk von *Hans Kühling* und *Karsten Tröger* getan habe. Besser aufgehoben sei sie nirgends.

Riegers Respekt vor dieser Autorin wuchs. War die Becker eine geistige Schwester *Peter Handkes*? Hatte sie das Potential eines *Botho Strauß*? Oder versprach sie, eine Virginia Woolf des 21. Jahrhunderts zu werden?

Erst als ihnen die *Lammnüßchen* ohne jede Spur von

provencale serviert wurden, lenkte Rieger das Gespräch vorsichtig auf so profane Angelegenheiten wie den Optionsvertrag und mögliche Honorarvorauszahlungen. Und erstaunte sie ihn.

Einen Vertrag mit dem Hause Engsfeld würde sie jederzeit sofort unterzeichnen, denn es sei für sie der beste deutsche Verlag. Aber er möge bitte verstehen, daß sie keine Vorschüsse annehmen wolle. »Die Literatur ist mir heilig«, sagte sie so leise, daß er es gerade noch hören konnte. Sie schreibe nicht, um damit Reichtümer zu erwerben. Sie verdiene sich ihren Lebensunterhalt lieber durch einen Brotberuf. Die meisten wirklich großen Dichter hätten das nicht anders gehalten. Der Verleger hätte sie am liebsten an sein Herz gedrückt.

Er sah Anna Becker an. Beobachtete ihre langfingerigen Hände, die Messer und Gabel elegant handhabten. Anspruchsvoll war diese Autorin, das wurde schon dadurch bewiesen, daß sie bei ihm veröffentlichte. Und als sie ihn wieder vertrauensvoll anblickte, wie eine Tochter ihren gütigen Vater, verspürte er den Wunsch, für sie zu tun, was immer er nur konnte. Sie zu schützen und abzuschirmen vor den widrigen Stürmen dieser Zeit, die an allem zerrten und rissen, was noch vor dreißig Jahren als wertvoll gegolten hatte.

Konnte man so ein Talent vom Alltag des Theaterbetriebs verschleißen lassen? Wieviel Kraft würde diese grazile Frau denn nach einem anstrengenden Arbeitstag noch in die Literatur einbringen können? »Sie haben doch Theaterwissenschaft studiert«, hörte er sich sagen. »Könnten Sie sich vorstellen, in unserem Hause in der Theaterabteilung tätig zu sein?«

Anna zögerte und sah Rieger fragend an: »Welche Aufgaben hätten Sie denn dort für mich?«

»Die Bücher unserer Theaterautoren zu betreuen«, antwortete er. Die dafür zuständige Lektorin sei in den Betriebsrat gewählt worden, und er müsse ihr zumindest eine Assistentin zuteilen. Er stelle sich das etwa so vor, wie Goethes Ministeramt in Weimar, sagte er lächelnd. Er würde selbstverständlich dafür sorgen, daß sie so viel Zeit wie nur möglich auf ihr eigenes Werk wenden könne. Was die Suche nach einer Wohnung in München betreffe, würde ihr der Verlag behilflich sein. Er habe gute Kontakte zu einer der Brauereien, denen viele Häuser in München gehörten.

»Das erscheint mir alles wie ein Traum«, sagte sie. »Ich habe mir immer gewünscht, in München zu leben.«

»Dann werden wir Ihnen in den nächsten Tagen nicht nur einen Verlagsvertrag zusenden, sondern auch einen Beschäftigungsvertrag«, sagte er freundlich, während ein Dessertwagen an den Tisch geschoben wurde. Rieger winkte dankend ab, doch Anna ließ die Blicke über die Glasschalen und Porzellanschüsseln wandern und entschied sich für *Mousse au chocolat au Cendrillon.*

»Ich werde beide Verträge unverzüglich unterzeichnen«, sagte sie, und was das Theater betreffe, mache sie sich keine Sorgen. In ihrem Arbeitsvertrag sei zwar eine vierteljährige Kündigungsfrist vereinbart, aber der Intendant würde darüber mit sich reden lassen. Er sei ein Freund ihres Vaters.

»Kommen Sie so schnell wie möglich zu uns«, sagte Rieger. »Ich freue mich darauf. Sie werden es gewiß nicht bereuen.«

Während er zum *Frankfurter Hof* zurückfuhr, war der Verleger so zufrieden wie lange Zeit nicht mehr. Es gibt hochbegabte Autoren, wie es sie zu allen Zeiten gegeben hat, dachte er, und erinnerte sich an Hans Kühling, dessen Werk er begleitet hatte, schon als junger Lektor des alten Engsfeld und später als Verlagsleiter. Jetzt war nicht mehr daran zu denken, für jeden seiner Autoren jenes Maß an behutsam begleitender Betreuung aufzubringen, das ihm erforderlich schien.

Doch für die hochbegabte Anna Becker wollte er sein, was er für Stefan Bach, Gerhard Lenzow und, bis zu dessen Tode, auch Karsten Tröger war: ein Diener und Gehilfe.

Wie vertrauenvoll sie ihn angesehen hatte, während sie in der Osteria über seine Pläne für ihren Roman gesprochen hatten. Daß ihre *Gestohlenen Kinder* in der *Jungen Reihe* seines Sohnes bestenfalls zu einem Achtungserfolg werden konnten, war ihr längst bewußt, und bevor sie in der Nähe ihres Hotels aus seinem Wagen gestiegen war, hatte er ihr noch einmal versprochen, daß ihrem Roman keinesfalls das gleiche Schicksal widerfahren würde. Um dieses Buch würde er sich persönlich kümmern.

Er stieg vor dem Hotelportal aus seinem Auto, gab dem Wagenmeister die Schlüssel, und als er die Hotellobby betrat, freute er sich schon auf das Lektorat dieses empfindsam geschriebenen Romans. War das kein Grund zum Feiern?

Er wandte sich zur Bar, um sich ein Glas Champagner zu bestellen. Unter den Gästen sah er Johannes im Gespräch mit *Klaus Eck* aus dem *Bertelsmann Konzern*. Rieger überlegte, was sein Sohn mit *Eck* zu besprechen haben könnte, als Johannes sich von *Eck* verabschiedete und auf seinen Vater zutrat: »Ich muß unbedingt mit dir sprechen.«

Helmut nickte: »Kann ich mir denken! – Schön, daß du von deiner Krankheit so schnell genesen bist. Nur rasieren kannst du dich offenbar noch nicht. Oder liegt der Dreitagebart bei euch wieder im Trend?«

»Vater!« sagte Johannes. »Es ist unmöglich, daß sich das Lektorat in meine Arbeit einmischt und Manuskripte ablehnt, die ich angenommen habe.«

Helmut betrachtete sein Sohn aufmerksam: »Die du angenommen hast?« fragte er erstaunt. »Du kannst für den Verlag überhaupt nichts annehmen! Du kannst mir nur etwas vorschlagen. Den Roman von Anna Becker zum Beispiel... Ein großartiges Buch! Ich bin froh, daß ich diesen Fehler von dir mal wieder im letzten Augenblick korrigieren konnte.«

Johannes blickte ihn fassungslos an: »Wieso korrigieren? Ich verstehe nicht...« Er habe *Papuscha* positiv beurteilt und das Manuskript an Dr. Kilblinger weitergereicht, damit er es gleichfalls begutachten könne: »Du hast doch verlangt, daß er jedes Manuskript für meine *Junge Reihe* liest, bevor du einen Vertrag unterschreibst.«

Helmut sah, daß *Monika Schoeller* von *S. Fischer* durch die Halle kam, grüßte freundlich und zwang sich zu lächeln. Er wandte sich wieder seinem Sohn zu: »Völlig richtig! – Aber *Papuscha* ist kein Buch für unsere *Junge Reihe*, sondern es ist große Literatur. Um dieses Buch werde ich mich persönlich kümmern.«

Er bemerkte, wie Johannes bleich wurde. War sein Sohn etwa wirklich aus gesundheitlichen Gründen dem Empfang ferngeblieben und nicht irgendeiner Französin wegen, die er auf der Messe getroffen hatte?

»Nun ja«, sagte Helmut versöhnlich. Wegen *Papuscha* brauche sich Johannes keine Sorgen mehr zu machen: »Ich habe der Anna Becker selbstverständlich nichts von deinem Gutachten gesagt.« Er wolle keinesfalls, daß irgendwo der Eindruck entstünde, im Hause Ergsfeld könne der Cheflektor Manuskripte ablehnen, die der Sohn des Verlegers zur Annahme empfohlen hätte. Johannes hätte ihn sofort auf die Qualität dieses Romans aufmerksam machen müssen. Solche Projekte ließe man nicht im Lektorat versacken, sondern man kämpfe für sie: »Aber komme erst einmal wieder richtig auf die Beine! Wir müssen ohnehin über vieles reden, wenn ich aus Schliersee zurück bin. – Kann ich mich darauf verlassen, daß du dich noch bis zum Montag um unseren Stand kümmern wirst?« Johannes nickte, und sein Vater gab ihm die Hand: »Dann bis nächste Woche. Wir werden in Ruhe über alles sprechen.«

»Ich weiß«, sagte der Sohn.

Wie jedes Jahr war Helmut unmittelbar nach der feierlichen Vergabe des *Friedenspreises des deutschen Buchhandels* aus Frankfurt abgereist, um eine Woche in seinem Landhaus in Schliersee zu verbringen, das er vor achtzehn Jahren von einem seiner Autoren geerbt hatte.

Inzwischen hatte er die meisten Wanderrouten in den Bayerischen Alpen genau erkundet, und als er auf dem Parkplatz Spitzingsattel aus dem Auto stieg, dachte er daran, daß er nach der Testamentseröffnung eine Zeitlang erwogen hatte, die Liegenschaft zu veräußern. Es wäre ein großer Fehler gewesen.

Nicht nur, daß der Wert der Immobilie seither auf nahezu das Dreifache gestiegen war; er hatte das Haus am Seeufer auch lieb gewonnen. Zwischen seinen hölzernen Wänden wurde er beim Schlußlektorat mit einem Autor genauso wenig gestört wie übers Wochenende, wenn er Freunde zu sich bat oder ein paar Tage mit einer Freundin dort weilte.

Wie immer, wenn er in den Bayerischen Alpen wanderte, trug er unter seinem Anorak einen Wollpullover und eine Kniebundhose, deren Beine über dicken dunkelgrünen Wollsocken endeten. Für die mäßig anstrengende Wanderung zur *Brecherspitze* genügten leichte Bergstiefel, und als er zügig über den nur gering ansteigenden Trautweinweg zur Oberen Firstalm ging, freute er sich über das klare Licht des frühen Morgens. Der Weg führte durch einen Wald. An vielen Bäumen hing noch buntes Laub. Doch von vielen Stellen aus konnte er schon jetzt den *Miesing* und den *Schinder*, sogar den *Risserkogel* sehen.

Im Herbst, wenn die Sommerurlauber abgereist waren und der Skizirkus der Wintersaison noch nicht angefangen hatte, wanderte er am liebsten in den Bergen. Es dauerte keine Stunde, da hatte er die Obere Firstalm erreicht. Er lief am Berggasthof vorbei, und als er die Wegweisertafel auf der Wiese daneben sah, fiel ihm ein, wie erregt er sich vor siebzehn Jahren an dieser Stelle mit Johannes gestritten hatte. Er sei bereits zweimal auf der Brecherspitze gewesen, hatte der Sohn damals gesagt. Ein drittes Mal interessiere sie ihn nicht. Helmut könne gerne weitergehen. Er würde auf der Terrasse des Gasthofs eine Limonade trinken und dort auf ihn warten. Der Junge ist anders als ich, hatte er damals gedacht. Hatte gehofft, daß der Sohn wie der Vater Gefallen finden würde an den Herausforderungen des Lebens. Daß er sich Ziele setzen würde und Kraft darauf wenden, Pläne zu verwirklichen. Spätestens auf der Universität, spätestens im Beruf wird er bemerken, daß nachhaltiger Erfolg immer das Ergebnis nachhaltiger Anstrengungen ist.

Mittlerweile stieg Rieger wieder über die steileren, noch von der Hitze des Sommers ausgebrannten Südwesthänge zum Sommergipfel. Was habe ich nur falsch gemacht, während dieses Kind aufwuchs? fragte er sich immer häufiger, seit er Johannes in den Verlag aufgenommen hatte, und er fand zu keiner Antwort. Die Scheidung. Meine Frau hätte sich damals nicht von mir scheiden lassen dürfen, dachte er manchmal, doch auch das konnte die Schwäche seines Sohnes für ihn nicht entschuldigen.

Viele Kinder aus geschiedenen Ehen meisterten ihr Leben

höchst erfolgreich, hatte ihm ein angesehener Psychologe erklärt, den er vor fünf Jahren um Rat gebeten hatte. Helmut solle nicht nach Schuld suchen, wo es keine gäbe. Johannes sei hochintelligent, hatte der Seelenkundler damals gesagt. Die Söhne sehr erfolgreicher Männer hätten es besonders schwer. Sie müßten die eigene Kraft notgedrungen an der eines übermächtigen Vaters messen. »Was kann ich denn noch für ihn tun?« hatte Rieger damals gefragt. »Hat König Laios dem Ödipus etwa einen Stein in die Hand gedrückt und ihm erklärt, wie man seinen Vater erschlägt?«

Rieger erreichte den Wintergipfel und schritt über den Gratsteig an Legföhren vorbei zum Hauptgipfel. Ein erfahrener Vater würde ein unsicheres Kind auf diesem schmalen Grat mit der Reepschnur sichern, dachte er.

Noch immer war die Luft klar. Er sah auf Schliersee hinunter, sah den dünnen, spitzen Kirchturm des kleinen Ortes. Er sah den See. Sah in die österreichischen Berge. Und als er vom Gipfel über das oberbayerische Vorland in Richtung München schaute, wußte er, daß er die Reepschnur lösen mußte, an der er seinen Sohn noch immer führte.

12

VATER, MEIN VATER – JETZT FASST ER MICH AN

Noch am Montag Abend, als er nach München zurückfuhr, war er so verwirrt, daß er in seinem *BMW* meist auf
der rechten Spur blieb. Er konnte kaum glauben, was ihm
zugestoßen war. Anna, eine gefühlvolle Frau, sollte dazu
fähig sein, sich so konsequent von ihm zu trennen, wie er
zuvor zahllose Frauen verlassen hatte?

Am Freitag, dem Tage des Kritikerempfangs, hatte er ihr
Verhalten im Hotel noch für eine verständliche Reaktion
auf die Ablehnung ihres Romans gehalten und darauf vertraut, daß sie sich wieder bei ihm melden würde. Sogar
dem Empfang war er ferngeblieben, um auf ihren Anruf zu
warten.

Zeichneten sich empfindsame Frauen nicht gerade dadurch aus, daß sie mit unbeirrbarer Kraft und unerschüt-
terlichem Vertrauen liebten, wenn ein Mann ihr Herz erobert hatte?

Erst nach dem Gespräch mit Helmut hatte er sie im Hotel zu erreichen versucht. Eine Angestellte hatte ihm mitgeteilt, daß Frau Becker bereits abgereist sei, aber eine Nachricht für ihn an der Rezeption hinterlegt hätte.

Das hatte ihm wieder hoffen lassen. Er war in einem
Taxi zum Hotel gefahren. Hatte sich auf ein erklärendes
Billet doux gefreut, aber nur ihren *Kurzen Brief zum lan-
gen Abschied* lesen können.

*Lieber Herr Rieger, ich möchte Ihnen für die Umsicht dan-
ken, mit der Sie sich um mein erstes Buch im Engsfeld Verlag gekümmert haben – auch für Ihre Bemühungen für den
Roman. Inzwischen hat mir Ihr Herr Vater versprochen,
Papuscha persönlich zu betreuen. Ich bin sehr glücklich
über diese Entwicklung.*

Mit freundlichen Grüßen.
Ihre Anna Becker.

Diese höfliche Ironie! Als ob Bemühungen noch etwas wert wären zu einer Zeit, in der es nur auf Resultate ankam und sonst nichts. Ihr *Herr* Vater, hatte sie geschrieben! Auch das genau dosierter Hohn. Nicht einfach Vater.

Immer wieder hatte Johannes diesen Brief gelesen. Hatte sich vorzustellen versucht, wie sie im Hotel Nizza gesessen haben mußte. Jedes Wort sorgfältig erwägend. Eine Fassung nach der anderen entwerfend und verwerfend, bis sie zu einer gefunden hatte, die ihn seine Fassung verlieren ließ.

Sie hat mich gewogen, dachte er, als er an der Autobahntankstelle Nürnberg Benzin nachfüllen ließ, und für zu leicht befunden.

Seit Samstag versuchte er vergeblich, sie in Düsseldorf zu erreichen. Sogar während des traditionellen Schlußumtrunks am Messestand der Zeitschrift *BuchMarkt* hatte er zweimal bei ihr angerufen und nur die Ansage ihres Anrufbeantworters gehört. Es hat keinen Sinn, hatte er jedesmal gedacht. Wer einer Frau hinterherläuft, verliert auch noch den letzten Rest ihrer Achtung. Aber hatte er überhaupt noch etwas zu verlieren?

Während sein schwerer Wagen die lange Steigung vor Ingolstadt bewältigte, griff er wieder nach dem Autotelefon. Diesmal hörte er nicht nur den Anrufbeantworter, sondern Anna.

Ob ihr etwas passiert sei, fragte er, und bemühte sich, leicht und locker zu sprechen. Er habe inzwischen mit Dr. Kilblinger reden können. Im Lektorat seien bedauerlicherweise zwei Manuskripte verwechselt worden, deshalb könne sie sich doch nicht von ihm trennen wollen, nach allem, was zwischen ihnen gewesen sei. Sie könne doch ihre Zuneigung nicht davon abhängig machen, ob sein Vater ihren Roman lektoriere oder er. Ob sie denn überhaupt nichts mehr für ihn empfände.

»Seien Sie mir bitte nicht böse, Herr Rieger«, antwortete sie. »Über Empfindungen spreche ich nur mit Menschen, denen ich vertraue.« Sie hätte den Hörer nur abgenommen, um Johannes zu bitten, sie nicht mehr aus privaten Gründen anzurufen. Danach hörte er das Besetztzeichen, und er wußte, daß er sie verloren hatte. Aber hatte sie ihn überhaupt jemals geliebt?

Ein lautes Geräusch hinter seinem Wagen ließ ihn zusammenzucken. Er blickte in den Rückspiegel, sah einen Lastkraftwagen, und als dessen Boschhorn erneut dröhnte, und der Fahrer die Scheinwerfer aufblendete, zog Johannes den BMW auf die linke Spur und beschleunigte, bis er die Lichter des LKWs nicht mehr sehen konnte.

Ich habe mich in eine Frau verliebt, die sich mit mir eingelassen hat, weil sie sich Vorteile davon versprach, dachte er. Ich habe ihr nicht zu geben vermocht, was sie erwartete, und sie hat sich von mir abgewandt. Ein ganz normales, alltägliches Verhalten. Verließ nicht jeder Menschen, die ihn enttäuschten?

Doch andererseits... Wurde Liebe nicht häufig auch dadurch zerstört, daß Liebende die Erwartungen des anderen so zuverlässig erfüllten, daß sie ihn langweilten und er ihrer überdrüssig wurde? War Liebe überhaupt möglich?

Ihm wurde plötzlich bewußt, daß er und Anna in Frankfurt wegen einer Fernsehsendung darauf verzichtet hatte, die Nacht gemeinsam zu verbringen. Wenn eine Liebe so weit heruntergekommen war, lohnte es sich kaum noch, darüber nachzudenken. Ablenkung, dachte er. Am wichtigsten ist jetzt, sich nicht dem eigenen Schmerz zu überlassen, sondern nach einer anderen Frau Ausschau zu halten.

Er verließ die Autobahn im Münchener Stadtgebiet, und erreichte Schwabing über die Ungererstraße. Er lenkte den Wagen zur Maximilianstraße, fand auf Anhieb einen Parkplatz, und im *Schumann's* sah er Corinna an der Bar, in eng anliegender Stretchhose und einem grauen Mohairpullover. Nie war sie ihm begehrenswerter vorgekommen. Das Leben ist entschieden einfacher, wenn man seinen Verstand nicht den Gefühlen überläßt, dachte er. Er lud Corinna zu einem Champagner ein.

»Schön, dich endlich mal wieder zu treffen.« sagte er. »Darf ich dir einen Champagner bestellen?«

Sie sah ihn kühl an: »Besser nicht. Ich bin mit Peter Platschek verabredet.«

Wenig später kam der Lyriker in die Bar. Er umarmte Corinna und fragte Johannes, ob er seinen neuen Gedichtband schon gelesen hätte.

»Selbstverständlich«, log er. Es sei ein wundervolles

Buch. Er bestellte sich einen Bourbon, trank ihn aus und fuhr zu seiner Wohnung, wo er alles zusammensuchte, was ihn an Anna erinnern konnte.

Er entfernte ihr Foto von der Wand und aus dem Silberrahmen. Er nahm sämtliche CDs mit Cellomusik aus dem Rack und verstaute sie, zusammen mit den Bildern, im untersten Fach seines Schreibtisches. Er mußte Anna so schnell wie möglich vergessen. Das war zunächst am wichtigsten.

Vor einer Woche hätte Johannes noch jeden ausgelacht, der ihm hätte einreden wollen, daß auch ihn eine Frau so verletzen könnte, daß alles andere in seinem Leben den Sinn verlöre. Jetzt war er in diese Lage geraten.

Jede zierliche weibliche Figur, jede Frau mit schwarzen Haaren, sogar eine Studentin, die ihm im *Café Extrablatt* das Frühstück an den Tisch brachte, erinnerte ihn an Anna.

Jeder Stuhl in seiner Wohnung, auf dem sie gesessen hatte, seine weißen Handtücher, die sie sich um den Kopf geschlungen hatte, wenn sie sich die Haare gewaschen hatte, sogar der Bildband aus seinem Bücherregal, den sie vor ihrem Urlaub in der Toskana studiert hatte – jeder Gegenstand, den sie berührt hatte, weckte plötzlich Gefühle in ihm, die er nicht für möglich gehalten hatte; Sehnsucht nach ihr, die von nun an unstillbar bleiben würde.

Er hatte sich das Frühstück auf der Terrasse servieren lassen, tauchte lustlos sein Croissant in den Milchkaffee, griff dann nach einer Boulevardzeitung, die ein anderer Gast liegengelassen hatte, und als er deren Schlagzeile las, konnte er zum erstenmal nach seiner Abreise aus Frankfurt wieder lachen. Regten sich seine Selbstheilungskräfte?

Sogar der englische Thronfolger muß inzwischen mit Fotos leben, die seine Frau an der breiten Brust eines ägyptischen Multimilliardärs zeigen. Und ich bilde mir ein, die Welt ginge unter, nur weil eine Frau nichts mehr von mir wissen will. Na und? Was hatte er denn verloren? – Wenn er von den wenigen Nächten absah, die sie miteinander geschlafen hatten, war diese Beziehung in erster Linie eine Angelegenheit der *Deutschen Telekom* gewesen, deren

Mondscheintarif es beiden erleichtert hatte, das eigene Bild vom anderen für wenig Geld immer prächtiger auszugestalten und immer mehr zu lieben. Vermutlich hat *Marcel Proust* recht, dachte er. Eine Liebe ist am reinsten, wenn die oder der Geliebte für längere Zeit abwesend ist. – Zerstört die Ehe nicht zuverlässig jede Liebe, weil der Mensch geringschätzt, was ihm vertraut, sicher und selbstverständlich erscheint?

Der Gedanke an Proust erinnerte ihn an die Literatur, ließ ihn an seine *Junge Reihe* denken. Ihm wurde bewußt, was sein Vater ihm angetan hatte. Er holte eine Autorin der Reihe in sein literarisches Programm. Das konnte und wollte sich Johannes nicht gefallen lassen. Er begriff, daß er sich endlich gegen den Alten durchsetzen mußte. Dafür brauchte er vor allem überzeugende Argumente. Er bezahlte sein Frühstück und fuhr in die Georgenstraße.

Wie in den meisten deutschen Buchverlagen lief auch bei Engsfeld nach der Buchmesse fast alles eine Woche, ja manchmal sogar vierzehn Tage lang wesentlich ruhiger als sonst.

Der Verleger wanderte in den Bergen. Viele Lektoren waren im Herbsturlaub. Johannes konnte sich dennoch darauf verlassen, daß außer Frau Hager auch Henner und Jacobi im Hause sein würden.

Der Vertrieb mußte schnell reagieren können, wenn ein Titel aus dem Herbstprogramm plötzlich so stark nachgefragt wurde, daß der Lagerbestand wegschmolz. Die Werbeabteilung mußte gleichfalls die Absatzzahlen beobachten. Auch wenn Rieger noch immer überzeugt war, die Bücher seiner literarischen Autoren müßten dank ihrer außergewöhnlichen Qualität auch ohne Werbung das Interesse der Leser finden – wenn sich ein Spitzentitel so gut entwickelte, daß er sich auf den Bestsellerlisten nach vorn schob, war es sinnvoll, dies mit Anzeigen in den Wochenzeitungen und Magazinen der sich für gebildet haltenden Schichten zu forcieren. Daß auch deren Leser inzwischen weniger anspruchsvolle Literatur bevorzugten, stand auf einem anderen Blatt.

Wie gewöhnlich parkte Johannes seinen Wagen auf

dem Hof und betrat das Haus durch den Personaleingang. Er ging durch die Empfangshalle, erwiderte den
Gruß des Pförtners. Auf dem Weg zum Lift bemerkte er,
daß sich etwas in der Halle verändert hatte. Es dauerte einen Moment, bis er begriff, was ihn irritierte. An den
Wänden waren die Fotos der Autoren umgehängt worden. Helmut mußte das noch von Frankfurt aus angeordnet haben.

Wo zuvor *Hans Kühling* nachdenklich auf jeden Besucher heruntergeblickt hatte, hing jetzt das Bild *Stefan
Bachs*. *Gerhard Lenzows* Portrait nahm den bisherigen
Platz Bachs ein. Hans Kühling hing darüber. *Karsten Tröger* war jetzt eine Reihe höher gehängt. Das Foto *Alois
Hinterthalers* war verschwunden und – Johannes überlief
es – durch ein Bild *Anna Beckers* ersetzt worden. Sahen ihn
ihre Augen traurig an, als wollte sie um Verständnis bitten
oder sah sie spöttisch zu ihm herüber wie eine Frau, die
sich von keinem Mann mehr etwas vorspiegeln lassen würde? Sein Verlangen nach ihr regte sich wieder. Am liebsten
wäre er auf der Stelle nach Düsseldorf gefahren. Nur mit
ihr reden können, nur in ihrer Nähe sein dürfen. Das mußte alles wieder einzurenken sein. Aber er ahnte, daß sie ihm
nicht einmal die Tür öffnen würde.

Er betrat den Aufzug und fuhr nach oben. Zur Chefetage,
wo er als erstes zu Vertriebsleiter Henner ging und ihn um
die Absatzzahlen des letzten Halbjahres bat. Ralph Henner
blickte ihn unsicher an. Die *Junge Reihe* liefe leider nicht
besonders gut. Er habe zwar keine aktuellen Zahlen, aber...
»Dann geben Sie mir weniger aktuelle Zahlen«, unterbrach Johannes ihn. »Aber nicht nur die Zahlen der *Jungen Reihe*, sondern unseres gesamten Programms.«

Der Vertriebsleiter sagte, daß er unmittelbar nach der
Messe auf solche Fragen nicht vorbereitet wäre.

Johannes nickte. Das sei verständlich. Aber er wolle die
Zahlen auch nicht sofort: »Wenn ich sie in einer halben
Stunde habe, genügt mir das!«

Als er Henners Zimmer verlassen hatte, ging er in die
Buchhaltung: »Herr Schönfelder«, sagte er freundlich.
»Ich möchte mich auf eine Konferenz vorbereiten und

benötige Zahlen über die wirtschaftliche Entwicklung in der einzelnen Programmbereichen. Ich hätte gerne von Ihnen die Prognose, die Kalkulation und die Ergebnisrechnung unserer literarischen Titel dieses Jahres. So etwas gibt es doch bei uns, nicht wahr?«

Der Finanzbuchhalter sah ihn nachdenklich an, fingerte nervös an seiner Krawatte. Selbstverständlich gäbe es eine genaue Finanzstatistik. Er wisse jedoch nicht, ob er sie aus der Hand geben dürfe.

»Dürfen Sie nicht nur, sondern Sie müssen!« sagte Johannes. »Ihnen ist doch bekannt, daß ich zehn Prozent der Gesellschafteranteile halte. Ich brauche diese Übersicht in spätestens einer halben Stunde.«

»Selbstverständlich«, sagte der Chefbuchhalter. Er bäte um Entschuldigung.

Das sei nicht nötig, entgegnete Johannes. Er erwarte lediglich die Zahlen. Von wegen Gesellschafter! dachte er wütend, während er über den weichen Velours zu seinem Arbeitszimmer ging. Oder Verleger! Gleichberechtigter Verleger... Alles leere Worte.

Die Manuskripte und Korrekturabzüge in seinem Büro bewiesen, was er für Rieger war: Ein fähiger Lektor für französische und lateinamerikanische Literatur, dem er eine Spielwiese geschenkt hatte, auf der er sich austoben durfte; die *Junge Reihe*. Mein Gott, dachte Johannes. Wie konnte ich nur auf diese Taktik hereinfallen. Aber derlei würde dem Alten nicht länger gelingen. Es dauerte keine Viertelstunde, da lagen vierzehn Tage alte Absatzzahlen auf seinem Tisch. Wie Johannes vermutet hatte, wurde *Das Jahr in Antibes* wesentlich besser verkauft als die *Finkenschläge*. Sogar *Windgeflüster*, die Geschichte des mißbrauchten Jungen, die ihm Rieger auszureden versucht hatte, stand kurz vor einer zweiten Auflage. *Die gestohlenen Kinder von Hermannstadt* waren inzwischen neunhundert Mal bestellt worden.

Johannes freute sich noch über den Erfolg *Peter Neubauers* und die ausgezeichneten Zahlen des Romans der *Ivonne La Rouge*, als Finanzbuchhalter Schönfelder und Frau Hager ins Zimmer kamen. Es täte ihm sehr leid, sagte Schönfelder, aber sämtliche Ergebnisrechnungen und

Kalkulationen wären ims Zimmer des Verlegers unter Verschluß.

»Und Sie haben keinen Schlüssel zu diesem Schrank?« fragte Johannes Riegers Sekretärin. Das glaube er ihr nicht.

»Es ist aber leider so«, antwortete sie. »Sie werden sich wohl bis zur Rückkehr des Chefs gedulden müssen.«

Das werde er vermutlich nicht, sagte Johannes. Aber er danke für ihre Bemühungen.

Sofort nachdem ihm die Einsicht in wichtige Geschäftsunterlagen verweigert worden war, hatte er seine Mutter angerufen und sie dringend um eine Unterredung gebeten. Es sei wichtig. Sie schien über seinen Anruf zwar nicht besonders erfreut, aber welche Mutter aus ihrer Generation hätte es fertiggebracht, ihr einziges Kind abzuweisen, wenn es mit ihr reden wollte?

Er könne ruhig kommen, hatte sie gesagt, aber viel Zeit habe sie nicht. Jetzt raste Johannes in seinem *BMW* über die Autobahn nach Augsburg. An Mischwäldern vorbei und an Feldern, auf denen Bauern die Kartoffeln und Rüben ernteten.

Er sah Kinder, die mit bunten Drachen aus Plastikfolie in der Hand über Wiesen liefen. Ihre Windvögel, von der Luft getragen, hoch und höher steigen ließen, bis sie nur noch winzige Flecken am Himmel waren.

Er erinnerte sich daran, daß er sich als Kind auch einmal einen Drachen gebastelt hatte. Dünne Holzstäbe zusammengeleimt. Mit braunem Packpapier bespannt. Das Papier mit Aquarellfarben bemalt. Zwei Augen. Eine Nase. Ein großer grinsender Mund. Er dachte daran, wie er mit seinem Papierdrachen über die Wiesen an der Isar gerannt war. Ein paar Tage jedenfalls. Dann hatte er die Abenteuer zwischen Buchdeckeln und auf bedrucktem Papier wieder für viel aufregender gehalten. Lederstrumpf. Old Shatterhand. Sindbad, der Seefahrer.

Bis Helmut Rieger seine Scheherazade gefunden zu haben glaubte. Weder seine Mutter noch sein Vater hatten jemals mit Johannes über die Gründe für die Scheidung gesprochen. Stefan Bach hatte ihm erzählt, was damals geschehen war. Elisabeth hatte ihrem Mann viele Seitensprünge verziehen, aber als er einmal mit der Lyrikerin *Ida Jungmann* für vier Wochen nach Italien gefahren war, sei das Maß voll gewesen. Noch bevor sie sich trennten, brachten die Eltern Johannes in einem der besten Internate der Schweiz unter. Danach haben sie nie wieder auch nur ein Wort miteinander gesprochen.

Im Verlauf der Vermögensauseinandersetzung hatte ihr Helmut das Haus überschrieben und Gesellschafteranteile am Verlag übertragen. Als Johannes an der Tür der Villa seiner Mutter läutete, wußte er, daß sie nie in wirtschaftliche Nöte geraten würde. Das hätte Helmut nicht zugelassen.

Wie vor den anderen Häusern blühten auch in Elisabeths Garten jetzt Astern und Dahlien. Späte Rosen leuchteten dunkelrot, und der schwere Kopf einer großen Sonnenblume blickte so abgeklärt und milde auf Johannes herab wie ein grauhaariger Autor während einer Dichterlesung auf sein Publikum. Es dauerte nicht lange, bis ihm Mutters Haushälterin die Tür öffnete und ihn ins Wohnzimmer führte. Er müsse sich noch einen Augenblick gedulden, sagte sie. Frau Rieger sei erst vorgestern von einer Kreuzfahrt in der Karibik zurückgekommen und kämpfe noch immer mit der gewonnenen Zeit.

»Darf ich Ihnen eine Tasse Tee bringen?« Johannes lehnte dankend ab. Die Haushälterin ging leise aus dem Zimmer. Auch im Hause seiner Mutter hatten Bücher sämtliche Wände erobert. Drei große Pakete aus dem Hause Engsfeld lagen noch ungeöffnet neben einem der Regale. Elisabeth bekam als Mitgesellschafterin wie Johannes und der alte Vinkenoog jede Neuerscheinung zugesandt. Ob sie überhaupt wahrgenommen hatte, daß es im Verlag seine *Junge Reihe* gab? Er wußte wenig von seiner Mutter, doch als sie wenig später ins Wohnzimmer kam, sah er, daß er sich um sie nicht sorgen mußte. Gesund sah sie aus in ihrem hellen zweiteiligen Kleid aus Moiré-Seide. Von der Sonne gebräunt und mit ihren sechzig Jahren noch immer schlank. »Na«, sagte sie, nachdem sie ihm einen Platz auf der Couch angeboten und sich ihm gegenüber gesetzt hatte. »Mal wieder Probleme mit deinem Vater?« Johannes nickte. Das könne man wohl sagen. Helmut mache einen Fehler nach dem anderen. Obgleich sich die Bücher seiner alten Freunde immer weniger gut verkauften, wären sie noch immer die einzigen, um die er sich kümmere. Gegen jeden Versuch, das Programm zu verjüngen und dem veränderten Geschmack der Leser anzupassen, wehre er sich mit allen Mitteln. Sogar Rechtsanwälte und Gerichte müßten sich schon mit dem Verlag beschäftigen. Der Dramatiker Hinterthaler hätte sämtliche Rechte zurückgerufen, und vor einer Woche hätte die Witwe Karsten Trögers das Haus verklagt. Helmut weigere sich, ihr Briefe und Fotos auszuhändigen. »Und heute Vormittag wurde mir sogar der Einblick in die Kalkulationen verwehrt. Für mich ist das Maß voll.«

»Und was habe ich damit zu tun?« fragte sie. »Eine ganze Menge«, sagte er. Sie sei wie er Miteigentümerin und müsse ihre Interessen auch schützen. Er sei dafür, eine außerordentliche Gesellschafterversammlung einzuberufen.

Wenn Claas Vinkenoog erführe, was sich Vater in letzter Zeit geleistet habe, wäre auch er für dessen Ablösung zu gewinnen: »Vergiß bitte nicht, wie alt Vater ist! Der Verlag gehört in jüngere Hände.« Hatte er etwas Falsches gesagt?

Seine Mutter blickte ihn erst verletzt an, dann spöttisch und schließlich lachte sie laut. Johannes wisse wohl nicht, daß Konrad Adenauer im Alter von dreiundsiebzig Jahren erstmalig zum Bundeskanzler gewählt worden sei. Dann stand sie von ihrem Sessel auf: »Wenn du eine Palastrevolution planen solltest, wirst du Herrn Vinkennoog allein auf deine Seite ziehen müssen.« Bei allem, was ihr Helmut angetan hätte – sie würde sich niemals gegen ihn wenden.

»Vielleicht wäre alles anders gekommen, wenn ich ihm auch eine Tochter geboren hätte«, sagte sie leise, als sie Johannes zur Tür begleitete, doch *die Welt sei eben alles, was nicht der Fall ist.*

»Dann entschuldige bitte, daß ich dich gestört habe«, antwortete der Sohn.

Eine Tochter! Was kann ich dafür, wenn sich mein Vater eine Tochter gewünscht hat? Er hätte mir ja Mädchenkleider anziehen lassen können wie dem jungen *Rainer Maria*

Rilke. Dann wäre vielleicht sogar ein Dichter aus mir geworden, der ihm Sonette in den Schoß gelegt hätte. Und was meine Mutter betrifft... Den Weg hätte ich mir sparen können.

Ein Freund fehlte ihm jetzt, mit dem er hätte über alles reden können. Aber gab es noch solche Freunde? – Er kannte zwar viele Leute in der Münchener Szene, aber ihnen gegenüber Schwäche zu zeigen, verbot sich. Seine Probleme wären zum Gesprächsthema ihrer Feste und Feiern geworden.

Inzwischen stand die Sonne nur noch zwei Handbreit hoch über dem Horizont. Sein Wagen schoß über die Autobahn. Er saß verkrampft hinter dem Lenkrad, den Blick starr nach vorn gerichtet. Erst als ihm Rauch plötzlich die Sicht nahm, trat er auf das Bremspedal, sah dann rechts und links der Fahrbahn auf den Feldern kleine Feuer. Wie zu alten Zeiten verbrannten noch immer viele Bauern nach der Ernte das Kartoffelkraut an Ort und Stelle, obwohl sich nicht nur Umweltschützer dagegen wandten.

Dasing... Adelzhausen... Odelshausen... Die Hinweisschilder auf Autobahnausfahrten flogen an ihm vorbei. Die Ankündigung der Abfahrt *Sulzemoos* erinnerte ihn an Alois Hinterthaler, der in Stetten seinen kleinen Bauernhof bewirtschaftete. Johannes verließ die Autobahn, fuhr über Landstraßen und schmale Feldwege mit tiefen Furchen, die ihn um den Auspufftopf seines Autos bangen ließen. Ein Trecker kam ihm entgegen. Johannes hielt an. Stieg aus dem *BMW*, um den Treckerfahrer nach dem Weg zu Hinterthaler zu fragen. Der Bauer kannte dessen Namen nicht. Hinterthaler? Ein Dramatiker Hinterthaler? Nie gehört hatte er von diesem Mann, und erst als Johannes den Vornamen Alois erwähnt hatte, nickte der Bauer und wies Johannes den Weg. Es dauerte nicht lange, bis er das kleine Gehöft gefunden hatte.

Hinterthaler kam ihm in Gummistiefeln, einer verschlissenen Drillichhose und einer Jacke aus abgeschabtem Cord entgegen. »Du hättest dir keinen besseren Tag aussuchen können«, begrüßte ihn der Dramatiker. »Meine Elsa wird heute noch kalben.«

Johannes wollte wieder ins Auto steigen, doch Hinterthaler hielt ihn zurück. Wenn es wirklich wichtig wäre, könne Johannes ihn gern in den Stall begleiten. »Aber paß gut auf, wo du mit deinen feinen Schuhen hintrittst. Hier liegt überall Kuhscheiße herum.«

Johannes nickte. Das mache ihm nichts aus. Er ging neben Hinterthaler über den mit großen Steinen gepflasterten Hof. Ging vorbei am eingeschossigen Haus des Dramatikers. Vorbei an einer großen Scheune, vor der eine Zugmaschine stand und durch deren weit offene Tore er Heu und Strohballen sah. So hatte er sich Hinterthalers Gehöft nicht vorgestellt, das Rieger immer geringschätzig als *kleine landwirtschaftliche Nebenerwerbsstätte* bezeichnet hatte; der Dramatiker mußte vom Beginn seiner Karriere an, länger als zwanzig Jahre, seine gesamten Honorare in diesen Betrieb investiert haben.

»War schon eine Sauerei von deinem Alten, mich nach achtzehn Büchern vor die Tür zu setzen«, sagte er, während sie sich dem Stall näherten. »Das hätte mich um ein Haar umgehauen.«

Johannes nickte: »Ich weiß!« Er habe versucht, Helmut umzustimmen, aber sich leider nicht durchsetzen können.

Der Dramatiker blieb stehen und blickte Johannes an: »Durchsetzen? – Sei mir nicht böse, Hannes, aber gegen den wirst du dich nie durchsetzen. Der wird nie loslassen, was er einmal hat.«

Hinterthaler öffnete die Stalltür und bat Johannes, alle schnellen Bewegungen zu vermeiden. Die Tiere seien zwar friedlich, aber an Fremde nicht gewöhnt. Es sei ein großer Irrtum, von einer blöden Kuh zu sprechen. Kühe seien kluge, eigenwillige Tiere. Sie nähmen sehr gut wahr, was um sie herum vorginge. Nur wenn geldgierige Fleischproduzenten sie mit Granulat aus getrockneten Schafsleichen fütterten, würden sie halt wahnsinnig.

Johannes sah im hellen Licht der Langfeldleuchten drei Rinder, zwischen der Krippe und der Kotrinne angebunden auf Strohstreu. Hinterthaler redete ruhig auf die Tiere ein, während sie an ihnen vorbei zu einer geräumigen Box gingen, in der sich eine hochträchtige Kuh, das Euter prall gefüllt, unruhig hin und her bewegte. Es sei noch nicht ganz so weit, sagte Hinterthaler und fragte, was er für Johannes tun könne.

Johannes zögerte. Eigentlich habe er nur um einen Rat bitten wollen. Sein Vater hätte ihm deutlich zu verstehen gegeben, daß er ihn auf die Führung der Geschäfte des Hauses vorbereiten wollte, aber halte ihn nach wie vor von jeder wichtigen Entscheidung fern. Und jetzt habe er sogar das Lektorat einer Autorin an sich gezogen, die Johannes in den Verlag geholt hatte.

Hinterthaler lachte kurz: »Die Becker, was?«

Johannes war überrascht: »Wieso? – Sag' bloß, du kennst sie?«

»Nur flüchtig. Sie arbeitet beim Theater in Düsseldorf, und dort wird noch immer mein *Lost in Straubing* aufgeführt. Ein Riesenerfolg. Das Haus ist jeden Abend ausverkauft.«

»Völlig zu recht!« sagte Johannes. Er hätte das Stück sofort für einen großen Wurf gehalten.

Der Dramatiker antwortete nicht. Er beobachtete die Kuh, zog sich dann die Cordjacke aus. Krempelte sich die Hemdsärmel hoch. Eilte zu einem Durchlauferhitzer an der Wand, in dem heißes Wasser brodelte. Wusch sich Hände und Arme gründlich mit Wasser und Seife. Johannes trat neben ihn, fragte, ob er besser gehen solle. Hinterthaler schüttelte den Kopf, drehte sich zu ihm um, und als er Hände und Arme unter den Wasserhahn hielt, spritzte nasser Seifenschaum auf den Anzug von *Valentino*, den Johannes angezogen hatte, bevor er am Morgen in den Verlag gefahren war.

»Du störst mich nicht!« sagte Hinterthaler. Ganz im Gegenteil. Es könne sogar notwendig werden, daß Johannes mit anfassen müsse. Dann brüllte das Tier. Warf den Kopf zurück. Die Eröffnungswehen hatten eingesetzt, trieben langsam eine prall gefüllte Blase aus dem Gebärkanal. Langsam, unendlich langsam wurde die Blase immer weiter aus dem Körper gepreßt. Johannes verlor jedes Gefühl für Zeit. Eine Stunde? Zwei Stunden? Endlich platzte die Blase und gab einen Schwall von Fruchtwasser frei. Die Kuh hob den Schwanz. Eine weitere Blase folgte. Das Tier brüllte vor Schmerz, während die Wehen diese zweite Blase aus dem

228

Körper preßten, langsam, Millimeter für Millimeter, bis sie schließlich platzte und zuerst Vorderfüße des Kalbes zu sehen waren, dann, wenig später sein Flotzmaul.

»Wie ich vermutet habe«, sagte Hinterthaler ruhig. »Eine normale und leichte Geburt.« Er griff nach einer Stahlkette, schlang die beiden Ösen an den Enden der Kette oberhalb des Fesselgelenks um die Vorderbeine des Kalbs und schob einen dicken Holzknüppel durch die Schlaufe der Kette.

»Na komm schon«, rief er Johannes zu, der bleich an der Wand lehnte. »Oder bist du nur zur Zierde auf der Welt? Wir müssen ihr helfen.«

Johannes ging langsam zu Hinterthaler, sah in die rot unterlaufenen Augen des Tieres, unter dessen Hinterteil die Streu jetzt naß war und blutig, und als ihn der Dramatiker am Arm ergriff, näher an das Tier heranzog und ihm ein Ende des Knüppels in die Hand drückte, glaubte er einen Moment, er müsse sich übergeben.

»Zieh‹ und paß auf die Richtung auf! In dieselbe Richtung, in die ich ziehe! Und immer mit den Wehen.«

Johannes zog, und Hinterthaler brüllte ihn an: »Mit den Wehen, hab’ ich gesagt. Nach hinten unten, verdammt nochmal!«

Noch immer verlief die Geburt langsam, während sich das Tier in den Wehen quälte, dann sah Johannes den Kalbskopf. Er zog jetzt, wie Hinterthaler zog, zog nach hinten und unten. Als sich der Schultergürtel durch den Gebärkanal schob, merkte er, daß er trotz der Kälte im Stall schwitzte, dann flutschte das Kalb aus dem Leib des Muttertieres, dem jetzt schleimig und blutig die Nachgeburt aus dem Leib hing. Naß, glitschig und von Schleim überzogen lag jetzt das Kalb zwischen den Hinterbeinen der Kuh, noch immer durch die Nabelschnur mit ihrem Körper verbunden.

Hinterthaler bückte sich. Kniete sich neben das Kalb. Entfernte ihm mit seinen bloßen Händen den Schleim aus dem Maul. Holte dann ein Messer aus der Hosentasche und drückte es Johannes in die Hand: »Los, du Söhnchen vom fertigen Gelde! Jetzt schneide mal eine Nabelschnur durch. Genau eine Handbreit unter dem Bauch.«

Johannes sah ihn erschrocken an. Der Dichter griff nach seiner Hand, führte sie samt Messer zur Nabelschnur, schnitt die Nabelschnur dann mit einem Ruck durch. Johannes glaubte, alles drehe sich um ihn herum, dann fiel er in die nasse Streu. Lag Minuten wie bewußtlos. Richtete sich mühsam auf. Stand schwankend auf seinen Beinen und sah, daß Hinterthaler das Kalb mit Stroh massierte und die erschöpfte Kuh vom Boden hochtrieb. Der Dramatiker hielt ihr eine Schüssel Schrotsuppe unter das Maul, und während das Rind schlürfte und schmatzte, sagte er, Johannes habe ihm sehr geholfen. Noch nie sei ein Kalb schneller ans Licht der Welt gezogen worden.

Johannes blickte Hinterthaler an: »Ich habe dir zu danken, Alois. Wenn ich mal irgendwas für dich tun kann...«

»Kein Mensch kann etwas für einen anderen tun«, sagte Hinterthaler. »Und jetzt scher' dich vom Hof und bring deinen *Versace* in die Reinigung.«

Valentino, wollte Johannes berichtigen, doch er ging wortlos zur Tür und verließ den Stall.

Während des Wochenende war er noch aufgeregt gewesen. War nervös in seiner Wohnung hin und her gelaufen. Hatte sich mit *John Coltranes* Musik aus der Hi-Fi-Anlage zu beruhigen versucht und mit *Ludwig van Beethoven*. Hatte die drei Bücher seiner *Jungen Reihe* nebeneinander auf den Fußboden gelegt und die Romane von *Joan Rodriguez* und *Ivonne La Rouge* daneben.

Die Bücher der Peruanerin wurden, wie jetzt *Das Jahr in Antibes*, so gut verkauft, daß sich der Verlag die *Junge Reihe* mühelos leisten konnte.

Nur so kann ein Verlag geführt werden, hatte er gedacht, und wieder in der Doktorarbeit seines Freundes *Joachim Unseld* über *Franz Kafka und seine Verleger* geblättert, die ihm bestätigte, daß er hervorragende Arbeit geleistet hatte. Er konnte gute Ergebnisse vorweisen, die es rechtfertigten, daß er sich mit seiner zum Dauerzustand gewordenen Rolle als künftiger Nachfolger nicht mehr zufriedengeben brauchte.

Jetzt saß er nervös in seinem Büro und wartete auf einen Anruf von Frau Hager. Er wußte, daß sein Vater aus den

Bergen zurück war, und er hatte sich dafür entschieden, der morgendlichen Postkonferenz fernzubleiben. Statt dessen hatte er die Sekretärin um einen Termin für ein Gespräch mit seinem Vater gebeten, und jetzt konnte er nur noch warten.

Für den Fall, daß Rieger zu ihm ins Zimmer kommen würde, hatte er wahllos einen der vielen Korrekturabzüge aus dem Regal genommen und auf seinen Tisch gelegt, und als er sich darüber beugte, sah er die Fahnen eines Buches vor sich, das längst erschienen war: Annas Erzählungen. Waren ihre Geschichten wirklich so gut, wie er angenommen hatte? Er fing an, wieder in den Korrekturfahnen zu blättern und zu lesen. Las wieder, was er während des Lektorats so oft gelesen hatte, daß er den Text fast auswendig kannte, und er erschrak. Wie die Arbeiten eines geschickten Kunstschmiedes kamen ihm die Texte nun vor; fein ziseliert, gestelzt und gestochen. Kühl kalkulierend die Empfindungen des Lesers steuernd; ihn wie an einer dünnen goldenen Kette durch das filigrane Geflecht der Prosa von Satz zu Satz führend; so geschickt, daß er es kaum bemerken konnte. Kunstgewerbe, dachte er, raffiniertes Kunstgewerbe. Nichts, was nach Leben schmeckte. – Aber waren die Romane *Stefan Bachs* etwas anderes? Und wollten die meisten Leser nicht genau das? Wollten sie nicht von der Literatur aus ihrem gewöhnlich banalen Alltag herausgehoben werden und in Gefühlswelten versetzt, die sie aus eigener Kraft längst nicht mehr zu erreichen vermochten?

Im Jahre siebzehnhunderteinundsechzig verkündete der Wiener Hof im Namen der Kaiserin Maria Theresia einen Erlaß, der die Zigeuner Ungarns über Nacht zu »uj-magyarok«, zu Neu-Ungarn erklärte, las Johannes gerade, als das Telefon auf seinem Schreibtisch läutete. Der Verleger sei von der Postkonferenz zurück und jetzt zu sprechen.

»Ich komme sofort«, sagte der Sohn.

Neunzehn Schritte. Die schwierigen neunzehn Schritte. Wieviele Male mochte er diesen Weg zwischen den beiden Zimmern in den letzten Jahren gegangen sein? Voll Freude über die neuen Aufgaben im Verlag. Voll Hoffnung auf ein anerkennendes Wort. Und später immer häufiger mit

Furcht vor Tadel und Zurechtweisung. Tausendmal? Zweitausendmal?

Welchen Lauf auch immer das Gespräch mit seinem Vater nehmen würde – dieser Zustand mußte aufhören.

Johannes ging die schweren neunzehn Schritte, und als er
die Tür zum Vorzimmer geöffnet hatte, saß Frau Hager
hinter ihrer Schreibmaschine und sah von ihrer Arbeit
nicht einmal auf. Der Verleger habe schon gefragt, wo er so
lange bliebe.

»Ich kann leider nicht fliegen«, antwortete Johannes. Er
trat in das Büro seines Vaters. Der Alte saß von der Alpen-
sonne gebräunt hinter seinem Schreibtisch und blickte ihn
abwartend an: »Ich höre, du hast Probleme? – Wozu
benötigst du die Kalkulationsbögen, während ich in Urlaub bin? Glaubst du, das macht einen besonders guten
Eindruck auf unsere Mitarbeiter?«

»Auf deine Mitarbeiter«, sagte Johannes.

Rieger sah ihn erstaunt an: »Wieso nur meine? Du bist
gleichberechtiger Verleger und ich wüßte nicht...«

»Nur auf dem Papier«, unterbrach Johannes. Nur auf
dem Papier sei er gleichberechtiger Verleger! Was die
tatsächlichen Verhältnisse betreffe, so bestimme Helmut
nach wie vor über alles allein: »Ich mache das nicht länger
mit!« Und dann brach aus ihm heraus, was sich jahrelang
in ihm aufgestaut hatte. Brach sich Bahn, was zurückzuhalten ihm immer mehr Kraft abverlangt hatte: Daß man
nicht mehr in der Welt von vor dreißig Jahren lebe, sondern zu einer Zeit, in der sich alles immer schneller verän-
dere.

»Inzwischen ziehen andere Verlage an uns vorbei, falls
du es noch nicht gemerkt haben solltest«, sagte er erregt.
»Bei allem Respekt vor deiner Leistung! – Kein größerer
Verlag wird mit einem Programm überleben, das nur Leser
mit abgeschlossenem Studium der Literaturwissenschaften
zu schätzen wissen. Da kann ein Verlag noch so gute Beziehungen zu den Kritikern unterhalten und sie zu beste-
chen suchen – die Buchhändler haben Computer! Und
zwar wesentlich bessere und schnellere als wir.«

Was in den Feuilletons stehe, werde immer unwichtiger.
Der Buchhandel wolle Umsätze erzielen, und was sich

nicht schnell verkaufe, gebe er unverzüglich an die Verlage zurück.

»Unsinn«, sagte Rieger. Die Literatur habe bislang immer überlebt, und sie werde auch diesmal nicht aufhören.

»Auch ich hoffe das«, sagte Johannes leise. »Aber es wird nicht mehr deine Literatur sein.« Der Verlag müsse sich dem Neuen öffnen. Es reiche nicht aus, hin und wieder einen jüngeren Autor ins Programm zu nehmen und danach auf dem Markt sang- und klanglos untergehen zu lassen.

»Meinst du, ich habe nicht gemerkt, was du mit meiner *Jungen Reihe* veranstaltet hast?« Nicht im mindesten habe das Haus seine Bücher unterstützt, und wenn *Windgeflüster* dennoch bereits zum zweiten Mal aufgelegt werden könne, beweise das nur, daß es noch immer Leser für schwierige Bücher gebe.

»Ich möchte solche Bücher nicht nur auf einer Spielwiese machen dürfen«, sagte Johannes. »Der *Neubauer* hätte auf den dritten oder vierten Platz unseres Herbstprogramms gehört.« Solche Bücher müsse ein Verlag heutzutage herausbringen. Und gehobene Unterhaltung wie *Andenfieber* oder *Das Jahr in Antibes*. Anders könne ein Unternehmen von der Größe des Hauses Engsfeld nicht überleben. »Oder haben die *Rodriguez* und die *La Rouge* für dich etwa zu wenig Deckungsbeitrag erwirtschaftet? – Nein, wir haben sogar mehr daran verdient als an den letzten Romanen deines hochgeschätzten *Stefan Bach*!«

Johannes sah, daß sein Vater die Augenbrauen hochgezogen hatte, doch er redete weiter. Und was die Anna Becker betreffe, so habe er deren Erzählungen erneut gelesen und müsse sein Urteil korrigieren. Er habe inzwischen begriffen, weshalb Helmut so begeistert vom Roman *Papuscha* sei, doch er müsse ihn leider enttäuschen: »Das Buch ist gewiß Literatur, sonst hätte ich es dem Haus nicht empfohlen, aber es ist keine neue Literatur. Die Becker schreibt so, wie Stefan Bach vor zwanzig Jahren mal geschrieben hat. Nur etwas schlechter.«

Trübte ihm der Zorn das Urteil? Schätzte er ihre Prosa nur geringer, weil Anna nichts mehr von ihm wissen wollte? Er blickte seinen Vater unsicher an, aber er bemerkte keine Regung in dessen Gesicht. Helmut Rieger saß aufgerichtet und steif hinter dem Schreibtisch. Wie ein Denkmal, dachte Johannes. Wie ein Fels in der Brandung. Ein Komtur der deutschen Nachkriegsliteratur; ein Vater aus Stein.

»Dann beweise mal der Welt, daß du alles besser kannst als ich«, sagte Rieger ruhig. »Aber nicht in meinem Haus. Ich möchte, daß du den Verlag verläßt. Und was deinen Gesellschafteranteil betrifft... Ich werde mit meinem Anwalt sprechen und dir dein Geld so schnell wie möglich auszahlen lassen.«

Johannes spürte, daß sich Furcht in ihm zu regen begann, doch dann dachte er an Hinterthalers Stall und nickte. Das sei ganz in seinem Sinn. Er werde unverzüglich die Anwaltskanzlei Schadt bevollmächtigen, seine Interessen wahrzunehmen.

Helmut sah ihn tadelnd an: »Brauchst du einen Anwalt, um die Beziehungen zwischen uns zu ordnen«

»Nur wenn du einen dafür brauchst«, sagte Johannes.

Er verließ das Büro ohne Gruß. Während er die Treppen hinuntereilte und das Gebäude durch die Empfangshalle verließ, vermutete er, daß sein Vater bereits mit Dr. Vahrig an einer Presseverlautbarung arbeitete.

Trennung bei Engsfeld, las er drei Tage später über einer kurzen Notiz im *Münchener Courier*. Als in den folgenden Wochen in den Feuilletons die ersten seitenlangen Artikel über die *Nachfolgeschwierigkeiten im Hause Engsfeld* zu lesen waren, kaufte er seine deutschen Zeitungen bereits in der *Lido-Passage* an den *Champs Elysées*. Er hatte seine Verhältnisse in München so schnell wie nur möglich geregelt und eine geräumige Mietwohnung in der Nähe des *Bois de Bologne* bezogen.

Er wußte, daß es länger dauern konnte, bis sich die Fachleute über den Wert seines Gesellschafteranteils einigen würden. Er veranschlagte ihn auf drei bis vier Millionen Mark.

13

Im Auge des Wirbelsturms

Diese Ruhe. Eine Stille, die sie während der ersten Wochen in München noch hatte jeden Morgen erschreckt hochfahren lassen, weil sie das beruhigende Brummen der Frachtkähne auf dem Rhein vermißte und den Verkehrslärm, den sie, wenngleich herabgedämpft zu einem leisen Rauschen, in Düsseldorf Tag und Nacht um sich gehabt und schließlich nicht mehr wahrgenommen hatte.

Die Welt muß über Nacht stehengeblieben sein, hatte sie anfangs gedacht, doch inzwischen wußte sie ihre kleine Zweizimmerwohnung am Rande des *Englischen Gartens* zu schätzen, die ihr der Verlag besorgt hatte.

Sie war vor wenigen Minuten aufgewacht. Sie genoß die Wärme unter ihrer weichen Daunendecke, und als sie vorsichtig die Augen öffnete und vom Bett aus durch das Fenster winterlich kahle, mit Schnee bedeckte Baumkronen sah, hätte sie mit keiner Frau auf der Welt tauschen mögen.

Während eines Besuchs in Düsseldorf – sie hatte die Weihnachtstage bei Christa verbracht – war ihr klar geworden, wie wenig ihr die Stadt bedeutete.

Das Theater... die Königsallee... der Hofgarten... Malzahn – schon zwei Monate nach ihrem Umzug war ihr alles fremd vorgekommen. Außer ihrer Freundin Christa verband sie nichts mehr mit der glitzernden Metropole am Rhein.

Vielleicht ist so das Leben, hatte sie gedacht, *wie eine Reise im Zigeunerwagen*, und diesen Satz noch in das letzte Kapitel ihres Romans eingefügt, das sie vor zwei Tagen abgeliefert hatte. Wie zuvor Monat für Monat dreißig Seiten, über die sie danach jedesmal eine Woche später mit Rieger gesprochen hatte. Einmal in seinem Hause, dann in ihrer Wohnung und danach, über das vorletzte Kapitel, spät am Abend im Verlag.

Sie mochte die verständnisvolle Art, wie er mit ihr umging. Noch immer war sie überrascht, in welchem Maße sein Körperbau und seine Bewegungen denen seines Sohnes glichen. Wie sicher Rieger sich seiner selbst war, beeindruckte sie immer mehr. Da gab es kein Zögern und kein Zaudern, kein Einerseits und Andererseits. Er redete nicht viel, er handelte.

Annas Roman war schon in der Frühjahrsvorschau groß auf zwei Seiten angekündigt, doch in der Buchhandlung Nierdorff würde sie daraus nicht wieder vorlesen wollen. Frau Nierdorff stand zwar noch immer hinter der Kasse, aber nur noch als Angestellte. Auch ihr Geschäft war ein Glied jener Ladenketten geworden, mit denen der Kommerz die Literatur erwürgt.

Wie es ihre Gewohnheit war, blieb Anna noch eine zeitlang wach im Bett liegen und ließ sich erst vom Duft frischen Kaffees in die Küche locken. Sie fand, daß in München sogar er besser roch und schmeckte, seit sie ihn, frisch gemahlen, direkt bei *Dallmayr* kaufen konnte.

Das Angebot an Obst, Gemüse und frischen Lebensmitteln auf dem Viktualienmarkt überwältigte sie jedesmal. Jetzt konnte sie nicht nur Äpfel, Birnen und, gelegentlich, eine Mango in ihr Müsli schnetzeln, sondern frische Papaya, Datteln und Feigen. Sie hatte gelernt, wie man das zarte Fruchtfleisch süßer Leechees aus ihrem harten Kern herauslöst und eine Sternfrucht zerschneidet, deren leicht säuerlichen Geschmack sie mochte.

Sie frühstückte in aller Ruhe, genoß dabei *Klassische Musik*, und nachdem sie die Tasse, ihre Müslischale und das Besteck in die Geschirrspülmaschine gestellt hatte, ging sie ins Badezimmer, wo sie wie gewöhnlich geraume Zeit verbrachte. Sie duschte ausgiebig heiß und kurz eiskalt. Schlüpfte dann in eine blickdichte schwarze Strumpfhose, zu der sie einen wadenlangen Wollrock anzog. Ein feiner grauer Cashmerepullover rundete das Bild. Als sie zum zweiten Mal ins Badezimmer ging, um ihre Gesichtshaut durch Tagescreme vor der Winterkälte zu schützen, mußte sie lächeln. In der Weihnachtsausgabe der *Modernen Frau* war vor zwei Monaten der Bildartikel über sie erschienen, und sie hatte die vier Seiten aus dem Magazin neben den Badezimmerspiegel auf die Kacheln geklebt.

Sie wußte noch sehr genau, was sie damals für den Fototermin angezogen hatte. Auf den Bildern in der Frauenzeitschrift war ihr schwarzer Pullover königsblau und ihr Rock grau und viel länger. Die Mode-Redaktion bestimmte, wie eine Düsseldorfer Dichterin auszusehen hatte. Frau Hoerschelmann und Herr Voss wollten darüber bestimmen, wie sie zu schreiben hatte: Es konnte nicht mehr lange dauern, bis die Medien den virtuellen Autor erfanden, der virtuelle Prosa schrieb, für die nur virtuelles Honorar gezahlt werden mußte. Doch noch war es nicht so weit; sie wollte die Zeit nutzen, die einer Autorin wie ihr noch blieb.

Sie lief in den Korridor, zog sich ein paar halbhohe Lederschuhe mit kräftiger Profilsohle an, und als sie sich in ein schwarzes Lodencape hüllte, das Weihnachtsgeschenk ihres Verlegers, freute sie sich auf den Weg zum Verlag.

Im Oktober, als sie eine Woche nach der Buchmesse ihren Anstellungsvertrag unterschrieb, hatte sie noch Furcht empfunden bei dem Gedanken, mit Johannes unter einem Dach zu arbeiten und ihm zu begegnen. Als Rieger sie Anfang November in ihr Büro im Lektorat geleitet hatte, war sein Sohn aber bereits aus der ersten Etage ausgezogen. Manchmal mußte sie wirklich glauben, das Leben versetze sie in *eine Zeit versetzt, in der das Wünschen noch geholfen hat.* Erst gestern hatte sie sich wieder die Tarotkarten gelegt. Wie meist hatte ihr das *As der Kelche* eine glückliche Zukunft prophezeit. Das *I Ging*, das sie neuerdings manchmal als zusätzliche Entscheidungshilfe zu Rate zog, riet zu Geduld. Daran hatte es ihr – jedenfalls solang sich alles in eine von ihr gewünschte Richtung entwickelte – noch nie gefehlt.

Sie ging ein Stück die Werneckstraße entlang, und als sie an dem großen Haus vorbeilief, in dem die Erzählerin *Elisabeth Ambras* eine Wohnung besaß, war sie so zufrieden, wie sie es nicht für möglich gehalten hätte. Sie konnte in München leben, der Stadt mit den meisten deutschen Buchverlagen. Einer der besten von ihnen hatte ihre *Gestohlenen Kinder* veröffentlicht. Auch wenn die Buchhandlungen inzwischen die Hälfte der anfangs von ihnen bestellten Bücher an den Verlag zurückgegeben hatten – zwanzig bis dreißig Exemplare wurden noch immer jeden Monat verkauft. Das genügte ihr.

Der Wert und die Bedeutung von Dichtung konnte ohnehin nicht an den Verkaufszahlen gemessen werden, dachte sie, während sie über den verschneiten Weg am zugefrorenen Kleinhesseloher See vorbeiging, auf dem zwei Kinder Schlittschuh liefen. Als sie die andere Seite der Leopoldstraße durch eine Unterführung erreicht hatte, kaufte sie in einer kleinen Bäckerei zwei große Stücke Sahnetorte.

Es war zwar nie voraussehbar, ob Helga Kerglich zur Arbeit kommen würde, aber gesetzt den Fall, wollte Anna sie am Nachmittag wieder einmal zu Kaffee und Kuchen einladen. Seit Frau Kerglich davon ausgehen konnte, daß die junge Autorin nicht beabsichtige, sie aus dem Verlag zu drängen, verstanden sich die beiden Frauen gut.

Die eine war stolz darauf, daß ihr jetzt eine Assistentin die Arbeit abnahm. Die andere erfuhr immer mehr über das komplizierte Geflecht aus sachlichen Zuständigkeiten und persönlichen Beziehungen im Hause Engsfeld.

Inzwischen wußte Anna längst, daß Helmut Rieger seit mehr als zwanzig Jahren geschieden war und, wenn er sich in München aufhielt, jeden Morgen durch den *Englischen Garten* wanderte, während sie noch schlief. Sie hatte von Helga Kerglich erfahren, daß der Verleger und sein Sohn nicht mehr miteinander sprachen. Sogar daß Helmut seit vier Jahren mit einer Galeristin aus Murnau befreundet war, hatte ihr Frau Kerglich erzählt. Die Tochter einer Angestellten des Verlags wohnte schräg gegenüber der Galerie und hielt ihre Mutter auf dem laufenden.

»Es hat eben auch seine Nachteile, wenn einen alle Leute kennen«, hatte Anna damals nur gesagt, und als sie jetzt das Verlagsgebäude betrat und an ihrem Bild vorbei über den Marmorfußboden zum Aufzug ging, war sie froh, wie wenig man im Verlag von ihr wußte.

Vor zehn Jahren, das hatte sie der Kerglich erzählt, hätte die große Liebe ihres Lebens, ein Professor für Vergleichende Literaturwissenschaft, eine andere geheiratet. Seither lebe sie nur noch für ihre geistigen Interessen. Sie sei glücklich, wenn sie schreiben könne, und seit sie, nach einer Zeitungsanzeige in der *Abendzeitung*, auch in München wieder als Cellistin in einem Streichquartett spielen könne, vermisse sie nichts. »Die Literatur und die Musik haben mich noch nie betrogen«, hatte sie der älteren Kollegin erzählt. Was die Menschen betreffe, sei das leider anders. Sie fuhr im Lift in die dritte Etage. Als sie durch den Korridor ging, kam ihr Frau Kerglich mit roten Augen entgegen: »Meine Allergie«, klagte sie. »Ich muß etwas Falsches gegessen haben.« Oder getrunken, dachte Anna. Sie hob ihren Kuchen hoch: »Wenn Sie mögen, setzen wir uns nachher bei einer Tasse Kaffee zusammen. Ich habe uns Torte mitgebracht.«

Frau Kerglich nickte erfreut. Anna tat die Lektorin leid. Wie verstörte, in der Wildnis ausgesetzt Haustiere kamen ihr manche geschiedenen Frauen vor, die noch nach Jahrzehnten nicht begreifen konnten, was die Ordnung in ihrem Leben zerbrochen hatte. Niemals, schwor sich Anna, würde sie in eine solche Situation geraten. Sie ging in ihr Büro, zog das Cape aus, setzte sie sich an ihren Schreibtisch, und begann, die Korrekturen eines Autors und die des Korrektors in einen dritten Korrekturabzug zu übertragen. *Kollationieren*, nannte man diesen Arbeitsgang; dieses Wort hatte sie inzwischen von Frau Kerglich gelernt.

Zwei Stockwerke tiefer auf der Chefetage betraten Rieger und Frau Hager das Besprechungszimmer. Wie jeden Donnerstag faltete Dr. Kilblinger die *Zeit* hastig zusammen. Dr. Schmidt-Rauholz legte den Bleistift aus der Hand und klappte sein Manuskript zu. Dr. Vahrig, der wieder rauchte, seit sich die Presse mehr für die *Führungskrise im Hause Engsfeld* interessierte als für die Bücher des Verlages, drückte hastig seine Zigarette aus, erweckte dennoch den Unwillen des Verlegers.

Er müsse daran erinnern, daß während der Postbesprechung nicht geraucht werden dürfe, sagte Rieger scharf. Das gelte auch für die Presse. »Entschuldigung«, sagte Vahrig. »Es wird nicht wieder vorkommen.«

Wie gewöhnlich ging der Verleger, von seiner Sekretärin begleitet, mit einem kurzen Gruß zu seinem Platz an der Stirnseite des großen rechteckigen Tisches, und als er nach seiner Teetasse griff, fiel ihm auf, daß sich noch immer niemand auf den Stuhl seines Sohnes setzte. Wagten es die Mitarbeiter nicht oder war das eine Art Demonstration? Wollten sie ihm damit etwa andeuten, daß sie seine Entscheidung mißbilligten? Er entschied sich dafür, diesen Stuhl vom Hausmeister in den Keller bringen zu lassen, trank einen Schluck Tee und wandte sich dann an seine Abteilungsleiter: »Wie mir unsere Anwälte gestern mitteilten, hat Frau Tröger in der ersten Instanz ihres Prozesses gegen uns bedauerlicherweise obsiegt, aber das besagt noch gar nichts.« Dr. Wehrmeyer, der Justitiar des Verlages, hätte ihm ausdrücklich versichert, daß dieser Beschluß des Amtsgerichtes fehlerhaft sei und mit an Sicherheit grenzender Wahrscheinlichkeit vom Landgericht korrigiert würde.

»Herr Vahrig, ich nehme an, daß Frau Tröger ihren Pyrrhussieg wieder allen Medien mitteilen wird. Geben Sie bitte der Presse bekannt, daß wir Rechtsmittel eingelegt haben.«

Vahrig nickte, schrieb noch in seinem Notizbuch, als Rieger mit so sanfter, fast andächtiger Stimme weiterredete, daß Vahrig überrascht aufsah.

»Und jetzt zu Erfreulicherem«, sagte der Verleger. Frau Becker habe vorgestern die letzten Seiten ihres Manuskripts abgeliefert. Er habe sie zwar bislang nur flüchtig lesen können, aber der Roman sei ein Meisterwerk.

»Freut mich zu hören«, sagte Dr. Kilblinger. Die Herstellung frage schon dauernd, wann sie das Manuskript endlich bekäme.

»Wenn ich das Endlektorat erledigt habe, reiche ich es weiter«, sagte der Verleger. »Und ich werde auf dieses Manuskript besondere Sorgfalt wenden.« Die Qualität dieses ersten Romans habe ihn überrascht.

»Wie sehen denn unsere Ziffern bisher aus, Herr Henner?«

Der Vertriebsleiter blickte in einen Computerausdruck: »*Papuscha* liegt jetzt bei fünfeinhalbtausend Vorbestellungen. Die Hälfte davon allerdings mit Rückgaberecht. Ich möchte zu einer sehr vorsichtigen Startauflage raten. Höchstens sieben, vielleicht achttausend.« Der Buchhandel remittiere wie nie zuvor. Sogar fünfzehntausend Exemplare der neuen *Rodriguez* und zwölftausend *Finkenschläge* hätten die Vertreter inzwischen zurücknehmen müssen, um die Frühjahrsproduktion in den Handel zu bekommen. Er habe bereits mit den Filialketten und Großversendern *Weltbild plus* und *Librodisc* Kontakt aufgenommen. »Ich möchte die Remittenden zu ermäßigtem Preis abstoßen«, sagte Henner.

Dr. Vahrig blickt den Verkaufsleiter erstaunt an: »Ich möchte dringend davon abraten. Solche Ketten produzieren zunehmend Originalausgaben. Sollen sie auch noch vom Ansehen unseres Hauses profitieren?«

»Keinesfalls«, entschied der Verleger. Er werde nicht mit an jenem Ast sägen, auf dem die ganze Branche säße. Der gebundene Ladenpreis sei ein der letzten Verteidigungslinien der anspruchsvollen Literatur.

Cheflektor Kilblinger stimmte ihm zu. Das sehe er auch so. Er habe nie an der literarischen Qualität des Romans der Anna Becker gezweifelt, sondern nur an seinem Erfolg. Auch *Papuscha* sei in der Welt der Roma angesiedelt, und man habe ja schon bei den Erzählungen der Autorin feststellen müssen, daß die Leser solche Themen nicht annähmen.

»Das ist für mich überhaupt kein Kriterium«, sagte der Verleger scharf. Von den ersten Büchern *Stefan Bachs* seien auch nur fünf- bis achttausend Exemplare verkauft worden. Er plane für Annas Roman eine Startauflage von zwanzigtausend Exemplaren. »Und vergessen Sie bitte nicht, daß dieser Roman ein Spitzentitel unseres Frühjahrprogramms ist. Frau Becker bekommt alle Unterstützung, zu der unser Haus imstande ist. Ich bin überzeugt, daß ich sogar Muller-Marceau dafür gewinnen kann. – Ich danke Ihnen, meine Herren.«

Er stand verärgert auf, ging mit Frau Hager aus dem Besprechungszimmer. Was hatte sein Cheflektor gegen Frau Becker? Weshalb hatte er erst gegen alle Gepflogenheiten des Hauses, im Alleingang, ihren Roman abgelehnt? Weshalb versuchte er noch immer, das Buch kleinzuhalten?

Er ging neben seiner Sekretärin über den weichen Velours der Chefetage, und als sie die Tür des Vorzimmers hinter ihm geschlossen hatte, wandte er sich Frau Hager mit einem fragenden Blick zu »Herr Dr. Kilblinger hat mich heute überrascht. Halten Sie es für möglich, daß er den Roman der Becker nur abgelehnt hat, um Zwietracht zwischen Johannes und mir zu säen?«

Die Sekretärin sah ihn irritiert an. Das glaube sie nicht, sagte sie unsicher. Abgesehen davon, daß sie Dr. Kilblinger für einen gradlinigen Mann hielte – weshalb sollte ihm an Streit zwischen Vater und Sohn gelegen sein?

»Vielleicht hat Herr Kilblinger bis zum Eintritt von Johannes in den Verlag damit selbst gerechnet, später mein Nachfolger zu werden und wollte wieder hoffen können«, sagte Rieger nachdenklich, bevor er die Tür seines Büros leise hinter sich schloß.

Er setzte sich hinter seinen Schreibtisch. Beugte sich, mit gespitztem Stift, über Annas Manuskript. Ließ sich von ihm in eine andere Welt einer anderen Zeit versetzen. Las zum zweitenmal das Schlußkapitel, in dem sich *Papuscha*, von *Zoltan* enttäuscht, dem viel älteren und erfahreneren *Koszor* zuwendet. Als es an der Tür klopfte, vermochte er nur mit Mühe die Augen von dem Text lösen. »Ich wollte Sie daran erinnern, daß Sie in zwei Stunden im Verlegerkreis erwartet werden«, sagte Frau Hager. »Falls Sie sich vorher noch umziehen wollen, müßten Sie jetzt nach Hause fahren.«

Es hatte am späten Nachmittag zu schneien begonnen und seither nicht aufgehört. Als Rieger am Promenadeplatz aus dem Taxi stieg, waren die Straßen glatt. Er ging langsam und vorsichtig, rutschte dennoch aus und wäre fast gefallen, hätte ihn nicht sein Gleichgewichtssinn davor bewahrt, den sich er auf vielen langen Berg- und Skitouren erworben hatte. Aber was würde geschehen, wenn er wirklich einmal stürzte? Einen Unfall erlitte, der ihn wochen- oder gar monatelang an das Krankenbett fesseln würden?

Vor einem halben Jahr noch hatte ihn sein Sohn in den Clubraum des Restaurants *Schwarzwälder* begleitet, wo die *Rotarier* unter den Münchener Verlegern drei oder viermal im Jahr bei einem gemeinsamen Essen Kontakte pflegten. Johannes wäre imstande gewesen, den Verlag eine gewissen Zeit vor dem Schlimmsten zu bewahren. Jedenfalls, wenn er, Rieger, ihm vom Krankenbett aus beraten hätte. Aber jetzt?

Frau Hager, dachte er. Wenigstens auf meine Sekretärin kann ich mich absolut verlassen.

Er ging noch vorsichtiger durch die Hartmannstraße, bis endlich fein gemahlener Kies unter seinen Schuhsohlen knirschte. Er hörte kratzende Geräusche von Metall auf Stein. Sah zwei Ausländer in dick gepolsterten Jacken, die mit Schneeschippen vor dem Restaurant gegen den Neuschnee kämpften.

Er betrat den Club durch einen Nebeneingang des Lokals. Reichte seinen dicken Mantel in die Garderobe. Schritt langsam, den Kopf hoch erhoben, in die Räume. *Heinz Mergenthaler*, Eigentümer des *Peter Fichte Verlags* und Vorsitzender des Verlegerkreises, begrüßte ihn: »Schön, daß Sie trotz dieses Sauwetters zu uns gekommen sind, Herr Rieger. Ich hatte es kaum zu hoffen gewagt.«

»Aber ich bitte Sie!« sagte Rieger. »Es gibt kein schlechtes Wetter. Es gibt nur unzweckmäßige Kleidung.«

Er versuchte, die Zahl seiner Zuhörer zu schätzen. Achtundzwanzig, wenn nicht dreißig Verleger waren seinetwegen trotz des Schneegestöbers gekommen. Sie saßen an den weiß gedeckten Tischen des Clubraums. Rieger war angenehm überrascht. Der Name Engsfeld hatte nach wie vor einen guten Klang. Oder waren sie etwa nur aus Neugier gekommen?

Er sah *Heinrich Hugendubel*, dem nicht nur mehrere große Buchhandlungen in verschiedenen deutschen Städten gehörten, sondern auch ein esoterischer Verlag. Er lächelte freundlich, als er *Florian Langenscheidt* erblickte. Neigte kurz den Kopf in die Richtung des Tisches, an dem *Christoph Wild* vom *Kösel Verlag* saß. Und als er *Klaus Dieter Berger* gegenüber von *Wolfgang Stiebner* vom *Bruckmann Verlag* sitzen sah, steuerte er entschlossen auf deren Tisch zu: »Darf ich mich zu Ihnen setzen?«

Berger stand auf und gab Rieger die Hand: »Selbstverständlich. Wir sind schon alle gespannt auf Ihren Vortrag.«

Er setzte sich, begrüßte *Wolfgang Stiebner*, und wenig später servierten Kellner das Dinner, mit dem jede Rotarier-Sitzung begann. Ausgerechnet das Lieblingsgericht *Marcel Reich-Ranickis,* dachte Rieger; Wiener Schnitzel.

Aber was blieb ihm anderes übrig? Er breitete die Serviette über seinen Schoß, bestellte sich eine Flasche Mineralwasser, und während er schweigend das Kalbfleisch verzehrte, blickte er immer wieder unauffällig zu *Klaus Dieter Berger* hinüber, dessen Vater, der Verleger *Erich Berger,* sich nicht rechtzeitig von seinem Sohn getrennt hatte. Jahr für Jahr hatte *Erich Berger* auf der Chefetage mit ihm um die Macht gerungen, anstatt um Marktanteile zu kämpfen, und damit den Verlag ruiniert. Sie hatten ihre Eigentumsanteile an eine Schweizer Finanzholding verkaufen müssen, deren Manager jetzt die Fehler der Vergangenheit korrigierten. Nein, dachte Rieger. So weit darf man es nicht kommen lassen. Da sollten die Zeitungen ruhig schreiben, was immer sie wollen.

Er hatte den Umsatz des Engsfeld Verlags in dreißig Jahren von weniger als einer Million Mark auf knapp fünfzig Millionen gesteigert und die Unternehmensgewinne umsichtig in Immobilien angelegt. Die Bergers hatten fünf Ehescheidungen und ihre Kunstsammlungen damit finanziert. Wer so handelte, versündigte sich nicht nur an seinen Autoren. Er versündigte sich an der Kultur. Rieger konnte es kaum erwarten, bis *Mergenthaler* die Tafel aufhob und ihm das Wort erteilte.

Die besondere Verantwortung eines literarischen Verlegers, darüber hatte er zu referieren versprochen, und als er aufstand und frei zu reden begann.... als er alle Augen auf sich gerichtet sah... als er erzählte, wie er mit *Heinz Kühling* um dessen Hauptwerk *Im Getriebe* gerungen hatte... wie er jahrelang *Karsten Trögers* Unterhalt bestritt, damit der Dichter frei von allen wirtschaftlichen Sorgen *Die unbehauste Erde* vollenden konnte... als er schilderte, wie er erst *Stefan Bach* und danach *Gerhard Lenzow* für den Verlag gewonnen hatte, und jetzt mit der jungen, hochbegabten *Anna Becker* erneut eine Autorin, der er eine glänzende Zukunft zu prophezeien wage, funkelten seine Augen vor Begeisterung.

»Die Literatur darf nicht aufhören«, schloß er seinen

Vortrag. »Und im Haus Engsfeld wird sie auch nicht aufhören. – Ich danke Ihnen, daß sie mir zugehört haben.« Er blieb noch einen Moment stehen, und als der Beifall seiner Zuhörer geendet hatte, verließ er den Club so schnell, wie es die Höflichkeit erlaubte.

Er fuhr in einem Taxi nach Hause, versuchte Sabine zu erreichen, um ihr zu berichten, wie gut die Verleger seinen Vortrag aufgenommen hatten, doch sie meldete sich am Telefon nicht. Ihm fiel ein, daß sie von einer Vernissage gesprochen hatte und verärgert gewesen war, weil er wegen der Rotarier nicht hatte daran teilnehmen können.

Die meisten Frauen werden nie begreifen, daß für einen Mann in meiner Position das Unternehmen wichtiger sein muß als alles andere, dachte er, und als er wenig später bei einem Glas Wein in seiner Bibliothek den Tag ausklingen ließ, fiel ihm ein, daß er noch nicht mit Anna über das letzte Kapitel ihres Romans gesprochen hatte. Er sah auf die Uhr. Überlegte, ob er sie um diese Zeit noch anrufen konnte. Griff dann wieder nach dem Telefon. Sie meldete sich sofort.

»Ich habe gerade das letzte Kapitel Ihres Romans zuende gelesen«, sagte er. Anders hätte Papuscha die Kriegswirren kaum überleben können. Er sei nach wie vor glücklich, daß sie dieses Werk seinem Verlag anvertraut hätte. Jetzt, wo das Manuskript abgeschlossen sei, wolle er sich so schnell wie möglich mit ihr zusammensetzen, um über einige Änderungen zu sprechen.

»Zum Schlußlektorat der Romane Stefan Bachs habe ich ihn meist in mein Landhaus am Schliersee eingeladen«, hörte er sich sagen. Wenn Anna einverstanden wäre, würde er dort gern ebenso mit ihr zwei oder drei Tage an der Endfassung arbeiten. Das Haus sei hinreichend groß und verfüge über mehrere Gästezimmer. Sie könne sich jederzeit zurückziehen, falls sie das Bedürfnis danach verspüren sollte. Es dauerte einen Moment, bis sie antwortete. Wenn er wirklich diese Mühe auf ihren Roman wenden wolle, würde sie mit größtem Vergnügen nach Schliersee kommen. Sie liebe die Berge und den Schnee.

Er hatte am Freitag den Verlag mittags kurz vor zwölf verlassen, wartete neben seinem Wagen in der Werneckstraße, und als er Anna endlich erblickte, war er erstaunt, wie zweckmäßig sie sich für die Reise nach Schliersee angezogen hatte. Während sie sonst in der Stadt, meist einen langen schwarzen Mantel anhatte oder ihr Cape, kam sie diesmal in einem beigen Stepp-Anorak mit pelzbesetzter Kapuze aus dem Haus. In einer modischen Thermohose und, das hatte er nun wirklich nicht erwartet, zünftigen gefütterten *Hiking Boots*. Sollte sie etwa ebenso so gern wandern wie er?

Er öffnete den Kofferraum, und während sie ihre Reisetasche darin unterbrachte, sah sie Rieger unsicher an. Sie habe eine Bitte, die sie kaum zu äußern wage. »Dann lassen Sie mich Ihre Bitte hören«, sagte er, und wenig später war er gerührt. Ob sie ihr Cello mit nach Schliersee nehmen dürfe, wollte die junge Dichterin wissen! Sie liebe es, sich vor dem Schlafengehen noch eine Viertelstunde mit Musik zu entspannen, aber sie wolle ihm damit wirklich nicht auf die Nerven gehen.

Diese Augen! Diese Lippen! Dieser Mund! »Aber ich bitte Sie!« sagte Rieger. Er liebe die Musik und spiele auch noch gern hin und wieder auf dem Klavier. »Leider nur sehr mittelmäßig«, fügte er hastig hinzu. Anna lachte. Bei ihr reiche es auch nur für den Hausgebrauch.

Sie lief zurück in ihre Wohnung. Legte wenig später ihr Instrument auf die Rücksitzbank. Zog ihren Anorak aus und legte ihn dazu. Setzte sich in ihrem hellen Rollkragenpullover aus dicker Islandwolle auf den Platz des Beifahrers. Freute sich, als das Autobahnkreuz Brunntal hinter ihnen lag, über die winterlich verschneiten Wälder rechts und links der Autobahn.

Wie eine aufgeregte junge Studentin während der Fahrt in den Skiurlaub kam Anna ihm jetzt vor, und als sie für einen Augenblick den Sicherheitsgurt löste, sich auf den Beifahrersitz kniete, um ein kleines Notizbuch aus der Tasche ihres Anoraks auf der Rückbank zu holen... Als er sah, wie sich der Stoff ihrer elastischen Keilhose über ihrer Hüfte spannte, regten sich in ihm plötzlich Erinnerungen, die er längst für von der Zeit ausgelöscht gehalten hatte.

Er sieht sich plötzlich, mit *seiner ersten großen Liebe*,

der rothaarigen Karin, auf dem Parkett der Tanzschule. *Schritt, Schritt, Wechselschritt.* Mit Gisela im schmalen Bett seiner *Studentenbude*, und mit Heidi, Elke und Katharina. Sieht sich, schon als junger Lektor des kleinen Engsfeld Verlags, mit Elisabeth im *Englischen Garten* spazierengehen, die er später heiratet. Elisabeth, die ihm einen Sohn zur Welt bringt. Dann das offene, nahezu bäuerlich natürliche Gesicht der Lyrikerin *Ida Jungmann*. Italien. Taormina. Mit Ida beim Chianti in der Taverna, wo sich in der *Musikbox* der Hit des Sommers auf dem Plattenteller dreht; *Adriano Celentanos Una festa sui prati* – ein Titel, den Ida übermütig zu *Einen festen Sauerbraten* verballhornt; Ida, die ihn seine Ehe kostet. Doris, Rita, Juliane... Inge, Petra und endlich Sabine. Frauen, denkt er, eine Frau nach der anderen. Das einzig Beständige in meinem Leben sind der Verlag und die Literatur.

»Entschuldigung«, riß ihn Annas Stimme aus seinen Gedanken. »Könnten wir irgendwo eine Kleinigkeit essen? Ich habe riesigen Hunger.«

»Wenn Sie wollen gerne«, sagte Rieger. Aber eigentlich lohne es sich nicht mehr. Sie wären in spätestens einer Viertelstunde in seinem Landhaus.

Bei einem verspäteten Mittagessen im Gasthof *Zur Post* – er hatte sich nur eine kleine Portion Geflügelsalat bestellt – war Helmut erstaunt gewesen, daß Anna unbedingt auf *Kaiserschmarren* bestanden hatte. Doch schon auf dem Rückweg zu seinem Haus hatte sie ihm erklärt, daß ihr dieses Gericht in Salzburg Glück gebracht habe; danach sei ihr der Karl-Kraus-Preis zugesprochen worden. »Bestimmt nicht wegen des Kaiserschmarrens«, hatte Helmut schmunzelnd geantwortet.

Er hatte ihre Reisetasche und ihr Cello in eines der Gästezimmer getragen. Sie hatte sich umgezogen; ihre Stretchhose durch einen langen weiten Rock ersetzt.

Nun saß er ihr an einem Tisch im Wohnzimmer gegenüber, und arbeitete mit ihr bereits seit vier Stunden so konzentriert, wie er es gewohnt war. Zumindest für sein literarisches Programm war ihm selbstverständlich – nein, unverzichtbar, was in den meisten anderen Verlagen längst zu einer schnellen, oberflächlichen Korrektur der gröbsten Fehler verkommen war: ein gründliches Lektorat.

Was unterschied den Menschen denn mehr von allen anderen Lebewesen als seine Sprache? Und war es nicht kennzeichnend für den Niedergang einer Kultur, daß ihre Sprache gröber wurde und ungenauer; daß ihre feinen Strukturen einfacher wurden, was, genau betrachtet, immer auf ihre *Zerstörung* hinauslief?

Auch in Helmuts Landhaus ersetzten hohe Bücherregale die Tapete. Der Handapparat des guten Lektors war in einem besonderen Bücherschrank untergebracht. Der *Große Grimm* stand neben dem *Großen Duden*. Der kleine und der große *Wahrig* über dem *Großen Brockhaus* in schwerem Leder, daneben auf einem dicken Eichenbrett *der Große Meyer* aus den neunziger Jahren des vorigen Jahrhunderts. Die *Encyclopaedia Britanica* beeindruckte in dickem Leinen, und nur *Wolfs Großes Wörterbuch der Zigeunersprache*, das Helmut eigens für das Lektorat von Annas *Papuscha* angeschafft hatte, fiel in seiner billigen Pappbroschur aus dem Rahmen. Konnte man einem Autor und seinem Werk, konnte man der Literatur einen größeren Dienst erweisen als durch ein gründliches Lektorat?

Inzwischen hatte sich der Abend über den See gesenkt, den man durch ein Fenster in Wandbreite sehen konnte. Unmittelbar hinter dem Fenster befand sich eine Terrasse, die von dickem Schnee bedeckt war.

Eine Hängelampe spendete hinreichend Licht für die Lektoratsarbeit. Wie Helmut hatte Anna eine Kopie ihres Manuskripts vor sich liegen. Längst stand eine Weinflasche auf dem Tisch; auf Wunsch der jungen Autorin ein *Chardonnay*. Konnte es für einen Lektor ein größeres Glück geben?

»Ich habe immer Schwierigkeiten mit dem Wort *lieben*«, sagte Helmut. »Hat Papuscha Zoltan wirklich *geliebt*? Oder war es ein anderes Gefühl?«

»Eher ein anderes«, sagte Anna. »Ich sehe sie in diesem Kapitel noch als sehr junge Frau mit wenig Erfahrung. Ich würde eher sagen, er hat sie beeindruckt. – Liebt man nicht meist anfangs nur ein Bild, das man sich von einem Menschen gemacht hat?«

Er nickte nachdenklich. *Diese Augen. Diese Lippen. Dieser Mund.* »Dann wäre möglicherweise das Wort *lieben* durch ein genaueres zu ersetzen«, sagte er.

Er stand auf, holte ein Synonymenwörterbuch aus seinem Regal, und handhabte *Wörter für Liebe* wie ein guter Chirurg seine Instrumente. »Hatte Papuscha Zoltan gern oder begehrte sie ihn? Hatte sie Gefallen an ihm gefunden? Hing sie an ihm? Mochte sie ihn? Zog sie ihn allen anderen Männern vor?«

Anna überlegte, trank einen Schluck Wein und schlug vor, das Wort *lieben* in diesem Absatz zu streichen. »Oder wir ersetzen es durch *fasziniert*«, sagte sie zögernd, und dann, hastig: »Nein, ich möchte es durch *beeindruckt* ersetzen! Er konnte gut reiten und tanzen.. Er sah gut aus... So unerfahren, wie *Papuscha* in diesem Kapitel noch ist... Als junges Mädel fällt man leicht auf so was herein.«

»Und eine Frau wie Sie?« hörte sich Helmut zu seiner eigenen Überraschung fragen. »Wären Sie auch auf ihn hereingefallen?«

Anna sah ihn an. »Nicht einmal mit vierzehn Jahren«, sagte sie. Sie hätte bei Männern immer etwas anderes gesucht. »Geborgen sein«, sagte sie, während sie an Helmut vorbei auf den See hinaus sah. »Sich anlehnen können und wissen, daß man aufgefangen wird, falls man einmal stürzt...«

Dann blickte sie auf ihre Armbanduhr, schob hastig die Manuskriptseiten zusammen und sah ihn so erschrocken an, als hätte sie zu viel von sich verraten: »Seien Sie mir bitte nicht böse, aber es wäre mir lieb, wenn wir für heute aufhören könnten. Ich bin ziemlich erschöpft.«

»Selbstverständlich«, sagte er und stand auf. »Wir haben am ersten Tag wesentlich mehr geschafft, als ich erwartet hatte.«

»Schlafen Sie gut«, sagte der Verleger, als Anna aufstand. Er wolle sich noch die *Triade* anschauen und dann auch schlafen gehen.

Sie nickte: »Dann schlafen Sie nachher auch gut.« Sie nahm ihr Manuskript vom Tisch und verließ das Wohnzimmer.

Er schaltete das Fernsehgerät ein, auf dessen Bildschirm

Claude Muller-Marceau mit den Armen ruderte, als drohe er in einem voluminösen Roman zu ertrinken, über den gerade gesprochen wurde: »Die Figuren dieses Autors interessieren mich nicht im geringsten«, rief er mit seiner hohen Greisenstimme. »Schade um die Bäume, die für das Papier dieses Buches gefällt werden mußten.« Das Publikum lachte einen Augenblick lang, dann konnte *Diether Havermann* seinem Meister beflissen beipflichten. »Ich hätte dieses Machwerk nach den ersten zwanzig Seiten aus der Hand gelegt, wenn ich es nicht hätte von Berufs wegen lesen müssen«, verkündete er. Geärgert hätte er sich während der Lektüre. Seit langem hätte er sich nicht mehr so geärgert. Wie in jeder Sendung der *Triade* versuchte *Siglinde Ungureit* zumindest die Naturschilderungen des Autors in Schutz zu nehmen, und als sie dafür, wie fast jedesmal, von *Muller-Marceau* und *Havermann* wie ein unartiges Schulmädchen zurechtgewiesen wurde, fühlte sich Helmut so angewidert, daß er vom Sessel aufstand und das Fernsehgerät ausschaltete.

Er hatte sich gerade wieder gesetzt und nach dem Weinglas gegriffen, als er die beruhigenden Töne des Cellos hörte. *Johann Sebastian Bach*, dachte er, die Fünfte Suite. Er hob den Kopf, lauschte der Musik, und dann war ihm auf einmal, als hätten die Töne Hände, die nach ihm griffen. Ihn aus dem Wohnzimmer zogen in den Vorraum und dann die Treppe hinauf zu den Gästezimmern. Er ging weiter. Sah einen schmalen Streifen Licht, der durch den Spalt der angelehnten Tür aus Annas Zimmer auf den Fußboden fiel. Helmut ging leise weiter, von der Musik geleitet, öffnete die Tür ihres Zimmers leise, sah sie mit geschlossenen Augen sitzen. Das Cello zwischen den Knien, über dessen Saiten ihre Hand langsam mit dem Bogen strich. Er wartete. Wagte es kaum zu atmen. Als sie ihn ansah, trat er zu ihr und strich vorsichtig über ihr Haar. Nahm ihr den Bogen aus der Hand, beugte sich über ihr Gesicht, küßte sie, und sie lehnte ihren Kopf an seine breite Brust. »Ich habe es geahnt«, flüsterte sie. »Schon als ich dich zum ersten Mal beim Kritikerempfang gesehen habe.«

»Mir ist es nicht anders gegangen« sagte er. Sie legte ihr Instrument in den Koffer. Blickte Helmut ruhig an. Er um-

armte sie, und als er sie vom Boden hob, und in sein Schlafzimmer trug, schlang sie ihre Arme um ihn wie ein kleines
Mädchen um den Hals seines starken Vaters.

14

Zwei Monate später wanderten Anna und Helmut schon am frühen Morgen durch den *Englischen Garten*. Inzwischen war der Schnee geschmolzen.Die Schneeglöckchen und Buschwindröschen waren verblüht. Die Wiesen waren wieder grün und von Gänseblümchen übersät.

Noch immer fiel es ihr nicht leicht, so zeitig aufzustehen, doch wozu wäre eine Frau nicht fähig, die liebt und sich geliebt weiß? Abgesehen davon – zur frühen Morgenstunde war es unwahrscheinlich, daß sie im Park von Bekannten, Mitarbeitern des Verlags oder Journalisten gesehen wurden. Jedesmal, wenn sie mit Helmut morgens durch den *Englischen Garten* lief, bat sie ihn, mit ihr zum *Monopteros* hinaufzusteigen und sie vor dem Rundtempel in den Arm zu nehmen, während sie den Blick auf die Silhouette Münchens genoß; der Stadt, in der sie ihr Glück gefunden hatte.

Bereits in Schliersee hatte sie ihn gefragt, ob ihn es störe, wenn sie ihn bei seinen Morgenspaziergängen begleitete. Er hatte geradezu begeistert zugestimmt.

Sie waren durch Schliersee gelaufen, das ihr vorgekommen war wie ein vom Konditor mit dickem Zuckerguß bestäubtes Dorf aus Spielzeughäusern. Sie wanderten über vom Tiefschnee geräumte Wege zur auch im Winter bewirtschafteten *Unteren Firstalm*. Sie waren im Sessellift zum tief verschneiten *Stümpfling* hinaufgefahren, und hatten dabei erörtert, wie die Liebe zwischen einer Dichterin und ihrem Verleger so gelebt werden könne, daß sie der Alltag nicht beschädigte.

Helmuts Vorschlag, ihre Tätigkeit in der Theaterabteilung aufzugeben und Honorarvorschüsse anzunehmen, hatte sie noch entschiedener abgelehnt als ein halbes Jahr zuvor in Frankfurt.

»Gerade weil ich dich liebe, möchte ich kein Geld von dir«,

hatte sie gesagt. Es würde ihr Verhältnis nur belasten. Ganz im Gegenteil! – Jetzt, wo sie *Papuscha* beendet habe, könne sie sich gänzlich auf die Arbeit im Verlag konzentrieren. Etwaigem Gerede im Hause wäre leicht vorzubeugen.

»In der Georgenstraße bist du für mich nach wie vor Herr Rieger, und ich für dich Frau Becker«, hatte sie ihm gesagt. Sie fände es gut, wenn er sie im Verlag behandele wie alle anderen Angestellten auch. »Macht es eine Liebe nicht besonders aufregend, wenn nur zwei Menschen davon wissen, zwei, die einander von Herzen zugetan sind?« hatte sie ihn gefragt, und er hatte ihr zögernd zugestimmt.

Jetzt schliefen sie schon seit zwei Monaten die Nacht zwischen Samstag und Sonntag abwechselnd in seinem Haus oder in ihrer Wohnung. Manchmal, wenn beider Sehnsucht zu groß wurde, trafen sie sich auch in der Woche. Sie waren einander immer vertrauter geworden.

Anna war mit ihm Arm in Arm durch den Londoner Nebel über den *Picadilly Circus* spaziert und durch den *Hydepark* gelaufen. Sie hatte Münzen in Roms *Fontana di Trevi* geworfen und war mit ihm über die *Spanische Treppe* zum *Parco Villa Borghese* hinaufgestiegen; sie war dort dem Frühling entgegengewandert.

In München wiederholte sich für sie der Frühling im *Englischen Garten*, wo sie sich am *Chinesischen Turm* liebevoll von ihm verabschiedete.

Sie wußte, daß er zurück nach Hause gehen und von dort aus zum Verlag fahren würde.

»Ich will nur noch kurz in meine Wohnung, mich dort umziehen«, sagte sie, »bevor ich in die Theaterabteilung komme.«

Doch wie meistens ging sie noch für eine Stunde in ihr breites Bett und ließ den Tag dann erneut auf sich zukommen.

Hatte sich nicht alles für sie so entwickelt, als wäre sie auf den Spuren von *Voltaires Candide* in die beste aller Welten geraten? Mit Helmut hatte sie nicht nur ihren Verleger gefunden, sondern auch den Mann, nach dem sie sich immer gesehnt hatte; einen Mann, der zu leisten vermochte, was ihr andere, auch Johannes, immer nur versprochen hatten.

Was bedeutete da schon der Altersunterschied zwischen Helmut und ihr? Was Intelligenz, Gesundheit und körperliche Kraft betraf, war er den meisten jüngeren Männern, die ihr bislang begegnet waren, haushoch überlegen. Als Liebhaber war er nicht weniger ausdauernd, als bei seinen Bergwanderungen am Tage; wenn es Gück überhaupt gab, hatte sie es gefunden.

Sie lag in ihrem Bett. Sie blickte aus dem Fenster auf die Baumkronen, die sich in schwachem Grün vom weißblauen Münchener Himmel abhoben, und sann über die Liebe nach.

Die Liebe mochte tausendmal ein Kind der Freiheit sein; die Sicherheit hatte leider andere Eltern.

Von wegen *Stendhal*, dachte Anna belustigt. Wenn die Kristallisation ihren Höhepunkt erreicht hat, muß *Marcel Proust* das Steuerruder übernehmen!

Sie hatte Helga Kerglich unter dem Siegel der Verschwiegenheit gestanden, während des Lektorats am Schliersee habe sich das Wunder der Liebe zwischen Rieger und ihr ereignet. Doch das war nur eine vorbereitende Maßnahme gewesen für ihren Versuch, beider Glück Dauer zu verleihen.

Die Halbwertzeit eines Gerüchts – das wußte sie inzwischen – betrug im Hause Engsfeld eine Woche. Die Zeit war reif für ein alles entscheidendes *billet doux*. Sie verließ langsam ihr Bett. Legte *Haydns Concerto in C* auf den Abspielteller ihres CD-Players. Holte sich aus dem Bücherregal Prousts *Die Entflohene*. Blätterte darin, und als sie mit ihrer zierlichen Handschrift einen Brief für ihren Geliebten zu dichten begann, wandte sie darauf dieselbe Sorgfalt, mit der sie das letzte Kapitel ihres Romans *Papuscha* geschrieben hatte.

Noch immer lehnte es Helmut ab, sich seine grauen Haare färben zu lassen. Doch vor einigen Wochen war es einer im Salon neu eingestellten Friseurin gelungen, ihn zu überreden, es wenigstens einmal mit einer leichten Tönung zu versuchen, die seinen Kopf, nein, nicht etwa wie schwarz lackiert erscheinen ließ, aber immerhin das Grau ein wenig abdunkelte.

Und seit ihm Anna angedeutet hatte, daß helle italieni-
sche Anzüge besser zu seiner Figur paßten als rustikale
Maßkleidung aus der *Savile Row*, schätzte auch er die hervorragenden Produkte aus den Häusern *Armani*, *Versace*
und *Valentino*. Viel zu schade war diese modische Kleidung für Söhne, die sie ohnehin meist nur mit dem Geld ihrer Väter bezahlten.

Die Behauptung, eine junge Frau überfordere die Kräfte
eines älteren Mannes, hatte er noch nie ernst genommen.
Das genaue Gegenteil war richtig! Wie mit vierzig fühlte er
sich wieder, seit er Anna erobert hatte.

Er fuhr den *Mercedes* mit so viel Schwung auf den Hof
hinter dem Verlagsgebäude, daß er nur um Haaresbreite die
Stoßstange des Fords von Dr. Kilblinger verfehlte, und
während er die Treppen zum ersten Stock hinaufstürmte,
hatte er den Eindruck, er könne Bäume ausreißen. Er eilte in
das Vorzimmer seines Büros, wo Frau Hager schon an der
Schreibmaschine saß. Er begrüßte sie, wollte in sein Zimmer, doch sie hielt ihn auf, reichte ihm ein Telefax: »Das hat
uns vor wenigen Minuten die Kanzlei Wehrmeyer zuge-
schickt. Wenn ich es richtig verstehe, haben wir den Prozeß
gegen Frau Tröger in der zweiten Instanz gewonnen.«

Rieger las den Faxbrief und nickte befriedigt. Er hätte
von Anfang an nichts anderes erwartet. Das Testament sei
nun einmal Trögers Letzter Wille, auch wenn seine Witwe
anderer Ansicht sei. Die Sekretärin war aufgestanden, lief
zu dem kleinen Beistelltisch, wo jeden Morgen, auf einem
Tablett, die Thermoskanne Tee und Riegers Tasse bereit-
standen, doch diesmal war der Verleger schneller als Frau
Hager und griff selbst danach: »Es genügt, wenn Sie mir
die Tür aufhalten«, sagte er. »Sonst kommt Frau Kerglich
noch auf den Gedanken, wir brauchten im Verlag eine
Gleichstellungsbeauftragte.« Er hatte gehofft, mit dieser
Bemerkung wenigstens ein kleines Lächeln hervorzurufen,
doch seine Sekretärin nickte nur: »Wie Sie wollen, Herr
Rieger. Sie sind hier der Chef.«

Die leitenden Angestellten des Verlags waren zwar erstaunt, als der Verleger sein Tablett persönlich ins Besprechungszimmer trug und dort auf dem Konferenztisch ab-

stellte, wie der Rechtsstreit mit der Witwe Trögers ausgegangen war, überraschte sie dagegen nicht.

Wenn sich Rieger überhaup auf gerichtliche Auseinandersetzungen einließ, dann nur, wenn sie unvermeidlich waren, und Dr. Wehrmeyer die Rechtslage eindeutig erschien. In den meisten anderen Fällen war dem Verleger sogar eine für ihn ungünstige gütliche Einigung lieber als ein Prozeß, der das Bild des Verlages – selbst bei positivem Ausgang – in der Öffentlichkeit nur beschädigen würde. Es vertrug sich für Rieger nicht mit der Rolle des Verlegers als Diener der Hochliteratur, vor Gericht um Rechte zu streiten wie jeder andere Kaufmann. Doch da Jutta Tröger ihre Klage und das Ergebnis der ersten Instanz in die Medien getragen hatte, sollte auch bekannt werden, wer letztlich obsiegt hatte.

»Bereiten Sie bitte eine entsprechende Presseerklärung unseres Hauses über die Entscheidung der zweiten Instanz vor«, wies er Dr. Vahrig an. Bei der Gelegenheit solle er auch ankündigen, daß der Verlag eine Gesamtausgabe der Werke Karsten Trögers vorbereite. Die Startauflage werde bei fünfzigtausend Exemplaren liegen.

Rieger sah, daß ihn Vertriebsleiter Henner erschrocken anblickte. »Irgendwelche Probleme, Herr Henner?« fragte er.

Ralph Henner nickte zögernd. »Sie wissen, wie sehr ich Karsten Tröger schätze«, sagte er. »Aber Trögers *Unbehauste Erde* haben wir im vergangenen Vierteljahr insgesamt zweihundertachtzig Mal verkauft. Zurückbekommen haben wir zweihundertsechzig. Das durch den Tod Trögers wiederbelebte Interesse an seinem Werk sei bedauerlicherweise sehr schnell abgeflaut. »Wenn wir die Gesamtausgabe zweitausendmal im Jahr verkaufen könnten, würde ich das für einen Erfolg halten. Doch ich glaube nicht einmal daran.«

Rieger blickte den Vertriebsleiter mißbilligend an. Wollte der Vertrieb neuerdings über die Höhe von Auflagen bestimmen? Der Verleger wandte sich an seinen Chefbuchhalter: »Und was meinen Sie, Herr Schönfelder? Können wir uns die Tröger-Gesamtausgabe etwa nicht leisten?«

Es dauerte einen Moment, bis der Leiter der Finanzabteilung antwortete, und er war derselben Ansicht wie der

Vertriebsleiter: »Ich kann Kollegen Henner nur voll und ganz zustimmen«, sagte er bedächtig. »Wir haben es nur den Büchern von *Ivonne La Rouge, Stefan Bach* und, selbstverständlich, unserem *Heinz Kühling* zu verdanken, daß wir im letzten Jahr noch eine positives Ergebnis ausweisen konnten. Wenn ich an unser diesjähriges Frühjahrsprogramm denke...«

Rieger unterbrach ihn schroff: »Wir kündigen die Startauflage vom Tröger mit fünfzigtausend Exemplaren an, Herr Dr. Vahrig! – Ich danke Ihnen, meine Herren!«

Er stand so abrupt auf, daß die Teekanne umgefallen wäre, hätte Frau Hager nicht im letzten Moment danach gegriffen. Als Rieger aus dem Besprechungszimmer eilte, war seine gute Laune wie weggewischt. War das eine Meuterei? Ein Aufstand gegen seinen Führungsstil, zu dem sich seine leitenden Mitarbeiter verbündet hatten? Oder konspirierte Johannes womöglich von Paris aus gegen ihn? – Möglich ist alles in diesen Zeiten, dachte er. Aber noch bin ich der Herr in meinem Hause. Wem das nicht gefällt, der kann jederzeit gehen. Ich wäre der letzte, der ihm einen Stein in den Weg legte.

Rieger ging mit großen Schritten, den Kopf wie immer hoch erhoben, neben seiner Sekretärin zurück zu seinem Büro. Diesmal war sie es, die ihn im Vorzimmer ansprach: »Ich beachte zwar Gerüchte aus Prinzip nicht«, sagte sie zögernd. Doch sie halte es für notwendig, ihm mitzuteilen, daß im Verlag seit ein paar Tagen über sein Privatleben geredet werde. Er solle ein Verhältnis mit der Autorin Anna Becker unterhalten.

Rieger nickte. »Ich bin mit Frau Becker befreundet und schulde niemandem Rechenschaft über meine persönlichen Angelegenheiten«, sagte er gelassen. »Doch ich bin Ihnen dankbar für Ihren Hinweis.« Dann schloß er die Tür seines Zimmers hinter sich. Er setzte sich in seinen bequemen Ledersessel, griff nach dem Manuskript des nächsten Romans von *Gerhard Lenzow* und hatte gerade die ersten zwanzig Seiten gelesen, als ihn Frau Hager bei der Lektüre unterbrach. Sie müsse ihn leider einen Moment stören. Ein Postbote sei mit einem Brief für ihn gekommen, den er ihr nicht aushändigen wolle.

»Für mich?« fragte Rieger erstaunt. »Sie dürfen doch sämtliche Post für uns in Empfang nehmen.«

»Nur für den Verlag«, sagte Frau Hager. »Der Postbote sagt, auf eigenhändige Einschreiben an Sie persönlich beziehe sich diese Vollmacht nicht.«

»Dann müssen wir das so schnell wie möglich ändern«, sagte der Verleger, während er das Manuskript auf den Glastisch legte. Er folgte seiner Sekretärin ins Vorzimmer, unterschrieb eine Empfangsbestätigung. Als er mit dem Brief zurück in sein Zimmer ging, erkannte er Annas Handschrift, griff erleichtert nach dem Brieföffner und las wenig später, was ihm seine geliebte Dichterin geschrieben hatte.

Lieber Helmut, verzeih mir, daß ich nicht wagte, Dir die Worte mündlich zu sagen, die jetzt folgen werden, aber ich bin so feige, ich habe immer in Deiner Gegenwart solche Furcht gehabt, daß ich, selbst wenn ich mich zu zwingen versuchte, doch den Mut nicht fände, es zu tun.

Ich liebe Dich mehr als ich jemals zuvor geliebt habe, aber gerade diese Liebe zwingt mich jetzt zum Verzicht. Im Verlag, Deinem Lebenswerk, zerreißen sich die Neider und Hasser die Mäuler über uns. Ich habe anonyme Anrufe bekommen, deren Details ich dir ersparen möchte. Ich liebe Dich viel zu sehr, um Dich und Dein Lebenswerk der Gefahr aussetzen zu können, durch herabwürdigendes Gerede in ihrem Ansehen beschädigt zu werden. Da ist es doch besser, als gute Freunde zu scheiden; deswegen, Lieber, schicke ich Dir diese Zeilen und bitte Dich, sei gut und verzeih mir, wenn ich Dir etwa Kummer bereite, und denke an den unermeßlichen, den ich selber habe.

Mein lieber großer Junge, ich will nicht Deine Feindin werden, es wird schon hart genug für mich sein, wenn ich dir nach und nach oder sogar schon sehr bald gleichgültig geworden sein werde; meine Entscheidung ist daher unwiderruflich; sobald ich diesen Brief der Post übergeben habe, werde ich meine Sachen packen und für immer aus Deiner Nähe verschwinden. Ade, ich lasse bei Dir das Beste von mir zurück!

Anna

Diese Augen, dachte Helmut. Diese Lippen. Diese Konjunktive. Sie verläßt mich, dachte er, und als er sich vorstellte, Anna nie wieder in den Armen halten zu können, hatte er Mühe, die Tränen zurückzuhalten. Den Schmerz empfand er besonders intensiv, weil er auf eine oft verwundete Seele traf. Ruft nicht jede Verletzung die Erinnerungen an zuvor erlittene Wunden herauf?

Er ging zum Fenster, blickte hinaus, sah die prallen weißen Knospen der Sternmagnolie, die sich in wenigen Tagen zu weißen Blüten entfalten würden. In seinen Schmerz mischte sich Trauer.

Seine Mutter. Gisela... Heidi... Elke. Katharina. Elisabeth... Ida... Doris, Rita, Juliane... Inge, Petra, Sabine... Hatte er nicht jedesmal geliebt? War er nicht jedesmal geliebt worden? Und war nicht das Ende jeder Liebe von Schmerz und Tränen begleitet, auch wenn er nicht von einer Frau verlassen wurde, sondern sie verließ? – NEIN! bäumte sich alles in ihm auf. Ich will Anna nicht verlieren. Nicht noch einmal dieser Schmerz. Er eilte aus seinem Büro durch das Vorzimmer, eilte mit ihrem Brief in der Hand die Treppen hinauf in die dritte Etage. Heiraten, sagte er sich. Wenn ich sie heirate, wird sie mich nicht verlassen.

Er eilte durch den Lektoratsflur und riß die Tür zu Annas Arbeitszimmer auf. Ihr Schreibtisch war leer. Sogar das große Plakat mit dem Kopf *Johann Wolfgang von Goethes*, das sie zur Erinnerung an ihre Zeit am Theater an die Wand geheftet hatte, hing nicht mehr dort.

»Kann ich Ihnen behilflich sein, Herr Rieger?« hörte er Frau Kerglichs Stimme auf dem Flur.

»Nicht nötig«, sagte er, ohne zur Tür zu blicken. »Ich suche... Ich suche nur die Erstausgabe eines Stücks vom Hinterthaler.«

Er trat an ein Bücherregal, tat so, als ob er sich daran zu schaffen mache, und als er hörte, daß sich die Betriebsrätin entfernte, verließ er die Lektoratsetage. Zu ihrer Wohnung, dachte er, ich muß mit ihr sprechen. Er lief die Treppen hinunter. Ich bin töricht, dachte er. Wie *Gerhart Hauptmanns Fuhrmann Henschel*, doch er rannte über den Hof, an seinem Wagen vorbei, die Georgenstraße ein

Stück entlang, überquerte die Leopoldstraße. Lief die Leopoldstraße entlang und mußte auf einmal daran denken, wie er mit zwölf Jahren aus Kärnten zurück zu seinen Eltern gelaufen war: Als ob mein Leben eine einzige Wanderung wäre. *E.T.A. Hoffmanns Doge und Dogaressa* fiel ihm ein. Er blieb kurz stehen, wollte umkehren, aber es gelang ihm nicht. Er eilte weiter, bis er atemlos vor ihrer Haustür stand und auf den Klingelknopf neben ihrem Namensschild drückte. Er lauschte, wartete auf das vertraute Summen des Türöffners, doch es regte sich nichts. Nein, sagte er sich. Ich werde nicht den Fehler machen, der *Ibsens Baumeister Solneß* das Leben kostete. Dennoch klingelte er ein zweites Mal. Ich habe sie verloren, dachte er. Nicht einmal einen Schlüssel zu ihrer Wohnung hat sie mir überlassen. Genauso wenig wie ich ihr zu meinem Haus. Ob *Christiane Vulpius* einen Schlüssel zu *Goethes* Gartenhaus besaß? Er drückte wieder auf den Klingelknopf, läutete Sturm und endlich, während er schon überlegte, was er unternehmen könne, falls sie München tatsächlich bereits verlassen hatte, hörte er ein leises Summen. Er öffnete die Haustür, und als er vor Anna stand... Als sie ihn in die Wohnung ließ und er ihre gepackten Koffer sah... Leere Schränke sah und große Kisten auf dem Fußboden... Als er ihr Cello sah im Koffer auf der beigen Matratze ihres Bettes, war ihm bewußt, er war gerade noch rechtzeitig gekommen.

»Anna«, hörte er sich fragen. »Willst du meine Frau werden?«

»Das bin ich doch längst«, antwortete sie leise, schmiegte sich an ihn und strich beruhigend mit ihrer Bogenhand über seinen Kopf.

Sechs Wochen später lief Rieger morgens zügig wie immer durch den *Englischen Garten*. Die Roßkastanien reckten ihre weißen und roten Dolden dem Himmel entgegen. Im kräftigen Maigrün der Wiesen leuchteten Gänseblümchen und Butterblumen, und als er zum *Monopteros* hinaufgestiegen war, konnte er noch immer kaum begreifen, wie sich alles in seinem Leben auf einmal ins Glück gewendet hatte. Anna, dachte er. Meine geliebte Anna.

Wie dankbar und bescheiden diese junge Dichterin doch ist! Ohne auch nur einen Augenblick zu zögern hatte sie seinen Heiratsantrag angenommen, und ohne die geringsten Bedenken hatte sie dem Ehevertrag zugestimmt, den vor der Heirat abzuschließen *Stefan Bach* ihm abverlangt hatte; andernfalls, so hatte der Freund erklärt, sei er nicht bereit, als sein Trauzeuge vor den Tisch des Standesbeamten zu treten.

Rieger blickte über die Wipfel der Bäume auf München hinab. Sah die Türme der Frauenkirche im Licht des frühen Morgens schimmern. Er konnte sich kaum von diesem Anblick lösen, und als er über die gepflegten Wege des Parks zurück nach Bogenhausen lief, verstand er noch immer nicht, wie sein kluger Freund hatte Anna so falsch einschätzen können. Einen Ehevertrag? – Nichts hatte Anna von ihm gewollt!

Er hatte ihr die lebenslängliche Leibrente geradezu aufdrängen müssen, und als Rechtsanwalt Wehrmeyer über die Höhe ihres Unterhalts im Falle eines Scheiterns der Ehe zu verhandeln begann, hätte sie am liebsten die Kanzlei verlassen.

»Ich werde nie aufhören, meinen Mann zu lieben«, hatte sie zornig gesagt. Und wenn er sie einmal nicht mehr lieben sollte, würde Geld ihren Schmerz nicht zu mildern vermögen. Auf seine Verantwortung als Notar hatte der Anwalt hinweisen müssen, bevor sie, für den Fall einer ihr unvorstellbaren Scheidung, sechzehntausend Mark Unterhalt im Monat akzeptierte.

In seiner Villa in Bogenhausen angekommen, duschte Rieger dort wie jeden Tag nach seiner Wanderung. Später trat er von seiner Bibliothek aus auf die Terrasse, wo Anna schon am weiß gedeckten Tisch auf ihn wartete, neben dem, auf einem Servierwagen, das Frühstück bereitstand. Er umarmte und küßte sie.

Inzwischen wußte auch er das Müsli zu schätzen, das sie köstlich zu bereiten verstand, und als sie ihm sagte, daß sie den Tag in ihrem *Elfenbeinturm* – so nannte sie jetzt ihre bisherige Wohnung – verbringen wolle, um dort zu arbeiten, nickte er verständnisvoll.

»Ich rufe dich am Nachmittag an«, sagte er.

»Wahrscheinlich können wir heute Abend zusammen essen.«

»Wir brauchen nicht dauernd in Restaurants zu gehen«, sagte sie. »Es macht mir Spaß, für uns zu kochen.«

Das wisse er zu schätzen, entgegnete Helmut. Er stand auf. Sie begleitete ihn zur Garage. Er stieg in seinen Wagen, fuhr langsam auf die Straße. Anna stand an der Tür, winkte. Helmut hupte kurz. Die Welt sollte hören, daß er glücklich war.

Er fuhr zum Verlag. Eilte die Treppen hoch in die Chefetage. Öffnete die Tür seines Vorzimmers. War sein Glück ansteckend? Schon vor zwei Wochen war ihm aufgefallen, daß sich auch Frau Hager jetzt in hellere Farben kleidete. Er überraschte sie mit einem Kompliment und wollte gerade das Teetablett für die Postbesprechung vom Beistelltisch nehmen, da trat Cheflektor Kilblinger ins Vorzimmer. Er wolle keinesfalls stören, doch er wäre dankbar, wenn Helmut fünf Minuten Zeit für ihn erübrigen könne.

»Selbstverständlich«, sagte der Verleger. »Wenn es nur fünf Minuten sind.«

Er hielt Kilblinger die Tür seines Büros auf, deutete auf den Besucherstuhl vor seinem Schreibtisch, doch Kilblinger setzte sich nicht. Stattdessen holte er einen Brief aus der Jackentasche und gab ihn dem Verleger: »Ich wollte Ihnen das nicht über die Hauspost zukommen lassen«, sagte er. »Ich werde in Ihrem Hause nicht länger tätig sein.«

Niemals Wirkungen erkennen lassen, dachte Rieger. Er legte den Brief auf den Schreibtisch und wandte sich dann dem Cheflektor zu. Er gehe davon aus, daß sich Kilblinger diese Entscheidung gründlich überlegt habe. Er werde sie selbstverständlich akzeptieren, obgleich er ihn nur ungern gehen ließe. Aber dürfe er wenigstens fragen, was Kilblinger dazu veranlasse, nach den vielen Jahren im Hause Engsfeld?

Der Cheflektor blickte ihm direkt ins Gesicht und wog seine Worte sorgfältig ab. Die Veröffentlichung eines Romans, den er ablehnend begutachtet hätte, beweise, daß der Verleger seinem Urteil nicht mehr vertraue. Doch auch er könne sich mit dem Verlagsprogramm nicht mehr identifizieren.

Er deutete vorsichtig an, daß er sich um die Zukunft des Engsfeld Verlags sorge und sagte dann offen, er hätte das Angebot eines anderen Unternehmens angenommen, dort ein belletristisches Programm aufzubauen.

»Ich weiß, daß das nicht einfach sein wird«, sagte er. Aber er wolle sich dieser Herausforderung stellen.

»Dann bleibt mir nichts anderes übrig, als Ihnen Erfolg zu wünschen«, sagte der Verleger und reichte Dr. Kilblinger die Hand. Er begleitete ihn ins Vorzimmer, öffnete ihm dort die Tür, und als er sie hinter ihm geschlossen hatte, wandte er sich an Frau Hager: »Herr Dr. Kilblinger wird unser Haus verlassen«, sagte er ruhig. »Versuchen Sie bitte Stefan Bach zu erreichen. Ich möchte mit ihm über einen möglichen Nachfolger beraten.«

Seit der Verleger wieder verheiratet war, kam Frau Derwald, seine verläßliche Zugehfrau, zwar jeden Tag ins Haus, aber in ihr eheliches Schlafzimmer mochte Anna sie nicht lassen. Darum kümmerte sie sich lieber selbst. Sie richtete alles so sorgfältig, wie Helmut es schätzte. Frau Derwald trug sie auf, was auf dem Viktualienmarkt zu besorgen war.

»Dann bis morgen«, verabschiedete sich Anna von ihr. »Ich muß jetzt weiter an meinem nächsten Roman arbeiten.«

Sie schuldete Frau Derwald zwar keine Rechenschaft, doch sie wollte nicht für eine jener Frauen gehalten werden, die vom Vermögen ihres Mannes lebten. Abgesehen davon – vor einigen Tagen hatte Frau Derwald Anna gebeten, ihr ein Autogramm in ein Exemplar von *Papuscha* zu schreiben. Das hatte Anna verwundert. Doch wahrscheinlich erlag sogar eine Haushaltshilfe den geheimnisvollen Wirkungen von Literatur, sofern sie, durch glückliche Umstände, Zugang zu ihr fand.

Wie immer, wenn es nicht regnete, lief Anna von der Villa in *Bogenhausen* zu ihrem Elfenbeinturm in *Schwabing* durch den *Englischen Garten*. Dieser Park war inzwischen für sie zu dem geworden, was in Düsseldorf der Hofgarten gewesen war: die Grenze zwischen zwei verschiedenen Welten.

Der *Eisbach* hatte die Bedeutung der *Nördlichen Düssel* zugewiesen bekommen; dort wurde die junge Ehefrau regelmäßig zur Dichterin, die nicht mehr an ihren liebevollen Ehemann dachte.

Daß ihre *Gestohlenen Kinder von Hermannstadt* nur noch in der Autorenbuchhandlung in der Wilhelmstraße im Regal standen, machte sie zwar ein wenig traurig, doch selbst Helmut konnte nichts daran ändern. Die Zeitspanne, in der ein Buch von den Buchhandlungen angeboten wurde, verkürzte sich von Jahr zu Jahr. Helmut hatte ihr zwar versprochen, den Erzählband niemals aus dem Verlagsprogramm zu nehmen und ihn zusätzlich als Taschenbuch herauszubringen, doch sie rechnete nicht mehr damit, daß dieses Buch noch viele Leser erreichen würde. Aber *Papuscha* würde sie endgültig als Autorin durchsetzen. Der Roman war zwar erst vor vier Wochen erschienen, aber er lag in den Schaufenstern sämtlicher Buchhandlungen. Sogar bei *Hugendubel* hatte sie einen hohen Stapel ihres Romans gesehen. Das stimmte sie hoffnungsvoll. Es war wohl tatsächlich so; die deutschen Leser schätzten Erzählungen nicht. So sehr Anna diese kurze Form mochte – sie würde künftig darauf verzichten und lieber ihren zweiten Roman schreiben. Sie hatte sich zwar noch immer nicht für dessen Thema entscheiden können, doch Helmut ließ ihr vollkommen freie Hand. »Die Literatur unseres Hauses war immer und ausschließlich von unseren Autoren bestimmt«, hatte er ihr mehrfach gesagt. »So soll es auch bleiben.«

Wie jedesmal, wenn sie das Haus in der Werneckstraße betrat, nahm sie zuerst ihre Post aus dem Briefkasten, dessen Namensschild sie nicht geändert hatte, öffnete schon auf der Treppe zur ihrer Wohnung einen dicken Brief ihrer Freundin Christa und fand darin Fotos, die Christa während der standesamtlichen Trauung aufgenommen hatte. Sie war Annas Trauzeugin gewesen. »Ich wünsche dir alles Glück der Welt«, hatte sie Anna ins Ohr geflüstert, als sich Christa nach dem kleinen Imbiß in Helmuts Haus von ihr verabschiedet hatte. »Sei klüger, als ich es war.«

Anna schloß die Tür ihrer Wohnung auf, setzte sich an ihren Schreibtisch und las Christas Brief. Malzahn hatte während einer Probe einen Herzinfarkt erlitten und lag im Krankenhaus. Als sie noch überlegte, ob sie nach Düsseldorf fliegen sollte, um ihn zu besuchen, läutete das Telefon. Sie ging an den Apparat und erwartete, die Stimme ihres Mannes zu hören, doch sie hatte sich geirrt. Sie war überrascht. Muller-Marceau! Der mächtige Claude Muller-Marceau rief an, um ihr zu berichten, daß er *Papuscha* gelesen hätte. »Ein höchst eindrucksvoller Roman«, raisonnierte er. Er wolle unbedingt so schnell wie möglich mit ihr über dieses Buch sprechen. »Wollen Sie heute Abend mit mir essen gehen? Ich bin in München und muß morgen früh zurück nach Heidelberg.«

Anna glaubte, sie könne jeden Schlag ihres Herzens im Halse fühlen, aber das war längst kein Zeichen von Freude mehr. Aufregung, dachte sie. Lediglich Aufregung. Ich bin aufgeregt, weil er mich zur Kenntnis nimmt. Ein gemeinsames Essen am Abend wäre möglich, sagte sie. Das werde sie gewiß einrichten können.

»Sehr gut!« sagte der Kritiker. »Ich erwarte Sie um zwanzig Uhr in der Halle des *Bayerischen Hofs*. Bis später.«

Es knackte im Telefon, dann hörte sie das Besetztzeichen. Sie versuchte Helmut anzurufen, doch Frau Hager konnte ihr nur sagen, daß er zu einer Besprechung in die Kanzlei Wehrmeyer gefahren wäre. Möglicherweise könne Anna ihn dort erreichen.

»Nicht nötig«, sagte Anna. So eilig sei es nicht.

Claude Muller-Marceau hat meinen Roman gelesen, dachte sie. Schon das macht mich zu einer anerkannten Autorin. Sie hatte zwar beabsichtigt, wenigstens einige erste Notizen für ihr geplantes nächstes Buch auf das Papier zu bringen, doch daran war jetzt nicht mehr zu denken. Sie fuhr zurück zur Villa, legte sich für einen ausgiebigen Mittagsschlaf ins Bett und holte sich danach *Die großen Verrisse der Weltliteratur* aus Helmuts Bibliothek und las zwei Stunden darin. Sie wollte zumindest zwei oder drei Sätze daraus zitieren können, falls Muller-Marceau auf sein eigenes Werk zu sprechen kommen sollte.

Noch immer war Helmut nicht in den Verlag zurückgekehrt, aber das beunruhigte sie nicht. Sie hatte sich daran gewöhnt, daß er selten vor der Tagesschau nach Hause kam, und heftete ihm eine Nachricht an die Garderobe. *Bin zur Besprechung mit Muller-Marceau im Bayerischen Hof* hatte sie auf einen jener kleinen gelben Zettel geschrieben, die dafür in der Küche bereitlagen. Als sie das Haus verließ, empfand sie einen Anflug von Stolz; da konnte die *Hoerschelmann* schreiben, was sie wollte. Wer von Muller-Marceau zum Essen eingeladen wurde, gehörte eindeutig zur literarischen Elite.

15

VOR SONNENUNTERGANG

Sie betrat die Halle des *Bayerischen Hofs* in ihrem hellblauen *Coco Chanel-Kostüm* und trug ihren leichten Trenchcoat über dem Arm. Der Hotelpage hatte ihr kaum den
Mantel abgenommen, als Muller-Marceau sich von einem
Sessel in der Lobby erhob, auf sie zutrat und – das war ihr
seit Jahren nicht mehr begegnet – sie mit einem Handkuß
begrüßte. »Ich freue mich Sie wiederzusehen.«
Wenn sie ihm diese Bemerkung nicht übelnehme, er finde, sie sei seit den Salzburger Literaturtagen noch schöner
geworden.
»Danke«, sagte sie lächelnd. Sie sei auch jedesmal beeindruckt, wenn sie ihn in der *Triade* auf dem Bildschirm sehe. Seinen französischen Esprit, das schnelle Reaktionsver-
mögen, mit dem er in seiner Sendung reagiere, mache ihm
kein anderer Kritiker nach.
Muller-Marceau lachte. »Lassen Sie das nur nicht Marcel
Reich-Ranicki hören, dann bespricht er nie ein Buch von
Ihnen.«
Anna zuckte mit den Schultern: »Na und? – Ich nehme
an, das würde ich überleben!«
Hatte sie zu viel gesagt? Sie redete schnell weiter. Solan-
ge *Reich-Ranicki* noch über ein Monopol im Fernsehen
verfügt habe, sei sein Einfluß zweifellos erheblich gewesen,
aber seit es die *Triade* gebe, hätte das *Literarische Quartett*
doch eine ernstzunehmende Konkurrenz auf den Bildschir-
men bekommen.
Sie finde, daß nichts die Literatur mehr belebe, als der
fruchtbare Austausch zwischen verschiedenen Meinungen.
Das schien Muller-Marceau gern zu hören – oder versuchte er nur, den Eindruck zu erwecken, es gefalle ihm? Er
stimmte ihr überschwenglich zu. Das Land brauchte mindestens zwanzig solcher Sendungen, aber sie wisse ja, wie

das Fernsehen mit der Literatur umgehe. Das Fernsehen sei ein Unterhaltungsmedium. Er bemühe sich nur, im Rahmen dieser Möglichkeiten die Zuschauer der *Triade* intelligent zu unterhalten.

Der Oberkellner begleitete die Autorin und den Kritiker an einen reservierten Tisch, und legte ihnen die Speisenkarte vor. Anna war verblüfft über Muller-Marceaus Wahl. Ein Knoblauchsuppe bestellte er sich! Als Hauptgericht wählte er eine Kalbshaxe mit Knoblauch! Und dazu einen roten Burgunder! Sollte der Leuchtturm der literarischen Qualität kulinarisch so unbedarft sein, daß er die stinkende Rose des Balkans für eine Zierpflanze hielt? Aber vielleicht kochte man so im Elsaß.

Doch als er über *Papuscha* zu sprechen begann, hätte ihm Anna sogar verziehen, wenn er in Knoblauchsaft gebadet hätte.

»Ein großartiges Buch«, sagte er. »Diether Havermann hat es für die *Triade* vorgeschlagen, und je länger ich darin lese, desto mehr fesselt mich dieser Roman. Sagen Sie, sind Sie eine Zigeunerin?«

Anna sah ihn lächelnd an. Sie hatte immer damit gerechnet, daß ihr diese Frage gestellen würde. Aber daß es ausgerechnet Muller-Marceau wäre, hätte sie zuletzt erwartet.

»Ich weiß es nicht einmal genau.« Ihre Großmutter sei eine Ungarin gewesen, die ihr so viel von den Sinti und Roma erzählt habe, daß sie neugierig auf deren Geschichte geworden sei.

»Papuscha hat tatsächlich gelebt«, sagte Anna, während sie ihren Geflügelsalat aß und sich bemühte, Muller-Marceaus Knoblauchorgie zu ignorieren. Sie habe alles über die Welt der Roma herauszufinden versucht, was sie in Erfahrung bringen konnte.

Muller-Marceau nickte: »Ihre erotischen Szenen haben mich besonders beeindruckt«, sagte er. »Wo findet man heute noch so etwas in einem zeitgenössischen Roman? Wie die Sinnlichkeit Ihrer weiblichen Heldin reift... Wie sie vom bloßen Sexus zum Eros findet...«

Er sah sie durch seine funkelnden Augengläser an, als könne er auf den Grund Ihrer Seele blicken: »Ich bin sehr für Ihr Buch! Von Ihnen verspreche ich mir den großen deutschen Nachkriegsroman.« Und dann, Anna glaubte, sie träume, griff er nach ihrer Hand: »Ich habe schon mit *Havermann, Bernd Voss* und *Christian Bosch* gesprochen. Im Juni findet unsere erste Jury-Sitzung für den diesjährigen *Oswald-von-Wolkenstein-Preis* statt. Wir haben uns längst für Ihren Roman entschieden.«

Er habe schon in seinem Zimmer eine Flasche Champagner bereitstellen lassen, um mit ihr diesen Erfolg zu feiern.

Anna spürte, wie ihr das Blut in den Kopf stieg. Wofür hält er mich? Hält er mich für eine Hure? Es gelang ihr endlich, ihm ihre Hand zu entwinden.

Sie wisse seine Bemühungen zwar durchaus zu schätzen, doch wenn es um Champagner gehe... Er möge es ihr nicht übel nehmen, aber den trinke sie ausschließlich mit ihrem Mann.

War sie plötzlich in ein Märchen geraten? Oder hatte sich der *Reitende Bote* aus *Bertolt Brechts Dreigroschenoper* in den *Bayerischen Hof* verirrt? – Sie hatte seinen Namen kaum ausgesprochen, da sah sie ihn, ihren Mann, im Restaurant. Sah ihn mit einem Kellner sprechen, und dann an ihren Tisch treten.

»Du kommst wie gerufen«, sagte sie. »Herr Muller-Marceau hat mich gerade zum Champagner in sein Zimmer gebeten. Möchtest du ein Glas mittrinken? Er hat uns den *Oswald-von-Wolkenstein-Preis* als Belohnung versprochen.«

»Davon war nicht die Rede«, sagte Muller-Marceau. »Aber ich bewundere immer wieder die Phantasie unserer Autoren. Ein Jammer bloß, daß sie meistens so schlecht schreiben.«

Helmut sah ihn ruhig an: »Aber sie sind wenigstens nicht so korrupt wie einige unserer Großkritiker.«

»Oder einige unserer Verleger«, erwiderte Muller-Marceau.

Helmut legte einen Hundertmarkschein auf den Tisch, und als der Oberkellner mit der Speisekarte an den Tisch kam, schüttelte der Verleger den Kopf: »Bringen Sie bitte meiner Gattin ihren Mantel.«

»Du glaubst doch nicht etwa, daß ich mit Muller auf sein Zimmer gegangen wäre?« fragte Anna, als sie auf ein Taxi warteten. Helmut blickte sie aufmerksam an. Keinen Moment habe er das angenommen, und mit dem Kritiker werde er nie wieder auch nur ein Wort sprechen. *Macht korrumpiert, und absolute Macht korrumpiert absolut*, sagte er. Er sei im übrigen nicht Muller-Marceaus wegen ins Hotel gekommen, sondern weil er ein Telegramm aus Augsburg erhalten habe. Elisabeth, seine erste Frau, sei überraschend verstorben.

»Wenn du zu ihrer Beerdigung fahren willst, habe ich nichts dagegen«, sagte Anna. »Daran zweifelst du doch hoffentlich nicht.«

»Durchaus nicht«, sagte der Verleger.

Sie stiegen in das Taxi und schwiegen während der kurzen Fahrt nach Bogenhausen. Er t als er ihr vor der Villa den Trenchcoat abnahm und die Haustür aufschloß, sagte Helmut, daß er nicht beabsichtige, an der Trauerfeier teilzunehmen. Es wäre nicht im Sinne Elisabeths.

Das könne nur er wissen, sagte Anna. Und beide beschlossen noch eine Flasche Chardonnay zusammen zu trinken. Anna lief hinunter in das kühle Gewölbe, in dem, in mannshohen langen Regalen vor rohen, unverputzten Wänden, Weine aus den von Helmut bevorzugten Provenienzen lagerten. Sie nahm eine Flasche aus einem Regal und ging zurück, vorbei an der Stahltür des feuergeschützen Archivs, in dem Helmut sämtliche Editionen des Verlags aufbewahrte.

Als sie wieder in die Bibliothek kam, hatte Helmut schon den Korkenzieher in der Hand, dessen dicker Griff aus gebogenem und poliertem Bruyèreholz an eine Weinrebe erinnerte. Sie sah, wie ihr Mann ihn langsam in den Korken drehte. Sah, wie er die Flasche zwischen seine Beine klemmte. Den Korken mit einer ruhigen, gleichmäßigen Bewegung aus dem Flaschenhals zog. Sah, wie er sich einen kleinen Schluck in seinen Zinnbecher goß, dann einen *Römer* für sie mit Wein füllte und den Becher für sich.

Sie empfand auf einmal ihr Vertrauen zu ihm mit einer Intensität, die sie ängstigte und doch gleichzeitig beruhigte. Ängstigte, weil er mehr als drei Jahzehnte älter war als sie und beruhigte, weil sie wußte, daß ihm nur sein Alter und seine Erfahrung jene Kraft verlieh, die sie an ihm – mehr als alles andere – liebte.

»Meinst du, daß *Muller-Marceau* nach der häßlichen Szene vorhin im Hotel meinem Roman schaden kann?« fragte sie, und sie erschrak, weil ihre Stimme plötzlich der eines kleinen, unsicheren Mädchens glich.

Helmut blickte erst auf die Bücherschränke und Regale an den Wänden, dann sah er Anna lächelnd an: »Einem Buche Schaden zufügen kann ein Kritiker niemals, denn es wird durch eine Rezension weder besser noch schlechter.« Er könne lediglich durch Lob zum Kauf anregen oder durch Tadel davon abschrecken.

»Und Muller-Marceau wird meinen Roman jetzt tadeln?« fragte sie.

Helmut trank einen Schluck. Das glaube er nicht. Dafür sei der alte Elsässer viel zu schlau. In der *Triade* werde über ihren Roman nicht gesprochen werden, aber Muller-Marceau werde in den nächsten Tagen sehr viel telefonieren. »Seine Seilschaft wird in den Zeitungen *Papuscha* zu vernichten versuchen. Es wird einige sehr negative Besprechungen geben. Obwohl du einen guten Roman geschrieben hast.«

Anna merkte, daß sich Furcht in ihr regte: »Und was kann man dagegen unternehmen?«

»Sehr wenig«, sagte Helmut. Aber er verfüge auch über ein Telefon. Sie solle sich keinerlei Gedanken über die Rezensionen zu machen. In eine Zeitung von heute packe man schon morgen auf dem Markt tote Fische ein.

Er nahm Anna in den Arm. Sagte, er liebe sie und sei stolz darauf, daß sie Muller-Marceau in seine Schranken gewiesen hätte. So sehr er dessen profunde Kenntnis der Literatur des neunzehnten Jahrhunderts bewundere – von allem, was nach Thomas Mann oder Anna Seghers geschrieben worden sei, verstehe er wenig oder nichts. Es sei bedauerlich, daß er durch seine Fernsehsendung einigen Einfluß auf den Buchhandel gewonnen habe, doch den Engsfeld Verlag ernstlich zu schädigen vermöge er nicht. Dafür sei das Haus wirtschaftlich viel zu stark.

Sie sah Helmut überrascht an. Er hatte noch nie mit ihr

über finanzielle Angelegenheiten gesprochen, und sie hatte nie danach gefragt. Sogar daß er den Gesellschafteranteil von Johannes für dreieinhalb Millionen Mark übernommen hatte, wußte Anna erst seit es ihr Helga Kerglich erzählt hatte.

»Weshalb warst du denn heute den halben Tag bei Rechtsanwalt Wehrmeyer?« fragte sie beunruhigt. »Hast du Schwierigkeiten im Verlag?«

Der große schlanke Mann griff nach seinem Weinbecher, trat ans Fenster und blickte einen Moment hinaus in den Garten. Dann wandte er sich Anna wieder zu. Es bestehe keinerlei Grund für auch nur die geringste Besorgnis. »Elisabeths Tod ändert allerdings etwas an den Eigentumsverhältnissen in unserer Verlagsgesellschaft«, sagte er ruhig. »Johannes erbt den Gesellschafteranteil seiner Mutter.«

Claudette hatte ihn mit seinem *Citroen* vor dem Europa-Terminal des Flughafens *Charles-de Gaulle* abgesetzt, und während Johannes jetzt langsam durch die Abflughalle ging, erinnerte er sich an die Beerdigung seiner Mutter, die ihn vor sechs Wochen, zum erstenmal nach mehr als einem halben Jahr, wieder zu einer Reise nach Deutschland veranlaßt hatte.

Er war nicht sonderlich überrascht gewesen, seinen Vater nicht auf der Trauerfeier anzutreffen. Sogar eine gemeinsame Todesanzeige hatte Frau Hager in Riegers Auftrag höflich abgelehnt: der *Münchener Courier* veröffentlichte, wie andere große Zeitungen, zwei Anzeigen. In der einen gab Johannes den Tod seiner Mutter bekannt; in der anderen gedachte der Engsfeld Verlag seiner verstorbenen Mitgesellschafterin.

Bereits in Augsburg, am Grab - seiner Mutter, hatte es Johannes erstaunt, wie wenig ihn zuletzt noch mit ihr verband.

Wie *Mearsault* in *Albert Camu L'Etranger* hatte er sich gefühlt, und war darüber erschrocken, fand dann aber schnell zu jener Ruhe zurück, zu der er sich, nach seinem überstürzten Umzug nach Paris, anfangs noch zwingen mußte. *Gefühle sind eben so, wie sie sind.* Inzwischen war ihm das höflich zurückhaltende Desinteresse an seinen *deutschen Angelegenheiten* zu einem Bedürfnis seiner psychischen Hygiene geworden.

Sogar mit Claudette, seiner Freundin aus der Zeit bei *Grasset,* die jetzt wieder zu ihm gezogen war, unterhielt er sich lieber auf Französisch denn auf Deutsch, das für ihn von Kindheit an weniger Muttersprache gewesen war, als die Sprache seines Vaters und der Literatur.

Johannes schlenderte in jener freundlich gelassenen Gleichgültigkeit, die ihm sein Wohlstand erlaubte, durch den runden *Concours.* An einem Kiosk kaufte er sich drei französische und, er war überrascht, als er danach griff, zwei deutsche Zeitungen. Er blickte auf seine Armbanduhr, und als er sah, daß er noch eine Stunde Zeit bis zum Abflug hatte ging er in die *VIP-Lounge* der *Air France,* wo er um *café noir* bat.

Er setzte sich in einen der schwarzen Ledersessel. Sah andere Reisende in anderen Sesseln. Dünne Aktenkoffer neben sich, per Handy telefonieren, *Notebook-Computer* auf den Knien. Die Augen auf Bildschirme gerichtet, über die sie Symbole scrollen ließen wie Kinder, die ihren *Tamagotchi* füttern. Keiner der Wartenden in der *VIP-Lounge* las ein Buch.

Johannes überflog die Schlagzeilen der *Le Monde.* Amüsierte sich über den Leitartikel, der schilderte, wie *Lionel Jospin* seine Quadratur des Kreises bewältigen wollte; den Wohlfahrtsstaat bewahren und gleichzeitig Frankreichs Wirtschaft nicht der Konkurrenz auf den Weltmärkten erliegen lassen.

Er blätterte die Zeitung durch. Las zwei Artikel im *France Soir.* Schlug dann, eher gelangweilt, die *Hamburger Samstagspost* auf. Blätterte, wie es im Verlag zu seiner Gewohnheit geworden war, von hinten nach vorn. Blätterte im Feuilleton, bis er ihn ein Foto fesselte, das sämtliche Dämme wegzureißen drohte, die er in sich errichtet hatte, damit die Erinnerungen ihn nicht überfluteten: Ein Foto Annas. Drei Spalten breit gedruckt. Ein Bild, das die Literaturseite beherrschte. Und darunter... eine Rezension, die Johannes in Schweiß ausbrechen ließ, als wäre er noch immer Herausgeber der *Jungen Reihe* und müsse sich vor seinem Vater verantworten: *Aschenbuttels Alptäume von der Verfolgung der Sinti und Roma... Anna Beckers mißlungener Trivialroman... von Diether Havermann.* MISSLUNGEN? TRIVIAL? – War es nicht Havermann gewesen, der sich in Salzburg zu der unsäglichen Äußerung verstieg, Anna hätte ihm das KZ Birkenau geschenkt? *Untalentierte Gattin eines mächtigen Verlegers... ungeschickt nachempfundene Sprache polnischer Roma... attraktive Nachwuchsautorin... Liebeskitsch einer bekennenden Möchtegern-Zigeunerin...* Johannes sah erst auf, als er die Hand einer Bocenstewardess auf seiner Schulter fühlte.

Der *Airbus* nach München sei zum Einsteigen bereit. Wenn er mitfliegen wolle, müsse er sich beeilen. Johannes dankte, legte die Zeitungen zusammen, hastete durch den engen Tunnel ins Flugzeug. Er hatte kaum auf einem der breiten Sessel in der *Business Class* Platz genommen, als die Triebwerke des Flugzeugs aufheulten. Durch das Glas des dicken Fensters sah er den Beton der Rollbahn wie ein Band aus Stein, das in immer schneller an ihm vorbeiglitt. Diether Havermann. Der Wasserträger Muller-Marceaus. Zwischen Muller-Marceau und Vater müssen sich die Beziehungen geändert haben. Die *Kritiker-Nordschiene* scheint Anna als Autorin vernichten zu wollen. Aber was hat ihr Privatleben, was haben ihre Heirat und ihr Aussehen in einer Rezension verloren?

Er breitete wieder die *Samstagspost* vor sich aus. Zwang sich, Havermanns Artikel mit kühlem Kopf zu lesen. Suchte Zitate, mit denen der Rezensent seine Meinung begründete. Fehlanzeige! Suchte eine Inhaltsangabe des Romans. Fehlanzeige! Suchte Hinweise auf die Struktur des Romans. Fehlanzeige! Havermann hatte nicht einmal bemerkt, daß Anna Szenen ihres Buch ständig exponierte, variierte und wieder zurücknahm; daß sie den Text, während sie erzählte, ständig hinterfragte, als vertraue sie wie ihre Romanfiguren nur noch auf die eigene Fähigkeit, sich in einer Welt zu behaupten, in der sich die Verhältnisse immer schneller veränderten.

Ob Diether Havermann diesen Roman überhaupt gelesen hat?

Johannes sah wieder aus dem halbrunden Fenster. Sah

den Himmel in einem unwirklich hellen Blau und unter dem Flugzeug Gebirge aus weißen Wolken. Nein, dachte er. Ich mag Annas Roman ebenso wenig wie die späten Romane Stefan Bachs. Aber was Havermann geschrieben hat, ist keine Rezension. Es ist eine billige Polemik; eine versuchte Hinrichtung der Autorin.

Solche Rezensenten sind Zecken, die die Literatur aussaugen. Sie schwellen vor Eitelkeit, werden fett und immer fetter und geben ihr Schmarotzen als Dienst an den Lesern aus. Johannes wurde übel. Er eilte in die enge Toilettenkabine des Flugzeugs, wo er sich übergab.

Helmut Rieger war auch am Tage der Gesellschafterversammlung eine Stunde durch den *Englischen Garten* gewandert. Vom *Japanischen Teehaus* über den Hauptweg an der *Schönfelder Wiese*, auf der sich schon in den frühen Morgenstunden Frauen und Männer nackt der Sonne aussetzten.

Er war zügig am *Schwabinger Bach* vorbeigeeilt und hatte das Gefühl, jede Zelle seines Körpers habe sich bis zum Bersten mit Sauerstoff aufgeladen. Jetzt saß er an seinem Schreibtisch im Verlag und studierte noch einmal Zahlen, die er sich diesmal besonders differenziert hatte zusammenstellen lassen. Der Geschäftsbericht und die Gewinn- und Verlust-Rechnung waren den Gesellschaftern bereits zugegangen. In der Vergangenheit war bei ihren Zusammenkünften nur kurz über das Jahresergebnis gesprochen worden, und Rieger hatte danach ausführlich über den Rang des Hauses und seine besondere Bedeutung für das geistige Leben berichten können, doch diesmal würde Johannes mit am Tisch sitzen. Der Verleger wollte auf alle Eventualitäten vorbereitet sein.

Das Telefon auf seinem Tisch läutete. Er nahm den Hörer ab. Frau Hager fragte, ob er noch fünf Minuten Zeit für Dr. Vahrig habe.

»Selbstverständlich«, sagte Rieger und blickte abwartend zur Tür, durch die sein Pressesprecher ins Zimmer trat. Falls Vahrig ihn mit dem Verriß in der *Samstagspost* überraschen wolle, komme er zu spät. Über dieses Elaborat habe er sich bereits am Sonntag mit seiner Frau amüsiert.

Ein Blatt, das solchen Unsinn drucke, schade letztlich nur sich selbst.

»Deshalb bin ich nicht gekommen«, sagte Dr. Vahrig und reichte Rieger einen dünnen gelben Pappband: »Frau Tröger ist mal wieder aktiv geworden.« Sie habe offensichtlich einem Literaturwissenschaftler Material für eine Streitschrift zugänglich gemacht.

Rieger betrachtete das billig hergestellte Büchlein mit Widerwillen. *Ein Autor und sein Verleger*, las er, und blickte Vahrig fragend an: »Was will diese Frau noch? Wir haben den Prozeß doch gewonnen.«

Er stand auf, sah aus dem Fenster, und als er sich wieder seinem Pressesprecher zuwandte, sprach er zu ihm wie zu einem ihm seit Jahren vertrauten Freunde. Er verstehe nicht, weshalb Jutta Tröger auf der Herausgabe von Fotos und Briefen beharre, die er zuvor nicht einmal sehen solle.

»Auf dieser Ehe muß ein Geheimnis lasten«, sagte er nachdenklich. Seit Trögers Tod grüble er darüber, was sich zwischen dem Autor und seiner Frau ereignet haben könnte.

»Da fragen Sie besser einen anderen«, sagte Vahrig. Er sei niemals verheiratet gewesen und beabsichtige auch nicht, etwas daran zu ändern.

Frau Hager schaute ins Zimmer, unterbrach das Gespräch und erinnerte Rieger und ihn an die Gesellschafterversammlung: »Wenn Sie die Herren nicht warten lassen möchten, wäre es jetzt an der Zeit.« Johannes sei schon vor einer Viertelstunde mit seinem Anwalt ins Besprechungszimmer gegangen. Herr Vinkenoog sei mit seinem Wirtschaftsberater soeben ins Haus gekommen, und Rechtsanwalt Wehrmeyer warte auch bereits im Vorzimmer.

Der Verleger blickte seine Sekretärin erstaunt an: »Habe ich Sie richtig verstanden? Konsul Vinkenoog hat sich persönlich zu uns bemüht?«

»Der alte Herr Vinkenoog nicht«, sagte Frau Hager. »Er hat seinen Sohn geschickt.«

Rieger begrüßte den Verlags-Justitiar Wehrmeyer so freundlich wie jedesmal, wenn sich die beiden Männer trafen. Er hielt ihm einladend die Tür des Vorzimmers auf, doch der Anwalt blieb stehen und blickte ihn an: »Vielleicht wäre es gut, wenn Sie diesmal ein Protokoll führen ließen.« Es sei zwar nicht vorgeschrieben, doch im Hinblick auf die veränderten Verhältnisse möglicherweise sinnvoll.

Rieger nickte und forderte Frau Hager auf, Wehrmeyer und ihn zu begleiten. Die Sekretärin griff nach dem Diktiergerät. Wehrmeyer bat sie, besser Stenogrammblöcke mitzunehmen. Er wisse nicht, wie sich Johannes und der junge Vinkenoog verhalten würden. Er wolle nicht schon bei Beginn der Versammlung mit einem Beschluß der Mehrheit auf Verzicht von Tonaufzeichnungen konfrontiert werden. Rieger nickte.

Frau Hager holte Blöcke und Bleistifte aus der Schublade ihres Schreibtischs und folgte ihrem Chef, der hoch aufgerichtet wie immer, mit großen Schritten über den Velours der Chefetage zum Besprechungszimmer ging.

Dabei regte sich ein Gefühl in ihm, das er seit Jahrzehnten nicht mehr wahrgenommen hatte verschwommene Furcht vor Ereignissen, über die er auch durch entschlossenes Handeln keine Kontrolle gewinnen konnte. DIE MEHRHEIT! dachte er. Die EIGENTUMSVERHÄLTNISSE! Konsul Vinkenoog war zu einer Versammlung höchstens alle fünf Jahre erschienen, und Elisabeth hatte Rieger bei der Scheidung Vertretungsvollmacht erteilt. Aber jetzt... MEIN SOHN! VINKENOOGS SOHN! Wenn sich die beiden Söhne gegen mich verbünden... NICHT AUSZUDENKEN! Als Geschäftsführer entlassen konnten sie ihn kaum. Dafür hätte es schwerwiegender Anlässe bedurft. Aber sie konnten ihm so zusetzen, daß er nicht mehr handlungsfähig war.

Er erreichte die Tür des Besprechungszimmers. Wartete dort auf Frau Hager und Herrn Wehrmeyer, und als er hinter ihnen den Raum betrat, standen vier Männer am Konferenztisch höflich auf. Junge Männer. Keiner über vierzig. Männer, die einander mit ihren dunkelblauen Anzügen, locker geföhnten Haare, ihren weißen Hemden und bunten Krawatten glichen wie ein Ei der Handelsklasse A einem anderen. Jeder von ihnen hatte neben seinen Papieren ein Funktelefon liegen. Rieger bemerkte, daß einer der

Männer dem alten Vinkenoog ähnlich sah. Er ging zu ihm und reichte ihm die Hand.

»Rob Vinkenoog«, stellte sich der junge Flame vor, und machte Rieger mit seinem Berater bekannt, den er aus Antwerpen mitgebracht hatte: einen Wirtschaftsanwalt namens Klöterjahn. Johannes war wieder von Rechtsanwalt Schadt begleitet, der sein Vermögen verwaltete. Mein Sohn ist dicker geworden, dachte der Verleger. Er grüßte ihn und seinen Anwalt, indem er ihnen kurz mit dem Kopf zunickte. Er wartete, bis alle Platz genommen hatten, räusperte sich und eröffnete die Versammlung.

Das Geschäftsergebnis hätten die Gesellschafter ja bereits zur Kenntnis nehmen können. Er sei glücklich und auch ein wenig stolz darauf, daß der Verlag – trotz der schwierigen Situation der gesamten Branche – erneut Gewinne erwirtschaftet habe. Die umfangreichen Erlöse aus Lizenzen, das unverändert große Interesse an den Werken *Heinz Kühlings* ermögliche es dem Engsfeld Verlag noch immer, auch in Zeiten widriger Winde sicher zu navigieren.

Rob Vinkenoog nickte zustimmend, dann meldete sich unerwartet Rechtsanwalt Schadt.

Rieger unterbrach seine Ausführungen. Kam jetzt schon der Angriff?

»Ich glaube, wir können die Prozedur abkürzen«, sagte Schadt. Mein Mandant wird der Geschäftsführung volle Entlastung erteilen...«

Rieger sah, daß Vinkenoog mit seinem Berater sprach, dann nickte Klöterjahn und sagte, das gelte auch für seinen Mandanten: »Wir haben großen Respekt vor Ihren Leistungen, Herr Rieger. Das möchte Ihnen Herr Vinkenoog auch im Auftrag seines Vaters übermitteln.«

Rieger war erleichtert. Die beiden Söhne hatten sich nicht gegen ihn verbündet.

Rechtsanwalt Schadt sprach wieder. Sein Mandant erhebe auch für die Zukunft keinerlei Anspruch auf Mitgestaltung des Verlagsprogramms. Er bitte jedoch um Verständnis, daß er von dem Konkurrenzverbot befreit werden möchte. Er beabsichtige, einen literarischen Verlag zu gründen oder zu erwerben.

Rieger sah Johannes erstaunt an. Mein Sohn wird mein

Konkurrent? Mit dem Geld, das ich ihm für seinen Anteil ausgezahlt habe?

Doch da begann Johannes leise zu sprechen: »Ich habe viel zu großen Respekt vor Ihrem Lebenswerk, Herr Rieger, um unter Ihrem Familiennamen zu firmieren. Aber Sie mögen bitte verstehen, daß ich auf eigene Verantwortung verwirklichen möchte, was mir in Ihrem Hause nicht ermöglicht wurde.«

Rechtsanwalt Wehrmeyer wies darauf hin, dieser Wunsch hätte den Gesellschaftern vor der Versammlung zugehen müssen.

Rob Vinkenoog redete leise auf Flämisch mit Anwalt Klöterjahn, der dann sagte, sein Mandant habe nichts dagegen, wenn Herr Rieger junior auf dem Verlagssektor tätig würde.

»Dann stimme ich selbstverständlich auch zu«, sagte Rieger hastig. »Aber ich möchte meinen Namen mit diesem Hause nicht verbunden sehen.«

»Das werden wir Ihnen gern schriftlich zusichern«, sagte Johannes. »Herr Schadt hat eine entsprechende Erklärung bereits vorbereitet.«

KEINE WIRKUNGEN ERKENNEN LASSEN! »Dann legen wir jetzt wohl am besten eine kurze Pause ein«, sagte Rieger. Er blickte Frau Hager auffordernd an. Die Sekretärin eilte zur Tür. Wenig später rollten zwei Kellner einen großen Servierwagen in das Besprechungszimmer rollten, auf denen Kalte Platten angerichtet waren.

Der Verleger nutzte die Gelegenheit, den Waschraum aufzusuchen.

Während er sich die Hände wusch, trat Rob Vinkenoog neben ihn.

»Wie geht es Ihrem Vater gesundheitlich?« fragte Rieger. Er erinnere sich noch immer gern an die alten Zeiten, zu denen Konsul Vinkenoog so begeistert vom Werk Kühlings gewesen war, daß er ohne zu zögern Kapital in den Engsfeld Verlag eingebracht hatte.

»Ich weiß«, sagte der junge Flame. »Mein Vater hat mir oft von Kühling und Engsfeld erzählt.« Noch immer bäte er seine Krankenschwester, ihm aus Kühlings *Im Getriebe* vorzulesen, wenn er für kurze Zeit bei vollem Bewußtsein sei.

Rieger fragte: »Geht es Ihrem Herrn Vater so schlecht?«

Rob Vinkenoog trat an den Spiegel und rückte den Knoten seiner Krawatte zurecht. »Wir müssen jeden Tag mit seinem Ableben rechnen«, sagte er. »Ich wollte nicht vor Ihrem Herrn Sohn mit Ihnen darüber sprechen, aber ich bin seit Monaten damit beschäftigt, unsere weit verstreuten Kapitalanlagen zu ordnen.« Rieger solle sich darauf vorbereiten, daß Vinkenoog nach dem Tode seines Vaters dessen Anteil am Verlag veräußern werde. Abgesehen davon, daß für ihn eine Kapitalanlage mindestens fünfzehn Prozent Rendite erwirtschaften müsse – er könne sich mit dem Programm des Hauses Engsfeld Verlags nicht mehr identifizieren. Ein skandinavischer Verlagskonzern hätte bereits Interesse an einer Übernahme signalisiert.

»Aber lassen Sie sich Zeit bei Ihren Überlegungen«, sagte Vinkenoog. »Wenn Sie unseren Anteil erwerben wollen, räume ich Ihnen die denkbar günstigsten Konditionen ein. Das schulde ich schon dem Andenken meines Vaters.«

Zwei Wochen später saß Helmut Rieger in seinem schwarzen Anzug aus der *Savile Row* auf einer der harten Bänke in der Jerusalemkirche zu Brugge, um Konsul Vinkenoog die letzte Ehre zu erweisen. Er wußte, wie vermögend und einflußreich der Kaufherr gewesen war.

Sein Großvater war in Antwerpen durch den Handel mit Diamanten reich geworden. Des Konsuls Vater hatte es durch Geschäfte mit Handelspartnern im – zu seiner Zeit noch belgischen – Kongo gemehrt. Konsul Claas Vinkenoog schließlich hatte das Ende des Kolonialreichs klug vorausgesehen und seine wirtschaftlichen Interessen beizeiten ins sichere Europa verlagert. Jetzt beherrschte die Familie Kosmetikunternehmen und Betriebe der Pharma-Industrie. Sie kontrollierte Zeitungsverlage und hielt Anteile an einer Fernsehanstalt. Entsprechend groß war die Trauergemeinde. Zweihundert, wenn nicht dreihundert Menschen mußten in die Kirche gekommen sein.

Rieger hatte seinen Namen in das Kondolenzbuch am Portal der Kirche geschrieben. Hatte andere Besucher auf Englisch und Französisch reden gehört. Auf Holländisch, Italienisch und – offenbar waren die Kontakte der Familie nach Zaire nicht abgerissen – er hatte drei gut gekleidete Afrikaner gesehen, die sich in einer ihm unbekannten Sprache unterhielten.

Jetzt wurde die katholische Totenmesse in ihrer ganzen Pracht zelebriert, und Rieger vermochte sich als ehemaliger Protestant an den Riten nur zu beteiligen, indem er dem Beispiel anderer Trauergäste folgte. Der Predigt lauschte, wenn sie lauschten. Seine Lippen bewegte, wenn sie sangen. Niederkniete, wenn sie knieten. Er atmete auf, als der Priester den Sarg einsegnete. Sah Vinkenoogs Witwe zum Hochaltar schreiten, um den Sarg herumgehen und sich vor ihm verneigen. Sah Rob Vinkenoog sich vor dem Sarg verneigen, dann die Trauergäste einer nach dem anderen. Die Zeit, bis er endlich nach vorn treten und den Kopf kurz senken konnte, schien nicht enden zu wollen, doch dann erhoben sich die Trauernden neben ihm, gingen nach vorn, verneigten sich, und er folgte auch ihrem Beispiel.

Dann nahm er, wie die anderen, die Totenkarte in Empfang. Er ging langsam zum Kirchenportal, wo Vinkenoogs Witwe und Rob standen, die Beileidsbekundungen entgegennahmen. Als Rieger der Witwe ins Gesicht sah, erschrak er. Claas Vinkenoog war mit siebenundsiebzig Jahren verstorben. Catherina Vinkenoog, das sah Rieger trotz ihres Schleiers, mochte vielleicht fünfundvierzig Jahre alt sein, höchstens fünfzig. Er merkte, wie ihm die Knie weich wurden. Anna dachte er, so könnte Anna in zehn Jahren aussehen. Und ich... Er hatte Mühe, der Witwe die Hand zu reichen. Hörte seine Stimme wie die eines Fremden, als er ihr auf Französisch kondolierte. Er gab Rob Vinkenoog stumm die Hand. Kondolierte ihm auf Deutsch. Nickte, als Vinkenoog sagte, er werde sich mit ihm in Verbindung setzen. Atmete auf, als er zu seinem Wagen eilte.

Frau Hager hatte in Erfahrung bringen können, daß der Sarg des Konsuls auf einem offenen Wagen von der Kirche zum Friedhof in Steenbrugge gefahren werden sollte. Rieger hatte beabsichtigt, sich mit seinem Mietwagen in den Konvoi einzuordnen, den Toten mit den anderen Trauernden zur letzten Ruhestätte zu geleiten, doch als er den Parkplatz nahe der Kirche erreichte und in den Wagen stieg, hatte er das Gefühl der Atemnot. Laufen, dachte er.

Ich muß aufen. Er ließ den Motor an und fuhr davon. Laufen können. Frei atmen können. Er verließ wie in Panik die uralte Stadt, deren Häuser ihm vorkamen, als seien sie nur für Touristen gebaut. Quälte sich mit seinem breiten Auto durch viel zu enge Gassen. Fuhr an Grachten vorbei und Fischmärkten. Fühlte sich, als sei er ins Mittelalter geraten und wurde erst ruhiger, als er eine breite Straße erreichte, an der Schilder ihm den Weg nach *Zeebrugge* wiesen, nach *Blankenberge* und *Knokke-Heist*. Laufen können. Nur laufen können und frei atmen.

Er brauchte nicht viel länger als eine halbe Stunde, bis er bei Zeebrugge die Küstenstraße erreichte. Er drückte auf eine Taste unterhalb des Lenkrads. Das Fenster neben ihm senkte sich langsam in die linke vordere Autotür. Er sah den weiten blauen Himmel über dem Meer. Er atmete tief ein. Roch die Seeluft; salzige Luft, in der er Ausdünstungen faulenden Tangs und faulender Fische wahrnahm; Gerüche, die sich mit den Abgasen von Automobilen mischten und vermengten. Die Küstenstraße war so stark befahren, daß er zu Fuß schneller vorwärts gekommen wäre. Stoßstange an Stoßstange krochen die Fahrzeuge über die betonierte Fahrbahn.

Schon in Zeebrugge hielt er nach einem Parkplatz Ausschau. Einfach aussteigen. Den Wagen stehen lassen. Zum Strand hinunter laufen und am Meer entlang. Er fuhr durch *Blankenberge* und *Wenduine*, bis er in *De Haan* die Küstenstraße verlassen konnte und landeinwärts fuhr. Er hielt vor einem Restaurant, verspürte Hunger und betrat das Lokal. Urlauber in bunter Freizeitkleidung saßen an den Tischen. Männer mit Fußballzeitungen. Frauen mit Illustrierten, auf deren bunten Titelbildern er die tödlich verunglückte Prinzessin Diana erkannte. Kinder tobten lärmend durch den Speisesaal oder saßen still am Tisch; konzentriert auf die *LCD-Screens* ihrer Computerspiele. Rieger bemerkte, daß er in seinem schwarzen Anzug angestarrt wurde. Er lächelte verlegen, als müsse er dafür um Verzeihung bitten. Bestellte sich Kaffee und ein Sandwich. Verließ die Gaststätte so schnell er konnte. Stieg wieder in den Mietwagen und fuhr zurück in Richtung Meer.

Stellte das Auto auf einem schmalen Weg an den Fahrbahnrand. Zog seine schwarze Anzugjacke aus und schloß sie im Kofferraum ein. Lief dann den schmalen Weg entlang, lief erst an Salzwiesen vorbei, in deren Grün rosaviolett und blau Blütenkronen des Strandflieders leuchteten.

Inzwischen hatte die Sonne ihren höchsten Stand erreicht. Rieger wanderte an Dünen vorbei, auf denen sich die Halme des Strandhafers und des Silbergrases leicht im Wind bewegten, der vom Meer her wehte, schließlich erreichte er den Sandstrand. Sah Strandkörbe, in denen Urlauber dösten, und eilte zügig an ihnen vorbei. Ihn störte, daß Sand in seine Schuhe geraten war und zog sie aus. Zog auch die Socken aus und steckte sie in die Schuhe. Knotete deren Schnürsenkel zusammen, trug sie in der Hand. Spürte heißen Sand unter den Fußsohlen. Lief weiter zum Ufer, durch flache Pfützen und tiefere Priele. Hörte die heiseren Schreie von Möwen, die durch die Luft jagten oder am Flutsaum standen und ihm kaum auswichen, wenn er sich ihnen näherte. Er bückte sich, krempelte sich die Hosenbeine hoch, bis sie seine weißen Unterschenkel nicht mehr bedeckten. Nackte Kinder, die Strandburgen aus nassem Sand bauten, wurden auf ihn aufmerksam und zeigten mit dem Finger auf ihn. Junge Leute in Badeanzügen warfen einander große bunte Bälle zu und lachten, als sie ihn sahen. Er lief weiter. Spürte, daß ihm die Sonne auf den Kopf brannte und nahm sein weißes Taschentuch aus der Hosentasche, entfaltete es, versah alle vier Ecken mit einem Knoten und stülpte es sich auf den Kopf.

Fünfzehn bis sechzehn Millionen, hallte es plötzlich in seinem Kopf. Mehr wird Rob Vinkenoog für seinen Anteil am Verlag kaum erzielen können. Ich werde diese Forderung keinesfalls akzeptieren. Zehn Millionen. Nein, höchstens acht. Doch auch acht Millionen sind viel Geld. Und das ausgerechnet jetzt, wo ich Johannes ausgezahlt habe. Ich muß so schnell wie möglich mit meiner Bank verhandeln. Oder nach einem stillen Gesellschafter suchen, der Vinkenoogs Anteil übernimmt. Aber kann ich solche Investoren für einen Verlag wie das Haus Engsfeld gewinnen, um die Beteiligung eines Konzerns abzuwehren? Er lief weiter am Strand entlang, bis ihm eine *Lahnung*, eine niedriges Gefüge aus Holzpfählen, Reisig und Schlick den Weg versperrte. Er wollte gerade umkehren, zurück zu seinem Mietwagen gehen, da schoß ein Baßtölpel pfeilschnell vom Himmel und ließ sich auf einem der Holzpfähle nieder.

Helmut breitete beide Arme aus. Wedelte mit den Händen, um den möwengroßen Vogel zu verscheuchen, doch der Tölpel rührte sich nicht von der Stelle. Er klapperte mit dem Schnabel. Gab mit heiser-dumpfen Geräuschen zu erkennen, daß er den Verleger wahrgenommen hatte. Er beäugte ihn neugierig, als wolle er Maß nehmen, bis Rieger sich abwandte und durch die Dünen, vorbei an den Salzwiesen, zum Auto zurückkehrte.

Etwa zur selben Zeit eilte Anna in München die Treppen zu ihrem Elfenbeinturm hinauf. Sie betrat ihre Wohnung und schaltete sofort das Fernsehgerät ein. Ein Kamerateam hatte sie drei Tage durch die Stadt begleitet, und Anna freute sich auf die Sendung, für die Dr. Vahrig einen Privatsender gewonnen hatte. Dieser Beitrag, das hoffte Anna jedenfalls, würde endlich den bissigen Rezensionen etwas entgegensetzen, die über *Papuscha* veröffentlicht worden waren. Bisher hatten nur *Bernd Voss* und – Anna hatte es kaum glauben können – *Veronika Hoerschelmann* die Qualität ihres ersten Romans erkannt.

Was die Literaturkritiker über sie schrieben, war für Anna inzwischen wieder wichtiger geworden, denn sie hatte endlich das Thema für ihren nächsten Roman gefunden. *Das verschenkte Jahr* wollte sie ihr Buch nennen, und darin wollte sie alles erzählen, was sie seit ihrer Lesung in Salzburg erlebt hatte.

Kling, kling, kling schrieb sie in ihrer zierlichen Handschrift, und ihr war, als hörte sie das Totenglöcklein für jene Literatur läuten, die mehr wollte, als ihre Leser unterhalten.

Der Sender hatte sein Programm geändert. Auf dem Bildschirm hinter Annas Rücken ermöglichte die amerikanische Performance-Künstlerin Annie Sprinkle gerade einem Millionenpublikum einen Blick in ihre weit gespreizte Vagina.

INHALT